U0856767

穿行四季 著

青岛出版社
QINGDAO PUBLISHING HOUSE

图书在版编目（CIP）数据

风再起时 / 穿行四季著. --青岛：青岛出版社，2018.4

ISBN 978-7-5552-4800-2

Ⅰ. ①风… Ⅱ. ①穿… Ⅲ. ①长篇小说—中国—当代 Ⅳ. ①I247.5

中国版本图书馆CIP数据核字(2018)第032056号

书　　名 风再起时
著　　者 穿行四季
出版发行 青岛出版社
社　　址 青岛市海尔路182号（266061）
本社网址 http://www.qdpub.com
邮购电话 010-85787680-8015　13335059110
0532-85814750（传真）　0532-68068026
责任编辑 郭林祥
责任校对 耿道川
特约编辑 李文峰　时　瑜
装帧设计 白砚川
照　　排 梁　霞
印　　刷 三河市航远印刷有限公司
出版日期 2018年4月第1版　2018年4月第1次印刷
开　　本 32开（880mm×1230mm）
印　　张 10
字　　数 250千
书　　号 ISBN 978-7-5552-4800-2
定　　价 38.00元

编校印装质量、盗版监督服务电话　4006532017　0532-68068638

建议陈列类别:畅销·青春文学

目录

第一章
依然的笑容

这女孩身材很靓，目测大约一米七八。她只顾大步低头狂走，短发随着步伐的节奏颤着，随时会飞扬起来似的。

余晟对这种身高的女生还处于麻木阶段。

两天前他还在美国，欧美人种的异国女同事里这样的身高挺常见。也是邪门了，余晟最后两个月收治的几位女病人，躺着进来、病好后下床站直——都是一米八以上。

余晟的身高倒是还能镇得住这些女人，可以保持俯视的视角。但后遗症还是落下了，回国的路途中，他看见娇小的女同胞倍感亲切。

所以，他对前面这位一米七八的女孩一点儿好奇都没有，更不想尾随、围观。

但从医科大学抄近道走进附属医院，这一条七拐八绕的僻静小路上，这女孩始终能选对余晟要走的方向。她的步速又快，不给余晟超越她的机会——也可能是不让余晟“追”上她。余晟都觉得自己很像一个“跟踪的变态”。

好在路上人越来越多，他替那女孩感觉到越来越“安全”。两人就这么一前一后地一直走进了外科楼，等电梯。女孩抢先了一步，挤进了几乎要超载的电梯，终于甩掉了余晟。

她转过身来，一张脸没有任何修饰，更没有丝毫表情，异常冷漠。电梯门即将合上的瞬间，她挺直了一路微驼的背，仰脸，抬起眼帘，瞥了眼余晟。大概是因为戒备，她转眸间露出一丝敌意。

余晟回想着这女孩的肤色——他有多久没有亲手缝合过这么迷人的皮肤了？肤色很健康，她的肝脏也应该很漂亮，颜色鲜活、有赏心悦目的光泽。

搭电梯到了肝胆胰外科的楼层，余晟走进病区，发觉气氛不太对。

护士站旁，有个纤细高挑的女孩站得笔直，双手插在裤子的口袋里，像一枚立着的长钉——正是被余晟“跟”了一路的一米七八的女孩。她的身高太醒目，此时气场又太凛冽，想不注意到她都难。她身后的病房里传出摔东西的声音……

有护士要去看病房里出了什么事。

她却拦着：“他发作一会儿就好了，不用管的。”

护士蹙眉：“不管？病房里有贵重仪器，他会不会把仪器和病房也砸了？”

“他会赔的。”

这话说的……

小护士几乎就要脱口而出：有钱了不起啊？

病房的门忽然被从里面大力扯开，闯出来个气势汹汹的男人。他看着那女孩，吼道：“裴紫苏！我今天不出院！”

“知道了。”女孩说。她明显惹不起这男人，后背微驼，转身想溜。

男人一把扯住了她的胳膊，不放她走。

女孩不敢继续激怒他，也不敢用强挣脱，全身僵硬地被他攥着手腕，挺紧张的。

女孩大概是在病房里就把这男人得罪了，男人看见她火气越发大：“你就是个负心女！你对得起我吗？”

女孩点头：“我是负心女，我对不起你。”

她认错太快，更显得毫无诚意。

男人被气得头晕。

“你别生气了，你还病着，身体受不了。”女孩安抚他，挺懂事乖巧的小模样。

男人这下是手都在抖了。

余晟很不厚道地在心里笑了下：见风使舵、墙头草般的女人，徒然长了吓人的大块头，关键时刻真是没有一点用处。

他走了过去。

男人又在和护士纠缠了，他坚决不出院，目的是：“裴紫苏！从明天开始你每天都得来病房看我！”

裴紫苏不说话。她被攥得手疼，也知道此时太丢人，气急败坏的，可惜脱不了身。

护士当然是不同意的。

这事眼看就要从恋人吵架变成医患纠纷了。

“病人不想出院，就让他住着嘛。”余晟说。

所有人都回头看向了他。小护士眼睛睁圆，激动得险些跳起来：“余晟！余医生你回来啦！”

余晟对她笑笑。

小护士忙解释：“余医生，这个病人的出院手续已经办完了。”

余晟：“那你再给他办个住院。”

“啊？”小护士迷茫——没有过这种操作啊，不合规矩的。

余晟看向不出院的男人，笑了笑。

对方不知他是敌是友，就瞪着他。

余晟目光下移，定格在那女孩被攥得发白的手上，余晟说：“放开。”

低慢的声音，竟有威严。

男人不屑、嚣张：“你管得着吗？”

“当然。这里是医院，你破坏了医疗秩序，打扰了其他病人的休息。而且，”余晟看向那女孩，问，“需要报警吗？”

女孩摇摇头：“不用。叫保安来就行了，谢谢。”

余晟示意护士打电话叫保安。

那男人气炸了，手指着女孩的鼻尖："裴紫苏，你敢这样对我？你还有没有一点点良心！"

裴紫苏的忍耐也到了极限，也可能是遇到肯帮她的人，有了底气，她立刻就翻脸了，真有股薄情寡义的狠绝："江晓城，你要闹到什么样？你就要在这家医院里闹，是不是？"

"我不就是想多见见你吗？将近十年了，我找都找不到你！这次要不是我几乎病死了，你都不会来看我！"江晓城气急败坏，声音都在抖。

走廊里骤然安静下来。

这次换成裴紫苏说不出话来了。

余晟看到裴紫苏眼里有隐忍的光一闪而过，他轻轻抬手，示意护士停下正打给保卫科的电话。

裴紫苏大概是想笑，但是笑得不太成功，说："我这次来也真是多余。"

她转身离开。

江晓城这一次没追，颓然站了半晌，发出一串桀桀的干笑。他回到病房关上门，随即传出一声脆响，大概是手机被砸得四分五裂了。

小护士对这一对儿漂亮的傻子简直是无语："两个奇葩！"

但是那个女孩说得对，江晓城这人就该让他在病房里闹，别管，然后让他赔钱就行了——放出来破坏力不可控！

小护士转而问余晟："余医生，那再给他办个住院？"

余晟瞧傻子似的瞧她："你还当真了？"

"护士不是应该严格执行医生的医嘱吗？"

余晟笑了："你倒是听话。"

小护士笑着，忽然激动地拽住了余晟的袖子："余医生！你终于回来了！大家快来看呀，余晟回来啦！"

余晟被她吓着了。

小护士安慰他："别怕别怕，我就是把你展览一下，绝对有人买票！"

立刻，全科的医生、护士都聚了过来，围观海归。余晟是肝胆胰外科的明星医生，这一年在匹兹堡公派访问学习，今天是回来报到的。众人聊着聊着，话题就不太正经了："余医生，有没有泡到洋妞啊？"

余晟淡淡地笑，意味不明的。

大家就明白了："所以，这个话题还是余教授的禁区啊。所以，美女们还是有机会的。"

"咱们去聚会吧，庆祝余教授没有被洋妞泡到。"小护士严肃地建议。

余晟对自己的钱包下了狠手："我带回了洋酒。"

"就这么定了！"

一阵欢呼。

大家商量着聚会，余晟默默地退出热闹的中心。他看到桌上的住院病人一览表，名字大都陌生，也有个他曾经的老病号，现在又住院了。

这里的一切都没有变，和他走之前一样，仿佛他从没离开过。

在美国疯狂工作的日子才刚结束，就已经成为往事了。

余晟站在光影里，逆光晃得他眼前昏花一片，他忽然觉得一切都那么不真实。他一直在不停地做手术，在各个城市、各种无影灯下，但他想不起来自己除了做手术、看病，还做过些什么事情……

裴紫苏大步流星地离开肝胆胰病区，但她知道自己外强中干，其实是逃离了那里。

女儿是父亲上辈子的情人。按这个辈分算，裴紫苏在十八岁之前一直认定下辈子她会是江晓城的女儿，而且是独生女、不会有继父、父女感情很好、气死孩子她妈那种。

但是女大十八变，变的是心，江晓城在那一年成了裴紫苏的路人甲。

这一次是江晓城突发胰腺炎住院，给她打了几百个电话、发了无数信息，裴紫苏最终拖到了他出院的这天，磨磨蹭蹭地来"探病"。果然，一见面就又闹了起来。

江晓城骂她什么裴紫苏都认：背信弃义、狼心狗肺、负心女……她就是这样的人，没什么可狡辩的。就算江晓城有掐死她的心，裴紫苏都能理解。

既然已经被骂了这么多年，就不能半途而废，裴紫苏决定“负心”到底。否则之前的骂不是白挨了？那她就真挺冤枉的了。

裴紫苏高昂起头，甩了甩脑后的短发，大步离开了外科楼。这家医院她非常熟悉，轻车熟路。她穿过连廊，去了内科楼，电梯停在七楼的中医科病区——她要找老张医生。

老张医生矮胖，看她时需要仰视，笑得一团和气：“看病啊？”

裴紫苏恭恭敬敬地对他鞠了个躬：“张老师您好，我是今年新考进医院的医生，裴紫苏，来报到的。”

老张医生、医生办公室里其他的医生，看她的眼神全都直了。

中医科是什么格调？阴阳五行，人与自然统一，温清消补……

本院中医科的几代医生特点一直很统一：内秀。说白一点儿：外形普通，谦恭温润。

裴紫苏是什么模样？高挑细柔，短发黑衫，一张巴掌大的小脸明丽白皙——就算丢在人堆里也是难得一见的漂亮、扎眼。

这位……能是个中医科医生？

这种女孩能看得了病、号得了脉？

光看脸，就知道她是不可能安心熬成个“女老中医”的。

老张医生琢磨着踢走这“花瓶”，心里盘算着先骗她走：新入职的医生统一在两天后报到，小裴医生你回家“再玩两天”。

裴紫苏来报到绝对不是一时兴起，是计划好的：看完江晓城，顺路来上班——反正是同一家医院。但她没想到老张医生不喜欢自己。此时转身回家？她日后在这科里还怎么混？但她也不能来硬的。

裴紫苏站着，对着老张医生挺发愁的。

老张医生对她也挺发愁的。

有护士急匆匆地来叫老张医生去看三十二床的病人，老张医生正愁没借口脱身，应了一声就要走。

他还没站起来，裴紫苏已经把桌上的听诊器拿起来了，双手递给他。老张医生下意识地一接，裴紫苏又从办公桌上那一摞的病历夹里翻到了三十二床病人的病历。老张医生刚站直，裴紫苏已经站到了他身后侧，正是下级医师跟着上级医师查房时的模样。

这伶俐劲儿……

老张医生真不知道该怎么对这小姑娘了，学生如此识相，也挺不好意思赶她走了。

老张医生矮圆，谢顶，去了病房。裴紫苏细长，妙龄，亦步亦趋地尾随。

医生办公室里的其他人笑成一片："张医生这老古董，好不容易分来个大美女，他都不敢教？"

"他就喜欢老实巴交的学生，学生是耗子，他才好当猫。"

"小裴医生也挺乖的嘛，那机灵劲儿多招人喜欢。"

"这位啊，是耗子成精了吧。"

裴紫苏用一天的时间搞定了老张医生，下班时，她留下来加班、写病历。老张医生已经非常喜欢这小医生了，他对新入门的女弟子的态度是三级跳——从"走你"到怀疑、还行、不错，现在是很不错。

人不可貌相，"花瓶"更不可以，裴紫苏的身高是"女中骆驼"，更是内核强劲的新入职医生。

裴紫苏催老张医生下班，她已经开始直呼老师的外号了："夫子，您怎么还不走？"

"我等人。"张夫子说。

他不忙，就想开开玩笑："小裴医生啊，家里人为什么给你起个'紫苏'的名字，是味中草药名嘛，做女孩子的名字太随便了。紫苏，《本草纲目》曰：解肌发表散风寒，行气宽中解毒——啊呀！还能安胎！"

张夫子后面这一声是特别指出的。

这也是个坏老头！裴紫苏叹气。

她整理着病历夹："中药的名儿多了，熊胆、龟板、黑芝麻，没用这些给我起名就万幸了，'紫苏'就'紫苏'吧。"

"你倒是好说话。"

"我倒是特想不好说话，起名的时候谁征求我的意见了？"

门口有脚步声传来，张夫子看见来人忙站起身去迎："余晟！快请进！"

裴紫苏一怔，微偏头，扫了眼身后，顿时一阵头晕——真是那个男人：来医院时变态似的跟了她一路，在病房他慢条斯理地训了江晓城，还挺仗义地帮她解围。因为太过英俊，又一身的倦色，裴紫苏对他印象极深。

现在他是她的同事，资历必定在她之上。按规矩，今生今世在这家医院里，裴紫苏见面都要喊他一声"余老师"……

真是，一言难尽！

裴紫苏缩了脖子装死，埋头写病历。

余晟也认出她了，但不说破——这是早上那个坏脾气的女孩。

张夫子挺随意地给两人介绍："小裴医生，这是余晟博士，刚从美国进修回来。余晟，这是我们科今年招考来的新毕业生，裴紫苏。"

两人互相看一眼，笑一下，算是认识了。

余晟回国之前就答应张夫子，上班第一天来帮他看一个想要进行肝移植的病人的资料。张夫子把一套病历、片子和评估报告递给余晟。

余晟认真地翻看了很久，说："报告做得很精准，病人的身体条件确实不适宜做移植。"

张夫子不甘心，余晟就和他一起讨论。余晟的声音沉、暖、不疾不徐，理论和经验都很扎实。裴紫苏不由得看过去，他比清晨时还疲倦些，但很有耐心、比张夫子这样的老中医都有耐心。而说服一位医生要比说服病人困难太多了，相当于一场鸡蛋里挑骨头般的论文答辩。

余晟终于说出了那句话："已经是濒危阶段了，现在做移植就是人财两空。"

张夫子彻底沉默了，这话他也常对病人说，知道有多慎重。

太静寂了，医生办公室里气氛挺压抑。

余晟合上资料，问张医生："这病人是您的朋友？"

张夫子叹："是，我也是有些不理智了。"

余晟理解："伤在谁身上，谁才知道有多痛，您是关心则乱。"

他发现裴紫苏在听他们说话，她沉静的眸子停在一片虚空里，像是想起了一些事情。余晟暗自摇头——这些生涩的毕业生，还不知道什么是无能为力。

走廊里忽然传来张皇的喊声：“医生！医生！快，快！”

裴紫苏几乎是瞬间跳起来跑出去的——像是光一晃，人就消失了似的。这倒把老张医生和余晟吓了一跳。张夫子也赶忙往病房走去——这是十七床的病人的妻子的声音，十七床的病人可是告了病危的重点病号。

病房里，十七床的病人全身痉挛，牙关紧咬，表情煞是狰狞。

裴紫苏已经在做心肺复苏了。张夫子赶到床前看了看，吩咐道：“准备气管切开。”

护士跑去准备手术包，走廊里一阵纷乱的响动。张夫子忙着做气管切开的准备工作。

病人的妻子被这阵势吓到，陡然大哭起来。

这种环境下医生没法抢救，就算能操作，这位家属看到后也得哭晕过去，医生还得分神抢救她。

裴紫苏感觉身边多了个人，她命令道：“你把病人家属带出去！”

她双手叠压在病人胸口，撑直手臂一下一下快速地按压。号啕的哭喊声里病人的脸越揪越紧。裴紫苏盯着这张挣扎的脸，心里发狠地念着：醒过来、醒过来、醒过来……

被裴紫苏“命令”的是余晟，他在病房门口看到这女孩突如其来的果断和气势，她陡然间像变了个人。余晟把崩溃的病人的妻子领出病房，不让她干扰抢救。

张夫子和护士很快又进了病房，裴紫苏被替了出来。她脸上一层薄汗，手臂酸软地耷拉着，去护士站洗手。

护士站对面的椅子上坐着两个人，裴紫苏诧异地发现其中一位是余晟，他一边轻声说着话，一边用笔在纸上写着什么。他旁边是十七床病人的妻子，她安静地听着、看着，已经被余晟安抚住了。

余晟看见裴紫苏，对她笑了笑，目光在她的衣服上停了一下。

裴紫苏疑惑地去洗手，不禁又回头看，对余晟手里的纸超级好奇：这外科佬写什么呢？心灵鸡汤？帮十七床的病人联系了其他医生、医院？或者再有想象力一点，他写了一段——《心经》？

再一回头，余晟居然向她走来了，裴紫苏被逮住了似的一阵心慌。

余晟叠着手里的纸，要丢进垃圾桶。

裴紫苏忙问："我能看看吗？"

余晟没在意，就给了她。

是几幅解剖图，线条极简但解剖层次精确，清晰地勾勒出了气管切开术的过程。一边的小字标识着：甲状腺峡部、食管、切口……画得太漂亮了，堪比教科书。原来余晟给病人家属上了一堂气管切开的科普课。

裴紫苏把那张纸还给余晟，见他攥了丢进了垃圾桶。裴紫苏看着垃圾桶，有种想捡回来的冲动。

余晟是来问裴紫苏的："病人有传染病吗？"

"有，丙肝。"

"去换套衣服吧。"

"呃？"裴紫苏愣怔，顺着余晟的目光低头，才看到自己身上溅了病人的口腔分泌物。奈何她今天是提前报到，还没领到自己的白大衣，病人的口腔分泌物就溅在了自己半袖衫和裤子上。

"你们科没有淋浴，我带你去手术室，那里可以洗澡。"余晟说。

"不必了。"裴紫苏发愁的是没有可换的衣服。

"手术室里有洗手衣，你可以穿着回家。"余晟说。

裴紫苏挺意外的，这男人太细心，也太周到了，很容易让人觉得他别有用心。

余晟有极淡的笑意。

裴紫苏猜他对全世界都是这样笑的，因为他教训江晓城时也是这样的笑着——大概是职业病的一种吧，是冷淡的另一种表达方式？

裴紫苏学着他的样子，也笑了笑："谢谢。"

对于余晟来说这是一个电话就能解决的小忙，但他是回国的第一天，也要去看看手术室的同事，就同裴紫苏一起过去了。

手术室这种"超级无菌、任何人都免进"的地儿，裴紫苏不敢乱摸乱碰，乖乖地坐在门口的凳子上换拖鞋。

"你穿几码的鞋？"问话从头顶传来。

裴紫苏抬头，见余晟盯着她的脚。她低头，看见自己的脚后跟比拖鞋长了一截……

余晟又找了双43码的男士拖鞋，放到她脚边："穿这双。"

裴紫苏脸发烧，看见自己的脚指头都红了。

余晟给她找来一身绿色洗手衣，裴紫苏接过一看，尺码的"L"前面一串的"X"，最大码……

裴紫苏脸憋得通红。

余晟指点了淋浴的方向，就去和手术室的同事叙旧了。

裴紫苏火速去冲洗，换上干净衣服出来。远远的走廊尽头有个男人的侧影，略松散地站着，单调的室内光照得人有重影，轮廓模糊，是余晟。他看上去很累。

余晟察觉到裴紫苏出来了，扭头看，怔住了：

小V领服帖着清丽的锁骨，上衣掖在长裤里，扎出一把细长的腰身；裤子短肥不合身，露出纤细的脚踝，迈步间小幅地摆着，显得一双腿玲珑修长。待裴紫苏撩起湿漉水亮的短发，便露出了细瓷般的颈项、脸庞，和一双雾蒙蒙的黑瞳。暗绿色的洗手衣，色泽暗沉的布料，忽然就露出了一抹媚色，雾气蒙蒙地弥漫着沐浴液的香味。

裴紫苏见余晟眼光异样，以为自己闹了笑话，低头检查衣服："是不是穿得不对？"

余晟说："你挺适合穿洗手衣。"

"第一次穿。"裴紫苏觉得挺新鲜，低头摸着衣服看。

余晟忽然来了恶趣味："曾经有一位医生在做手术时裤子忽然就掉地上了。"

裴紫苏脸色变了变。

余晟自顾自走了。裴紫苏忙跟上他，暗地里手忙脚乱地把裤子上的腰带多打了三四个死结。

余晟又去要了件白大衣给她披上。

裴紫苏不寒而栗："你让我穿着白大衣满世界跑？大半夜的，还湿着头发？"

余晟这回是真笑了："凑合吧，你穿着手术室的洗手衣满世界跑才更惊悚。洗手衣不许外借，领用都要签字，你要是被抓住了，手术室的人就倒霉了。"

裴紫苏明白该怎么做了："那我穿着白大衣，快点儿跑！"

余晟提醒："现在的人都不'怕'鬼了，对鬼都是'驱打'——你保重。"

裴紫苏斜眼瞅着余晟，很恼火。

余晟没忍住，笑了，挺帅的。

有借，当然有还。余晟说："你明天把衣服放到办公室，我去拿。今晚手术室的护士倒夜班不好找，这衣服还给别人反而容易丢。"

两人一同走出外科楼的台阶，夜色浓稠，裴紫苏跟余晟道谢、告别。

盛夏的晚间，三十多摄氏度，光是这数字就让人想脱衣服。

裴紫苏短袖塞在长裤里，外面罩着白大衣，热腾腾蒸了一身汗。

这是被海归男博士设计出来的造型，真是够"潮"！

这可是她上班的第一天，要不要这么记忆深刻？

裴紫苏回头看医院的大楼，发现余晟还站在楼前面。他仰望着外科楼，孤独的背影有隐忍的桀骜不驯。

这位海归还真是个奇怪的家伙。他像是个暖男，修养很好，很体贴，似乎还很热心；但裴紫苏就是觉得他骨子里是冷冰冰的，他和张夫子讨论生死时冷静得近乎冷酷。

余晟有一个面具——微笑的面具。

裴紫苏转回身，擦了把额头的热汗：务实些，还是跑吧。

她张开双臂狂奔回家，像夜里的一只白蝙蝠——这样起码能凉快些。海归医生说好的第二天来拿衣服，他八成是把这事儿忘了。半个多月后，算着余晟应该忙完了回国的各种手续，在正常工作了，裴紫苏拎了衣服给他送过去。

肝胆胰外科的医生办公室里没有余晟，有医生指给她："余医生在示教室，往东，再往西，右拐……"

裴紫苏眼花缭乱地找了找准头，道谢离开。

医生办公室里的几个男医生面面相觑："嚯，这女孩的大个子！吓死我了！”

年轻的一位已经在给人力资源部打电话了：“我想问一下，新来的一米八的女医生是哪个科的，叫什么名字，哪所大学毕业的……”

其他医生一桶凉水泼给他：“问也是白问，大美女是来找余晟的。”

“余医生就是犯桃花，他一回来，美女都多了。”

裴紫苏绕着走廊拐了两个弯，找到示教室。门虚掩着，她抬手要叩门，里面传出的谈话声让她停住了手。

“余医生，你不会真听不懂我的意思吧？那我给你摊个牌。你出国一年花了医院多少钱，肝胆胰外科如果接收你回来，这些花费就都要算在本科室的成本支出里，是要从每个医生、护士的奖金里按月扣除的。说白了，我们每个人都给你交了学费；再说白了，我这个科室不欢迎你回来，科室里的每个人都不欢迎。”

这是肝胆胰外科岳主任的声音，是余晟的顶头上司。

“岳主任，”是余晟的声音，谈话已经很久了，他很厌倦了，“只考虑经济账的话，我也带回了高难度的新技术，能够创收。”

“就别提你那些技术项目了，都是些镀金的水货。”

“岳主任，你其实是怕我吧？”余晟慢悠悠地说着。

裴紫苏仿佛看到余晟脸上带着笑，温和的没有温度的笑。

接着就是岳主任的勃然大怒……

猝不及防，裴紫苏旁观了一场医院里的职场较量。虽说这种倾轧无处不在，但新医生裴紫苏还是觉得幻灭。

非礼勿听，裴紫苏忙退后，匆匆离开了僻静的走廊。她身后响起很快的脚步声，是从会议室方向跟着她过来的。

裴紫苏忙转身，看到余晟迎面走来。

高瘦颀长的身影走在光影冷清的走廊里，他微微垂着头，看不清楚表情，步伐很快，眉间有沉郁弥散。余晟没有穿白大衣，确实是没有上班。

裴紫苏扬起笑脸，轻唤：“余医生。”

余晟抬头：“小裴医生？”

“来还你衣服。”裴紫苏晃了晃手提袋。

余晟恍然："我都忘了。"

他接了手提袋向病区外走。裴紫苏留意到，经过医生办公室时，余晟看都没往里面看。她回想起方才去医生办公室找余晟时，里面好像没有多余的办公桌。

到电梯间，余晟乘电梯去手术室。裴紫苏下楼，等不及电梯，就去了安全通道的步梯间。转角处是玻璃外墙，裴紫苏能看到蓝色玻璃墙反射出余晟的侧影，有些消沉。

电梯门开了，涌出很多人，余晟后退着避让开人群。他没有进电梯，兀自出着神。电梯门几开几合，人流上上下下，余晟被越冲越远，始终游离在人群之外。

终于，他深呼吸了一下，仰头像是叹了口气，快步走进电梯。

匆匆的一面，像一颗投入湖中的石子。玻璃墙里蓝色消沉的影子，总是与那晚的身影重叠——余晟昂着头要和整幢楼对峙似的。

裴紫苏开始留心余晟的消息，他名气很大，新近回国又正在热度上，常常被提起。

但裴紫苏这个级别的住院医师圈子里只够听听余晟的传闻，甚至没人和他接触过。新医生们谈论余晟的句式都是白痴般的感叹式：哇、好厉害、太牛了、我一辈子能达到他现在的成就就知足了……

裴紫苏觉得自己混错圈子了——听这些菜鸟说话，会觉得自己都是菜鸟了，简直毁自信。

而内科系统的中医科和外科系统的肝胆胰外科，两栋楼、两个大圈子，交集不多。

至于张夫子那些老医生聊起余晟时，总是很隐晦，话语点到为止，细琢磨又风浪层层，裴紫苏总不能去求详细解答吧？

好奇为什么害死猫，因为百爪挠心却挠不出个所以然来——那只猫一定是被自己的爪子挠死的。

这天傍晚临下班，裴紫苏接到了老裴的电话。上班半个多月了，这老头还是第一次在工作时间给裴紫苏打电话："你下班来找我，一起回家。”

裴紫苏去了中心ICU。

她老爹，老裴医生，是本院中心ICU的主任，绝对的大腕。这点儿毫不含糊，谦虚都不管用——在本医院医生的三六九等里，老裴算TOP级。

医生这一行，老的少的都穿着一样的白大衣，外表看最大的区别，无非是有人把白大衣穿出大厨风格，有人则穿出教授风范。

但白大衣的江湖里，身份地位可是被三六九等分得停停当当。顶层人少、底层人多——标准的金字塔形分布。

裴紫苏是底层，劳力输出型的住院医师，还有个前缀“新来的”。她目前的职业梦想就是少挨骂，工作内容是永远加班。

她惨，但是她爹厉害啊，她爹是塔尖的。老裴是主任医生、科主任，带课题项目，万一他跳槽，病人也会跟着跳槽，老裴是脾气很大的“学科大树”。

余晟呢，是非常靠近老裴的那个层次的医生。

在金字塔里，他的头已经比较尖了。

裴紫苏和老裴在办公室门口险些撞个满怀，老裴数落小裴：“毛毛躁躁的，上了班也没学会稳重。去里面等我。”

到底是谁毛毛躁躁的？裴紫苏冲老爹的背影做了个凶脸。

老裴的办公室是套间，外面办公，有诊疗床；里间休息，有休息床。裴紫苏进了里间跳上休息床躺着，闻到了老裴的味道——这老头又偷着抽烟了，也不怕被发现罚款。

外间的门被推开，进来了挺多人。听对话是业务副院长过来了，每月例行的医疗安全检查。老裴受了两句批评，又受了两句肯定，更年期的老头处于情绪震荡中。

还有肝胆胰外科岳主任的声音，他一进门就和老裴争执起来。

这种场合裴紫苏不能出去，认命地做了隔墙的耳。谈话内容她不感兴趣，中老年男人争执起来也很吵，还没有女人吵架的范围广。

对话里偶然出现的一个名字像是在裴紫苏的后脑拽了一下，拉亮了一盏灯，她倏地睁开了眼。

是老裴非常直接地在指责："……这个病人如果交给余晟，手术就不可能做成这样，更不可能被送到ICU来，外科医生这是在推卸责任！"

裴紫苏直摇头：老裴说话太冲了，真会给自己树敌。

果然，岳主任的声音阴险中带笑："余晟，你找外援都找到裴主任这里了，年轻人，学会玩心机了？手段还挺张狂！"

裴紫苏一惊，缓缓地坐了起来：余晟也在？他什么时候进来的？外面是个什么阵仗？还有谁？

她蹑手蹑脚地下床，向门边靠了过去。

外间也就只有这四个人：

检查工作的副院长；

余晟，外科系统最闪耀的新星，要找副院长"谈一谈"，问到了副院长的日程就来ICU堵人；

岳主任，肝胆胰外科主任，刚被副院长一个电话叫来的，因为一个闹纠纷的病人，当然也因为余晟的事情；

裴主任，不必说，东道主。

裴主任手一挥："岳主任你别瞎扯，余晟是你的人，我管不着，现在说病人的事情。"

又是一通扯皮、互不相让，架不住裴主任什么都精通，岳主任败下阵来。

裴主任批评："老岳你这个人太霸道，手下几代医生你都压着不培养，肝胆胰外科现在离开你就瘫痪，你连个能帮你的医生都没有，说白了你就是'刀霸'。你退休了这个科室怎么办？那么多病人谁来管？"

余晟始终沉默，局外人似的。

副院长问他："余晟，你和岳主任当面沟通一下嘛。"

岳主任抢先发难："就是，当面说嘛，这状都告到院里了？"

余晟坦荡地看过去："不是告状，是提出要求。我要求尽快回肝胆胰外科开展工作，我与岳主任多次沟通，没有结果。"

裴主任看着乐：这小子是豁出去了，岳主任日后必定给他一双特小号鞋穿。

老裴对余晟说：“来我ICU，你有外科的底子，又年轻勤奋，我求之不得。”

岳主任顺水推舟：“我当然不能拦着余晟博士的大好前途，肝胆胰外科还真养不下这么大的鱼。”

这情形有趣了，副院长问余晟：“裴主任愿意接收你，你的态度呢？”

连副院长都这样问了，大有顺水推舟把余晟这个“麻烦”转给ICU的意思。

余晟是局中人，自然更明白——就算你余晟是外科系统的“明日之星”又怎么样，肝胆胰病区现在还是晒在岳主任这颗太阳之下呢。医院从不缺青年医生，但“学科大树”多少年才培养成一株，病人认的也是“名医”的金字招牌。

总之，余晟，你现在道行还浅。

余晟有些心寒：“为什么我要离开？就因为我的科室主任不喜欢我？我的专业、课题、项目，我热衷的、深造的，都是肝胆胰疾病方向，我能给这些病人最专业的医疗。我在这条路上已经走了这么远，为什么我要放弃？”

余晟缓缓地摇头：“不会的，这件事我可以坚持，我不会换科室、转专业。”

余晟说完，也为自己尽了所有的努力，结局如何不是他能掌控得了的。

这一辈子太长，会有无数的选择、无数的事到临头不得不低头，但这一辈子值得坚持的事情却没几件。这一件事，余晟不会妥协、也始终没有妥协过。

副院长看着余晟，这是年轻医生里最优秀的一个，也是最不好摆弄、是非最多的一个，偏偏又是教养、脾气最好的一个。余晟的“一根筋”已经让他吃了很多苦头，他在专业方面的执着近乎于“笨”。但是医生要想成“精”，没有这股子“笨”劲儿还真是成不了。

副院长调侃裴主任：“他和你倒是一样的倔脾气，难怪能得到你的欣赏，你敢要？问题是他的态度很明确——不想跟着你。”

裴主任被余晟的“婉拒”伤了自尊，但也佩服这小子的硬气，心情复杂：“我在他这个年纪还是比较胆小的，没他冲。”

副院长对岳主任说：“关于余晟的事情，医院里早就讨论过，医院的态度是：岳主任你必须给余晟安排工作，余晟你必须配合岳主任的工作。”

风头忽转，老岳有种被戏弄的恼怒，脸色铁青地拂袖摔门而去。副院长也要走，裴主任送他出门，还要说些医院里的事情。

余晟送了两步，又返回办公室，想等裴主任回来跟他道声谢。

他和裴主任关系很一般，点头之交而已，老裴刚才的几句话虽是随口说的，但余晟听着心热。

副院长说他“倔”、裴主任说他“冲”，只有余晟知道那一刻自己的心有多静。他没有任何底气，也没有任何讲条件的凭恃，仅有的是心底最后的骨气，也是最坏的打算——如果医院要“调整”他，那他也只有“调整”医院一条路可走了。

窗外楼宇高低错落，是医院的行政楼、内科楼、门诊楼，建筑风格是统一的坡顶飞檐，墙体迎着阳光有细密温和的碎光。

余晟望得出神，这一刻才觉得自己真正地“回来了”。

吱呀一声，是门轴转动声。余晟吃了一惊，看过去，套间的门“自己”开了。门继续被推开，露出一只女人的手。门开，走出来的人纤细高挑，她抬脸，黑眼丰唇——是裴紫苏，中医科新来的菜鸟住院医师。

裴紫苏、裴主任，“裴”？

余晟明白了。他不禁皱眉，她一直躲在里面？

裴紫苏一抬头，赫然正对上余晟的目光，她吓得脸变色，几乎叫出声来。

余晟坐在她爹的位置上，看着她，眸子黑漆漆的，像是在守株待兔。

“对不起，我……”裴紫苏蒙了，怎么回事？分明是人都走光了呀，一点声音都没有了呀，为什么还剩下一个人……

她手指指里间，又指指外边，最后泄气地往白大衣兜里一揣，不解释了。

余晟看了她一眼，扭头看向窗外，面无表情。

偷听的人、被偷听的人，其实他们谁也不想看见谁。

余晟无所谓，他没什么见不得人的，但还是很不舒服。

裴紫苏要难受死了，直后悔自己这时候出来。

“没什么，碰巧而已。”余晟说。

他起身要走，裴主任恰好回来了，看到办公室里的两个人就介绍他们认识。

裴紫苏和余晟互看一眼，又都别开脸。

办公室的门又被推开，裴紫苏看到进来的人瞬间黑了脸，怨恨地瞪着老裴：“你出卖我？”

老裴脸上挺别扭，给女儿赔着笑：“不是，是碰巧……”

来的人是江晓城，他兴冲冲地来找裴紫苏：“听裴叔说你来医院上班了，怎么也不告诉我？走，给你庆祝。”

余晟看这情形，火速告辞。

裴紫苏喊他：“余医生，你等我一下。”

她甩给老裴一句：“我和余医生有事要说，先走了。”

余晟有被身后这女人拖入沼泽的预感。

果然，江晓城把裴紫苏的包扯住了：“苏子，我特意来看你的。”

老裴帮着江晓城敲边鼓：“苏子，你好好说话嘛，晓城的病刚好……”

余晟走得更快了。

但他刚出中心ICU的门，裴紫苏也快步出来了，而江晓城也紧追了出来。

第二章
情不知所起

那两人在里面的时候应该就已经闹开了，江晓城已经被激得濒临爆发：“你就是仗着我由着你作，不把我当回事！”

裴紫苏反唇相讥：“我看是你自己作，都结束多少年了还说那种话，我连分手的权利都没有？还是卖给你家了？你有那么念旧？不就是跟我斗气吗，当年若是你甩了我，你现在肯定已经不认识我了。也就是我爸傻，相信你是痴情人，也不看看江大公子身边什么样的女人没有。”

裴紫苏声音不高，贵在一气呵成。她吵架的本事挺深藏不露的，其实是一项特长。

江晓城被裴紫苏连珠炮似的话顶着，插不进去话，气得胸口疼。

什么叫冤：他何曾跟其他女人乱来过？是有些风言风语满世界飞，他一次次主动跟裴紫苏解释，可她失心疯似的就是不听。

眼下裴紫苏脚步不停，很绝情。江晓城盯着她的背影，看着看着眼睛就红了，追上去两步抓住了她的手腕。

这一攥有火气，死紧，火辣辣地疼。

裴紫苏今天也是被气狠了，把老裴的“背叛”也算在他头上。她更想和江晓城彻底有个了断，索性动用武力吧，让他看看她可以多市井。

裴紫苏一回身抬脚就踢江晓城，连着好几脚。

江晓城是何等人物？生性骄矜，就是再求着谁也是直着腰的，被女人踢？

完全是下意识地撮火，加上身体的本能，江晓城把裴紫苏推了出去。出手的瞬间江晓城就知道这一下失手了，就看见裴紫苏跌向身后的大理石台阶，一线线的边角带着尖棱……

裴紫苏踉跄的瞬间是破罐子破摔的想法：好！摔个骨折咱们从此就是仇人！

预期中的“骨折”没有来，她像是掉进了一张强韧的网里，堪堪摔倒之际被兜住了。然后她看到了余晟俯视的脸——她掉进了余晟怀里。

两人的姿势太暧昧了，裴紫苏这一路又是追着余晟出来的，江晓城回过些味儿来，他怎么就没想到，这女人可能是真的变心了？

江晓城想从余晟怀里扯走裴紫苏，裴紫苏慌忙躲，这一躲更是深深地扎进了余晟怀抱里。良久她都没感觉到江晓城的第二下扯拽，回头看，只见江晓城的那只手腕被余晟的手扣在了半空中。

这少爷不是善茬，余晟这书生居然能辖住他？

她微微仰头看向余晟。

江晓城用力甩开余晟：“这儿没你什么事，赶紧走！”

余晟很想赶紧走，但也不知被这对吵闹中的男女触动了哪一个念头，说：“不要这样对待自己爱的人，哪怕是曾经爱的人，就算她并不爱你。”

男人低沉的声音震动而来，降了噪混了音般传到裴紫苏的耳畔。裴紫苏恍然意识到她还贴在他怀里，余晟的另一只手臂也还护在她的肩背处，她被蜇了似的立即跳开。

余晟的话恰恰抵在了江晓城和裴紫苏的痛处，两人都安静了。

江晓城放软了姿态，小心翼翼地问裴紫苏：“苏子，你好好跟我说句话，行不行？”

裴紫苏从来不喝迷魂汤，眼睛清亮：“那遂你的意，咱们现在去领结婚证，你敢吗？你需要跟家里的父母报备吗？”

这一问真是引火归元，把所有纷杂俗事搅作一堆，齐齐堵进了江晓城的脑子里，让他眼里闪过一丝狼狈。

“不行，不是吗？”裴紫苏笑得凉薄，眼里有些恨、有些拗、有些灰心。

庭院里盛夏的绿色枝丫攀缠，闹得正浓，化都化不开。此处僻静，只有他们三人。

余晟趁他们都沉默，赶紧离开。不料裴紫苏默默地又跟着他走，流浪狗似的。余晟心烦，他真的要被裴紫苏拖下水了。

余晟想赶她走，回头却看到一双泪眼，也就不多说了。

碎石的甬道缝隙里有青苔，清幽僻静，绕过荷花池和亭子，余晟到路边的小铺里：“老板，两瓶水。”

裴紫苏茫然地跟在他身边，此时醒了，说：“两罐啤酒。”

柜台上两瓶水边又多了两罐啤酒，500毫升大罐装的，余晟不赞同地瞅裴紫苏。

裴紫苏直瞪瞪地看着那两罐啤酒说：“再来四罐。”

“喝水。”余晟对她说，付了水钱。

裴紫苏没理他，付了啤酒钱，抱着走了。余晟拿了水走出几步，终究念着她是同事，又是同事的女儿，无奈地向裴紫苏的方向找了过去。

夕阳的光焰下，裴紫苏盘腿坐在荷花池边沿上，身后是细茎高举的阔大荷叶，连片成田，煞是壮观。她身边排着一溜儿啤酒罐，也比较壮观。

看见余晟，裴紫苏好笑：“学霸、教授、主任医师、海归、余老师，你是怕我喝醉了掉进池子里吗？放心，各种死法里，我绝不可能被淹死。”

余晟在她身边坐下，先打开一罐啤酒仰头就是好几口。他自回国后状态一直阴郁，今日小有突破，却莫名地更加压抑。

啤酒被裴紫苏晃过，起了沫，细腻洁白的泡沫沿着他的唇角流下来，余晟低头用手背擦，手臂的肌肉线条紧实分明，非常有力量。

空气里弥散着啤酒的清香，裴紫苏吹了声口哨——余晟挺有魅力的，甚至是挺性感的。

余晟手肘撑在膝盖上，晃着手里的啤酒罐，说：“抛弃别人的人，怎么可能轻生呢。”

裴紫苏上翘的唇渐渐抿紧，半晌，拉开一罐啤酒狂灌，酒意冲顶，挺难受的。

“抛弃？这头衔重得能压死人，你知道什么是抛弃吗，是离开好不好？”

“诡辩，有什么区别？”

“有的，‘抛弃’就是心肌梗死死掉了；‘离开’就是总忍不住抢救。抢救，余医生，你知道抢救很难受的。”裴紫苏眼前迷蒙，是酒气太冲。

余晟沉默。

裴紫苏就只管喝酒，她酒量奇差，很快就手脚麻木。

“对自己‘离开’的人，也应该好一些。”余晟悠悠地说。

裴紫苏不以为然：“为什么要留下‘好’呢，那是挖坟，真是虚伪。有时候，只求速死。”

天已黑尽，裴紫苏没看到余晟痉挛的手和咬紧的牙关。

她醉意摇曳，坐不稳，就抱着身边的石栏杆，脸贴上去蹭凉意，自言自语道：“我问过自己，以后要遇到一个多爱我的男人才能让我忘了江晓城，而我要多爱一个男人才能忘了江晓城。不会有了，这是我的报应。先说分手的那个人好像有罪，不管那个人有多难受。”

“白月光”，谁没有？大家都一样，这世界是公平的。

守什么诺言，其实我们都可以不在乎。

裴紫苏垂下头，又拉开一罐啤酒倒进嘴里，麦芽香里苦甘掺杂，真涩。

“你哪儿知道什么是‘活埋’啊。”余晟说，一时苍凉。

夕阳垂垂沉默，暮色渐浓，余晟说：“你喝多了，裴主任该着急了，我送你回家。”

裴紫苏不走，耍赖抱着石柱，一双妙目里酒气氤氲，瞧着余晟：“老裴今天对不起我，不敢管我。你别送我回家，我爸对我身边的男人‘过敏’，他能问死你。”

酒醉心明，余晟头疼，真不该好心管她。

余晟垂眼看着她，裴紫苏就那么斜眼瞧着他，彼此间幽光朦胧，遥远的星发着几点冷光，月光清透。

裴紫苏缓缓地弯起唇角对余晟笑，语气异常温柔，像个陷阱："余晟，你会超级棒的。"

余晟明白她在说什么，他也知道自己会超级棒的。但他还是问了："你怎么知道？"

"我就是知道，我的预感很灵的。"裴紫苏睫毛慵懒地轻抬，像说着一个秘密。

那双眸子沉浸在浓浓的夜色里，却聚了夜晚所有的黑、所有的光，莹莹地虚无着。

余晟感觉到极细微的一声，盛夏的夜风里，像是有一粒种子炸开了。

迫于医院的压力，岳主任妥协一步给余晟安排了工作——去普通外科的门诊上班。挂号窗口的电子屏上"普通外科（肝胆胰外科）"一栏的出诊医生从此只亮着"余晟"。

行业内有种声音：门诊医生是万金油，轻症做检查，疑难重症转到病房去，没有上大手术的机会。余晟就是被定死的万金油，什么时间回病房管病人、做手术，另行通知——余晟你就等着吧。

拿刀的人被卸了兵刃，只能站岗，这事在全院被大家议论纷纷。传闻的核心人物余晟却异常安静，朝九晚五、出诊看病，连句牢骚都不曾听见。

这天傍晚刚下班，余晟接到电话——病房里的医生都在手术台上，中医科要求会诊，问他能不能过去一趟。余晟忙往内科住院楼去。

中医科的夜班医生是裴紫苏，见来的是余晟，立刻想起了她那晚的撒酒疯……

余晟问："病人在哪儿？"

裴紫苏领着他往病房走，说着情况："五十九岁的男病人，住院第五天，突发急性腹痛。查体上腹压痛，反跳痛不明显，曾有呕吐，血压70/130mmHg，没有发热……"

陈述精练、准确，余晟挺满意。刚入职几天的医生通常没有这样的素质，都是慌乱地打电话求助老医生——医疗世家的孩子毕竟功底不错。

医院里的“医二代”很多，粗略可以分为两类：一类是受家庭熏陶、子承父业，通常职业素养很高，在临床科室；另一类是为了找工作方便，凭着父母的关系进了医院，通常在行政后勤科室混日子。

余晟索性为难一下中心ICU老裴主任家的女儿：“你考虑可能会是哪些病？”

“慢性胃炎，十二指肠溃疡，胰腺炎，肝病……都有可能。”

余晟暂时把裴紫苏归为第一类。

进了病房，余晟检查、询问病人，裴紫苏认真地看、听，一副偷师的模样。是个好医生的苗子，那天和男朋友吵架动手、耍赖喝啤酒的人好像不是她似的。

给病人开了检查单，余晟在医生办公室等检查结果。

裴紫苏在给一位病人讲针灸，伸手拿起桌上的Hello Kitty摆件，笔在Hello Kitty的肚脐上方实实在在地点了一下：“中脘穴在这个位置。”

然后她一路点了下去：“水分穴、气海穴……”

做这女人的玩具都命苦。

余晟觉得自己也是多事，待病人走了，他问：“不是有模型吗，标着人体全身穴位的那种，用起来不是方便些？还有穴位图。”

“不够美。”裴紫苏说。

余晟无话可说了。

走廊里响起急促的脚步声，余晟和裴紫苏互看一眼，这是有急诊？

来的却是眼科的李医生，他看见余晟在，很意外：“余晟，你怎么在这儿？”

余晟说：“有个会诊。你要忙什么？”

“我来借点东西。”李医生眼睛滴溜溜地瞅向裴紫苏。

余晟明白了，挑了挑眉。

裴紫苏则皱起眉，“不欢迎”的表情很直白。

参考江晓城的待遇，余晟觉得李医生可能要惨。

“借什么？检验单、处方、打印纸、知情同意书……”裴紫苏一连串问下来，自己都赞叹了，“你没借过的东西还真不多。”

李医生尴尬，努力地想没借过的：“借张病危通知单吧。”

这下连余晟都尴尬了——眼科，一年也用不到几张病危通知单吧。

裴紫苏看着李医生笑，嘴角全是盘算。她陡然转为关心：“李医生，听你的声音不太好，是不是有鼻炎？”

还真有鼻炎，李医生立刻变身病患，讲起了自己的过敏性鼻炎，控诉病情的缠手。

裴紫苏温声细语：“这病在中医里称为‘鼻鼽’，病因是肺、脾、肾三脏虚损，肾虚不能温土、脾虚生血受制、肺虚生气受制，最终会导致气血失衡，营卫失和。再加上七情、饮食、体质等内外环境……”

她略停顿，看了看李医生：“你是不是听不懂啊？”

李医生扭头看余晟，余晟在看窗外，一只手挡在鼻前。李医生再回头看裴紫苏，笑了笑：“还行吧。”

“听不懂是正常的。总之呢，你可以试试中医的针灸。要试吗？”裴紫苏在微笑，充满期待。

无法拒绝的医生……

何况佳人主动示好，不就是扎一针、疼一下吗？可以忍，忍过去就是新天地。

李医生慷慨：“那就麻烦小裴医生了。”

裴紫苏瞅着他笑，探手拿过针灸盒。铝质的盒子，里面的针灸针寒光闪闪的。

李医生明显地哆嗦了一下：“往哪儿扎？”

“印堂穴，在眉心。”

裴紫苏先拈起最细短的毫针，不合心意，又放了回去，指尖迟疑地向后点着针，针渐粗渐长，最后捏起一根二十多厘米的长针。

裴紫苏的手指纤长，捏着的针也长，针尖冷光幽幽，遥遥辐射着李医生的额面部。

李医生眼睛都直了：“小裴医生……”

“这叫‘七寸长针’。”裴紫苏介绍。

李医生跳起来就走：“改天再扎吧，病房里的病人还等着我呢。”

裴紫苏扫兴，把针放回盒子里。她知道余晟在看她，也知道他肚子里憋着笑呢。

“李医生没恶意。”余晟忍着笑，心说李医生对你其实是“好意”。

裴紫苏一哂，电脑边是一沓空白的病危通知单，她看了看，说：“医生是不能开这样的玩笑的。”

她这话里都是寒气，余晟唇边的笑渐渐散了。

会诊的病人最后转了肝胆胰外科，裴紫苏值夜班也挺忙，病人转科的程序都是余晟替她办的。

第二天午饭后，余晟去门诊部的休息间，一进门又看见了裴紫苏，她一个人窝在角落的沙发里打瞌睡。

余晟端了杯咖啡走过去：“你是下夜班，怎么不回家睡觉，来门诊了？”

“张夫子有个棘手的病人，我替他出一天门诊班。”裴紫苏答，看了眼余晟手里的咖啡。

“还没喝，你介意吗？”余晟把杯子递向她。

“怎么会？谢谢。”裴紫苏接了，小口啜着。她的脸色很差，人也萎靡。

余晟又去门口给自己冲咖啡，门外呼啦啦进来一拨儿医生、护士，好不热闹。

刚进门的整形科医生一眼就看见了裴紫苏，虎躯一震，一屁股坐到了裴紫苏对面：“小裴医生，我最喜欢你了，怎么还不去找我啊，说了给你打八折的。”

“八折我也怕疼。”裴紫苏哀叹，“老师，你就让我这样斜着吧，不影响市容。”

这位整形科大叔医生有职业病，不管看见谁都会在对方的脸上挑毛病，找可“调整”的部位。认识裴紫苏的时候他着实下了番功夫，终于发现她内双的双眼皮有一丁点的不对称，就要给裴紫苏“修正”一下。

整形科医生恨不得把裴紫苏直接摁进手术室，现在这样苦口婆心地劝着实太累：“就缝一针，很简单，缝完以后你立刻就能嫁出去了！”

“就缝一针的话，我也能缝。”说话的是余晟，他倚在裴紫苏的沙发旁。

裴紫苏听见声音抬头看他，余晟看了下这张脸，尤其是整形科医生的那处“心病”——内眼角。

裴紫苏忽然就别扭了，讪讪地垂了眼。她抿了一口余晟冲调的咖啡，很是与众不同，奇异的口感，味道很好。

整形科医生对余晟摇头：“你别捣乱。虽然你号称外科系最好的刀，够快、够准，但那是缝肚皮的手法，我们整形科都是美容针。哎，我说余晟，你是不是没手术做太闲了，想抢我生意啊？”

余晟摇头：“是你整形上瘾了，要不要看心理医生？”

“你要是闲着无聊，写几篇科普文章吧，有出版社要，版税从优。”

余晟继续摇头：“整形科医生写的肯定畅销，丰胸、瘦脸、隆鼻、开眼角、打玻尿酸……我写什么？肝癌、急性重症胰腺炎？健康的人是不会买的，买了放在家里辟邪吗？”

“你这家伙，就没个正形。”整形科医生哈哈大笑，目标转回裴紫苏，“小裴医生，你旁边这个余老师是坏人！是大灰狼！你要当心！有时间来找我修修眼睛，我给你打八折！记住啊！八折！”

说笑间，裴紫苏的手机响了，看到来电她就站起来了，接通的时候人已经在向外走：“十七床？我马上回去。”

整形科医生称赞：“这小医生是个医科的好苗子，若是搞心脏专业，或者急危重症，才算是人尽其用。”

有人调侃：“虎父无犬子，也不看看是谁家的孩子。”

“谁家的？”

“你不知道？这是中心ICU裴主任的千金。”

整形科医生吓了一跳：“老裴的女儿？这就是‘小苏子’？不对吧！这孩子咋和小时候不一样了，小时候那是丑绝了啊！”

“小时候也不丑，怪老裴把个女孩子带成了个小邋遢。这孩子五六岁就一个人拿着她爸的饭卡在职工餐厅打饭吃了，要是没有职工餐厅，老裴能把自家女儿饿死，你信不信？”

“唉，没妈的孩子就是可怜。”

整形科医生挺遗憾的："应该叫我叔叔的啊。下回吧，认个亲，她小时候我还带她抓过蚂蚱、解剖过蛤蟆。"

……

都是医院的老职工，一聊起来就是二三十年前的老故事，连裴紫苏三岁时跟老裴上夜班，半夜被吓醒，把值班室的床尿湿的事情都能掰扯出来。

余晟直皱眉头：裴主任也是胡闹，他那可是ICU，平均一晚上死一个病人的地方，能把三岁的女儿带去上夜班？

这样长大的孩子，对生生死死都麻木了。

余晟又觉得不对，想起裴紫苏昨晚的话——即便是医生，也不能拿病危通知单开玩笑。

裴紫苏，挺复杂的女孩，处处自相矛盾。

余晟把咖啡倒进嘴里，去门诊开诊看病。

傍晚时忽然下起了暴雨，余晟下班时经过中医科诊室，诊室的门开着，里面还有人没走。余晟向里看，是裴紫苏，一动不动的侧影，在暴雨阴沉的天气里望着窗外的雨发呆。

如果没有见过她和江晓城相处，这小医生会给人规矩、乖巧的好印象。果然人是不可貌相的。

余晟敲门："被雨截住了？我开车送你？"

裴紫苏似被惊醒，茫然地回头看着他。余晟提醒："早点回家休息。"

裴紫苏起身收拾东西下班。她已经三十多个小时没睡了，只觉得累。

上了车，裴紫苏指路："我家在……"

余晟特意回头看了眼后排的裴紫苏，说："我知道，前几天送过。"

裴紫苏无奈地歪头看余晟——前几天，他确实是把撒酒疯的她一路扯回家的。余晟那一路不耐烦的表情她可忘不了。

余晟笑，转回头发动车子："你睡吧，这路况是要一路堵过去的。"

车厢密闭，雨点砸在车身上密密匝匝的声音单调持久，是最好的催眠音。车开得又缓又稳，裴紫苏晃晃悠悠中就睡着了。

全城积水，车在车河里好几次一动不动地停着，到老裴家楼下时已经是三个小时以后了。

墨云翻滚，天色黑尽，暴雨转成了毛毛雨。余晟把车熄了火，等裴紫苏清醒。

余晟把车窗打开细细的一道缝，静谧的空间里涌进了新鲜的水润味道。雨雾里氤氲着木槿花清浅的香气，是这座城市里熟悉的味道。

余晟忽然想念匹兹堡了，他住的街区、常去的钢桥、实验室里的老外们、靠剪头发就发了大财的韩国人理发师……那座城市此刻正在苏醒。

算一算回国这一个多月，他如今轻闲得发霉，等着在雨后长出蘑菇。

裴紫苏睡得香甜，坐在后排右侧的座位，居然还系着安全带。

余晟又等了半个多小时，这女人大有一觉到天亮的意思。余晟打开音乐想慢慢地吵醒她，极低极沉的大提琴声在雨夜的车里晕染开。后视镜里，裴紫苏乖巧的眉毛抖动了一下，似要醒了，却又沉沉地睡了。

余晟便一点点把音乐声放大。

仪表盘上时间正好变成晚上九点整的时候，手机铃声忽然大作。余晟惊得手哆嗦了一下，后座的裴紫苏更是噌地就坐直了。

是她的手机，裴紫苏迷迷糊糊的，眼睛都睁不开，接起电话："嗯？老爸？在哪儿？我看看我在哪儿啊……"

裴紫苏睁眼，她在车里，她为什么在车里？开车的人是——余晟？！她为什么在余晟的车里？

老裴那边已经疯了，魔音咆哮，裴紫苏的耳朵险些被贯穿，瞬间清醒。老裴这音量，余晟听得一清二楚。

"……我往家里打没人接，给你们科病房打电话说你不在，深更半夜的，你这是刚睡醒？还不知道自己在哪儿！裴紫苏你对得起我吗？！"

"爸，才晚上九点……"

"晚上九点不是深更半夜是什么？你在哪儿？和谁在一起？"

"我好像是在……"裴紫苏努力看车窗外，玻璃上有水雾，看不清楚，而坐在车里与平时走在小区里视角是不一样的，夜色里她还真得确认一下，"咱们家？"

驾驶座上的余晟转过身，对她点点头，做口型："你家。"

裴紫苏确认："嗯，咱家！"

老裴怎么可能相信呢？父女俩在电话里就掐起来了：

"在哪儿呢？"

"在家。"

"不可能！"

"在家，真的，真的真的！"

……

余晟笑得很隐晦，这让裴紫苏很恼火，更尴尬——真丢人！

终于她也烦了，对老裴喊："你想我在哪儿啊？你说我在哪儿我就在哪儿行了吧？"

余晟示意他能帮忙做证，裴紫苏就把手机递过去。

余晟说："裴主任，我是余晟……小裴医生确实到家了，在楼下。"

但他的声音更让裴主任血压升高了，余晟忽然想起裴紫苏说过，她老爸对她身边的男人"过敏"。

"……今天下大暴雨，下班时碰到就开车送她……路上堵车，刚进小区。"余晟被问得一脑门子汗，连他都要怀疑自己是对裴紫苏"心怀不轨"了。

挂断电话，余晟佩服："女儿是父亲上辈子的情人，果真不假。"

裴紫苏表示不乐观："我上辈子肯定过得不怎么样。"

对这话有共鸣，余晟点点头："裴主任还是老样子，我去年出国前的最后一次查房，他在病人面前把病历扔在我脸上，当时我真是连想死的心都有了。"

裴紫苏只有干笑了。

余晟问："裴主任出门了？"

"开会去了，走几天。"

裴紫苏下车，余晟也下了车。

余晟关照她："一个人在家，锁好门窗。"

"你可真够老气的。"

"我得替裴老师看好他女儿。"

裴紫苏站在台阶上，回头看他。余晟站在车旁，夜静，他的人更静，隔着迷蒙的夜色看着她。蒙蒙的水汽分不清是雾是雨珠，漫天漫地地飘着，把雨夜的水光搅得迷离朦胧。

余晟问："有事？"

"没有。谢谢你，晚安。"裴紫苏笑了笑，进了楼门。

余晟抬头仰望，看到一扇窗亮了灯，开车离开。

第二天下午，余晟才听说中医科发生的事情。昨天中午一个病人死亡，亲属质疑医疗方案，在闹纠纷。

余晟这才想清楚昨晚裴紫苏看他的目光，病人死亡、亲属闹事、父亲不在家……

没来由地余晟竟有些愧疚。他给裴紫苏打电话，很快被挂断；他给她留了言，裴紫苏始终未回。

下班后，余晟再一次打电话，这回她接了。

"你们科的事情我听说了，你在哪里？"余晟问。

"病房。"

"下午怎么不接电话？"

"开了一下午会，刚散。"裴紫苏声音里满是倦意。

"现在能走吗，我去接你？"

裴紫苏没搭腔。

余晟不知道她在忙什么，猜想着她可能面对的各种各样的情境，索性说："你在病房等我，我现在过去。"

裴紫苏没在忙什么，她只是在愣怔——和余晟还算不上熟，他这突如其来的殷勤从何说起呢？

中医科的医生办公室里冷冷清清的，余晟到的时候只见到张夫子和裴紫苏面对面坐着，气压很低。

他和张夫子聊了两句，知道了大概情况：这例纠纷在医疗方面是没有过错的，和家属的沟通、配合也一直很好，问题出在病人去世后闻讯赶来的一众亲戚身上，他们以为孤儿寡母的被医院蒙蔽了，在挑毛病。

张夫子抚着谢顶的头壳，很郁闷："我没压力，就是难为小裴了，刚上班没两个月就跟着我受气，我这老师没当好。"

裴紫苏："您别这么说，是我帮不上您的忙。"

张夫子："已经很不错了，今天的死亡病例讨论会，还有和病人那边的沟通，不是很好吗？余晟，你送小裴回家吧，女孩子还是要注意安全。"

余晟对裴紫苏说："走吧。"

裴紫苏跟着余晟出来，到了电梯间好巧不巧就碰见了逝者一家，七八个人正走出电梯。迎面相遇，对面的众人齐齐看向裴紫苏，气氛骤然紧张起来。

余晟担心节外生枝，想带裴紫苏回病区。

但逝者的妻子忽然哭着走过来。裴紫苏下意识地往余晟身边靠近了些，手臂不经意间擦碰，余晟感觉到她手臂冰凉。

对方人多势众，只要有一个人控制不住情绪激动起来，就会影响到所有人，有各种意外发生的可能。

余晟伸手握住了裴紫苏的手腕——万一出现意外的冲突，他能拽住她——虽然他知道自己有些冒失。

裴紫苏顾不得男女之嫌，冰凉的另一只手握住了他的手臂。

"裴医生，对不起……"病人的妻子泣不成声，"我们不是和你过不去，也知道你们尽力了……"

裴紫苏也黯然："我明白。"

余晟认出，眼前这位是那晚张夫子和裴紫苏抢救的病人的妻子，他还给她画过气管切开术的步骤图。对方也认出了余晟，眼泪流得更多了。

气氛莫测，不宜久留。余晟对病人的妻子安慰地点了点头，伸手揽着裴紫苏的肩，护着她从一旁的步梯快速离开。

楼道里，余晟给张夫子、保卫科分别打了电话，提醒他们要注意安全。下了楼，坐在车里，余晟才松了口气。他回身看车后排座位上的裴紫苏，她一直看着他，异常安静。

余晟给她宽心："看刚才的情形，这家人还算讲道理，会很好处理的。接受亲人的离世需要一个过程，大家的反应都不一样，你放心吧。"

裴紫苏点点头，望向车窗外。

车子启动，车厢内极静，良久余晟才听到后排一声极低的叹息，几不可闻。

余晟今晚送裴紫苏上了楼，裴紫苏背靠着家门对他道谢。两人间太安静，走廊的声控灯就灭了。

“早点休息。”余晟的声音没震亮声控灯。

裴紫苏的声音在黑暗中响起，很灰心：“我是真的很想救活他的，可还是失败了。”

“你尽力了，病人在天堂不会怪你的。”余晟也只能空泛地安慰。

做他们这一行的，每个人心头都有个墓园，是亲手送走的一个个病人。不知要修行多久心头才能磨出厚厚的茧，不为生死去留所动。

即便裴紫苏是“医二代”，从小见惯生死，她自己的修行也才刚开始。

声控灯在两人的声音里亮起，又灭，再亮。

余晟说：“裴主任要是在家就好了，让你看看什么是大将之风。”

裴紫苏是断断不敢抱这种希望的：“我在他眼里无能至极。”

老裴曾骂过一个女学生：“病人哭，她就哭，发条微博写首诗。遇上个死亡病例，她还不得投河？同理心都没搞清楚的小文艺青年，能指望她治病救人？”

黑暗里看不到余晟脸上的微笑，他是非常了解老裴的带教风格的。

余晟说：“如果裴主任觉得这是件‘小事情’，你不妨也把这事当‘小事’，明天就烟消云散了。早点休息，你先进门，我再走。”

裴紫苏开了锁，进门，关门前看着余晟很认真地道：“谢谢。”

余晟对她笑了笑，很暖。

关了门，没开室内灯，裴紫苏走到窗边向下望。

很快，余晟小小的身影出了单元门，走向车，他进车之前抬头向她的方向望了望。

明明他是在仰视、在低处，明明她在黑暗里、他在夜色里，明明是很远的距离、匆忙的一瞥，裴紫苏还是不由自主地颤了一下，感觉被他捉住了，屏住了呼吸。

肩臂处仿佛还停着一只有力的臂膀，是余晟护着她离开医院时搂过的痕迹。

楼下的车亮了灯，加速驶离。

裴紫苏这才缓了口气。她抬头看，夜色晴朗，浓淡正好。

之后，中医科的纠纷做通了家属的工作，妥善处理了。张夫子松了口气，裴紫苏医生生涯的第一例小纠纷，有惊无险地度过。

老裴从外地开会回来那天下车就直接进了ICU，忙到深夜才回家。他对裴紫苏喊累，装可怜，想让女儿给他捶捶背、捏捏肩。

裴紫苏在翻大部头的资料，冷冰冰地道："你累，谁不累？我比你还累，你倒是安慰安慰我啊。你好歹是有咖位的人，医生、病人都捧着你；我呢，上级医师一句话我就得跑半天。我需要你的时候，你在哪儿呢？"

老裴气得一巴掌拍在裴紫苏后脑勺上。裴紫苏也倔，头壳挺疼，但她瓷人儿似的一动也不动，和老裴赌气。

"这是什么女儿！没有同情心！"老裴跳脚，自叹自怜地去睡了。

裴紫苏的头顶挺疼。老裴这个爹就是挂名的，关键时刻从来指望不上，小时候不如她的同学可靠，现如今不如同事可靠——完全比不上那晚余晟的妥帖可心。

想起余晟，好几天没见了，裴紫苏出门诊都没碰见他。

纠纷的事情过后，余晟也像过境的云，散了。只是同事，关系不错的同事——裴紫苏为自己做好心理建设。

这天裴紫苏出门诊，中午留在诊室里补眠。中医诊室房间里阴暗，她开了门放走廊里的阳光进来，阳光晒在身上，舒适暖和。

有人经过门口，是门诊部小护士的声音："余医生，你可真是好人……"

裴紫苏似醒非醒的，渐觉身上发凉，应该是阳光挪了位置。

她眯着眼找阳光，眼前一片阴影；抬眼，头顶是道白影；再抬头，是余晟站在她的桌前，他背后是大片的阳光。

余晟低着头，问："中午不去吃饭？"

裴紫苏眨了眨眼，微微地笑——好久不见。随即，她看见了余晟身后的小护士。

小护士凑过来，笑得阿谀谄媚："小裴医生，你的心肺复苏操作是最棒的吧？"

裴紫苏有些莫名："不敢当。"

桌上有中医诊脉用的垫枕，余晟修长的手指在垫枕上摁下几个浅坑。他说："小裴医生谦虚，她的操作是教科书级的。"

话里有话？裴紫苏警惕起来。

余晟看着她笑，指了指墙上的镜子。裴紫苏扭头，被镜子里的自己吓了一跳：好一头乱发，鸡毛掸子似的。她忙用手扒拉。

小护士对裴紫苏撒娇："小裴医生，你给我指点一下嘛，主任说我考不及格的话就不跟我签合同了，好不好嘛，求你了……"

像被一通弱电麻酥酥地震着，裴紫苏直接被软倒。她忙不迭答应："好好好……"

"那就改由裴医生帮你了。"余晟功成身退。

余晟转身的瞬间，裴紫苏突然从座位上弹起来，探身伸手一把扯住了他的白衣。她的上半身抻长了整个趴在桌面上，好悬没被余晟扯到地上。

余晟惊异地回头看着她，从睡狮到长臂猿，这转变都不需要时间的？

裴紫苏艰难地抬起头，看牢他："不许走！"

她算是明白了：余医生答应指导小护士操作，半路又把小护士甩给她。这算是怎么回事？

"一起去！"裴紫苏不打算放跑余晟，一路拽着他的衣角不放，往培训中心去。余晟任由她拽着，不反抗，跟着走。

小护士性格温软，跟在一对大高个身后，满是惊叹：中医科这位大美人一副娴静古典的模样，脾气原来不怎么好；余医生真是有涵养的绅士，又热心又有耐心。

这年月，男女的特质与古时候比，都是颠倒的？

到了培训中心，裴紫苏埋怨余晟："人家是找你的，你拽上我干什么？"

"你是标准嘛。"余晟说。她还揪着他的白大褂的袖子，并肩站着，像是在挽着他。

那只手似有察觉，缓缓地缩了回去，揣进了她自己的白衣兜里。余晟看她，裴紫苏似无所觉地绷着脸。余晟好笑：还挺会装的。

小护士在那边先演示着操作，余晟纳闷："现在的学生在学校都忙什么呢？"

这不耐、苛刻的口气……

裴紫苏看过去，余老师拧着眉，模样像极了她老爸。

余晟看不下去了："这孩子是通不过考试的，你去教教吧。"

"你去。"裴紫苏心说我不去，来这里已经是上了你的当。她想着方才小护士磨她时的娇憨可爱，余晟肯定也是被那样请动的，肯定也是很受用的。

余晟的理由是："美女要美女教才能有效率，我去的话她只会撒娇了，你快去。"说着，余晟推了裴紫苏一下，把她推了过去。

裴紫苏恼火地回头看他，余晟对她挑了挑眉，是哄她的表情。裴紫苏白了他一眼，向小护士走过去。

心肺复苏模拟人摆放在地上，与大理石的地面只隔着一层布。裴紫苏白衣的里面穿着裙子，膝盖光裸，毫不含糊地跪在了地上。小护士看得心里一跳，这得多疼？她方才都是蹲着的。

裴紫苏讲着要领，纠正小护士刚才的错误。她把模拟人拽到近前，拍肩、判断意识、触摸颈动脉判断脉搏，起式紧凑利落。然后她直起上身，双臂伸直，快速按压着模拟人的胸口。

稳定有力的按压、标准的深度，隔着距离都能感觉到那一隅里的急救气氛。

余晟认识裴紫苏的第一天，她就是在抢救病人。

裴紫苏弓起的腰背、颈项像一个颀长的问号，余晟想到了带鱼：细长柔软，但是强韧。试想一下摸带鱼的感觉：滑不唧溜的，和你较着劲儿，很不好摆弄。

余晟手心里有些异样的感觉，看着那条“带鱼”，脱下身上的白衣走了过去。

裴紫苏趴在模拟人的嘴上，隔着纱布吹气，直起身来发觉身边多了一个人，是余晟。他蹲在她身边，把叠厚的白衣放在她膝盖旁：“垫着些，太疼。”

小护士正被激励到，表决心：“裴医生，我努力练，考试一定拿满分！”

她摁着模拟人使劲欺负去了，裴紫苏歇口气。

她的唇色是红的，吹模拟人吹的。余晟说：“你的吻技还不错。”

裴紫苏咧嘴：“这假人橡胶味儿太重，比以前的那些难闻多了。”

她的唇色很深，晕开。若这是唇妆，一定是最粗糙的那种，或是被揉乱了。

余晟抿了抿唇，站起来伸出手，要拉她起来。

裴紫苏伸手过去，余晟稳稳地握住了。她有些异样的感觉，抬眼看他，余晟稍用力，便把她扯了起来。但是他没放开她的手，他的掌心烫热，裴紫苏有些慌。

“都能尝出模拟人的区别了？”余晟音色低沉，眸子墨黑。

“以前的假人是奶香味的。”裴紫苏说，抽回自己的手。

今天的余晟是主动找上门来的，又太亲和、太有压迫感，比那晚送她回家的余晟更让她不安。

“奶香？”余晟皱眉，“什么材质？”

裴紫苏笑得诡秘，不答。

她刚学会爬还站不稳的时候就被老裴带进了医院的培训中心，把心肺复苏模拟人当娃娃，抱着、垫在屁股下坐着、咬在嘴里啃着——奶香味的，没错。

余晟的手机骤然响起，是院长，叫他回病房看一个病人——岳主任去外地做学术交流，这位病人是个人物，为慎重起见让余晟过去看。

余晟对裴紫苏说：“病房叫我，命中注定今天是你教她，不好意思了。”

裴紫苏总结自己的运气："上了你的当，还一当上到了底。上级医师欺负起住院医师，就这么随性的哦？"

余晟好笑："晚上请你吃饭？"

裴紫苏没敢搭腔，他的声音太好听，语速又太缓。

不反对就是同意喽，上级医师是这样认为的。余晟定定地看了她良久，笑了笑，走了。

裴紫苏呼出口气。空气里有一丝淡得不能再淡的异样气氛，发酵似的在弥散、加速升温蒸腾着。与余晟之前所有的相处瞬间就变了调，变得别有深意。

裴紫苏站在空荡荡的培训中心大厅里，阳光的光晕斑斓。小护士在玩命练操作，膝盖下垫着男式大码的白衣，被碾得皱巴巴的。

练了一中午，小护士的掌心都起了泡，下午操作考核顺利过关。

考官是医教科的主任，知道这是裴紫苏的手笔后，鼻子里哼了一声："裴紫苏，培训中心的模拟人的鼻子就是你小时候咬烂的，你得100分才算及格。"

100分？裴紫苏觉得毫无压力。

余晟一下午都没回门诊，是别的医生帮他出了门诊。但余晟的白衣还在裴紫苏这里，下班时她给余晟打电话，他还在病房，让她把白衣送过去。

到了肝胆胰病区，裴紫苏在医生办公室门口腰侧弯成九十度，向里探头看。余晟在看阅片灯上的CT片，抬手让她进去。

他还穿着中午时穿的黑色半袖衬衫，黑色的长裤，双臂抱在胸前松懈地站着，腿型修长，隐约露出肌肉的轮廓。

余晟不是体质单薄的书生，他瘦削，但结实，他的清俊从不乏力度。

夜班医生在请教余晟："从CT片上看不出胰管是否有扩张，也没有明显的钙化和结石，病人的症状比来的时候缓解了很多，定为慢性胰腺炎急性发作是不是证据不足啊？"

余晟的手点着片子的一处："这里有渗出，化验结果也很明确。少数病人没有你说的那些表现。这个病人还需要再做个胰胆管造影，明确一下胆管的情况。”

夜班医生去开单子，余晟接过裴紫苏递来的白衣，被衣服皱巴的程度吓到了。

裴紫苏忙撇清关系：“不是我弄的。”

余晟睐了她一眼，裴紫苏被看得竟有些理亏。

余晟和裴紫苏一起下班。他步调很慢，就要走出病区的时候，似有犹豫：“我今天收的病人是慢性胰腺炎。病人很年轻，最近在酗酒，他本人对病情还毫不在乎，这样下去情况会变得很糟糕。”

裴紫苏以为他要感慨生死悲欢，但余晟说：“病人叫江晓城。”

裴紫苏奇异地看着余晟，缓缓挑高一侧的眉梢，莫名其妙地笑了。余晟这是让她去做他的病人的健康教育工作？也就是让她去管管江晓城？

她还以为余晟会对她不同，中午的事，还有之前接连的几件事，她都以为他们之间……看来是她误会了。

裴紫苏研究着余晟，这个男人看似清澈温和，但望不见底，她其实看不透。裴紫苏后退半步，拉开和余晟之间的距离。

余晟眼里有异样的光，意识到自己似乎搞砸了一件事。

裴紫苏很客气：“知道了，谢谢。还请余医生多多关照他。”

“我的意思是我既然知道了，你们又认识，我应该告诉你。”余晟想解释。

裴紫苏更客气了：“谢谢你，余医生。不过呢，你是他的医生，我是他的朋友，他要是想联系我会自己找我的。”

这就是她生气的样子？余晟暗叹，也挺难缠的。但他还是把该说的话说完：“江晓城住七号病房，现在他父母也在病房。”

“是要我去关心探望吧？知道了。余医生可真是医者父母心啊！”

一时僵持，裴紫苏笑吟吟的，眼里的光却是凶的。余晟从来都不会处理这种情况，他宁可去做一台大手术。

第三章
虚虚实实

走廊深处的病房有开门的声音，有人结束探视要走。裴紫苏睫毛一抖，听出了江晓城父母的声音；余晟刚和江家人接触，也是印象深刻。

裴紫苏向病区看了一眼，距离有些远，来不及！她若跑出走廊肯定会被江家人看到。周围是几间病房，再有就是换药室。

裴紫苏两步走到换药室的门口，一推，没推开门。

七号病房的人在向外走了。

裴紫苏用力地转着门锁，磕碰出很大的声音，可就是开不了门。她回头求助余晟："这门怎么打不开？"

余晟诧异她过度的反应，但还是走到她身后，身形覆盖住了她的，也挡住了江家人的视线。余晟把门把手向上提，一推，门开了。裴紫苏鱼似的钻进换药室，余晟跟了进去。

走廊里是江父的声音："好像有个孩子挺像苏子，是不是那孩子来看晓城了？"

裴紫苏贴在换药室的门口，旁边是柜子，放着无菌纱布、绷带、棉球……裴紫苏缩在墙和柜子的夹角，屏着呼吸。

余晟在她眼前，手扶着门迟迟不关，打量着裴紫苏：这女孩不是软包子个性，此时却藏了起来。她和江晓城、江家之间，没那么简单。

余晟意识到，他方才把江晓城住院的消息告诉裴紫苏确实是冒失了，犯了个错误。

“关门啊！”裴紫苏等不及，探身伸手推上了门。于是，她和余晟几乎就面对面贴在一起了，近在咫尺，他温热的呼吸就拂在她的额头。

门外的脚步声近了，江家父母的对话渐渐清楚：“你看错了，苏子来了怎么不去看晓城呢？”

“我不会看错，有几个姑娘能长她那么高？有几年没见这孩子了。”是江父的声音，还是当年对小女孩的宠爱口吻。

换药室的门上玻璃窗锃亮，裴紫苏着急地在墙上找着什么。

“灯的开关在哪儿啊？”她急急地问余晟，额头擦过了他的下颌，两人的呼吸纠缠在了一起。猝不及防的对视，太近了。余晟的眼睛黑得吓人，裴紫苏瞬间被摄了魂，心惊肉跳地哑了，失措间忘记了伪装。

余晟对一件事立刻很有把握，他抬手探向裴紫苏身后的柜子。裴紫苏看着他的眼睛瞪得大大的，门外是江家父母的声音，眼前是余晟的迫近。

嗒的一声轻响，换衣室内陷入了黑暗，余晟如她所愿关掉了灯。黑暗封闭的空间里，气流散乱跳突。

江家父母和随行的人走过，江父在笑，承认自己认错了人。

裴紫苏放下了半颗心，却提起了一口气：门外的洪水退却，门里的猛兽正在虎视眈眈。

黑暗里，余晟的声音像水底的沙子，软润、粗糙：“这个时候，是不是我做什么你都不会出声？”

他试探地又凑近她，裴紫苏向后仰，他的手臂固定着她的后背。

裴紫苏依稀能看清余晟的轮廓，她瞪着他。

余晟呢喃着，声音几不可闻：“我想，试试。”

裴紫苏僵硬着脖子：“什么？”

“会不会，被打……”

余晟横了心，炽热的唇忽地捕住了她的，裴紫苏的惊叫被吞噬。

预计中的那一巴掌没有打下来；预计中的温软却超乎想象，余晟陷了进去。

他的吻与他的人完全不同，是强悍的，甚至是捕获式的，随即他整个人也压了下去。

裴紫苏身体后仰如弓，虽然余晟的双臂托着她的腰背，但她无处支撑。脚下踉跄，她被推到了墙边，大腿抵在桌沿上。

狂热席卷，像是捕住了猎物。而猎物束手就擒，余晟的掠夺才渐渐缓和，转成细腻耐心。他吮吸、探寻着她的唇齿，绵密、热烈、新奇。

裴紫苏被“蒸”了，心在跳，在唇齿间跳，狂跳。唇齿间的负压让她被吸附着、牵引着、回应着。

手无力地向后探，她想找到身体的支撑，黑暗中碰到了桌上的无菌瓶，圆瓶倒下，旋转着碰到了不锈钢弯盘，一阵金属碰撞、玻璃碎裂的清脆声音。

静谧的黑暗里忽然的声音惊动了两人，余晟顿了下，随即放开了她。

炽热的气息倏地就散了，眼前光一晃，是余晟开门出去了，他又随手关上了门。裴紫苏听见他在和人说话，是赶来的夜班护士。

她仿佛能看到他火热的唇说话的模样，湿润的唇会勾起唇角，彬彬有礼：“……是我不小心打翻了东西……我收拾吧，你去忙……”

裴紫苏的手拂上唇，热辣的感觉，她清晰地感觉到自己在颤抖。

门开了，余晟又进来。阴影里有纤细高挑的身影影影绰绰的，裙子像幽暗里半开的扇面，他伸手打开了灯。

空气里是打翻的消毒水的味道，微微刺鼻。地上是摔碎的玻璃瓶，消毒液溅成放射状的花，银色的镊子、剪子也掉在了地上。

裴紫苏垂着头，手指漫不经心地在桌面上画着圈。她像是沉浸在一首曲子的尾音里，懒散、隐秘地散发着诱惑。

余晟弯腰去捡镊子，看到她膝盖处的青紫，是中午做心肺复苏时在地上跪出来的瘀青。裴紫苏弯腰想帮忙，腿刚一动就听见余晟说：“你别动，我来。”

她能看到他的发顶，鬓角处居然有几根白发。余晟起身整理桌面，背对着她。室内太静，不锈钢物品轻碰的声音就很刺耳，不比被裴紫苏打落时好到哪儿去。

“我是很慎重的。”余晟说，收拾着桌面上的物品，“也许你会觉得突然，刚才如果吓到你，对不起。”

裴紫苏不说话。她感到余晟走近，双手握了她的双手：“我们，试试，行吗？”

这是在征求意见？又变回谦谦君子了？和“碰”她时判若两人，之前这个人还劝她去“探视”江晓城。

裴紫苏翻了个白眼——虚伪！

余晟笑了，抬手帮她整理了一下耳畔的碎发，牵着她的手出了换药室。裴紫苏任由他牵着，看着他的背影，很好看，端正有型。

出了病区走廊，由步梯下了楼，两人的脚步踏出错落的回音，他始终牵着她的手，天热，两人手心里都是汗。

“九层呢，为什么不坐电梯？”裴紫苏问。

“这样可以多走一会儿。”余晟说。

转个拐角，窗外是大片磅礴的火烧云，余晟被吸引，静静地看着。

他有很久没这么安静悠闲过了，自从多年前那个血色漫天的傍晚之后……

眼前与记忆里的景象重合，余晟攥紧了掌心里的手，有一瞬间的恍惚。

这些年他努力做一个疯狂的医生，没有停顿过，忙得忘了自己是谁。只有在这个盛夏，他莫名其妙就闲了下来，有大把的时间，闲得无所适从，居然很轻易地喜欢上了一个人。

如果心动要一个天时、一个契机，又恰好能遇到一个心仪的人，真是命数。

方才那一瞬，裴紫苏只是靠近，他就失控了。余晟承认惦记她很久了，更承认方才的吻很不君子，也很莽撞。他不禁嘲笑自己——本能，有时候是个好东西。

那一刻他的本能是：怕错失。

“裴紫苏，”他连名带姓地叫她，像核对确认手术时的病人，“我们，试试，行吗？”

裴紫苏想不明白似的："你这是第二遍问我了，是要我摇头吗？好能不负责任地脱身？"

她佯装要走，余晟拽住她，笑了："再也不问了。"

这一刻，他身后是夕阳盛景，他微笑地看着她，温暖英俊。

晚上裴紫苏回到家，缓缓地在门边坐了下来。单曲循环般，她回想这一个小时里发生的事情：是怎么从谈论江晓城，就进了换药室的？之后的事忽然就离奇了，她怎么就被他亲了？

余晟的成熟、果断，完全出乎她的意料，更不是谦谦君子的做派。她还在设想和他的各种可能性时，他便劈面一记杀招。无力招架，裴紫苏现了原形、束手就擒。

喜欢就是喜欢，他靠近时，她就接住。这感觉，像低血糖的人忽然撞见了葡萄糖！

裴紫苏静静地回味着余晟眉眼间的灼烫、唇间的疯狂，还有自己心底的悸动，隐隐地欢喜甜蜜着。

老裴从卧室出来时看见的就是女儿慵懒地窝在沙发的角落里，面容恬静，熠熠的黑瞳里光华细碎地流淌，似有心事、似在憧憬。这画面和暖温润，质感朦胧，幽光中有绮丽的波澜，微妙独特地香甜着。

裴紫苏今天不对劲，像是笼罩在他看不清的光里。家里忽然有了女人味，柔和的、细腻的、隐秘的。

老裴咳嗽一声，惊回裴紫苏的魂儿，他问："回来晚了，干什么去了？"

裴紫苏耍花腔："白衣天使，为人民的健康服务喽。"

老裴半信半疑地也就信了。父女俩聊了些医院的事情，话题晃悠悠地转到了不是ICU也不是中医科的——肝胆胰外科，自然就聊到了余晟。

"余晟说你曾经把病历扔在他脸上，当着病人的面儿。"裴紫苏啧啧称叹。

"我对他算是很客气了。"老裴说。

这个年轻人锋芒毕露，在老裴心中是很有一号的："余晟是把难得的好刀，可惜在岳主任手下被打压得太狠了。不过老岳是压不住余晟的，你看着吧，用不了多久老岳就得把余晟请回病房。”

“为什么？”

“知道余晟为什么出国吗？当时老岳把余晟所有的机会都封住了，所有人都以为余晟会被排挤走，那小子却考了公派出国，老岳气得干瞪眼。现在他回来了，翅膀更硬了。余晟就不是个由人摆布的人，越逼他，他越强。再被逼急了，他离开这里还怕没有医院请他？余晟在肝胆胰外科的圈子里可是很受瞩目的。”

不由人摆布，这话形容余晟还欠点儿火候，岂止是“不由人摆布”？

裴紫苏漂亮的眉毛微微抬起，笑了，像偷到了糖。

余晟一早去病房看江晓城昨晚的各项检查结果，还有他夜间的情况，病情进展很乐观。

江晓城昨天疼得要死要活的，今天才看清楚给他看病的是余晟。他挺不痛快：“我要换医生。”

余晟当没听见，关照他一些要注意的问题，特别是要戒酒。

江晓城不耐烦，钱都是拿命换来的，健康的一部分功能就是拿来换成功和财富。他说：“戒酒？我做不到。”

余晟总不可能把病人当自己的孩子似的时刻管着，说：“你是慢性胰腺炎，这种病在初诊的时候要特别注意和另一种病鉴别开，你知道是什么病吗？”

江晓城满不在乎。

余晟也满不在乎：“胰腺癌。胰腺癌还有个称号——‘癌中之王’。”

江晓城脸耷拉下来了。

一旁的管床医生感慨：“胰腺的病都凶，记得乔布斯不，他比你有钱，也比你有更好的医生。”

余晟把病历夹递给管床医生：“乔布斯还不是严格意义上的胰腺癌，你给江先生讲讲乔布斯的故事。江先生，岳主任明天就回来了，他会亲自管理你的病情的。”

交代完，余晟出了病房。

江晓城问管床医生："这个余医生看病怎么样？"

"这么说吧，一般情况下其他医生搞不定的病人都给他了，病人见到他的时候肯定是要做大手术的。"

江晓城脸色很臭："我也需要做手术？"

"也不是每个病人都能排上他的手术，得看运气。余医生让你戒酒是为你好。哎，教你一招，想喝酒的时候念一声'余晟'，肯定不想喝了。之前有个化疗的病人一听见'余晟'就想吐，效果还是很不错的。"

余晟看完他目前唯一的病人后，时间还太早，他就往裴紫苏家去。他在医院门口遇到来上班的裴主任，两人互道了声"早"，擦肩而过。

车停在小区门口，余晟走到裴紫苏家楼下，等了大半天才看到裴紫苏大步冲下楼，拿着一盒牛奶正在喝。

见到余晟，裴紫苏险些跳起来，慌张地四下看。

"裴主任这会儿已经在查房了，"余晟看了看表，食指不停地敲着表盘，"小裴医生，离查岗点名还有半个小时，你很可能要迟到了。"

"你要是我的上级医师，我就没法活了。"裴紫苏大步快跑。上班的路程时间她是精确算过的，一秒都不浪费，所以一秒也不能耽搁。

余晟与她并肩："放心，我不会招你当学生的。"

"太好了，我可不想当你的学生。"

他们正走到林荫道，余晟忽然拽着她进了路旁的林间。清晨的阔叶林中阳光都是枝叶的香气，余晟眼里是细碎的晨光："谁也看不上谁，咱俩这样可不太好。"

裴紫苏笑："你这话一股鹤顶红味儿。"

余晟靠着树，拉她进怀里："鹤顶红是什么味儿？"

"甜的。"裴紫苏挑眼看他。晨曦里她的眼角水润，撩起一副清澈的媚态。

余晟心头一热，靠近了她的唇："甜？你确定？"

裴紫苏脸热："穿肠毒药，都是甜的。"

余晟吻了上去："我猜也是甜的……"

唇齿辗转间有断续、含混的对话：

“……迟……到……”

“……挨骂的……又不是我……”

出了小区看到余晟的车时，裴紫苏狠狠地瞪了他一眼，主动跳到了车后座，系好安全带。

“我没打算送你。”余晟站在车窗边，低头看着她。

“喂！”裴紫苏想变刺猬。

余晟笑，手探进车窗抚上她柔软的唇，说：“除非晚上一起吃饭——把你老爸安排好，别让他在晚上九点打电话。”

裴紫苏红了脸，作势要咬他。余晟已经走开，绕过车头坐进车里，发动了车子。

果然裴紫苏上班没迟到，但是比平时晚。张夫子敲桌子：“比平时迟到了五分钟！下不为例！”

五分钟，裴紫苏心神一荡……

“哎哎，发什么呆！”张夫子的听诊器敲在裴紫苏的肩上，“去，罚你给三十二床的病人‘讲课’，沟通治疗方案。”

紫苏下巴掉下来：“张老师，你不能这样……”

三十二床的病人是个“搜索大仙”，靠网络搜索和自学揣摩，建立了自己独特的医学体系，已经达到了决定检查项目和用药开药，自成清奇一派。与三十二床的病人沟通的医生，就像核动力航母的一个转向，你要对摇橹的人仔细解释动力系统、操作原理，还要被问一个接一个“为什么”——满腹经纶毫无施展之力。

张夫子很倚重她：“他不听我这老头子的话，换个美女医生试试。”

裴紫苏惨叫一声——不能迟到啊！

交接班时听医生、护士们议论，裴紫苏才明白今早余晟为什么不赶时间上班了——上午医院安排了他的回国汇报演讲。

开讲时间已过，裴紫苏匆匆地往汇报厅赶。汇报厅里人满为患，余晟清朗的声音里，裴紫苏在人缝儿里寻找立足之地。她没听清余晟说了句什么，厅里的人都笑了，气氛很轻松。

裴紫苏身边有个医生在感慨：“余晟这小子，这股子傲劲儿真是藏都藏不住啊。”

讲台上，余晟换了正装，劲瘦的身体线条含蓄。身后是投影墙，他切换着课件内容，各种手术的视野，手术器械的冷冽光泽，器官组织的血肉模糊。

他讲得从容，自信得发光，锋芒毕露。

裴紫苏远远地望着他，有种摘到星星的感觉。

“我打断一下，”有突兀的提问打断了余晟，“你介绍的手术技术是很新，但它的缺点你有没有考虑过？”

余晟答：“它的问题在于……”

“如果是在国内，对这个病人的手术方案，你会选哪一种？”提问者再次打断了他，大有把余晟挂在台上让他下不来的意思。会场里顿时极静，都看向提问者，余晟的顶头上司——肝胆胰外科的岳主任。

余晟没被挂住，说：“最大的问题是并发症，第一步手术中会对肝组织有牵拉和挤压，肿瘤细胞可能会广泛转移……”

不到三分钟，余晟再次被打断了。这次“刁难”他的不是岳主任，而是中心ICU的裴主任，裴紫苏的亲爹。裴紫苏顿时觉得偏头痛。

裴主任的问题更为具体：“余晟博士，这么复杂的手术请你提供病人在术前、术中、术后的各项数据。”

这些数据庞杂，且不在手边，但余晟心里有数，拣主要的答。裴主任咄咄逼人地又问，余晟答得简洁。

在两人短兵相接般的问答中听众们都兴奋了，直到裴主任点头表示满意，余晟才继续他的汇报内容。

裴紫苏深深地呼出口气，一手心的汗。

但裴主任并没有放过余晟，报告结束后，他把余晟叫下台继续问。

老裴背影高壮，余晟在他面前清瘦挺拔。余晟说话间略一抬头，往裴紫苏这边看过来。裴紫苏忙回头，混在人流里出了汇报厅。

正是午餐时间，裴紫苏去了职工餐厅。手机在白衣口袋里不停地闪着，是江晓城，裴紫苏没接。

身边缓缓地停下一辆车，后座的窗落下，有人唤她："苏子？"

这声音像是从噩梦里拎出来的，裴紫苏额头一层冷汗。她看到了江晓城的父亲江遇，商界大亨。

江遇竟已两鬓花白，资本家的风范也更浓醇了。江家的男人即便老了，也是威严、文雅的。

裴紫苏被江遇"碰"个正着，无处可躲，僵硬地叫了声："江伯伯。"

江遇是个凛冽的人，很少有和气的时候。他此时正温和地打量着穿了白衣的裴紫苏："你最终还是犟不过老裴，当了医生。"

裴紫苏笑了笑，挺难受的。

江遇说："我中午请了你爸爸吃饭，还有几位给晓城看病的医生，你一起来吧。"

裴紫苏摇头。

江遇下了车，裴紫苏下意识地后退了几步。

孩子长大了，反而疏远了。江遇怅然："我还记得你小时候闹着要和晓城换爸爸，老裴气得找我算账。"

裴紫苏还是没说话。

"晓城病了，我看得出他想见见你。过去有些误会，可我希望你能真正成为江家的孩子。你能明白江伯伯的这份心吗？你和晓城如果散了就太可惜了。"

裴紫苏终于开口："江伯伯，您劝劝他吧，他喜欢的是回忆，可是我想向前看。"

江遇目光沉沉地看着她："还在生我的气？"

裴紫苏摇头："没有，您别自责，我也不想看到您不开心。"

这女孩不再崇拜他，不再对他言听计从了。裴紫苏十几岁的时候像极了她的妈妈，如今从单薄青涩的模子里脱出来，多了几分硬气，倒有几分像老裴了。

"有时间去家里坐坐吧，和你爸爸一起。"江遇叹息，上车离开了。

裴紫苏目送他离开，在大太阳底下打着寒噤，双手用力地搓着前臂。

江家，她是真的怕。

傍晚，余晟等了一个多小时不见裴紫苏来，只好去中医科找她。

裴紫苏被桌上厚厚的病历夹埋得严严实实，求救似的看向余晟。

余晟也是毫无办法，就知道今晚的约会泡汤了。他无奈地问："怎么会有这么多病历？"

"一天收了八个新入院的病人，加上出院的，还有原本就住院的……真想来口参汤吊吊魂儿。"

余晟笑了："晚饭我给你买回来，想吃什么？"

"大鱼大肉。"裴紫苏报仇似的。

余晟批评："太没有医生的职业精神了，应该是清汤素菜才对。"

医生办公室里没其他人，夜班医生钻在病房里忙。余晟拿起她的Hello Kitty，摆弄着看。

他的手修长，太漂亮了，是长期消毒、刷手、戴手套的外科医生的手，每根手指上都像是附着精灵。

敲电脑的裴紫苏目光不知不觉地被吸引了过去，余晟拿着玩偶的手势都是很轻盈的，豆豆眼的大脸玩偶在他手里很开心似的。

余晟看她，笑了笑，放下玩偶。

裴紫苏恍然回神，脸有些烧。

"我去给你买'大鱼大肉'。"余晟捏了下她的肩，出了医生办公室。

夜班医生匆匆进来，还看着走廊外："那是外科的余晟吧，他有什么事？最近总见他来咱们科。"

裴紫苏敲着键盘录病历："他找张夫子。"

余晟没去职工餐厅买菜底子，回诊室拿了保温饭盒，去医院对面的饭店要了外带。经过一家甜品店，橱窗里口味、花式繁杂的冰淇淋摆得像要过圣诞节，余晟犹豫着该选哪一款才能讨好小裴医生。

侍应生问："先生给小朋友选，还是女孩子？"

“女朋友。”余晟说。

这就好办了：“这一款，甜蜜代言。”

粉红色、玫瑰缠身的外包装。这造型完全不是裴紫苏的路数，可以预想到她看到时的表情……

余晟说：“来一个大号的。”

“都是统一尺寸的。”

“那就来两个。”

拎着保温饭盒、冰淇淋，外科医生余晟去的方向是内科楼。暮夏时节秋意渐起，日落提前，景象也日渐疏阔。医院里病人散去，是一天中比较闲适的时段。

手机响起，是病房打来的，余晟接起。听着听着，他目光聚敛，锐成精亮的一点：“伤了多少人？……岳主任是什么意思？……我马上到。”

突发事件，连环车祸，轻伤、重伤，伤者众多。普外科能上台的医生都上了手术台，人手还是不够用。

大局为重，岳主任迫不得已想到了余晟这把闲刀，让人通知他上手术。

余晟清晰地感觉到自己血热的速度，羽翼蓬松地立起，紧张得就要振展开来。

他给裴紫苏打电话，她没接，八成是去病房看病人了。余晟两步跳上内科楼的台阶，大厅里保卫科的小保安转悠着，咿咿呀呀哼着戏文：“似这等花花草草由人恋，生生死死遂人愿，便酸酸楚楚无人怨……”——《牡丹亭》，昆曲。

余晟把饭盒和冰淇淋给他，交代：“送给中医科的小裴医生，告诉她我上手术了。”

小保安拍胸打包票，立刻进了电梯去送饭，余晟放心地走了。

小保安还不认识中医科的小裴医生，不知男女老幼是丑是俊。被人送饭的医生不多见，小裴医生有这待遇，八成是打赌赢了余医生。

电梯停在四楼，忽然冲进来产科的夜班小大夫，看到小保安一把拽住：“快去我们科……”

余晟到肝胆胰病区的医生办公室，实习生樊易在等他。樊易实习才几天，第一次见这么大的事故场面，紧张得满地转圈。

“病人血压多少？”余晟进门就问。CT片已经准备在阅片机上了，他过去看。

“高压60，低压40。”樊易答。

“给升压药，还要推血，这些做了没？”

“方明医生都下了医嘱。”

余晟点点头：“马上准备手术。”

现在就做手术？樊易追着余晟：“用了升压药不见效，推血也还没准备好……”

余晟说：“等不及输血了，病人的积血厚有4厘米，应该有大出血，补血再快也追不上出血的速度——你马上联系手术室和麻醉师。会拉钩吗？”

这是在问他？樊易一愣：拉钩？

拉钩：外科手术的时候皮肤和组织被切开后，切口不会自动打开手术区域，需要用叫作“拉钩”的器械把切口的皮肤和肌肉向外拉开，才能把要手术的部位暴露给医生。若是一台大手术，这“钩”得拉个把小时。

如果让一个实习生帮忙拉钩，意味着什么？

樊易看着余晟，这位医生的意思是要他当手术助手？

“会！拉过！”樊易陡然一嗓子超高音，像要上战场。

余晟已经出了医生办公室要去手术室，在门外听见樊易蹦起来的声音。余晟摇头：第一次上台都是这么傻，给主刀拉钩那都是天赐的幸福。

从医生通道进了手术室，余晟换上绿色的洗手衣、换鞋、洗手、刷手，举着双手进了手术间，穿上了手术衣。

手术室的护士是小雨，看到余晟眼睛倏地亮了：“余医生，你上手术啦！”

口罩、帽子的缝隙里，余晟对小雨眨了下眼睛示意。小雨到余晟身后为他系好后背的带子，又仔细为他整理衣服。好久不见，她整理得格外仔细。

其他护士在准备手术器械，麻醉师在监测数据，这里的一切都是老样子。硕大的无影灯还没亮，就算全世界的无影灯都一模一样，余晟也能辨认出曾亮在他头顶的那几台。

他对小雨说了声“谢谢”，走向无影灯下的手术台。

伤者已经被摆好姿势，余晟摸了摸他的肚子，硬硬的，是一肚子血。他在等病人的血压升上来。

余晟看向樊易，这实习生的穿戴比他这个主刀还周正，但戳在那里就是显得多余——是一只新鲜、好奇的菜鸟宝宝。

余晟忽然问：“以这个病人的情况，眼下最要紧的是什么？”

开刀前，主刀老师还有口头提问……

樊易脑子里是一团蒸汽，开始胡说八道。

余晟直摇头，打断他：“最当紧的是快速止血。还有，你站在了我的手术位置，让一让。”

樊易慌忙让开，局促到想逃跑的时候，听见余晟说了一句：“别紧张。”

樊易心一暖。

余晟低眉凝神，在病人的腹部切开切口，手非常快，动作非常娴熟。

血瞬间喷了出来，吸引器在吸血，但血涌得更快，根本看不到血管和内脏。护士小雨手疾眼快，忙用盆接血。

活生生的血腥场面，解剖室里的尸体怎么可能有这震撼力？樊易的喉头滚了几滚。他按照余晟的指示，用拉钩拉开切口。

余晟的手稳稳地伸进了切口处，有鲜血被他的手挤了出来。

仪器忽然狂叫，病人的血压直往下掉。护士和麻醉师忙作一团，着急地把血浆往病人血管里挤。血压一次次地被拉上来，又掉下去……这病人始终在鬼门关外转悠着。

樊易没经过这阵势，血腥味、电刀切肉的焦煳味儿、仪器的叫声，樊易一阵阵恶心、哆嗦，直往后躲。

余晟不满地冷眼看樊易，樊易被那双眼睛里的黑色震到，反而镇静了。

余晟垂下眼，很快在腹腔里找到了出血部位。但他还在折磨这个小实习生："哪些地方可能有出血？是一处？几处？还是十几处？"

樊易使劲地拉着拉钩。

"怎么止血？"余晟又问。他手上没停，也不指望这个学生能回答上来。

樊易恶心得直偏头。

小雨围着手术台转悠，凑过来看樊易："你晕血啦？"

樊易用力地拉着拉钩，一脑门子的汗。他挺生气地看着这个护士，用心记住她口罩、帽子间的眉眼。

小雨轻轻地给樊易擦汗，樊易受宠若惊，谴责自己对这温柔小护士的小人之心。

小雨转身，一声嗤笑："真菜。"

余晟已经给伤者止住了血，又仔细探查其他部位，确定没有问题后，关腹、缝合。

樊易痴迷地看着余晟的双手，那双手轻灵自由，娴熟柔软。

"余老师，我什么时候能像您这么棒？"樊易说。

余晟在缝最后一针，说："回去想想我刚才对你的提问，别说你忘了。"

樊易一缩脖子，不吱声了。

手术结束，出了手术间，樊易追着余晟："余老师，我跟着您学习吧。"

余晟接过小雨递来的文件签字，说："我不是你的带教老师。"

樊易表决心："余老师，我就是多跟着您学习学习，不会打扰您的。我在校的成绩特别好，特别刻苦，特别热爱外科……"

小雨在旁边直抖，被樊易硬生生的自我推广恶心到了。

余晟签完字把文件递给小雨，对樊易说了句"抱歉"——不是今晚这样的突发事件，樊易是进不了手术间的；他余晟，同理可证。

所以樊易真没必要跟着他。

既被点燃，势必有火光、有热度。余晟像一粒火药，被这台意外的手术点燃了。他能感觉到自己的手还是软的、血是热的，这感觉，像复苏。

他在外科楼门口久久地站着，夜凉风轻，很畅快。

待热血渐渐冷却，余晟给裴紫苏打电话，问一问那悲催的小住院医师有没有写完病历。手机里有通未接电话，是裴紫苏的，时间是在他手术刚开台的时候。

余晟拨过去，没人接；再拨，还是不接。余晟就给中医科的医生办公室打电话，接电话的是女声。

余晟呼她："紫苏？"

那边沉默。

余晟再问："怎么不接电话？手机不在手边？"

"在忙，没事就挂了。"

她真就挂了。

余晟看着手机，这情形不对。他去了内科楼。

"余医生，你是不是有什么事儿啊？朋友在我们科住院？还是在做理疗？"中医科的夜班医生诧异，这位外科医生一晚上来了两次。

"我找小裴医生。"余晟说，看向医生办公室里。

裴紫苏还坐在她的位置上，桌上高高的病历已经处理完了，也就是干坐着。她瞅了门外一眼，扭头一百八十度看向窗外。

余晟便走了过去。

夜班医生一拍额头，赶紧回病房去了——这医生办公室他是不能进去了，自带千瓦光芒。

"等久了吧，我送你回家。"余晟笑。

"不用，我等老裴，跟他约好了一起回去。"裴紫苏收拾东西。

"生气了？手术通知得突然，我来不及告诉你。"

上手术了？裴紫苏看他一眼，说了句"恭喜"。

余晟跟着她到了电梯间，裴紫苏按下按钮，对身后的余晟说："别跟着我了，我是去找老裴。"

余晟看着她，还是不明白。

裴紫苏郁闷地重重叹气："知道被放鸽子是什么感觉吗？飞盘被扔上天，说好了有人接，可是掉下来的时候没人，砸在地上了还在等人来看，真……没话说。"

"今天怪我没安排好。"余晟大约明白为什么了。

裴紫苏摇头，她自己的毛病自己知道："不怪你，是我对于等待一位医生已经极度厌倦了，老裴给我当了多少年爹就把我当飞盘扔了多少年。抱歉，白大褂对我没有制服诱惑，我更不迷恋抢救病人的医生，人道主义精神感召不了我。所以，对不起。"

一句话，事情就急转直下。余晟诧异："你是在说分手？这么轻率！"

裴紫苏倒是想得开："今晚是你回国后的第一台手术，应该为余医生庆祝的，而我加班写病历，还对你发牢骚，可见我不是个善良的人——咱们各自解脱吧。"

电梯已经在等，她走进去。电梯门合上的瞬间，裴紫苏看到余晟紧皱着眉头，转身走向窗边。

裴紫苏认为她和余晟谈不上"分手"，太严重，充其量也就是知错就改吧。

玻璃墙外是浓稠的黑暗，余晟的眼前也是一抹黑，今晚有些无厘头。

余晟想起看见裴紫苏的第一眼，她是个有主张的女孩，当时她与江晓城针锋相对。余晟觉得这女孩大概生来就没在乎过什么，任性无忌。包括她对眼科的李医生，也是直截了当地用一根七寸长针吓走。

能说裴紫苏最吸引他的正是这股子冷硬劲儿吗？方才，她就是用这股子冷硬劲儿把他甩了，手起刀落，斩钉截铁。平心而论，比他的手术刀快。

坦白说余晟还没弄明白发生了什么事。裴紫苏的决定有些草率，虽然她有她的道理，连他听着都有道理。

老裴是多么疯狂的医生，全世界都知道。裴紫苏四岁时母亲出了车祸去世，稚嫩的小女孩儿跟着一个暴躁、粗线条的父亲成长。裴紫苏说被老裴放了很多年鸽子的时候，余晟仿佛能体会到她的难过、委屈。

余晟自嘲：他对裴紫苏居然有同理心？真是职业病，他还真是个好医生。

终归是怅然，此情尚浅，脆弱得经不住一丝理性的考量。

一场短命的心动，一次浅尝辄止的相处。虽有遗憾，不过，随她的心意吧。

余晟下了楼，在门厅遇到了小保安，才想起他的保温饭盒还在裴紫苏那里。

小保安看见他，惊恐地叫了一声：“哎呀！”

余晟吓了一跳：“怎么了？”

“你的饭盒我还没送上去……我路上被好几个科室缠住了……哎呀！哎呀呀……”小保安只会叫了，昆曲腔。

余晟脸一黑，所以，裴紫苏一直是饿着肚子在等他送饭？一直饿到现在？她只给他打过一通电话，是在晚上九点多，应该是实在等不到他饿得受不了才打的，而他那时在做手术没有接，她就再没打。

这是被老裴多年训练出来的，等不到也就忍了，不然还能怎样？

她确实很乖，很懂事。

小保安在连声道歉，他方才去了好几个科室，把饭盒丢在哪里都记不清了，发誓现在去找……

余晟大步向中心ICU的方向跑过去。他没有追到裴紫苏，裴主任刚离开ICU。

余晟给裴紫苏打电话，预料中的不接。

裴紫苏坐在老裴车里，老裴听见她挂断了电话，觉得肯定是江晓城的。夜深了，这时候人是比较容易接受意见的。老裴劝女儿：“你和晓城闹别扭差不多就行了，苏子你想清楚，像江晓城那样对你好的人，你去哪儿还能找着第二个？”

久久没有回答，老裴从镜子里看后排，看到裴紫苏攥着手机、歪着头、闭着眼。

她装睡，不听。老裴无奈，他拿这丫头是一点儿辙都没有。

第二天一早，小保安抱着饭盒找到中医科，发现小裴医生是女的！大美女！

他好像得罪了余医生……

小保安蹭过去："小裴医生，这是余医生让我送给你的饭。"

大清早刚做了交接班，所有的医生都在场，小保安一句话让裴紫苏和那只饭盒成了吸睛焦点。

裴紫苏心里撮火：余晟怎么可以这么做事情？这是要纠缠她？

她说："你搞错了，回去问清楚。"

"没错的，余医生交代的，送给中医科的小裴医生。"

"麻烦送回去，我吃过早饭了。"

"那个，不是早饭……"

"午饭就更不必了。"

小保安嗫嚅着："是昨晚的晚饭……"

被裴紫苏黑白分明的眸子一盯，小保安一哆嗦："那个啥，裴医生，那个啥，余医生……那个啥，就是外科的余晟医生，他昨晚让我给你送上来，可是产科的病人哭让我去哄、儿科的医生哭让我去哄，神经科的病人的儿子哭我也得去哄……我还顺便抓了两个偷手机的毛贼。我在楼里跑了一晚上，你看我也不容易，所以，那个啥，这只饭盒，稍不注意就丢了……"

医生办公室里七八个人，连翻病历的声音都没有。裴紫苏手里转着一支笔，越转越快。

有医生批评小保安："这么热的天，这饭放了一晚上肯定馊了，你现在送来也不对嘛。"

"没，饭没坏……落在产科，被一个笨蛋拿错了送进产房，被生孩子的产妇吃了……"

被产妇吃了……所有人的眉头都拧了起来，看向小保安。

小保安快哭了："裴医生，你消消气，我一晚上哄人哄得都成孙子了……"

裴紫苏怒火起："饭盒不是我的，你送错了。谁的你还给谁。"

“余医生天没亮的时候就上手术了，到现在都没出来，我找不到他……”

裴紫苏被这笨家伙缠得快疯了：“你找不到他也得还给他啊，到底关我什么事儿啊！你走！回来，把饭盒拿走。”

小保安吓得抱着饭盒就跑了。裴紫苏气得够呛，还发作不得。

医生办公室里静悄悄的。

张夫子轻咳一下：“保温饭盒好啊，比一次性餐盒好。余晟真是用心，当然，肯定是送错了，不会是给小裴医生的。”

昨晚的夜班大夫憋着笑，憋得好辛苦。他算目击证人：“这保安是不敢去见余晟，他这‘快递’时间用了一晚上，产科的孩子都生出来了，等饭的人还没吃上呢——当然，送错了，不是小裴医生。”

“可怜啊！”

“谁可怜？”

“饭可怜。”

“余晟更可怜。”

……

“诸位老师不用去查房啊？张老师，”裴紫苏对张夫子开火，“今天我罢工，病历我不写了！你这么有时间聊八卦，你写吧。”

张夫子呷了口茶：“不写是不行的，小裴医生，为师先培养你如何把工作和生活分开来，感情的事不能影响到工作嘛。”

裴紫苏捂住耳朵，她要被张夫子念死了。

好在诸位老郎中点到即止，不多念叨小中医的情事，主要是怕打草惊蛇——对于“苗头”这类事，要保护、要爱惜、要呵护。

中医讲：病之初起，潜于内，虚虚实实。

只有裴紫苏知道“苗头”已于昨晚被掐死，就在余晟深夜下了手术兴冲冲地来找她的时候。

是她错了？

不，她没错。

昨晚的误会反而是个提醒，她受够了等待老裴的生活，难道下半辈子要等待另一个医生？

她的决定是正确的、是前瞻性的，无须责怪自己、无须后悔，连遗憾都不用，不用！

一上午，裴紫苏明显不在状态，连犯低级错误，被张夫子训了好几次。熬到午休时间，裴紫苏去了职工餐厅，没有见到外科系的人，何况本身也没食欲，她离开餐厅去了超市。她站在货架尽头选泡面，旁边的架子上一排锃亮的保温饭盒，正是余晟的那一款。

裴紫苏气绝——爆款、人气宝贝！

那位海归博士是从医院的超市买的饭盒，怎么可能不被病人错拿？不错拿怎么会有误会？！

从货架的另一侧转出个人来，伸手去拿泡面，裴紫苏看清楚后，神色一变。对方恰也看了过来，怔住，是余晟。

裴紫苏讪讪地笑了笑。

余晟大方，拿了两桶泡面，问得随意："你也没吃中饭？"

"没有。"

"先走了。"余晟去结账了。

裴紫苏提着一口气，有句话还没说出来似的，但要说什么她也不知道。

裴紫苏恍然自知：她是在等待一次邂逅，甚至期待更多，但偶遇来得仓促，结束得更措手不及。裴紫苏失落，等下一次相遇，他们就更没什么话好说了。

裴紫苏抱着泡面回家。稀奇的是老裴居然在家，说是胃疼，这一次疼得邪乎，居然翘班了。

裴紫苏在厨房里给老裴熬小米粥："老爸，下个胃镜呗，彻底查一下。"

老裴哆嗦："不用。"

"裴主任，请你讲一下四十岁以上的人下胃镜检查的必要性，尤其是你这样的老年人。"

“死丫头，我不是老年人！”

“乖，不怕，来个豪华全麻的，睡一觉就好了。”

老裴被说动了心，犹豫间胃底一阵紧抽，疼痛力压胆怯，他立刻主动联系了麻醉师、腔镜中心，还有医生，约好第二天一早去下胃镜。

最后要抓住一个主心骨，老裴对着厨房喊：“苏子啊，你陪爸爸一起去。”

裴紫苏不屑：“这是中心ICU的霸道裴主任吗？”

“全麻呀，你也知道医院有很多坏人的。”

“我明早是下夜班，心情不好就陪你去。”

裴紫苏肯定是要陪老裴去的，因为她的心情肯定不好。

人心是湖，投石落子，水圈涟漪怎么也得散个半天不是吗？何况落进去的是余晟，一个一米八多的大活人。

这个夜班相对平静，第二天一早老裴就打电话来催了，他已经到了腔镜中心，要裴紫苏火速到达。

裴紫苏心情不美丽，按约定过去陪老裴，戴了鞋套进了腔镜中心。

麻醉师姓张，按惯常的称呼习惯都叫他张麻。

张麻见面就跟裴紫苏告状：“小苏子，赶紧让你老爹躺倒。”

老裴是绿林好汉的外形，一百八十厘米、一百八十多斤，络腮胡子若是三天不刮就是一位彪形悍匪。“悍匪”正在等裴紫苏，她不来，他就不躺倒。

老裴坐在床上，手腕上已经扎好了液体，等张麻把针管里的麻醉药接在针头往里推一点点，立刻就能放倒这位“好汉”。

裴紫苏到床边，和护士一起扶老裴躺下，摆好做胃镜的姿势等医生来。

张麻在斟酌着用药量，说老裴：“我呀，看你用多少剂量的药，就能知道你酒量多少，等我给你量一量？”

“让医生直接上吧，省点钱，麻醉多贵呀。”裴紫苏说。这两天她对谁都格外狠。

老裴怒了：“不孝女，搞清楚你的立场。”

下胃镜的医生正进门，帽子、口罩之间的眉目明朗英俊。

张麻嚯的一声：“老裴你个老家伙，能把余晟叫来给你下胃镜，这可是杀鸡用牛刀。”

“我不是鸡！”老裴怒，梗着脖子看余晟：“余晟，辛苦你了。”

余晟走到床边和老裴聊，问他怎么不舒服。

余晟看看裴紫苏，裴紫苏回避，装作路人甲，只守着老裴。余晟去准备仪器。

张麻手中的针就要推下去了，特意对老裴说了句：“放心。”

老裴最不放心的就是张麻，张麻嘿嘿一笑，手上轻而稳地操作，老裴眼神渐呆，没有了知觉。

张麻可喜欢麻醉熟人啦，对裴紫苏说：“待会儿快醒的时候，你问他什么他就老老实实地答什么，你想问啥？”

“银行卡密码喽。”裴紫苏说。

众人都笑，余晟眉眼里也是亮色。

小护士巴巴儿地拿出手机请示裴紫苏：“我跟睡着的裴主任合张影，行不？”

裴紫苏算是明白老裴为什么让她来护驾了，用他昨晚的话说就是——医院里坏人多。放老裴一个人在这儿，真不知道会被怎样“报仇”，看来他的人缘真不怎么样。

“不可以。”裴紫苏狠狠地伤了小护士的自尊。

然后她拿出手机，对着被“放倒”的老裴，咔嚓咔嚓一通猛拍，各种角度都有。

张麻啧啧惊叹，这就叫只许州官放火。

余晟走过来，隔着床上的老裴，裴紫苏站在他对面，低头看着老裴。

余晟握着胃镜，像操控方向盘似的自由。细长的纤维镜经过口、食管，下到胃部，镜头转动灵活。余晟的手法很流畅，镜子进退旋转都控制得随心所欲。监视器里能看到胃部的情况，镜头经过一处又勾了回去，居然在一处褶皱里找到了极不明显的一粒息肉。

裴紫苏都纳罕，余晟是怎么看到的？

她也为自己遗憾——制服诱惑，她没能免疫。

过程很快结束，裴紫苏守着老裴等他清醒。

余晟摘掉手套，一边在电脑前写报告，一边对病人的女儿说："裴主任应该没什么大问题，息肉取了在活检，等病理检查结果出来就彻底放心了。"

"谢谢。"裴紫苏道谢。

房间里没有其他人，很静。

余晟说："昨晚的事，是个误会。"

"我知道了。"

"你的决定，会不会有改变？"

裴紫苏对自己很没自信："都过去了。"

余晟无奈，也有些恼火："明白了。"

他转身离开，把帽子丢进了垃圾桶。

裴紫苏看着老裴沉睡的脸，忍不住伸手摩挲他的胡楂儿，像小时候那般依恋。

老裴悠悠醒转，混沌中看到一张迫近放大的脸。他模糊虚晃的视野渐渐看清是裴紫苏，她的眼睛是红的，悬着半眶泪。

老裴含混地道："我……得……胃……癌……了？"

裴紫苏险些跳起来："你什么时候醒的？"

老裴只管哼哼，说话艰难、意识不太清。

裴紫苏把脸贴着老裴的手背蹭："你没病。老爸，以后也别生病，我会难过的。"

老裴彻底清醒后就去上班了，坐在办公室里人还是轻飘飘的，有些难受。

他拿着报告单瞎琢磨，觉得裴紫苏那反常的乖巧体贴很是诡异，老裴索性给余晟打了电话："余晟，我真没事儿？你没骗我？那裴紫苏怎么抹眼泪了？报告单是不是你做了手脚？啊？你老实说！……不敢最好！"

第四章
釜底抽薪

昨晚、今晨，余晟接连做了两台手术，这些裴紫苏是听小保安说的。连上两台手术，余晟被解冻了？

但裴紫苏出门诊这天，门诊医生的排班表里肝胆胰外科依旧是“余晟”。向前、向后多翻几天，也都是“余晟”——他还在“冰箱”里镇得凉凉的。

想来那两台手术应该是没人做，或者是没人手做，才轮到他去。需要时被拎了用，用完了又被扔回门诊，这番滋味有多憋屈？

手术刀刃上的江湖，余晟这把“飞刀”被困得动弹不得，偶尔开刃都是看人脸色。

余晟看似沉得住气，可他这困局，怎么破？

一上午同出门诊，同一条走廊，没见到。

下午，换药室的实习护士掰针剂的玻璃瓶时不小心被玻璃碴儿割了手指，余晟去帮忙缝了三针。回去时经过中医诊室，他看见出诊的是裴紫苏，就站住了。

裴紫苏的手指切在一个病人的腕上，偏着头在想开什么方子。她的眼神落在余晟身上就忘了挪开，直勾勾地看着。余晟也就站着任她看，待裴紫苏回过神来，他才转身走了。

裴紫苏懊恼，重新凝了神给病人切脉。

傍晚下了门诊班，裴紫苏回病房晚查房。秋凉的季节总会发生些不好的事情，她的一位病人是位老婆婆，陪床的老伴下午在走廊里晕倒，也住院了，护士长把两位老人安排在了同一间病房。

裴紫苏查房时看到了一对老人家。老爷子躺在床上，望着老伴儿："这下可好，追她追到病房里了。"

婆婆回头一脸木然地看了眼老爷子，她有阿尔茨海默病，这个病的名字拗口，有个曾用的称呼——老年性痴呆，因为含有歧视性的字词被废弃了。婆婆忘记了很多人、很多事，连如何活着都快忘记了。

裴紫苏发现了老爷子话里的破绽："原来她连您都不记得了呀。"

"我把你们都骗了吧？"老爷子得意。

"影帝哦。"

"我是伤心啊。"苍老的感慨。

裴紫苏心里不是味儿，故作轻松："您现在是每天都追女朋友的感觉喽。"

老爷子呵呵笑："她等了我一辈子，老了我就追她嘛。"

裴紫苏知道婆婆曾是中学老师，老爷子是老地质队员，常年在外奔波的行业。想来老两口一辈子聚少离多，晚来妻子"终于"把丈夫忘记了。

少时怕读剑南篇，一往情深到晚年。

这样的人裴紫苏身边就有典型的例子：老裴。母亲去世时老裴正是不足三十岁的华年，英俊优秀的医生，但他惦记着亡妻竟一辈子没有再婚。老裴的那份痴劲儿，裴紫苏这些年看着都觉得怕。

守一个人、等一个人，要有多深的情，甚至隔着两地、隔着阴阳都阻不断。

裴紫苏惭愧，她不敢这样一往情深，对江晓城、对余晟，她都是个懦夫。

下班，裴紫苏走出内科楼听见有人叫她，循声望去，是余晟。他走过来：“才下班？”

“嗯。”

“想见见你，在这儿等你半天了。”

裴紫苏不说话。

余晟笑了笑：“一起吃顿饭吧，认识以来都没请过你。”

“不用客气了。”

“不是客气，是有些话想说。”

余晟的车就停在旁边，他去把车开过来，后排右侧的车门停在裴紫苏面前，那是她最钟情的位置。

余晟下车为她拉开车门，裴紫苏迟疑了一下，弯腰坐进了车里。

进了闹市区，两人才意识到今天是七夕节。七夕节的套路很多：商家的促销、卖花挣零花钱的孩子、情侣、抢不到的餐桌……抬眼望去，避不开的玫瑰。

余晟还真没特意挑节日，但能约得这么巧也是愉快，他眼睛发亮地看着裴紫苏。裴紫苏避开眼，知道自己和他在热闹的人群里俨然也是一对。

用餐的酒店有心，准备了些乞巧的小节目和玩具，餐厅里气氛很浪漫。余晟和裴紫苏的位子僻静，倒也自在。

压轴的游戏很难：用筷子夹起绣花针放在水碗里，要求绣花针漂在水面上。主持人在募集参赛者，甚至抛出了“大奖”的诱惑，但这游戏显然是想保留“大奖”的。

“想不想要‘大奖’？”余晟野心勃勃。

裴紫苏很有身段：“就算是免费的，也得看合不合我的心思。”

“我拿来给你看看。”余晟说着抬手示意。

主持人发现了亮点：“那位穿白衬衫的先生，欢迎您和五位女士一起挑战绣花针游戏。”

余晟起身过去，边走边挽起袖子。他挺拔的身量极是醒目，并不是清瘦的斯文体格，但眉宇间一派清俊坦荡，总有些温文尔雅的气质。

台下的裴紫苏放肆地看着他，除去外形的英俊，余晟还是个成熟得恰到火候的男人，还没世故，锋芒毕露。正是男人最好的年纪、外科医生最金色的时间。

游戏开始，其他人不是筷子夹不起针，就是针掉在半路，更不用说把针稳稳地放在水面上，基本上都是一秒钟下台。唯一的男士余晟，很稳很有耐心，仔细地调整着针触水的角度，连主持人都打住了贫嘴，看着他放针。

筷子离开，针没沉。第一根、第二根，在放第三根时，几根针相碰，才沉了。

主持人惊叫："当今的男人'二十四'孝，连手都巧得不给女孩子留活路，请问先生你的女朋友是不是手也很巧？"

余晟的回答却是："她负责聪明美丽，我负责手巧。"

满场笑声，都看向裴紫苏的方向。主持人赞叹这位先生被女朋友"调教"得太好。

余晟拿了"大奖"回来，心情很好地递给裴紫苏。但裴紫苏见不得他骄傲，揭穿他："外科医生和普通人比手法，算不算作弊？"

余晟谦虚："我还没动真格的，那才是不给他们活路。"

裴紫苏拆奖品，立刻投降——九连环——这家酒店绝对是故意的。

余晟也不会，但他闲得无聊，且有耐心，翻出图解，琢磨着解环扣，修长的手摆弄着银色精巧的玩具，一阵细碎悦耳的金属声。

裴紫苏被吸引，凑过去看，立刻反对余晟的解法。下到第六个环的时候，两人的分歧已经不可调和。余晟只能服从，按照裴紫苏的指示做，但事实证明裴紫苏是错的，这环就七上八下不知道该怎么办了。

裴紫苏来了劲儿，不信还解不开一个玩具了，拿过来自己解。余晟看着她纠结、低眉、细想，她认真得像个孩子。

裴紫苏抬头，两人的额头轻擦，四只手摆弄着一件玩具；抬眼，目光也缠在了一处。余晟的睫毛长而直，眼睛虹膜上一圈漂亮的辐射纹理是深褐色的，带着蛊惑。

裴紫苏放下九连环，佯作镇定地拉开距离。也不会有多远，她被圈在余晟和窗之间的小空间里。

余晟笑了："这是要提醒自己保持距离？我和你之间有'三八线'？

累吗？”

“还好。”

“你躲着我，只因为我是个医生？如果我是个老师，你还会这样吗？”余晟挺好奇的。

裴紫苏还真在心里考量了一下：“应该不会，老师是个宜家的职业。”

“如果我是个老师，我是会离开你的，因为你是个医生——这是你的理论。”

裴紫苏瞪他一眼——余晟很狡猾。

“还有其他原因吧？”余晟在诱供。

“没有了。”

“我不信。”

裴紫苏好笑：“拜托，没那么复杂。”

“怕孤单？”余晟研究着她。

这一问来得陡然，裴紫苏掉了伪装。

余晟目光瞅着她的眼：“怕总是在等一个人？怕等不到、怕被冷落、担心两个人不常厮守感情会日渐冷淡、怕不再相爱、怕失去？还是你想要时时刻刻守在一起？原来你本性很黏人。”

裴紫苏呆怔转为愤怒：“你这样说话并不能显得你有多高明正确。”

她变了脸，人也收缩成一根针，很尖锐。余晟见过这样的裴紫苏，她对待江晓城就是这样的，只是江晓城始终没能突破她这层保护色。

余晟去握裴紫苏的手，冰凉。他的拇指握在她的腕间，能感觉到她的脉搏，跳得很快。

余晟的心软了些：他是不是过分了？

裴紫苏挣扎，余晟立刻松手。

他抢在她开口之前说：“还记得我那句话吗？我们试试，你还不了解我，我不是老裴那样的疯狂医生。”

试？

一“试”之后她必定是一头栽进去的，哪里敢试？

但她不说话，就是不说话。

余晟不打扰她跟自己对话，更不再多问——他默默地等，她总会开口的。

“我其实，我说不清楚，我不知道，我……”裴紫苏再开口，说了半句话就放弃了。

余晟摊手：“你在自己都不知道、说不清的情况下，就判了我死刑，小裴医生，这样很伤人。”

裴紫苏烦躁，她分明是对的，但余晟也是对的。这件事情她折磨自己已经好几天了，谁能给她来个痛快？

“余晟，”裴紫苏正色，随即气馁，很烦躁，“我不知道……”

“不想说，就不要说了。”余晟放过她。

他成功地把她逼在了角落，虽然没有撬开她的壳，但是已经很不错了。不能太过逼她，事情不能急。

再无多言，餐厅里宾客渐散，最后只剩他们。寂静的一隅，余晟陪着她。

独处中体会彼此磁场的相互干扰，安然地自在着，却隐隐心跳如擂鼓。余晟脉脉的注视中，裴紫苏渐渐丢盔弃甲，她幽幽地叹了口气。

离开的时候余晟唤裴紫苏的乳名：“苏子。”

他自己听着都觉得生硬，就换着语气叫，寻找着区别于其他人的，又自然顺耳的那种语调。

他每尝试一种，裴紫苏就掉一地鸡皮疙瘩。她忙不迭制止：“我不喜欢别人叫我这个名字，不许你这样叫我。”

“为什么？我特意查过，紫苏、苏子，两个都是中药名，挺有意思。”

“那你知不知道‘苏子’就是‘紫苏’的种子？”

余晟瞬间觉悟：“所以你是自体繁殖？这样说也不对。还是你解决了‘鸡生蛋、蛋生鸡’的哲学问题？”

“余晟！”裴紫苏抬脚就要踩他。

“好了好了，不说了。”余晟笑着躲，把她拦在一臂之外。他很喜欢看到这个女孩露出爪牙、生气勃勃的样子。

两人经过户外的广场时，见到场地中央摆了舞台，花篮、气球，情歌热烈，在举办接吻大赛。

余晟居然有兴趣："我们去拿个冠军回来？"

裴紫苏眼睛倏地睁大，余晟佯装真要拽她去，吓得她转身就跑。

余晟手快，扯住了她拽到身边。裴紫苏瞬间就安静了，她一直认为牵手是最幸福的接触，牵她手的人像是怕她丢了。余晟的手干燥，掌心是热的。

远处的舞台边燃起了烟火，明亮的火花摇曳出一片璀璨，银河般的流光溢彩照亮了相对的两人的脸，都是欢喜。

"七夕，这个日子我们是不是应该把它变成纪念日？"余晟问，并不吻下去。

是试探，也是等待，余晟甚至有些微紧张，他没有十足的把握。

裴紫苏心里还残存着一丝犹豫：还要回头再一头栽进去吗？这次就不可以再回头了。

这思绪太折磨、太熬心，她投降，索性抬起唇迎了过去。

柔软相触，她听见了余晟的叹息，她的唇被裹住，整个人也被收进了温厚的胸膛。

余晟是细腻的、极其温柔的，只在唇畔厮磨，教唆着裴紫苏回应他。裴紫苏笑，轻吻着他的唇。余晟的舌尖滑了进来，缠绕着她的。裴紫苏迟疑了一下，余晟迂回地诱哄着她，待她适应了开始回应，他便继续深入。

每进一步都要等到她同样的回应，余晟耐心地蚕食着，得寸进尺。但他的呼吸是混乱的，他在努力控制节奏。

他想用这样冲刷式的方法，一点点地打开她的心。

裴紫苏似在溺水，一点一点地沉到水底，有余晟带着她、托着她，每浸入一分她都很安心。

直到彻底沉入水中，她像一只吸饱了水的水母，充盈着、全身舒展，在水里漂荡，全世界都虚无。

水底微光之处，她听到心里的一声叹息：余晟……

七夕的夜晚，余晟是最温情的恋人，有裴紫苏最着迷的温度。

收服叛逃的裴紫苏，余晟嘲笑她：“只是被我爽约一次就闹分手，心眼儿得有多小？脾气得有多坏？”

裴紫苏无言以对，男女相处之道中她身边是最大的反面例子——老裴。裴紫苏见证了老裴是怎样被禁锢在对亡妻的思念里，对女儿又是个不得要领的忙碌父亲。裴紫苏对温暖、冷落这样的事情敏感如惊弓之鸟，就算现在对余晟也是战战兢兢，不知前路如何。

第二天裴紫苏上班，走廊里那对白发人在遛弯儿，老爷子搀着婆婆。裴紫苏调侃老爷子：“一大早就开始追‘女朋友’啦？”

老爷子颤巍巍的：“都跑不动了，好追。”

这份豁达开阔，裴紫苏自愧不如。没有勇气，是没资格享有这份挚爱的。

不禁想起余晟，裴紫苏竟觉得“侥幸”：谢谢你没放弃。

裴紫苏是夜班，刚忙完交接，余晟就来了。他穿着便装，手里的一袋子水果、零食简直是重磅炸弹，轰炸着所有夜班护士的眼睛。

裴紫苏惊到了，余晟竟然是如此高调做事的人？但她还没有想过要公开这件事……

裴紫苏着急：“你怎么来了？”

“探班，顺便‘宣示主权’。”余晟说。他手里的水果、零食还没来得及放下，就被裴紫苏推出了医生办公室。

有小护士特意从两人面前一闪而过：“余医生，我们科里有条诅咒，在夜班秀恩爱的人会得到‘夜班之神’的眷顾。”

裴紫苏一哆嗦——上次“夜班之神”眷顾她的时候，她一个夜班收了八个新入院的病人，病房里四个危重病人、六个病重病人，半夜三点开始两台抢救，不仅把住院总医师折腾得够呛，后半夜扛不住了，把张夫子也从被窝里拎来了医院，那天下夜班的人都是满眼红血丝。

余晟受不了地道：“你们还挺迷信。”

而裴紫苏已经在轰余晟了，推他出门。余晟好笑：“喂，住院医师，你这样很伤我的自尊。”

裴紫苏态度坚决："顾不得那么多了。"

出了病区，余晟有些恼火。紫苏毫无歉意，义正词严地道："工作时间别来找我，我也不会去找你的。"

两人站在病区门口，这是个四通八达、一览无余的位置，不适合非礼。

"知道了，假正经。"余晟把手里的东西堆在裴紫苏怀里，挺不和善的。

裴紫苏抱着一怀抱水果、零食回了病区，立刻就被几个同事围攻。

有拷打型的："交代！是不是在谈恋爱？"

有闪了腰型的："真没想到余晟喜欢的是你这款的。"

有鄙视型的："啧啧，余晟终于'被捕'了，瞧那心甘情愿的劲儿！"

也有舍不得型的："咱们家小姑娘才上班几天啊，他就出手了？"

……

裴紫苏保持高冷不说话，但也立刻明白刚才余晟为什么说"宣示主权"了，她和他的事算是——暴露了。

夜班有惊无险地平稳度过，没有被"秀恩爱"连累。晨曦微露的时候，裴紫苏处理完一个低血钾的病人，渐渐亮起的天色惊动了她。窗迎东方，阳光苏醒，一缕暖意在寂静中破茧。弱光很快盛大，光华扑打在整座城市上方，也扑打在裴紫苏身上。

裴紫苏迎着光，微微眯着眼。这是每个夜班她最喜欢的时刻，安宁、温馨，却是光影流转最快的一瞬，所有人都被唤醒。

余晟的信息恰在此时响起："夜班忙吗？"

裴紫苏回："还好。"

余晟的电话瞬间打来："'夜班之神'没有眷顾你？"

"她昨晚把我忘了。"

"早点吃什么，我买了给你带过去——放心，让实习生送过去，我不打扰你工作。"

裴紫苏说了两样，余晟叹气："你是我见过最能吃甜食的人，而且毫不节制，老师怎么教的你？”

裴紫苏挂了电话。天边一绺细云被烧得嫣红，醉了似的。

下夜班的裴紫苏狂睡，直到傍晚老裴带了职工餐厅的盒饭回来，叫醒她，一起吃晚饭。

裴紫苏知道老裴在观察她，她低头装看不见。

老裴努力地做出父女促膝谈心状，一张口却是教授提问腔：“你和余晟，怎么回事？”

裴紫苏含混地道：“就那么回事。”

“哪回事？”

“就你听到的那么回事。”

“你不是说不找‘医生’吗？”

“他是‘外科医生’。”这是裴紫苏的解释。

“怎么不跟我说？”

“我觉得还不到时候。”裴紫苏看看老裴的脸色，夹起最大的一块里脊放到老裴的碟子里。

老裴故意不吃那一块，是赌气，主要是心情不好：这孩子从小就像是和医生这一行有仇，坚决不学医，他逼着她学了；老裴带着研究生学生，也曾动过招一个回家做女婿的念头，但裴紫苏说不嫁医生。现在可好，因为一个余晟就叛变了所有原则！

敢情裴紫苏讨厌医生的所有原因是她老爹？

老裴后悔，上次下胃镜为什么非要找余晟，还让裴紫苏陪着？那天俩人还一本正经地装不熟，敢情就在他眼皮子底下暗度陈仓！

他还是今天在医院被外人问起才知道：“老裴啊，听说余晟在追你家千金？”

老裴很生裴紫苏的气：“余晟是个是非中人，你是我的女儿，怎么就不低调点儿？这下可好，全院的人都知道了。”

“说得好像你是什么大人物，”裴紫苏低声发牢骚，随手将老裴一军，“我们又不是做贼，真要是偷偷摸摸的，你放心啊？”

老裴被噎。

裴紫苏回卧室睡觉，卧室里传来了她手机的信息声，一会儿又是一声，两声……老裴吃不下去了，这是谁发来的？还让不让下夜班的裴紫苏睡觉了？

“余晟”这名字，真是闹他的心。

他还真是冤枉了余晟，信息情话的效率是余晟鄙视的事物之一，就像把一台一个小时的手术生生做成了四个小时，他没时间、没兴致，更没耐性这么耗，而且他也等不及。

余晟的风格是，晚上八点多直接来到了老裴家楼下，电话把裴紫苏闹醒，让她下楼。

老裴看见裴紫苏睡了一半突然爬起来要出门，以为她梦游了。裴紫苏打哈欠：“太热了，睡不稳，我下楼买根棒冰吃。”

余晟的车就停在单元门口，裴紫苏慌忙跳上车，生怕老裴从窗户向下看。

余晟这家伙“敞亮”得厉害，根本没有过渡，直接进入了“公开一对”的状态。而裴紫苏对两人的定位还是“初相恋”。这时间差闹的，裴紫苏真要努力适应。

裴紫苏深深担心余晟不定什么时候忽然上楼敲老裴的门，她立即告诫他以后只能在小区门口等她。

余晟不置可否，但他今晚有事：“陪我去拜访个人，我的硕士导师来本市开学术交流会，住在酒店。”

“我不去。”裴紫苏这下彻底火了。去见他老师？没有征求她的意见，这很过分！

“我知道这样约你不好，抱歉，我也是刚知道。宋老师刚下飞机，明早会议上发言之后就要走。他是看了会议资料才知道我回国了，刚联系到我。宋老师对我有恩，又多年不见，我想让他知道我过得很好，刚追到了很好的女朋友。”

车停在酒店门口，余晟说：“不去也行，你在车里等我一下。”

裴紫苏研判着余晟的表情，夜色的明暗光影从他脸上掠过，余晟似乎心神不宁。裴紫苏还没见过他这样，她挑眉：“给我买身衣服，还有鞋。”

她是真打算下楼吃棒冰的，家居布裙、拖鞋，空着两只手，没带钱、没带手机。

余晟竟是松了口气，伸手揉揉她的头发：“谢谢。”

在酒店旁的女装店里搞定一条崭新的连衣裙，裴紫苏陪着余晟去见导师。师徒两人都不健谈，但并不影响见面时的愉快。宋老师感兴趣的是余晟在美国访问学习的事情，还建议余晟回学校做博士后，余晟婉拒：“书读得太多了，想在临床干几年。”

宋老师也很关注裴紫苏，但每次看完她，目光又会转回去停留在余晟身上，像是品评她和余晟是不是搭调。

回程的路上，裴紫苏越琢磨越觉得有趣：“宋老师好像对你很不放心，对我也很不放心似的。”

余晟此时像是轻松了很多：“他是担心你跟着我受委屈。”

“算你有自知之明。”

余晟同她商量着要送宋老师一个小礼物，不知道该买什么。裴紫苏应得心不在焉，她在回想方才的见面，总觉得有些说不出的古怪。

回到家她才忽然想明白古怪在哪里——宋老师和余晟之间没有谈一句往事，过去的同学、老师，甚至学校的事情都没谈。

师生重逢，最多的话题难道不是从前的日子吗？

裴紫苏想起余晟整晚都有些说不清楚的情绪，像是从水里爬上来的人浸了一身的水，湿淋淋的，很沉。

她摇摇头，想不明白。

第二天裴紫苏一早在病房查房，余晟打来电话让她到门诊找他。

裴紫苏过去后，余晟拿出一个小礼盒，让她帮忙送到汇报厅，交给宋老师。

余晟出门诊，病人坐满走廊，他片刻都不能离开：“宋老师发言结束后会赶中午十二点的航班离开，小裴医生，你替我向他道声歉，我不能去送他了。”

“跑腿啊。”裴紫苏挺恨这种角色的。

有病人在场，余晟的笑仅限在眼角。他摆出上级医师最招人恨的腔调，颐指气使地道：“快去。”

裴紫苏挺胸抬头，义正词严地道：“余老师，虽然我只是一个刚毕业的住院医师，要尊你一句老师，但我和你是平等的同事关系，类似这样的个人私事我是没有义务帮你的。我认为你作为师长指派工作繁重的下级医师也是很不应该的。自己的事情自己做，小学生都知道应该这样。”

不仅余晟，连正看诊的病人都瞪大了眼睛，他看看余医生，再看看这个小医生。

但余医生没发作，态度很好地先把病人的病情交代完，让他先走。病人出来后关门时，看见余医生站起来走向那个小医生，是要教训人的架势。

病人直摇头：人心不古、世风日下，现在的小医生真是不好带，是该狠狠地收拾。

而里面的裴紫苏噌地跑开，飞快地帮余晟叫了下一个号。

下一个病人早就站在门边了，声音一响就推门进来，坐下：“医生，我肝疼。”

余晟缓缓坐回桌边，裴紫苏早已不见人影。

余晟问病人：“哪个位置疼？指给我看看。”

裴紫苏去了汇报厅，学术交流会的会址就在医院，宋老师正在台上发言。台下的前排座位是本院肝胆胰外科的医师的，悉数到场，缺席的唯有余晟。

裴紫苏出了大楼，在门外等。

不一会儿里面传来说话声，是医院和协会的领导送宋老师出来。宋老师和岳主任长时间地握着手：“岳主任，余晟那个孩子全拜托你了。”

岳主任朗声笑：“宋教授还真是爱惜弟子。放心，余晟非常优秀，完全不需要我特殊关照。”

宋老师却像是在托付自己的孩子，怎么都不放心：“余晟是有些个性，但那孩子心地纯善，也很听话，你多多担待年轻人……”

待宋老师出了门厅，下了台阶，裴紫苏追了上去。她说了余晟走不开，把礼物双手奉上。

宋老师摩挲着那盒子，似乎很沉。裴紫苏正心软着，就冲宋老师方才对岳主任那一番话，虽然所托非人，但这份心意真是够沉。

“我送您去机场吧。”裴紫苏说。

宋老师看着她，像是在看着余晟：“好。”

路上，宋老师把手机号留给了裴紫苏：“有事就给我打电话，关于余晟、关于你，任何事情我都愿意帮忙。”

裴紫苏开玩笑：“但愿不需要麻烦到您——给您这么大的腕儿打电话，都是为了看危重大病的。”

宋老师朗声笑：“但愿你不需要给我打电话。这次来，最高兴的就是认识你，不要欺负我的学生。”

“余晟的靠山还真多。”

“不，我是你的靠山。”

没有余晟在场，裴紫苏和宋老师的相处更轻松、愉快。

送行之后，裴紫苏回了医院。正是午休时间，余晟在诊室，给她买了午饭，还是用他那只爆款保温饭盒盛着，大鱼大肉。

裴紫苏说起了路上宋老师的再次建议：“他建议你去做博士后，其实也是一条路。”

外科医生的黄金年华没有多少年，不应该被如此无声地消磨。

“目前沉湎于女色，不想去。”余晟说。

裴紫苏哑了。

余晟还在等着和她算账：“当着病人的面忤逆上级医师，这事儿还没完呢。”

裴紫苏装傻。

余晟把她扣在怀里：“开始为我打算了？如果我走了，你怎么办？”

“就可以不和医生约会了，正合我意。”

余晟惩罚似的捏她的脸，指尖触感太妙，他爱不释手：“每次看到这种细薄得近乎透明的皮肤，我的手好像能感觉到用手术刀划破它再缝合的感觉，你都不知道会有多奇妙。”

裴紫苏在他手心里抖了一下：“外科医生的眼里是不是没有美女？反正要切开，都是一堆血肉神经？”

“那倒真的是，对美女都看麻木了，动一次心真难。”

“我要是病了，你会给我主刀吧？”

“不会，我下不了手。”

“医不自医？”

“不，关心则乱。”

“真会骗人感情啊。”裴紫苏佩服得五体投地，觉得自己不是余晟的对手。

余晟笑了，在她唇边轻啄：“先吃饭了，My love。”

“再说一遍——英语那句。”裴紫苏没听过瘾，余晟说英语的时候，唇形很迷人。

“裴紫苏。”余晟好笑。

她在恋爱里又变了个人，冷不丁冒出来的热情、淘气，新鲜得让他坐立不安。就像火苗，小小地燃着、突突地跳着，他不知道该如何呵护才能让火苗就这样跳着，弱小的、蓝盈盈的。

裴紫苏怏怏地道：“不说？那就吃饭。”

余晟揉了揉她的发顶，坐下来一起吃饭。

晚上在家，老裴似乎有话在等着跟裴紫苏说。他的眼神似曾相识，裴紫苏这两天见过：与宋老师看余晟时的如出一辙——很不放心、很担心。

“有事儿啊？”裴紫苏问。

“苏子啊，咱们不和余晟谈恋爱，好不好？”

裴紫苏抬起眼，是一双清澈水润的眼，青春正好。

老裴是要刮骨疗毒的：“今天开肝胆胰的学术会，这个圈子其实很小，互相都认识、都了解，来参会的有很多余晟的校友、同学。余晟是他们这个年龄层里的佼佼者，小有名气。我侧面打听了一下……这么说吧，当年C城医科大有个女研究生服药自杀，很长一段时间都是新闻热点，据说那个女孩的死和余晟有关。你可以上网查，他人品有问题。”

裴紫苏愣了，打哈哈，完全不信。老裴一双浓眉压着黑眼，黑云压城般看着女儿。

裴紫苏笑：“开什么玩笑，怎么可能？”

老裴沉默。

“不是他。”裴紫苏强调。

老裴叹气。

裴紫苏：“不是他，网上的话能信吗？！”

老裴喝茶。

裴紫苏去拽他的茶杯，执拗地道：“不是他！”

“好好，不是，你说不是就不是。”老裴顺着她。

他看着女儿，洞悉的眼拖着大大的眼袋，一副疲惫操心的父亲模样。

裴紫苏胸膛起伏，陡然站起来跑回自己的房间。

老裴主意坚定，得把余晟和裴紫苏拆开，但这事一定要办得巧妙，不然会适得其反。

他太了解裴紫苏了，倔、不听劝，她要是认定了余晟那就是认定了；相反她要是认清了余晟能下决心离开，那真就离开了。

裴紫苏回到房间，坐在床上死死地盯着电脑，有仇似的。直到窗对面的居民楼里所有的灯都熄了，她才摁下开机键。

她先搜索多年前C城医科大的女研究生深夜在公寓死亡的事件，网页多得翻不完，看来的确是极其轰动。

网络上对死因有各式各样的猜测：

自杀？为什么？学业压力、家庭环境、人际关系、感情因素……

谋杀？是否是同学所为？又是如何下手的？死因又是什么？

……

警方介入调查，很久之后死因公开：自杀。女学生一直在进行抑郁症的治疗，突然大量服药，又喝了酒。

舆论慨然：医学研究生难道不知道那几种精神类药品不能和酒同时服用？医学生若是想自杀，真是有太多种办法。

网页上有女孩的照片，骄傲、美丽，眼神极轻、极细。裴紫苏隔着屏幕和她对视，额头竟起了汗。

自杀的原因也浮出水面——感情纠葛，据说是被渣男甩了。

关于“渣男”，网页上查不到。

裴紫苏定了定神，注册了新的QQ号、微博号，各大论坛的新ID。她以余晟的手机号、微信号为线索，查到了他的QQ号，看他的空间。余晟的空间在几年前就闲置了，之前也都是些手术图、学习资料。

但是裴紫苏翻到了他的同学们……

裴紫苏用新的QQ号、微博号，翻所有可能相关人的空间、微博、博客、论坛。

然后，她看到了满屏都是那女孩的照片、蜡烛、黑白的头像。

还有，余晟……

论坛里，他被“人肉”、谩骂、攻击。“冷血”“渣男”等唾骂声鼎沸，口水能淹死人。

唯一还能翻出的一张关于余晟的照片，是警方来找余晟时被偷拍的。

现如今的余晟，不屈不挠地为自己争取工作的机会，在裴紫苏遭遇医疗纷争时帮她脱身，早已历练得性格静稳，成熟坚忍。

但当年的余晟比现在的裴紫苏还要小两岁，还没学会深藏不露，还不会掩饰恐慌和软弱，更不会掩饰眼里的愤怒和不驯。

那双锐利发亮的眼不驯、阴冷。余晟的清瘦、颓败像灰烬，目光却像两粒火炭，从灰烬里裂出来，猩红，像是即将熄灭，又像是下一秒要迸发出大火，拼个你死我活。

深夜、漆黑，唯有电脑屏幕亮着光。裴紫苏呆滞地看着那方寸之亮，这就是老裴想让她看到的。

余晟，真的是很有名、很有名的人。

她也很听爸爸的话，真的很听。

与此同时，沉睡的余晟接到了电话，是肝胆胰病区的另一位医生——方明。方明医生通知余晟第二天一早去病房开会。

明天是科室例行的术前讨论会的日子，会上要把近期即将进行的所有手术汇总，集中讨论一些疑难的、复杂的手术。

让他去？讨论手术？

余晟嗯了一声算是知道了，方明那边话还没说尽，余晟就挂了电话。

第二天余晟去了病房，还真是让他参加术前讨论会。岳主任主持，所有医生都到齐，衬衫领带、白衣整齐。普外科的特色——从少年到白头，清一色的男医生。

余晟从一进门就被全场瞩目，他在方明医生旁边的座位上坐下，只听不发言。

方明比余晟略长几岁，比余晟早来医院，但学历、职称没有余晟高，技术上更是落后好几个段位。

但方明医生最大的优点就是有自知之明，从不会树立远大目标去追逐，更不会寻找竞争对手来励志——他不和自己过不去。

不行就是不行，不行就问嘛，来来，余晟，这个病人怎么高烧不退，那个病人的手术能不能做，你帮忙看看，要不干脆手术你上吧。

从前查房的时候，方明跟在余晟后面，身后跟着小医生、进修生、实习生。方明是岳主任重点栽培的医生，岳主任认为方明具有管理科室、带领团队的潜质。

但是余晟出国不在的这一年，直到今天，方明过得操心极了：查房、看病、做手术，还要盯着下面的小医生，方医生惶惶然像没娘的孩子，领着一群小弟弟、小妹妹。

方明瞅着余晟，酸溜溜地道："你小子，气色可真好啊。全科的医生、护士里数你最清闲，你还记得怎么上夜班不？"

余晟没搭理他，方明把手上的病历递到余晟桌面前，余晟也不看，方明觉得挺没趣的。

最后讨论的一台手术才是今天的重中之重，是一台特殊的高风险手术。

阅片灯前是影像检查的片子，方明站起来发言，他是经治医生："……七十四岁的男性患者，腹部内的巨大肿瘤。肿瘤与周围的几条大血管长在了一起，不分彼此，情况很复杂。附近的脏器和血管也都快和肿瘤长成一片了，器官被挤压、互有粘连。如果选择手术，术中的难度很大，肿瘤和器官怎么剥离？极有可能大出血，又是高龄患者……”

方明介绍完，众位医生都是头晕。

岳主任说：“大家谈谈，都是什么看法？”

医生们有讨论、有争论：肿瘤的来源在哪个脏器，手术要采用哪些方式，手术中可能出现的复杂情况，术中发生意外的应急措施……

手术做还是不做，医生们都没有把握、都犹豫。

方明再次把病历推给了余晟，低语：“就是这个病历，你不看看？你心头不痒痒？”

恰在此时，岳主任也问了过来：“余医生，你说说看法。”

一年多来，这是余晟第一次在全科的会议上露面、发言。一年前，所有的术前讨论会，余晟都是核心人物。

“手术可做可不做，就看主刀医生的决心了。”余晟像是没什么态度，其实这就是实情。高难度的手术不是靠个别领袖医生能完成的，考验的是整个医疗团队的能力，手术的一助对主刀医生的配合尤其重要。

岳主任心里跃跃欲试，环顾着在场的所有医生，想挑选出助手。

肝胆胰外科的医生分成了两个组，分别由两位高年资老教授任组长。两位组长都年长眼花，近些年动手也很少。科室承担的所有重大手术都是岳主任亲自主刀。

下一级的医生里，矮子里拔将军，方明还算能挑大梁的，也只是马马虎虎的水平，寻常的手术没问题，遇到这样的阵仗就让人不放心了。

再剩下的，就是余晟了。

“散会。”岳主任重重地合上笔记本。他坐着不动，面色阴沉。众人松松散散地散会。

老赵医生是带组的组长，他一直留意着余晟的手，虽然很随意地放在桌面上，却是拿刀的手法。

“岳主任，”老赵医生忽然说，“余晟也该回病区了，我们组长期少一个医生，大家都挺累。”

这是公然跟岳主任叫板，正散场的人都站住了，一时静寂。

余晟坐着，纹丝不动。

僵持的空气，岳主任在隐忍。

终于，岳主任嘴角一抽："可以，明天就回来。"

他深深地看了看老赵医生，阔步离去。

老赵医生烟瘾犯了，打着哈欠向外走。他经过余晟时，余晟低唤一声"赵老师"，老赵医生嗯了一声，径直而过。

傍晚，余晟在医生办公室里整理自己的物品。医生办公室里只有方明，比较方便说话。方明问："早晨的会上你没看出来？岳主任想做那台手术，科里能拿下来的只有岳主任和你。"

"他还没决定做不做。"余晟不太热情。岳主任盯上的手术他不方便表态，何况这台手术的成功率不高，主刀医生上法庭当被告的概率倒是很高。

"这病人要是不做手术，也没几天日子了。"方明叹气，下班离开。

余晟整理完办公桌，坐下来。他的座位就在玻璃墙边，视野里蓝天高阔，仿若空中楼阁。

余晟扯掉领带，觉得轻松了很多。昨天就约了裴紫苏看今晚湖边的演出，离约定时间还早，他打开电脑登录了医生工作站，调出了这台有争议的手术的病人情况，沉了眉细看。

看完，余晟得出两个字的结论：缠手！

余晟打了电话要去接裴紫苏看演出，裴紫苏瓮声瓮气的，像是患了重感冒，想爽约。

"不舒服就不要去了，我给你送药过去……什么话，难道等你病好了我再去看你？在哪里？"

裴紫苏那边沉默半天，说："带我出去走走吧，我想透透气。"

余晟笑了笑，低声说："我也有好消息想告诉你。"

这通电话余晟是边走边打的，夜班的两个医生和住院总医师在他身后，被余晟的温存语态惊到了。三人突着眼珠子相视半天："那是余晟？跟谁打电话呢？"

“女的吧……”

“开荤了？”

“应该是吧……”

余晟接了裴紫苏没往热闹的地方扎，裴紫苏兴致很低，开着车窗吹风。余晟的脑子里全是那台手术，看着行车的路线都像病人的血管和神经。老人虽然已是七十四岁高龄，但身体的各项指标都还不错，手术也是唯一的生路了，不妨试一试？

但岳主任的别有用心让余晟很反感：如果岳主任主刀，手术成功是锦上添花；失败了，余晟这个一助在这家医院就万劫不复了。

裴紫苏一路无声，余晟就把车开回了她家楼下，让她上楼睡觉。

裴紫苏偏不下车：“我不想回家。”

余晟就又开着车兜出小区。这一次他开回了医院，林荫道的尽头通向医科大的操场。

他从后备厢里拿出篮球，裴紫苏跟着他去了篮球场。夜里的球场上吊着两盏昏灯，空旷冷寂。

“会不会拍皮球？”余晟运着球，问。

裴紫苏不声不响地走近余晟，忽然伸手抢断，转身纵起如线，一个漂亮的上篮，球中。

余晟惊艳，霍然笑了。他欺身上前，毫不客气地出手。

裴紫苏灵巧地运着球闪躲，余晟一时竟不得手。

对峙间，余晟问：“小看你了，系队的？”

“校队的。”

“打什么位置？”

“主力中锋。”

也对，哪个校队篮球教练会放过裴紫苏这样身高的？

“排球会不会？”

“主攻手。”

余晟还没进过校队……

既有攻防，就是对手。腾挪周旋中裴紫苏始终闷着声打，但余晟能感觉到她的杀气越来越重，甚至就是冲着他来的。

贴身防守之际，余晟忽然出其不意地断掉了裴紫苏的球，转身、突破、投篮，球中。

待他捡球回来，就见裴紫苏墨黑的眼睛盯着他，身上有股子狠劲。

余晟觉得再打下去两人怕是要翻脸，就劝她回家。裴紫苏却憋着一股恶气，拿过篮球一个人去投，不中，捡回来再投，还不中……

余晟也不劝，看着她精疲力竭。

“气消了？”余晟问。

裴紫苏看着他，就是不说话，像是看穿了他，又像是看不穿。

她能生他什么气呢？也只有那些事了吧。

余晟有种预感，曾经笼罩他的那股黑暗气息已经蛰伏够了，在蠢蠢欲动，看样子已经惊动了裴紫苏。余晟没想过隐瞒，只奢望能和她纯纯粹粹地多快乐些日子，多一天也好。

终究是乏力，他身上封印了债，也许这辈子都要被圈禁了。

“苏子，我知道你在想什么。”

“你不知道！”裴紫苏一口否定。

“别折磨自己。如果让你不痛快的人是我，你没必要受这份罪。你这闷性子，太善良。”

余晟目光平静，似溺水的人看着无人的岸边，很认命。

裴紫苏避过他的目光：“你说的我听不懂，别瞎猜。”

“我上学的时候……”

“我不听！”裴紫苏害怕得转身就跑。

余晟追过去拉住她，刚运动过的两个人体温都很高，都有些喘息。

一时静默僵持，两人都没话说。

夜深了，裴紫苏的手机响起——晚上九点的查岗电话，老裴。

裴紫苏应付着接电话，两人往车的方向走。一路无语，前排余晟的半个背影沉默在秋夜里，坚毅冷清。裴紫苏看得累了，看向车窗外，城市已有了霜寒的意味。

分开时，余晟喊住她：“裴紫苏，今晚的事情会比那天饭盒的事还严重吗？”

他在夜的底色里，却清晰无比。这是已经被磨砺过的男人，他从暗夜里走出来，清冷桀骜。隐秘处也有一层薄薄的脆弱，或许他也会自卑？

“不会。”裴紫苏很肯定地回答，“保温饭盒的事已经被你解决了，就没问题了。”

余晟咬着唇，忽然不适应地眨了眨眼睛，吸了口气：“谢谢。”

裴紫苏进了家门。

她不愿看到余晟难受，更不想难为他的人是自己，这种感觉她非常讨厌。她喜欢现在的余晟，至于他过往的事情她会用自己的方式去了解，他是什么样的人，观其言察其行，她要自己考量。

旁人的议论、曾经沸反盈天的舆论，裴紫苏觉得都是“他人说”。

第二天上午，裴紫苏接到了医教科的通知。

医院在西北的某省有医疗对口支援的城市和医院，要定期派专家、名医过去坐诊，每年秋冬也会组织业务骨干组成医疗援助队去义诊，为医疗技术落后的地区送医送药。

通知裴紫苏，是因为她也被列入了义诊队的医生名单。

这不正常，一个刚来没几个月的住院医师是不够资格的。医教科的解释是：“组队时考虑到要挑选一名中医，你们科里的其他医生都年纪大了，你最年轻，所以就定了你，有意见吗？”

“我回去准备，大约什么时候出发？”

“下周。”

“下周？！”

蹊跷！

裴紫苏给义诊同行的领队医生打电话，请教要做哪些准备。裴紫苏问：“我是刚刚才拿到通知的，您呢？”

“这么晚才通知你？我可是去年就申请的，上个月接到通知……”

挂断电话，裴紫苏气得脸通红。她努力地忍着气，一直忍到晚上回家，进门就对老裴发飙：“是你吧，就是你干的！为什么让我去参加医疗队？”

裴主任打官腔：“年轻医生就应该下乡看看基层的情况，开眼界、锻炼，也是种精神净化……”

“少摆导师的臭架子，明人不说暗话，你什么目的我知道！你跟我商量过吗？尊重人吗？这么做对吗？”

老裴露出法西斯的真面目：“这事儿由不得你，是医院的政治任务。”

釜底抽薪！

裴紫苏继续忍，试图和老裴讲道理：“你想用这种方式拆开我们，爸爸你对余晟难道没有一点点了解吗？没有一点点自己的判断、信任？因为一件多年以前的，甚至是你并不很清楚的事情就彻底否定他？兼听则明，你听过余晟的解释没？”

“他是什么人我不关心，但他要和你扯上关系就得被我挑！他受不了就滚蛋！我宁可把你嫁给一个窝囊的庸才，也不会让你嫁给一个品行有污点的天才。品行这方面——宁可错杀，不能放过。”

老裴一言九鼎的语气。

见女儿喘着气不说话，他放软了态度：“你现在每天跟他在一起，很容易被他干扰判断。你去基层锻炼两个月，好好想清楚和余晟之间的事情。很快就回来了嘛，到时候再说，好不好？”

裴紫苏脸上一阵红一阵白的。她气老裴的做事风格，但也知道他用心良苦。

裴紫苏怨恨地道：“都是为我好，是吧？”

“你和他现在要降温，你的智商和情商也需要归位。”

“我很冷静。我要彻底知道当年的事情里余晟经历过什么、做过些什么事，我才能说这个人到底值不值得我坚持，而不是听到一点流言蜚语就否定他、离开他。不冷静的是你。”

裴紫苏走出老裴的房间，又回头警告：“我工作的事情不许你再插手。裴主任，你要真有本事栽培我，还是直接帮我弄个院长当当。”

老裴气得骂：“死丫头！”

余晟回病房的第二天就彻底调整回了出国前的状态：雷打不动地清早

六点到病房开始工作，查看病人的夜间情况，晨间交接班、处理医嘱。

实习生樊易第一个发现余晟回了病房，打了鸡血似的黏过来，把脸递到余晟眼前："余老师，您还记得我吧？跟您上过急诊手术，樊易，我叫樊易，很好记。您今天有手术吗？"

余晟说："没有。"

"那您现在需要帮忙吗？我什么都会！"

方明医生才是樊易的带教老师，在一旁看他表演很久了，忽然凉飕飕地问："樊易，你攀高枝的速度挺快啊，看上余老师了？"

樊易缩了脖子："不是不是不是。"

方明冷笑："那我就把你送给余医生了。"

樊易愣、怕，他得罪了方医生……不过跟着余医生是最好的！

趁两个医生还没掐起来，樊易火速感谢方医生，找了个借口跑了出去，躲风头。

"滑头！"方明骂。

"欺负学生干什么？"余晟说。

方明还真是好心："樊易机灵，也好学，让他给你帮帮忙。科里没有给你安排助手，忙起来你受不了。"

余晟笑了笑，领情。

方明又跟余晟商量："我下个星期就走了。"

"走几天？"

"两个多月。"

"这么久？干什么去？"

"咱医院对口医疗支援的一个地区，要派去医疗队义诊，今年咱们科轮到我了。"

余晟想起来医院每年深秋初冬是有这么回事，问方明："什么时候动身？给你饯行。"

"饯行就算了，就是我手头的一个病人交给谁都不放心，你接一下怎么样？"

余晟知道他说的是哪个病人，没说话。

方明拍拍余晟的肩："七十四岁的那位老哥，你多关照，他的日子也不多了。”

下班后余晟约裴紫苏，裴紫苏纳闷了：“病房里不忙？你怎么每天大把的时间？”

余晟把他的排班表发了一张给裴紫苏，裴紫苏看着就笑了。她翻出自己的排班表摆在一起，她和余晟今天都是白班，明天都是夜班，后天都是下夜班——完全同步，无缝对接。

真是，太有心了。

他在干什么，她就一定也在干什么，睡觉、吃饭、生物钟都是一个节奏，死登对。

裴紫苏想起余晟的话：“我和老裴不一样。”

余晟的电话又打了过来，说他在楼下等。裴紫苏趴在玻璃墙上往下看，他的车果真停在门口。裴紫苏匆忙换下白衣，下班。

张夫子悠然地道：“小裴医生，你这就走了吗？”

“夫子，您会特想我的吧？”

“想也没用，你就要抛下我一个人了。”

裴紫苏点点头表示收到，碎碎念着走了：“想念我查房、想念我写病历、想念我换药拆线下医嘱……”

张夫子哈哈笑了：这孩子，真是没人情味儿啊。

楼下的车里，裴紫苏把余晟晚上约会的全部计划都打乱了，她要赶航班，让余晟送她去机场。余晟苦笑：“我不来找你，你是不是就不告诉我你要出门？”

“临时有事，回学校开个证明。别生气了，乖。走不走？不走我打车去了。”

余晟关了车门发动车子：“走，女王陛下。”

到了机场，余晟去买饮料的时间裴紫苏快速地自助换了登机牌。余晟回来把饮料和零食递给她，裴紫苏连连摆手不要：“我要进安检了，这些东西不能拿，你带回去吧。”

看出余晟不太高兴，裴紫苏还是进了安检，仅回头对他挥了挥手，潦草地道别。

余晟见她再没有回头的意思，也就走了。而裴紫苏也确实没有回头，她手上的登机牌上印着“C城”，是余晟母校所在的城市。

C城的航班是在深夜十点，裴紫苏就在排椅上把自己坐成了一尊佛。

余晟昨晚是想对她说那件事的，但她不想听，由余晟给她讲他的旧情事？那场面她想一想就不喜欢。

余晟的研究生导师宋老师特意交代过一句话，关于余晟的任何事情她都可以打电话，他是她的靠山，裴紫苏今天才明白是什么意思。

但是裴紫苏也不会去问宋老师。她这样做，其实也是对自己有些顾虑：她也担心自己会“偏听偏信”、会受困于感情不去深究真相——她对余晟也有不信任，这层认知让她挺灰心。

成为爱情里的傻子不好吗？快乐地喜欢他、相信他。何况她是个很会“装瞎”的人，并不像老裴那样眼睛里不容沙子。

但他是余晟，她更想了解他、知道他。

到C城时已是深夜，裴紫苏在医科大对面的酒店住下来，然后去医科大的校园里转了转。

余晟在这座校园里读了本科、硕士，她走过的地方他一定都走过。他那时候长什么样？应该有少年的傻气，抱着书本，或低头匆匆，或与三两好友并肩，或与心仪的女生谈笑。也许会像她此时一样，借着晚灯踽踽独行。

但那时的他做梦都不会梦到“裴紫苏”这个名字。

裴紫苏觉得自己赢了余晟一次，窃窃地得意着——她仿佛是穿越后的女主角，来查故事里男主角的底细。

绕道出校园的时候，裴紫苏毫无防备地看到了研究生的宿舍楼，那里应该就是余晟的噩梦，黑黢黢地矗立着。

第二天一早，裴紫苏去拜访了C城医科大的张教授。

张教授、老裴、裴紫苏的妈妈、江晓城的爸爸江遇，这几个人是大学时的同班同学。张教授和老裴因为都还从医，会经常走动。裴紫苏最后一次见张教授还是两年前，老裴同学聚会的时候。

裴紫苏拜访的借口是“周末短途旅游”，顺路登门探望长辈。张教授夫妇很高兴，留她吃中饭，很有兴致地“忆往昔”。

聊到“今朝”的时候，C城医科大这座殿堂级的大学自然有说不完的话题，而近些年最轰动的事情，就是女研究生自杀的事件。

“那女孩子可惜了，有什么想不开呢。”裴紫苏惋惜。

“那件事情里，可惜了好几个人啊。”张教授也叹。

“女孩子，可不能太执着。”张伯母说。她知道裴紫苏的家庭情况，生怕这女孩子缺少母亲的开导会性格狭隘，就趁机关心开导一下。

她说：“女孩子为了一个男孩子自杀，唉，她这一死，害了自己、害了父母。那个男孩子现在还不是活得好好的？连她是谁怕是都忘了。”

裴紫苏问：“当时那个男孩被警方带走了，不知道后来怎么样了？”

“是余晟。”张教授说，又是一声叹息。

就是这个名字，裴紫苏心头突突乱跳。

张教授说：“半年里，研究生院死了两个女孩，都和余晟有瓜葛。唉，那么好的孩子被戳着脊梁骨，就自己忍着。后来宋教授就把他领回家住，看着他，生怕他也想不开自杀了。”

裴紫苏是惊呆的脸。

“不说这些了。”张教授不愿多谈，岔开了话题。

裴紫苏一口气上不来，嘴都张不开，更无法再问。

谜团没有解开，却更加复杂。

余晟，你在那一年到底经历了什么？

第五章

勇气似偏执

裴紫苏不能问得太刻意，张教授若发现她在关注这件事，是很有可能跟老裴说的。

从张家出来，裴紫苏的脑子一直是木的。漫无目的，她又去了医科大的校园，沿着小径走。

深秋，枝摇叶落，风声萧瑟。

裴紫苏是来探寻当年的往事的，却发现当年的事如沼泽泥潭，搅扰不起。

还要继续查吗？她预备了很多方案，还可以问问校园的保安、宿舍管理员，准能绘声绘色地讲成一个传说。

裴紫苏拍拍身上的落叶，就到此为止吧。她裹紧风衣、压正帽子，离开余晟曾经的校园。

任何人、任何事，都可以在一转身之间抛在脑后彻底舍弃，这就是脱身。

余晟已经转身，她为什么还要为这件事回头？

网络上对他的谩骂凛冽诛心，那是发酵的气泡，凭空而来、沸腾一时，再凭空消失。真正的余晟什么样，那些制造泡沫的人才不关心，他本人什么样已经被扭曲变形。

裴紫苏看到的是，宋老师对余晟始终牵念，张教授说余晟是“那么好的孩子”。他们是余晟的师长、身边人，目睹事情的前因后果。

这件往事裴紫苏决定打包深埋，不再提起。那是余晟的伤口和噩梦，不能惊动。过往是一层层蜕下的壳，蜕变的伤痕累累硌在心里，是生生的痛。若能狠下心抬起脚，用力地踏上去，那些壳就碎成齑粉。

往事是中过的毒，没有中毒死去，就没那么可怕。

裴紫苏抬起了她的脚，走出余晟记忆里的校园，踏上回程的航班。

飞机落地，裴紫苏给余晟打电话：“我回来了。”

“回到我身边了没有？”余晟问。

“没有，还差一条机场高速。”

“我去接你？”

“太费事，不要，我已经上了机场大巴。”

“裴紫苏，有一种身份叫男朋友，如果你不用，他的功能会逐渐退化。”余晟说。裴紫苏向来是自做自事，说走就走，回来也不提前通知，余晟觉得自己是她世界里的配角。

裴紫苏硬是把他的这种感觉做到彻底：“我就是给你报个平安，挂了。”

余晟无奈地笑，喃喃地道：“回来就好。”

他能想象到裴紫苏找座位的模样，在大巴上必定也是挑最安全的座位坐。

裴紫苏，愿你一生都能把自己保护好，都能如此强硬、磊落、光明。

余晟正在上班，岳主任打电话叫他，他走到主任办公室的门口时，就看见门边上趴着正偷听的樊易。

余晟轻声走过去，小声问樊易：“在偷听啊？”

樊易一张贼脸回头，看清楚是余晟吓得一哆嗦，门被他冒失地撞开一条缝。樊易倒是机灵，噌地跳到一边，惊魂未定地道：“余老师，您可吓死我了。”

“回去干活去！”余晟赶走了樊易，进了岳主任的办公室。

开了门余晟也是一怔：岳主任、科室里几位高年资的医生都在，还有几位病人的家属。一位白发的婆婆在抹眼泪，正是那位七十四岁高龄的腹部巨大肿瘤病人的家属。

这阵仗……

岳主任看了看余晟，说："病人要求做手术。"

樊易被训回了医生办公室，但他带来了劲爆消息。樊易用自以为只有实习生们能听到，其实所有人都听得到的声音说："那位老爷子的家属，在求岳主任给做手术呢。"

众位医生心照不宣地装听不见，却更安静了。

实习生们兴奋地聚在一起，樊易在讲他"刺探"到的情况：老爷子的子女一起来找岳主任，要求做手术，岳主任给他们讲了很多手术的风险；老爷子的老伴也过去了，哀求着做手术。岳主任就把所有的高年资医生都叫去了，但是所有的医生都犹豫，病人的儿子就火了，说医生们见死不救，那位老婆婆就哭了；岳主任的态度松动了，又把余晟叫过去了。

"然后呢？"

"然后我就回来了。"樊易说。

然后樊易就被所有人"嘘"了：手术到底做不做，还不是没结果？

"一定会做的，挑战疑难病例、救护危重、勇攀医学高峰！"樊易像打了鸡血，替余晟野心勃勃。

一位医生扑哧乐了："当了三天医生，真以为医生没有治不了的病啊？"

另一位医生也笑了："孩子们，我给你们上一课啊。做手术就像拆炸弹，炸弹多少还是有点儿规律的吧，手术呢，你都不知道病人的肚子给你藏着多少陷阱和坑，花样百出啊，一不留神就栽坑里了。还有啊，'拆弹'失败了是要出人命的，搞不好医生也得跟着一起死。樊易啊，你们是真没被吓过啊。"

樊易急切地问道："老师，这个病人……"

"这个病人肚子里全是坑。这家人这几年一直四处求医，但是没有医生敢给他做，你想想为什么？因为失败的概率比成功的概率大。樊易，你还想不想你的男神余晟医生‘勇攀医学高峰’？或许他就英勇就义在‘勇攀’的路上了。”

樊易哑然。

岳主任办公室里的讨论最终也没有形成结果。余晟下班前又去了病房，再看一看这位特殊的病人。

探视时间，病房里只有老爷子的孙子守着，一个十三四岁的男孩。余晟检查老人的情况，那孩子就在一旁沉迷于手机，头都不抬。

“在玩什么？”余晟问。

“算命。”孩子头也不抬地道。

“算什么？考试成绩？”

“算医生会不会给爷爷做手术。”

“结果呢？”

“结果总是不给做。”

“你就一直算？算到‘给做’为止？”

“嗯。”孩子笑了笑。

少年的圆脸庞上满是天真，看来他挺信的。

余晟也对他笑了笑：“你家里的大人呢？”

“刚走，上山了。”

“上山？”

“给爷爷烧香算命去了。”

病床上的老人发出一声呻吟，孩子的手机丁零一声有了新的算命结果，那孩子懊恼地一声骂。

余晟最后看了看老人高高隆起的肚子，出了病房。

回到医生办公室，余晟站在老赵医生的桌边，皱着眉头。

老赵医生也不催他，就等着。实在是等不到余晟开口了，老赵医生先说了：“想做就做吧。”

“您主刀。”余晟说。

方才岳主任虽没有明说，但态度已经很清楚：他不会参与手术。

“不，你主刀。”老赵医生说。

余晟不同意。若是岳主任主刀，科里的高年资医生都可以当助手，阵容很强；若是他余晟主刀，年轻的医生里还没人当得了一助。

“我做你的一助。”老赵医生忽然说。

余晟吃惊：“赵老师……”

老赵医生是老烟枪的逍遥腔调：“就这样吧，你开始准备。”

第二天，再一次的术前讨论会，岳主任主持。方明已经请假，进入了医院的对口支援医疗队，做出发前的培训和准备。

这次介绍病情的医生是余晟，他介绍了病人这两天里病情的变化，还有他的建议：“……保守治疗的效果不好，病人虽然是高龄，身体情况还是不错的，最好还是做手术。”

岳主任似笑非笑，说不清是嘲讽还是称赞：“还是年轻人有胆色。”

余晟继续道：“我建议，接下来关于这台手术的所有讨论会，病人的家属最好一起参加。”

议论声起，这可是从来没有过的事情。而老赵医生眼睛一亮，心下大赞：聪明！大胆！

这台手术就是因为医生承担的风险太大才没人敢做，病人若是在手术台上出了问题、下不了手术台，那将是一场噩梦。

余晟建议让病人的家属参加术前讨论会，能让他们知道手术有多复杂、医生有多慎重，最大限度地得到病人家属的信任、理解。

岳主任瞅着余晟，这是他最不好摆弄的下级医师。他点头：“可以。”

接下来，余晟就忙碌于手术前的准备工作。光是术前讨论会就开了好几场，最后一次的会诊请了ICU医生、麻醉师、护士。

ICU竟然是裴主任亲自带队。老裴的目光扫过众人，掠过余晟，余晟恭敬地对这位大腕点头示意。

老赵医生跟裴主任说：“余晟回病房了，参加这次的手术。”

老裴没接这话茬，挖苦赵医生：“你这老家伙打电话非要让我来开会，这是要打硬仗？”

赵医生将他的军：“就看你有没有本事处理好手术之后的事情了。”

老裴挥手：“别打官腔，开会。”

余晟简明扼要地介绍了情况，提出了初步的意见。老裴一双虎眼始终注视着他，听得很仔细——后生可畏，这位就是要把他们这帮老家伙拍死的后浪。

讨论会一直开到了晚上，关于手术的方案、麻醉方案、手术中可能出现的各种意外和对策、术后的并发症、药物的应用方案、术后的护理……散会时已是满天星斗，众人却聊得兴奋，久久不散。

裴主任家中有事要先走，赵医生和余晟起身相送。老裴没再多看一眼余晟，雄赳赳地大步走进了深秋的冷夜里。

赵医生笑：“这个老裴一辈子臭脾气。余晟，你怎么得罪他了，以前裴主任对你最好，今儿怎么不搭理你了？”

“赵老师，您的学生要是做了‘坏事’，您怎么办？”

“调教。”

余晟说：“我正被‘调教’着呢。”

静夜深沉，星斗满天，余晟想念裴紫苏了，最近都没时间约她，也不知道她有没有后悔“和医生谈恋爱”。

等这台手术做完吧，余晟想，到时候狠值几个夜班换出几天休息时间，陪她到外地玩两天。

老裴确实是家里有事，裴紫苏在家整理行李，医疗援助队明早出发。老裴进门就看见客厅的地上两个行李箱大敞着，里面都是冬装：围巾、耳罩、帽子、手套……

“要走了？”老裴问。

“这不是你给安排的任务吗？”裴紫苏头也不抬地塞衣服进箱子。

老裴理亏，又问：“你走的事儿，跟余晟说了没？”

“没说，最近没联系。”

“先别跟他说了，他要上一个大手术，几个医生压力都挺大。”

裴紫苏蹲在地上，侧过脸抬头瞧他，一脸的讥讽。

老裴辩解：“向死求生，外科医生刀尖上都是风险，这个时候别刺激他。你这一走他就明白了。”

裴紫苏呵呵笑：“你倒是体谅他、替他着想，不但做好事不留名，还替他安排分手的进度。”

老裴不敢吱声，躲进了自己的书房。裴紫苏颓然坐在地上，带着全身静电和羽绒服、棉袄混在一起，快要爆掉了。

余晟的手术定在周一，上午第一台。

进手术室前，余晟再次研究老人的影像片子。知道他要上大手术，其他人都不打扰他。

樊易崇拜地看着余晟，甚至模仿着他的姿势：双臂抱在胸前，微微偏着头。主要是学气质，余晟没有皱眉纠结的表情，樊易也努力地保持五官清淡。

有实习生经过，撞歪了樊易的造型，樊易恼火，再抬头，看见余晟已经往外走了。樊易举拳高喊：“余老师！必胜！”

余晟吓了一跳，回头看了看樊易，想起了一件事：“帮我转发一条锦鲤。”

“啊？”

“锦鲤，选条漂亮的。”

“好！漂亮的！”

樊易低头翻微博，搜“极品锦鲤”。

护士从病房出来，看见这实习生在玩手机，冷飕飕地道：“呦，还敢上网？你的实习考评还要不要了？”

樊易哪里还顾得上锦鲤，火速钻进护士站去帮忙。

手术台上，打开病人的腹腔后所有的人都惊到了：足有篮球大的巨大肿瘤，被丛林般的血管覆盖、攀附、供养，腹腔内的其他器官被挤到旁边，医生连下手的地方都没有。

赵医生、余晟都是见过大场面的医生，但看着这情况还是异常头疼。

余晟深呼吸一下，开始。

余晟心思灵巧、手法娴熟，手术的每一步都环环相扣。赵医生则稳，配合得很好，能让余晟做得很顺手。师徒俩都是手术中不说话的静寂流派，所有的精力都汇聚在指尖、刀锋上，异常专注。手术的二助、三助医生也都屏气凝神。

五个多小时，巨大的肿瘤被完整地切除。术中有惊险，血压上蹿下跳、出血、止血、输血……麻醉师全程惊魂不定。好在有余晟和老赵医生两个人坐镇，算是有惊无险地下来了。

手术结束后余晟去了休息间，倒在椅子上，饿得发抖，直冒虚汗。护士小雨看见了，给他递了瓶水。余晟跟她要糖吃，小雨好笑："呦，跟小孩儿似的，手术做漂亮了就要奖励啊？"

余晟长话短说："低血糖，给点儿吃的。"

小雨忙去给他找了些吃的来："以前没这毛病啊，怎么弄了个低血糖？"

"在美国的时候累的，落下毛病了，现在一饿就要虚脱。"

小雨笑："你女朋友呢？这时候赶快跟她撒撒娇啊。跟我们又要吃的，又说这些话，有什么用呢？"

缓过来的余晟终于轻松了，笑："你这张刁嘴。"

更了衣，余晟去了ICU，病人手术结束后就被送过来了。裴主任恰好也在看这位病人，两人在病床旁碰见，裴主任难得地给了余晟一个笑脸："听说手术做得很漂亮，肝胆胰外科又能吹几天牛了。"

"今天晚上我守着病人吧。"余晟说。术后第一天随时可能有意外发生，他不放心。

病床上的老爷子清醒着，看清床边站着给他做手术的医生，费力地想跟他说句话。

余晟弯腰问他："疼不疼？"

老爷子点头。

余晟拍了拍他的手背："您很厉害，好好养着吧。"

裴主任心里忽然很不是滋味儿，转身出了病房，长长地叹了口气。

余晟和ICU的一位医生轮流守了老爷子三十多个小时，然后回病房处理手头的其他病人。

樊易要崇拜死了："余老师，您是我男神。"

余晟在检查他写的病历，处处不合格，基本上全部需要重写。他恨不得给这毛躁小子做一个智商增强手术。余晟问："你转的锦鲤呢？给我看看。"

樊易眨眨眼："啊？嘿！余老师……我去改病历。"

余晟终于耳根子清净了。

去值班室狠睡了几个小时后，余晟起来梳洗干净，给裴紫苏打电话。但是紫苏的手机关机，余晟等不及，去中医科找她。

中医科的张夫子看了他半晌，才问："你不知道？"

"知道什么？"

"小裴参加了医疗援助队，已经走了好几天。"

余晟怔怔的，张医生看出了些蹊跷，不敢多说。

余晟坐在裴紫苏的办公桌边，努力地想这是怎么回事。

裴紫苏的电话直到傍晚都没有打通，余晟就去了ICU，找裴主任。老裴这天晚上在给研究生上课，余晟就一直等到他下课。老裴回来看见他，皱了眉头，但还是让余晟进了自己的办公室。

"耽误您回家休息了。"余晟说。

"我今天不回家。"老裴说。裴紫苏不在的日子，那个家他几乎都不回去，就睡在办公室。

"我来打扰您，是为了我和苏子的事情，大概您已经知道了……"

"我不知道。医院里有些风言风语，那是你自己的想法，苏子从来没有跟我说过。另外，我也提醒你，你的行为不能对我女儿造成不好的影响。"老裴这是要给余晟难堪。

余晟说："看来您对我不太满意。"

"我对你没有任何偏见，这件事就不要再提了。"

老裴彻底不承认余晟和裴紫苏之间的那层关系，也就彻底堵上了余晟想沟通的门——我和你有什么可谈的？

但他小瞧了余晟的坚持，这个年轻人若是盯住一件事，没有结果是不会松口的。

余晟说：“裴主任，苏子走得太突然，我无法理解，所以才冒昧地过来。我去医教科问过，以她的资历是不够参加医疗支援队的，而且她没有提过申请，是您安排她去的。”

“这与你无关。”

余晟黑漆漆的眼睛看着老裴：“有关。”

老裴暴躁了：“你快走，我要休息了。”

余晟起身，恭敬却不够客气地道：“您不说原因我也没有办法，我会去找裴紫苏问清楚，她这样不告而别是不对的。抱歉，打扰您休息了。”

余晟关上门，走了。

老裴还真没想到余晟竟然直接闯到他面前来，他有些恼火。这小子好硬的脾性，难怪被岳主任收拾。

但这硬气老裴还真挺欣赏的，余晟又是非常优秀的医生，敬业、专业、优秀，无可挑剔。

老裴对“驱除”余晟这件事忽然没了把握——除了把裴紫苏扔出去两个月，他没有任何后招。但余晟只要以今晚这股子“硬”劲儿纠缠下去，裴紫苏那片后院怕是要起火。

不可以，以余晟当年的“劣迹”，不配和他的女儿相处。

虽然裴紫苏对于他这个爹的评价一直是“聊胜于无”，但在她的人生大事上老裴不能不管。

想起裴紫苏，老裴给她打电话，但是电话提示不在服务区。她今天是坐大巴车下乡，应该是还在路上。

余晟也在给紫苏打电话，同样是无法接通。

余晟发了狠，给方明打电话。方明也在医疗队，电话同样打不通。余晟就给方明的妻子打电话，这才知道医疗队进了牧区，那里手机信号非常不好，经常联系不上。

余晟给裴紫苏发短信，她一开机就能看到。但是在第二天方明给余晟回电话之前，余晟都没有收到裴紫苏的回信。

方明是用卫生所的固定电话打给余晟的，这里手机信号不稳定。

余晟一开口却是："中医科的裴紫苏呢？你把她叫来接电话。"

方明不明所以，扯着嗓子狂喊裴紫苏。余晟听见那边的对话，说是城里来的"漂亮女大夫"给老乡扎针去了，不在。

余晟问方明："你们现在在哪儿？"

"在全是麻雀粪的卫生所，这儿的麻雀都跟石头一个颜色。昨晚更惨，半路车抛锚，在面包车里坐着睡了一宿。这边这个冷啊，羽绒服加军大衣都差点儿冻死。又怕车上带的药冻坏了不能用，每人怀里揣着注射用的液体药，冰得我现在肚子还疼……"

余晟想着裴紫苏那一把伶仃瘦骨在冷夜里受罪，就为了躲开他。

他叮嘱方明："你照顾好裴紫苏。"

"我哪敢照顾年轻女同事，不是找死吗？"

"她是我女朋友。"

"谁？谁是谁女朋友？"方明抻长了脖子。

"你照顾好她。"余晟重复一遍。

方明已经从震惊中回神，嗷的一嗓子就想摁住余晟狠狠八卦。

而余晟说："让裴紫苏回来就给我打电话，不然我现在就过去找你们。"

裴紫苏回来后，方明迅速转达余晟的问候："你赶紧给余晟回个电话，他'癫痫'小发作了。小裴医生，你早点儿告诉我你们是一对儿嘛，余晟和我那是亲兄弟。弟妹？"

裴紫苏摆着扑克脸的模样还真神似余晟，她没搭理方明的油滑，出门去找手机信号了。

方明觉得挺没意思，就开始琢磨：一路同行了几天，小姑娘很少说话，挺文秀的，但看今天这模样，也不是个软妹子；而余晟更是个硬骨头的人，你说他是怎么讨好这女孩儿的呢？

方明还真想象不出这两人相处的情形，硬碰硬？不可能啊……

裴紫苏拿着手机跑到旷野的最高海拔处——山坡顶上，才找到稳定的信号。电话倒是一通就被接起，却没声音，信号真是不敢恭维。裴紫苏在风里扯着嗓子喂了好几声，才听到余晟在那边叫了她的名字，立刻就换成她这边安静了。

余晟无奈至极，也恼火至极，问："为什么是悄悄地走，不跟我商量，甚至连个招呼也没有？什么意思？"

裴紫苏没说话，也没什么可说的，余晟是聪明人。

两人都安静，电话里是呼呼的风声。

余晟叹气："方明说那边很冷，你衣服带够了没？"

"够。"

"有没有带热水袋？"

"没带，路上买了一个。"

"看来还不傻。"

又是良久的沉默。

裴紫苏说："余晟，你别多想，我就是参加了一次医疗巡诊。"

"为了躲我都肯下乡跑到大西北了，电话里又怎么可能跟我说实话？见面再说吧。天冷，你出门在外好好照顾自己，别脱队、别单独行动，记住没？重复一遍我的话。"

"别脱队、别单独行动。"

"路上伙食怎么样？出门别逞强。"余晟看过医疗队的行程表，"下周你们应该到达X县，我昨天给你买了些东西，已经快递到X县医院的医教科了，你到那里后别忘了拿……"

初冬的西北旷野冷风刚硬，西北风强盗似的冲上土坡冲起漫天的沙土。裴紫苏被风里的沙砾打得生疼，短发凌乱，哆嗦着听着余晟的絮絮叨叨。

打完电话回到驻地所在的乡卫生所，裴紫苏看气氛就知道方明的嘴巴有多大了，同队的几位医生张嘴闭嘴都是"余晟"，看她的眼神都发着贼光，卧底中最笨的那种。

从此刻起，裴紫苏知道自己的头顶上正式安装了"余晟女友"的广告屏。

方明名正言顺地照顾“弟妹”，其实是对“弟妹”充满了好奇，他引导着裴紫苏聊余晟，裴紫苏不赏脸，甚至吝啬到没有捧场笑。

方明觉得没劲：“和余晟一个样儿！”

而余晟绞尽脑汁地和同事们商量着换班，白+夜+白+夜……连轴转地上班，终于腾出几天的假期来。

问到了医疗队准确的日程和地点，余晟订了机票。临行前余晟给老裴打电话：“裴主任，我要去看苏子，您有要带给她的东西没？”

老裴拍案而起：“你这是要干什么？不许去骚扰我女儿！”

他这态度跟余晟意料中的差不多。

余晟说：“我前两天问了方明，他说当地的接待都很好，但是那边干燥、酷寒，夜里温度都在零下二十多摄氏度，有时候下到牧区条件更艰苦。苏子的手起了冻疮，感冒了一直都没好利索，女孩子受不了寒，我不放心，过去看看……”

他说的这些，老裴都不知道。裴紫苏每天晚上会报平安——微信上甩给他一个地理坐标，再多一个字都没有。余晟比起他这个当爹的贴心太多。

余晟捕捉到老裴态度的松动：“您要是有要给她捎带的东西，准备好了我过去拿。”

没见过这么厚脸皮的，老裴摊牌：“你不用枉费心机，我是不可能同意的，原因你最清楚，那个跳楼的女孩是怎么回事？”

终于见骨了，确实是因为那件事。

余晟一瞬间体会到了病人的感觉——赤裸裸地躺在冰冷的手术台上，被无影灯的强光罩住，有一双犀利的眼睛看着他，准备看他内部的肿瘤物。

老裴还在听筒里暴喝，余晟渐渐被这骂声拉回现实。

待老裴终于说累了，余晟说：“裴主任，这件事我应该跟您和苏子说清楚。我这次去看她会当面跟她说，回来后再向您解释。”

老裴信不过余晟，谁会不替自己狡辩开脱？

“我不管你发生过什么事情，我的女儿不能和这么复杂的人交往，你就别想了。”

“我知道您对我有顾虑，可是裴主任，有过感情经历的人就不能再爱了吗？”余晟问。

这一问竟有沧桑，残忍的话就在老裴嘴边，却也不说了。

余晟的这一问，裴紫苏也问过他，老裴当时的回答是：“那是余晟的事情，你应该遇到一个经历单纯的男人，有简简单单的幸福。”

裴紫苏嗤笑：“你这是爸爸的祝福，太浪漫。”

当“爸爸的祝福”在现实里碰见了余晟，就冲方才余晟对裴紫苏的那份体贴，老裴就有了落败的预感。

对于裴紫苏老裴就更没自信了，那孩子貌似很有主见，其实对“温暖”这类东西有本能的趋附属性，遇到余晟这种执着又讲策略的攻势，唉……不知是福是劫。

余晟乘坐的航班延误了，凌晨五点他就赶到机场，生怕误机，而将近正午还没有通知登机。万恶的天气原因，冷空气南下，裴紫苏所在的W市有扬沙，影响飞机起降。

四天的假期，在机场作废了大半天，也只能等。

下午两点，终于登机起飞。掰着手指头算了算剩下的路程，他见到裴紫苏的时候最早也是晚饭时间了。

但余晟过于乐观了，被打乱了的计划就是碎片，接下来的那块拼图就很难找到了。飞机在W市上空兜了两圈无法降落，只好远航一个小时停在了另一座城市——正是晚饭时间。

这一等又是两个小时，待余晟再次起落，这一天的空乘颠簸才算结束。W市位于内蒙古高原，西北方是举世闻名的浩瀚沙漠，东北方是一马平川的草原，地势开阔。

从机场出来是夜里十点，空气是干燥的冷，漫天悬浮着粉尘，天空都是黑红的。

北方的寒冷坚硬如拳，余晟的棉衣完全没有战斗力，冻得直哆嗦。他钻进出租车的时候，牙缝里紧咬着让他遭罪的三个字——裴紫苏！

医疗队的地址是方明一早发给他的，余晟拿出来给司机看，司机猛摇头："太远了，你先在市里住下，明天再去吧。"

"有多远？"

"两个小时，没有高速路，只有一条公路穿过大沙漠，天黑了。"

司机是真不想送这位客人，余晟要去的地方在下面的乡镇，夜路独车穿过大片的无人区——这命谁敢玩？

余晟开始加钱，司机摇头。

余晟再加，司机眼皮直跳，看了看夜空，扬沙天气已经基本结束，空气静稳。

再出了一个价，余晟不加了："师傅你考虑一下。"

余晟准备下车，司机大哥一拍方向盘："走！"

余晟坐回来："师傅咱们走着看，如果勉强咱们就回来。"

余晟不了解路况，还真不敢硬闯。司机老成，更谨慎："好，走着看。"

从机场出发，与城市的灯火背道而驰，出租车一头扎进了混沌的深夜里。路越走越窄、车越来越少，最后就只有他们这一辆了。黑沉的夜，沙尘飘荡，没有一丝光亮。这景象还真有点儿恐怖，一司机一乘客瞪大了眼睛做伴儿。

路的后半程是穿沙公路，孤独的一条柏油路穿过无边的沙漠。车灯照亮处是面目相同的漫漫黄沙，随即又被黑暗吞噬。路面也常有流沙掩盖，车子开过时被沙子拐带了方向，七拐八拐的像是要旋进流沙里下一秒就动不了。

余晟有些紧张，司机常在这条路上走，安慰道："兄弟，你运气好，风停了，放心，能开过去。"

"辛苦你了。"余晟道谢。

"你是有要紧事吧，这么着急？"

"见个人。"

"这种鬼天气，出高价路费，心诚啊。"老司机笑。看这小伙子唇角的隐笑，也知道是去见女人，到底是年轻啊。

余晟想的是，这“高价路费”着实应该让始作俑者裴紫苏出！

医疗队今天的义诊地点确实偏远、贫困，方明他们就住在了镇上疾控中心的宿舍楼里。按计划明天一早要去牧民家里送药，所以大部分人都早早就睡了。

唯有方明困得要死，却熬着夜没法睡。他觉得自己被余晟“害”了。一早电话联系后，余晟的手机不是关机就是不在服务区，联系不上。夜里十点多的时候好不容易接到一条短信，说他刚上出租车，让方明等他。

“等他”的人分明应该是裴紫苏，但方明在没有考虑到航班延误的情况下答应“保密”，为了给小裴医生“惊喜”。

裴紫苏会不会“喜”不知道，“惊”了一天的是方明。

夜里十二点多，方明的手机终于响了，是余晟。

“我在大门外，进不了院子。”

方明认命，披了军大衣下楼，让门房把余晟放进来。余晟像是被从沙子里刨出来的，拖着最大号的旅行箱，困饿交加。

“难民的爱情啊。”方明只剩下佩服了。

余晟默默地洗掉一路风尘，倒头就睡，梦里还在飞机上、车上颠簸着。

静了一晚的扬沙天气，第二天一早又吹了起来。从最初对西北气候的新奇、受不了，医疗队的医生们很快适应了生存，一早起来收拾好背包，就去院子里集合准备上大客车。

裴紫苏在风中凌乱了几天后，迅速对发型做了适应性的改进：把短发揪成了两排小辫子，用发卡固定牢，再用大的三角形丝巾把头隆重地包住。她只会吉卜赛风格的包法，从后背看像个索马里海盗。

今天降温，又是去野外，裴紫苏穿了最厚的羽绒服、军靴。

院子里方明和众人站着聊天，每个人看见裴紫苏都朝着她笑。裴紫苏摸了摸自己的脸、头巾，没异常，疑惑地先上了车。

车上只有一个人，站在过道里，高挑的身形，抬高双臂在整理行李架，脸被手臂挡住。裴紫苏没留意他，坐在自己的位置上，扣好安全带。

“裴紫苏。”

有男声叫她，是身后那人。裴紫苏回头，那人高瘦，戴着棉帽、口罩，只露一双眼。

裴紫苏认不出来是谁。那人露在外的双眼毫无情绪，更不说话，一动不动地看着她。

对视、打量、无声。够诡异。

裴紫苏忍不住了：“你认识我？”

“认识。”

那人摘掉帽子，露出一双好看的眉毛。裴紫苏瞪大了眼睛……

那人再摘掉口罩……

一张脸锐气端正，很帅，不真实——余晟！

裴紫苏依旧愣怔。

余晟走到她身边，弯腰端详她：“裴紫苏，你是不是呆掉了？”

裴紫苏说不出话来，一双眼晶亮逼人，满眼都是他的名字。

余晟笑了。

方明一声口哨，众人这才上车，起哄着说笑。

“余晟，不在大都市里做手术，来支边？”

“余晟是探亲……”

“是孟姜女……”

……

这些杂音，余晟权当没听见，大大方方地坐在了裴紫苏身边的座位上，只是盯着裴紫苏笑，一直把她看羞了，她扭头看向窗外。

开车上路。余晟昨晚没怎么睡，仰头闭眼休息，两人静寂无语。

方明始终在监视着前排的两人，始终没有看到限制级的画面。如此端庄？敢情余晟千里迢迢奔来，图的就是这样坐着？这博士，真是没救了。

前排，座椅中间，余晟的手去攥了裴紫苏的手，十指相扣紧紧攥住。他的手指摩挲着她手上的冻疮，裴紫苏忍着痒，不舍得挣开。

大客车向草原纵深前进，冬季的草场干枯荒凉，不见人家，望不尽的地平线平展得不可思议。

到了一处聚集地，医疗队分成了几个小组，分别由当地人领着去牧民家。原定方明和裴紫苏一组，方明果断舍弃裴紫苏让她自己去，自然就是余晟陪着她了。

余晟和裴紫苏上了一辆北京吉普，司机是蒙古族的小伙子，有好听的名字——宝音。宝音笑起来牙齿很漂亮，汉语、蒙古语都说得很漂亮。

这车是宝音的宝贝，四处漏风，所有的零件都在响，但宝音开得肆意骄横，所过之处卷起硝烟似的黄尘。

草场广袤起伏，颠得裴紫苏和余晟撞来撞去的。两人也没法说话，只是笑。

每户牧民家都相距很远，至少要半个多小时的车程。去了几户人家就到傍晚了，医药箱里的药也快送完了。

“医生们，咱们回吗？”宝音检查着车况，问。

“还有一家没走到，就是你家。”裴紫苏说。

宝音家是最后一家，他连自己家都不去了？

“明天再去，天气不好。”宝音看着西方，一片混沌的橘色，沙尘里看不见夕阳。

宝音算着到自己家要半个多小时，但是他们离集合地很远，赶过去不知需要多久，风比早晨时大了很多。

余晟也建议回去，昨晚穿沙公路的经历让他心有余悸，此时的境况还不如昨晚：穿沙公路是柏油路，有路就不会偏离；而草原上的路就是几道车辙，更没有路标，仅有的标识是零星的几座石头堆成的简单敖包。但车辙和敖包，在黑夜里完全看不到。

于是返程。宝音掉转车头的时间里风更猛了，空中像有无数条鞭子凌空呼啸抽过。沙子钻过缝隙扑进车里后，居然还能打在脸上，生疼。天色快速地黑下来。

宝音有不好的预感，很果断：“去我家，近。”

于是车再次掉头。

宝音一抬头，嚯的一声叫出来，兴奋地看着远处的天幕。

后排的裴紫苏和余晟顺着他的目光看向车头方向，都惊得发不出声音，一点点地仰起了头：一堵几百米高的沙墙，横展在地平线上，黑沙翻滚冲天，席地卷起更多的沙砾，狰狞地翻腾着。

沙暴，末日般压来，躲无可躲，天色血红。

宝音迅速系牢安全带，余晟伸手把裴紫苏的帽子扣在她头上，就势把她摁得弯腰伏倒。他也是同样的姿势。

已经看不清彼此，车窗玻璃、车门哐当哐当响着、抖动着。

余晟大声喊："捂住口鼻。"

土腥气立刻封喉，他再也发不出声来。

不仅是他，沙暴中吉普也没有了声音。不是声音小，而是被沙暴恶魔般的声音掩盖住。

空间里陡然黑尽，没有一丝光亮，是沙墙吞噬了渺小的车子，砂石铺天盖地地砸在车身上。

车身越晃越厉害，像是要被掀翻。余晟紧紧地拽住裴紫苏的手，裴紫苏回握住，示意自己很好，余晟安了些心。

余晟头顶一声细弱的锐响，车窗玻璃被碎石砸得崩裂，无数玻璃碴儿和石子砸下来，余晟脸上、头顶上一阵阵刺痛。

狂风冲破这扇窗，车像被砸穿的保温盒，温度迅速下降。

无遮无拦的天地间酷寒横扫，仅有的温度来自车里渺小的三个人，他们的热度暴露，被一吹而散，又被无尽的旷野吸收。

余晟的拇指摩挲着裴紫苏，这是他此时唯一能给她的安抚。裴紫苏回握，两人的手都是瞬间冰凉。

毫无办法，只有坚持、忍耐。

余晟感觉身体不受控地在歪斜，而裴紫苏的身体也挤向了他——车身被吹歪了，裴紫苏那一侧的轮子应该是被凌空抬起。

冲进车窗的风直吹他的脸，余晟勉强把眼睛睁开一条缝，眼前一片黑红，裴紫苏就在身边，他却看不清楚。

车身倾斜得越来越严重，晃悠悠地颤了颤，又猛地跌了回去。三人还没来得及庆幸，裴紫苏那一侧的车身再次飘起，这一次倾斜的角度越来越大，也许下一秒车就会被掀翻。

"抱住椅背！方向盘！"余晟对裴紫苏和宝音分别喊，他也紧紧地抱住了前排座椅的靠背。

裴紫苏却弯腰找东西，她和余晟脚边放着的医药箱不见了。黑暗里她的手四处摸索着，却怎么都摸不到。

余晟感觉到她的手总是摸到他身上，他伸手抓她，手臂不知被什么绊住了。混乱中，裴紫苏恰好触到了绊住余晟的手臂的东西，正是医药箱的肩带。她双手扯住肩带，往怀里拽，抱紧了。

余晟气蒙了，想骂她——小家子气！紧要关头保命要紧，还抓不相干的东西干吗！

陡然喉头一紧，余晟明白了——她不是担心医药箱，而是担心翻车的时候医药箱被甩飞，依照车倾斜的方向，箱子砸到的会是他。

余晟心里热流翻涌：这女人算是被“养熟”了吧……

只一瞬间，三人被悬空一甩，吉普向余晟一侧彻底倾倒。巨大的震动中，吉普侧翻落地。

颠了几下，又被平拖了很远，大概是遇到了土坡，车子滑不动了，才落稳。余晟侧躺在车门上，宝音和裴紫苏都悬空被安全带固定着。车里反而静了，也没了狂风——那扇被砸碎玻璃的车窗正好落在地上，堵住了风口。

宝音和裴紫苏被呛得一阵猛咳，裴紫苏的肋骨被安全带勒得生疼，腿脚和头颈不由自主地压在余晟身上。

而余晟一动不动，也没有声音。

“余晟！余晟！”她惊慌地喊他，忙去摸他的脸，怕他受伤，却摸到了一片玻璃碴儿。

余晟忽地咳嗽一声，吹起一片沙土，随即更猛烈地咳嗽。

“没事。”余晟边咳边笑。

裴紫苏长长地呼出口气，放心了。

“担心我？”余晟在黑暗里找裴紫苏的方位。

裴紫苏安静，双臂环住他的腰。余晟回拥住她，他头边就是冰冷的大地，坚硬的草根凸起，扎着他的头。

前排的宝音听见后面两人在说话，也放心了——这俩医生可是宝贝，伤不得的。

也是侥幸，车翻的速度慢，也没有继续被掀翻，不然要出大事。

车门窗的震动声渐小，风力像是缓了些。车厢里有了些光，最黑暗的时候已经过去，接下来的就是酷寒。裴紫苏抱着金属的医药箱，冻得发抖。

余晟从她怀里把医药箱拿过来，放在身下的车门上。

“冷吧？”余晟问。

“冷。”

裴紫苏是被摞在他身上的，她扭头，与他脸庞相对，猫似的往他的颈窝里蹭。

她抬手把自己的棉帽拽下来，把自己和余晟一起扣在大大的帽子里。余晟闷声笑，身体震动。

现在的姿势是她扑倒他，摁在地上，把他用帽子盖住……

天黑，也是有好处的。

余晟仰脸去吻她。从昨天早晨登机奔波，到今天傍晚，他终于尝到了这令他心跳加速的味道——唇齿间都是沙子……

彼此的呼吸是天地间唯一能触到的热度，两人都变得贪婪，依偎着不忍分开。

就这样天长地久，也不错。

宝音一直在观察外面，前车窗外覆着厚厚的沙土，什么都看不到。他打开雨刷刮车窗玻璃，车里光线又亮了很多，风沙似乎过去了。

但宝音看到了更糟糕的事情——掉雪粒子了。

草原的吹雪叫作“白毛风”，白茫茫一片，掩盖道路，冻伤人和牛羊。草原的雪，也有恶名——“白灾”。

“大夫，我去找人来。”宝音解开安全带，去推头顶的车门。

“风还没停。”余晟担心。

“下雪了。”宝音忧心忡忡。

沙暴来时、车被掀翻时，宝音都是很放心的，现在却要跑进风雪里冒险去叫人。

余晟感觉到了宝音的紧张，但他不是草原人，不知道处境的危险。余晟不放心宝音一个人出去，怕他迷路："我和你一起去。"

"你保护她嘛，我认识路。你们不要离开，会走丢。"宝音顶开头顶的车门，探出头看。

风像是停了，世界是飘浮的状态，空气稀薄。

草场起伏的轮廓模糊，是没有任何特征的广袤。宝音努力辨认着路和方向，跳下车，快步跑进风雪里。

气温越来越低，裴紫苏想爬起来，被余晟又拽倒。

"宝音会安全的吧？"裴紫苏担心。

"会。"

"不会走丢吧？"

"不会。"

裴紫苏很冷，尤其是手脚，冻得生疼。

"不知道其他人怎么样了，方明他们有没有集合，还是也像咱们一样？"裴紫苏念叨。

"别说话了，节省热量。"余晟说。

他调整了一个舒服些的姿势，后背着地，长腿拳着。裴紫苏挤在他身侧，但空间太窄，其实是半压着他，乖巧地听着他的心跳声。

手机依旧没有信号。

傍晚七点，遭遇沙暴已经一个多小时，宝音也走了半个多小时了。夜晚降临得很快，仿佛眨一下眼就降了几摄氏度。

越来越冷，余晟开始担心：万一宝音没有回来，怎么办？

他们也只能等，不能离开车，不然不仅会迷路，更会暴露在北方荒原的寒潮中。雪夜，气温还会继续下降。余晟来之前看过W市的温度，这些天夜间的气温都在零下二十摄氏度以下。

裴紫苏好一阵子没动静，余晟摇摇她："苏子，别睡。"

"没睡。"

"想什么呢？"

“想你被我连累，受这份儿罪。”

“终于忏悔了，跑的时候可真绝情，你不觉得亏欠我？”

裴紫苏笑，余晟把她的手揣进自己的羽绒服里，给她取暖。裴紫苏躲闪，怕手冰到他。

如果注定今晚有意外，这也许就是他们最后的时间了，喝孟婆汤之前，他们不该有心结。余晟说：“你躲来这里，是因为我从前的那件事吧？”

裴紫苏警觉：“我爸找你了？”

“那倒没有。只是没有别的事情会有这么大的效果，能吓跑你。那件事……”余晟说得一字三顿，那是一段让他窒息的回忆。

“别说，我不想听。”裴紫苏依旧打断他，“我不听你和别的女人的旧事，你现在陪着我挨冻、挨饿、等死，挺好的。”

“这是甜蜜的死亡吗？”余晟从未有过地踏实。

他和她贴着脸，听整个世界的荒芜，只有两人的呼吸声。呼气成霜，睫毛、眉毛上都挂了冰，痒痒的。

宝音迟迟没有回来，绝望的气氛越来越浓。

“你爸爸要是看见咱俩现在的模样，会不会打断我的腿？”余晟问。

“别让他知道。”

“他女儿，迟早是我的。”余晟忽然发了狠，手不老实起来。

裴紫苏由着那双冰冷的手折腾，身上渐渐觉得热。余晟的手费力地钻进她的层层衣服里，冰冷的指尖触到女孩子温热的肌肤时，他还是忍住了。

“肾上腺素有什么作用？”他问，呼吸不稳。

“增强心肌收缩力、加快心率、升高血压、升高血糖……”

“是种抢救药？”

“嗯。”

“那你分泌一些吧，现在最需要了。”余晟吻住了裴紫苏，把她往怀里揉。

裴紫苏热烈地回应着，两人间的空气渐渐升温。

车前窗晃悠悠地晃过微弱的光。

两人一怔，分开。虚无的声音里，有极遥远的机动车声。

裴紫苏撑起身，余晟也困难地起身。避让开裴紫苏，他腾挪着踩着座椅去推头顶的车门。

侧翻的车子，车门是天窗。

“打开手机里的手电筒，给我。”余晟吩咐，已经推开车门，扑簌簌落下来一层沙土，掉了两人满头满脸。

余晟从车门缝里钻出去，这才看清天地间风雪漫卷，车身已经被一层薄雪覆盖。远处有车开过来，不知道是过路车还是宝音搬来的救兵。

裴紫苏把亮着光束的手机递给他，余晟接过，摇摇晃晃地站在车轮上，高举手机大幅度、缓慢地挥舞着，希望能引起那辆车的注意。手机的光柱在夜里旋出微弱的光亮。

但那车翻下一个山坡就不见了，余晟的棉服在风里被吹成鼓胀的面包，他紧盯着车的方向。

两道黄光从山坡后扫过，随即车出现在坡顶，径直向他们开了过来。

宝音！

余晟兴奋地挥了下拳头。他蹲在车顶上，开地窖门似的拽起车门：“苏子，上来。”

裴紫苏笨拙地向上爬，上半身刚扒到外面，却又缩了回去。过了一会儿，她把医药箱先举了出来。余晟接过，挖苦她：“真是会过日子啊。”

裴紫苏缩在黑黢黢的车里，仰起的脸是风雪夜里唯一的月牙白，就在他的脚边，美好得像一朵风雪夜里的花——还好，他们逃过一劫。

“发什么呆啊！”裴紫苏举着双手等他拽。

余晟笑笑，把她扯了出来。

宝音搬的救兵也到了，风雪横扫的沙尘中，皮卡的大灯照亮了车顶上两道细高的影子。

宝音跑向了自己家，风雪中行进困难，经常是被风吹得倒退好远。他也害怕迷路，时刻盯牢地上的车辙和方向。宝音足足走了一个多小时终于看到了灯光，就有了指引。又是一个多小时的逆风前进，快要冻僵的宝音终于敲开了自家的家门。

宝音的父亲正等得焦急，立刻开了家里的皮卡来接。

依旧是漏风的车厢，小小的皮卡驾驶室里挤了四个人。但余晟和裴紫苏觉得这里就是家了。

而宝音家，就是天堂了——几间平整的砖瓦房，还有热水、炉火，还有电热毯！

宝音家的一间屋子的一个角落里，有手机信号。余晟终于和医疗队联系上了，方明他们是在集合点遭遇沙暴的，当时都在室内，很安全。

宝音明早会开皮卡送他们与医疗队会合。

余晟打完电话，去厨房找裴紫苏。她梳洗过了，头发和脸庞是水润过的秀色，守在灶台边取暖。头顶灯光极暗、身侧火光跳动，纤细高挑的身影是明暗交界间一抹暖色。

裴紫苏给余晟倒洗脸水，热水在大灶的锅里烧着，她弯腰伸臂用瓢舀。

余晟过去从身后拥住她，裴紫苏回身，呀地叫出声来："脸上怎么有伤？"

厨房门忽然被推开："大夫们……"

戛然而止的粗嗓门，是宝音。他看见男医生搂着女医生的腰、女医生摸着男医生的脸，两人的脸都扭过来看着他。

宝音蓦地转身就跑，砰的一声关上门。

余晟和裴紫苏僵着，看着门。

裴紫苏："他是不是以为……"

余晟："他就是这么以为的，而且非常有眼色。"

裴紫苏苦了脸：医疗支援队的男、女医生私下里亲密，宝音的想象力会不会向不堪的方向发挥？

"我可不能白担个虚名。"余晟低头在她唇上轻啄一下。

"你正经点！好烦！"裴紫苏推开余晟。她不想被宝音误会，其实也不是误会，但是……好烦！

余晟笑，推门出去，留裴紫苏一个人尽情地烦躁。很快他和宝音一起回来了，宝音对裴紫苏笑，是敞亮干净的笑容。裴紫苏更尴尬了，回了个笑容。

宝音给两人讲家里的情况：肝癌晚期的奶奶卧床，长了压疮；母亲风湿很严重；父亲高血压。

余晟要去给宝音的奶奶清创，要裴紫苏当助手，然后裴紫苏再去看宝音的父母。余晟和宝音又商量晚上住宿的事情，他们来得突然，宝音的母亲仓促间腾出最好的大房间，有一张双人床，又挪出了一张单人床。

“让裴医生睡小床。”余晟说。

小床房间条件不好，没有取暖，太冷。宝音摇头：“我睡小床，你和裴大夫睡那张大床就好嘛。”

裴紫苏“尴尬症”刚好，正喝着热水，果断被呛到，咳嗽得眼泪溢了一脸。余晟帮她拍后背，裴紫苏甩开他的手，蹲在地上继续咳。

余晟挺正经的，对宝音说：“不用了。”

宝音只觉得这两个“文化人”不爽快，嘴一瘪，走了。

余晟走到蹲在地上的那个女人旁边，也蹲下来，和她面对面。他一副幸灾乐祸的脸，两道伤痕醒目。

“你跟宝音说什么了？”裴紫苏憋得脸通红，质问他。

“说你和我是夫妻。”

裴紫苏猛地伸手用力地推他的肩，余晟没防备，向后一倒跌坐在了地上，闷声笑了。

“过分了啊，你！”裴紫苏真生气了。

“说你是我女朋友？宝音才不信，更会认定我和你是乱来。你拉我起来。”

“不管。”裴紫苏站起来走开，去拿医药箱。

余晟累了，索性坐在地上不起来了。

裴紫苏取了消毒棉签，站在灯下，让余晟过去。余晟反而向后一仰，直挺挺地躺在平整的方砖地上，也不怕大地冰寒。

裴紫苏无奈，只好走过去。余晟闭了眼，偏过脸，把伤了的脸伸向裴紫苏。

脸上有零碎的划痕，都不打紧；但是脸颊和下颌有两处伤比较深，皮肤被刺破，鲜血刚刚凝固。

应该是车窗玻璃碎的时候打伤的，在野外时天黑得伸手不见五指，看不清；坐上皮卡后，余晟在她右侧，她也没留意到。

裴紫苏跪在地上，弯腰低头检查他的伤口。棉签极轻盈地擦拭伤口，果然，有沙砾被裹进了伤口。应该很疼，但余晟动也不动。

他看着裴紫苏："你换药的本事，真不如我。"

裴紫苏小心地挑着沙砾："这小白脸，怕是要留疤了。"

"你这辈子但凡想做对不起我的事，就看看这两道疤。"

"我还欠你了？少来这套！"裴紫苏把两条创可贴摁在他脸上。

她指尖一顿："你怎么这么烫？"

"冷风吹的，确实头疼，应该是感冒了。"

细软的手抚上他的额头，裴紫苏皱起眉："你在发烧。"

再测体温，三十七点五摄氏度的低烧，但他的体温上升的趋势很快。裴紫苏强迫他站起来，然后去翻箱子找药。两人还为吃什么药吵了几句，余晟看出来了，他必须妥协听这位年轻住院医师的，如果他按自己的意思吃了药，也还得把裴紫苏说的药再吃一遍，余晟很担心那样自己会药物浓度过大而亡。

吃了药，洗把脸，余晟清醒舒服了些，要去看老奶奶的压疮。裴紫苏拦住，想让他先睡觉休息。

吃药余晟听裴紫苏的，也由着她发脾气，一路上更是言听计从，但是这样的事情上他不听她的。

"今晚看完，明天咱们就能早早地返程了。"余晟说着，推门走进了风雪里。

裴紫苏披上棉衣追了出去。

老奶奶的压疮还算轻，余晟为她做了彻底的清创，又手把手教会宝音怎样帮奶奶换药，他们走后宝音就能自己动手了。裴紫苏为宝音的父母看病，开了药方，把能用到的药、棉球、医用手套全都留了下来。牧区就医条件差，这些基本上够这家人过冬用的。

余晟去洗手，一阵阵昏沉。他难受得呼吸频率很快，应该是体温更高了。裴紫苏担忧地守着他，余晟用温水洗了把脸降温，戴上医用口罩怕传染别人。

裴紫苏去翻退烧药，一回身，就看见余晟在打晃。裴紫苏大步跑过去，桌上的白药片掉在了红砖地面上。

余晟见她慌乱，心说这女人真是大惊小怪，眼前忽地一花就往前栽。

裴紫苏低呼一声，去接他。但是余晟太重了，压得她站立不稳，脚下踉跄。

昏沉的余晟也努力地站着，但控制不住身体向下滑脱，裴紫苏拼命地扯住他，两人几乎要摔倒，靠到旁边的墙才勉强稳住。

余晟伏在她肩上，烫得像火炭。裴紫苏急了："余晟你别吓我，余晟！"

"宝音！宝音！"裴紫苏冲着门外喊。

宝音听这声音不寻常，进来就看见裴紫苏已经扯不住余晟了，余晟缓缓地瘫倒在地上。

"咋了嘛！"宝音吓得够呛，背起余晟径直放到了大房间的双人床上。裴紫苏忙乎着测体温，用听诊器听，听诊器在余晟的胸腹一点点地挪着，生怕漏过一丝声音。

"肺炎？"余晟呢喃，闭着眼。

"不是。"

余晟头一歪，沉沉地睡了。

裴紫苏眼泪掉了下来："睡吧……"

宝音急得跳脚："咋昏过去了？要救命是不？我去开车，送余大夫出去。"

"不用。"裴紫苏过了焦急的时刻，镇定了。她听了余晟的心肺，切了脉搏，知道没有大碍，就是疲惫、感冒高烧。

昨天、今天，两天的奔波，又遇到沙暴和风雪，他就是太虚弱了。想必是为了能挪出几天假来看她，余晟在医院更是不分白天黑夜地疯狂上班。

这人，千里迢迢地跑来挨冻受罪，生生把自己折腾病了。

风雪夜，道路不清，出去就是冒险，他们能来到宝音家已经算是万幸了，何况车开到最近的卫生所怕是也要两三个小时，余晟经不起折腾，他只需要休息。

裴紫苏让宝音去多烧些热水来，她今晚守着余晟。

“不会有事的。”裴紫苏说。

她的镇定也让宝音踏实，宝音就照她的吩咐做。

余晟呼吸沉重，颧骨上有红晕，眼帘微闭。

裴紫苏用温热的湿毛巾轻轻擦拭他的脸庞，极轻极柔。睡梦里的余晟毫无所觉，睡得安稳。

“你去睡吧。”裴紫苏对宝音说。

宝音挠挠后脑勺：“哦。”

他出门，风雪扑面，天与地的黑暗融在了一起。星光都没有的夜晚，唯有宝音身后的一扇窗里有光，忽明忽暗地摇曳着。

宝音想起那女大夫的眼睛，为什么那么亮？穿过院子走进自己的房间时，他忽然想通了，是眼里的泪光。

城里的女人，真是，柔软啊。

房间里，裴紫苏坐在床边，目不转睛地守着余晟，一夜没睡。

凌晨时分，余晟的高热终于有降下来的趋势，应该是无碍了。裴紫苏和上了一个通宵夜班差不多，疲惫地在双人床的另一边躺了下来，一倒头就睡了。

她中途醒了一次，身上很温暖，能感觉到有人给她盖了被子。她被人从身后搂着，腰际有一只手臂。

她动了动，想搞清楚状况，身后依稀有人低唤：“苏子。”

梦呓般摄人心魄，是余晟——安全。

裴紫苏就放任自己往梦里坠落。

是余晟。他醒了，很早就醒了，裴紫苏和衣睡倒的时候醒的。他把被子让给裴紫苏一半，轻拥了她继续睡。

时而蒙眬时而清醒，每一次清醒后天光就会更亮一些，他就能更清楚地看到裴紫苏的后脑勺、黑发、发丝遮掩下的雪白后颈。

傻姑娘。

他低头吻那一处柔软。

天光大亮，终于熬过了一晚。

余晟心里安宁：这算不算大难不死，必有后福？

第六章
一路上有你

余晟下床，掖好裴紫苏的被角。房间里没有取暖，很冷。他穿好羽绒服，想出去走走，推开房门就是无边无际的原野，覆着薄薄的一层雪，阳光下带着圣洁的白。天是蓝的，深海般通透的蓝。空气静止，冷气沁心。

深呼吸，仿佛能把天尽头的气息吸进肺里；再呼出，人便是这天地间的一粒了。

余晟从未体会到世界可以如此干净、辽远。他静静地站着，像雪景中的人物。

几十米开外，是石块垒成的敖包，那是宝音家的大门。

余晟站在“凹”字形的三排砖瓦房前，旁边是两处大蒙古包，再往后是羊圈，有咩咩的羊叫声。

余晟循声走过去，看见宝音长靴、棉帽，在羊圈里添草料。

看见余晟，宝音笑，牙齿雪白：“大夫，好了？”

“好了。”余晟攀附在木栅栏上看羊群。

一只小羊羔好奇地瞅他，余晟捡了根草料逗引。小山羊犹豫、徘徊、留恋，最终还是过来嚼余晟手里的草，三绺胡须抖动，一副稚嫩的老态。余晟想摸小羊的头，小羊吓得撒开蹄子跑了。

余晟笑，想着裴紫苏肯定会喜欢小羊。

宝音是干活的好手，一边利索地整理着羊圈，一边说着余晟不知道的事："昨晚你晕倒，吓坏我了。大夫你身体不好！女医生吓哭了，你娶了个好媳妇，会看病，还好看。我不娶那样的女人，不会修羊圈，不会做奶豆腐，不会炖羊肉……"

余晟唇角噙着笑，裴紫苏要是知道宝音这么嫌弃她，会不会学习养鸡、喂羊？

"……吃了早饭，我开皮卡送你们去集合。"宝音关好羊圈的门，一身羊膻味儿地出来了。

"能开车？"余晟想起了昨晚的鬼门关。

"雪不厚。"

余晟回房间，看到裴紫苏睡得像个孩子。他低头吻她的唇："起床，该走了。"

裴紫苏的睫毛抖了抖，又静了半天，在睡和起床间挣扎，最后还是醒了。她迷糊地坐起来看看余晟，噌地跳下床，叠被子。

怎么就只有一床被子？那她和他昨天晚上……

裴紫苏脸和脖子都红了。余晟使坏，偏就不说话，看着她笑。

收拾脸盆、毛巾的时候，裴紫苏絮叨："那么大块头的男人，林妹妹似的不经风吹，我还没事儿呢，你就病了。"

"还没好，你摸摸。"余晟抓着她的手往自己额头上放。

裴紫苏甩开他。不用摸额头，他的手现在还是热的，大约有三十七摄氏度。

"吃饭了！"宝音在门外喊。他已经彻底把这俩人当一对小夫妻了，房间门都不进。

裴紫苏向外走，余晟跟着，看见她连后脖颈都是粉红色，好笑："一张床上都睡过了……"

裴紫苏忽地转身，脸盆照着余晟的脸捂上去。余晟忙后退，贴在了墙上，脸盆就扣在他胸口，像个护胸镜。

余晟笑得开心，举手："我投降，我投降……"

裴紫苏凶相毕露，威胁：“管好你的嘴巴！敢对第二个人说这样的话，我就用针淬了马钱子的汁儿扎你的膻中穴！”

熬夜的眼里有红血丝，眼睛也浮肿，头发乱蓬蓬的，刚起床的裴紫苏不算漂亮。

余晟敛了笑，手臂费力地绕过脸盆，整理着裴紫苏的乱发，说：“好。”

不抵抗政策，加怀柔大法……

裴紫苏软软地放下大脸盆。

余晟搂裴紫苏入怀，越搂越紧，温存如深海、如药，是个陷阱。

“以后别躲我了，跑这么远，我追得太累了。”余晟说。

“你傻的……”裴紫苏叹。

她抬手，脸盆磕在墙上，嗡的一声很煞风景。

余晟笑，一手拿过脸盆，一手牵了裴紫苏出门。

门是一个魔法，推开就是一幅壮丽辽阔的草场雪景，碧蓝天空，凝固的水晶天地。

身后的裴紫苏哇的一声惊叹。

余晟笑：“土包子。”

宝音家的早餐是足有裴紫苏半个脸大的“蒙古包子”，熬制的奶茶，还有奶皮，是塞外的香气。

这一路义诊走的地方都很偏僻落后，但当地人对医疗队的医生都盛情款待。人心赤诚，总是在最困难处才见，如这一顿早点，和昨夜宝音的冒死相救。

裴紫苏时时惭愧，他们随行带的设备都是小型简易的，送的药也有限，很快就吃完了，所以他们的帮助很有限。

像宝音的奶奶，会赶很远的路去大城市寻访名医、排队挂号、择期做手术？只怕宝音连余晟的专家号都挂不上。

“宝音，你若是去我们那里，给我打电话啊。”裴紫苏说。

宝音高兴：“我夏天去城里打工，也可能去你们那里。”

裴紫苏要拿手机。

桌子底下余晟的手摁住了她的手，桌子上面余晟拿过宝音的手机，把他的手机号码留下：“找我们的时候，打我的电话。”

“我不敢麻烦你们。”宝音憨笑，“这里的大芸好，春天就收了，我要是去就给你们带些。”

裴紫苏在喝粥，闻言闷声咳嗽。

余晟不明白。宝音给他解释，生怕余晟听不懂：“大芸！大芸！大芸嘛！”

裴紫苏给余晟来了个干脆：“就是肉苁蓉。”

余晟恍然，他不是中医大夫，但对肉苁蓉的大名还是有所耳闻的，“补肾”强品！

余晟推让：“不用客气，千万别……”

宝音憨直，礼物还没送，已经觉得余晟的拒绝是“看不起他们这里的肉苁蓉”了。余晟忙先感谢，宝音这才开心。

宝音开了皮卡送两人去集合，转了N手的皮卡与宝音的吉普是同系列：旧、漏风、碰哪儿哪儿掉，时间久了能把司机训练成修车能手，车颠起来更是带劲。

经过昨晚翻车的地方，侧翻的吉普被一层沙土一层雪地掩盖，像辆报废车。

宝音对着他的宝贝喊：“我找人来接你，等我啊。”

裴紫苏和余晟回头看，如果昨夜下的是一场暴雪，那辆吉普或许就是他们的墓地了。

而沙暴过境后的草原却清宁可爱——恶魔脸一抹，就是天使。

因为余晟和裴紫苏的脱队，医疗队原定今天一早出发去B城的行程耽误了。等到人齐了再出发，赶到B城的时候怕是已经夜里三点多了。

上午又得到消息，B城大雪，高速公路被封闭了。

天要留人，怎敢不留？

所以，方明一行人今天除了等余晟和裴紫苏，以及在屋子里烤火、在旷野上疯跑，也就只剩你看我、我看你了。在医院里共事一辈子，见面的机会也没有这几天多。

时近中午，当地的接待忽然想起个地方——温泉。

“你怎么才说！”方明一分钟也等不了，“走！”

“不等余晟和裴紫苏了？”

“那对小鸳鸯啊，未必喜欢和咱们这帮老家伙建立友谊，咱们先走！”

宝音的车赶了两个小时到集合地扑了个空，又追着奔向温泉。这一程的路就好走了很多，很快有了柏油路，总算是不颠簸了。

正午时，一片盛大的建筑群出现在地平线尽头，海市蜃楼般华丽。渐近，是蒙古族风格的楼宇，蓝白色调的温泉酒店。

停车场里是各种豪车。同一片草原，这边是有多少钱都能吸干的温泉会所，那边是没钱看病但必须给羊吃草的牧民家。

贫寒、富贵，一片天，两路人。

宝音的皮卡在门口一刹车，掉下一层沙土。

裴紫苏和余晟下车，从鞋到帽子都是拍不完的黄尘印子，双肩包、医药箱，尤其是裴紫苏的头巾——难民，大概就是如此。

宝音的护送任务完成，余晟留他一起泡温泉，宝音坚决摇头，他要在夜幕之前赶回家。皮卡突突冒着黑烟，开出酒店。

手机终于有信号了，余晟联系方明。方明正泡在温泉里，这一路的寒冷干燥把他快吹成人干了，被温水煮得舒服，他怎么舍得出来?

“你和小裴医生自己玩吧，吃点东西开个房，今晚住这里，明早高速路通了咱们就走。”

余晟能想到方明那腐败的模样，说：“方明，几十个人泡在一盆水里，你小心肚脐眼长脚气。”

“成天和传染病人在一起，咱还怕这个？”

医生可以分两种：一种人被深度净化，能把对病毒、细菌的感染控制工作做到自己家床底下，每天都用酒精棉球擦手机；另一种人则是见怪不怪，各种细菌病毒都玩过了，我看这世界是不可能干净了，不消毒死不了人。

余晟是第一种；方明是第二种。

裴紫苏介于二者之间，她是间歇性的，洁癖犯不犯只看心情。

余晟去开了两间单人房，和裴紫苏各自回房间洗澡、睡觉。晚饭时方明的电话扰醒余晟。

“还在睡觉啊？和小裴……”尾音绕梁，谁还不知道他什么意思！

余晟不客气地道：“别胡说！”

方明立刻找台阶下：“我是找小裴医生……”

“在她房间，你给她打电话。”

“那好，你来餐厅，吃晚饭了。”

方明又给裴紫苏打电话，叫她吃晚饭，裴紫苏同样是被惊了梦的呓语。方明对裴紫苏就是兄长做派了，把这辈子的正经劲儿都送给了裴紫苏。

裴紫苏虽然接触起来是亲善温柔的风格，却是独来独往的个性，甚至是有些不给面子的孤僻。方明是个老少通吃的热闹人，但和裴紫苏总是隔着一层似的。

两通电话打完，方明确认：余晟和裴紫苏还没在一起，余晟这位博士在很严肃认真地追一个女中医。

学英语的追学医古文的，真是有些跨时代啊。

余晟领着裴紫苏走进包厢的时候，原本热闹的人群忽地就静了。

洗去风尘犹如擦亮一幅画：余晟英俊轩昂，裴紫苏清丽明艳。两人只是相随，没有说话，更没有甜腻的动作和眼神，但就是知道这是一对恋人，天生就应该在一起。

余晟为裴紫苏拉开座椅，两人挨着坐下。见大家都看着他们，余晟问：“怎么了？”

方明笑眯眯地道：“窈窕淑女，君子好逑。”

余晟瞧了方明一眼，那意思是：你的水平，也就是重复这种老话了。

余晟手不停，用开水烫餐具消毒，烫完了自然而然地摆在裴紫苏面前。他不知道自己抢了裴紫苏的差事：这种帮诸位大哥、大姐用开水烫餐具的活儿一路上都是裴紫苏承包的。

众人看着，又是一阵“啧啧”。

方明想解馋，请示裴紫苏：“小裴，算一卦，今晚能不能喝酒？”

“今晚谁都能喝，唯独你方医生不可以。”裴紫苏说。

方明不干了：“为什么！算得不准！重算！”

裴紫苏好事不做二遍：“不信我，还算什么算？”

“你会算卦？”余晟倒是好奇了。

裴紫苏低声说：“闹着玩的，路上解闷。”

而方明让裴紫苏算了卦却不合心意，他自己也“卜”了一卦：明天不看病只赶路，今天塞外大雪室内温暖——温泉小聚，不来个小酒怡情怎对得起长生天！

于是他倒酒。

余晟逆潮流，撤掉了自己的酒杯。方明恨铁不成钢：“就冲着小裴坐你身边，你也应该喝醉，懂不懂！”

余晟笑了笑，摇头。方明了解余晟，知道多劝无用，给裴紫苏倒酒。裴紫苏比余晟爽快多了，不推辞。她这痛快劲，比余晟更合方明的脾气。

余晟眼睛黑亮，映着裴紫苏杯里的酒光，问：“还记不记得那晚荷花池边喝啤酒，我送你回家？”

裴紫苏汗颜，那天她被老裴骗去见江晓城，借酒撒气，但是酒品不太好反而拖累了余晟。

“今天若是喝醉了，可没人送你回家找爸爸。”余晟修长的手指在她酒杯边的桌上用力一敲。

这是警告？

裴紫苏还真不吃这一套，挑眉看余晟。

余晟眼里有光、唇角有笑，打量着她。但他不是担心，更似有邪气，像守在她身边的狼，等着她跳下陷阱。

陷阱和狼，对羊都是有所图的。羊被这图谋吓到，本能当然是“跑”，裴紫苏端起酒杯去给领队敬酒了。

贴在一起的磁铁，分开时才能感到彼此间巨大的吸引。余晟看着裴紫苏，她装不知道，余晟端起茶抿着。

方明见他落单，凑过来和他聊医院的事情：“哎，那台手术还是做了啊。”

说的是七十四岁腹部长了巨大肿瘤的那位老人，方明走的时候还没拿准是不是做手术。

余晟：“你听说了？”

“都上新闻了，你没看？”方明把手机递给余晟看。他昨天看到通讯报道，立刻截屏留念。

余晟接过手机，是他主刀的手术，他看得自然也会仔细些。

“岳主任居然敢接这台手术，‘大佬’的名头真不是盖的，艺高人胆大！”方明是真佩服了。刀霸，也不是谁都能“霸”得住的，一“霸”几十年，没有过人的武艺怎么可能？

余晟不动声色，把手机还给方明。

报道的内容很简短：此例手术不是靠一个医生能够完成的，而是岳主任带领下的肝胆胰外科的医生团队精诚协作，承担着巨大的风险和心理压力完成的。重点写的是病人家属对岳主任的感谢，还附了肝胆胰外科医生、护士的一张集体照。

能把医疗动态的报道写得如此官僚，也是一种才华。

虚名浅薄，却是心魔。

方明遗憾的是，本来是他的病人，可惜他正巧外出医疗巡诊，否则也能上一次新闻刷个脸。他羡慕地看着集体照，咦了一声：“余晟，怎么合照里没你？”

“我不在。”

照片是这两天拍的，他已经请假离开，来追裴紫苏了。

余晟看向裴紫苏，她和领队的女医生正聊得开心，他的目光变得柔和。

方明还在絮叨：“岳主任主刀，你上台了没？医院肯定大力宣传这台手术，连手术的一助、二助、三助都很风光吧？麻醉师是谁……”

“方明，”余晟打断他，“别把看病人、做手术的事情当宣传资料捞资本、抢声望，拿刀的人改行玩文字游戏做投机，真是让人看不起。不如去吃点肉苁蓉，起码腰杆能挺直了，还能生活幸福。”

余晟鲜少这样说话，刻薄、毒舌加傲慢、鄙视。

方明刮目相看：“你这是在嫉妒？”

余晟不耐：“不想钓鱼，却想吃鱼，怎么办？”

“花钱买喽。”

“终会有一条鱼你花钱都买不到。”余晟正色，指关节用力地敲在桌面上。

这无名火……

方明还要说话，余晟走了。旁边的医生见状，问方明：“你怎么惹余晟了？”

方明比余晟大好几岁，而方明此时深觉冤枉：“他是我老大，我敢惹他？那不是找死？”

方明这是玩笑话，余晟什么脾性，他早已经摸透了。

余晟傲，极傲，是真傲。余晟虽傲，却人缘极好，更是出了名的“好脾气”。因为鲜少有事情能让余晟舍得花时间、精力去争抢，他只关注自己在意的事情。奖金谁拿得多、谁多排了值班、荣誉给了谁……这些事情余晟都当过耳风。

但余晟在一件事情上是千万惹不得的，否则他是绝对的一根筋，很难缠，那就是做手术、管病人。

所以余晟一掐架，就挑了肝胆胰外科的“天”——岳主任。

因为岳主任狠踩在余晟的死穴上——想把他从肝胆胰外科赶出去，最起码也得闲置。

但今晚、方才，余晟罕见地动了肝火，这方明就看不太懂了。

他想跟出去问问，但有人比他快，已经不声不响地向外走了——裴紫苏。

方明开心了，余晟孤傲，裴紫苏孤僻，两个冷清的人正好一对，谁也别嫌谁态度不够热情。谁让女中医会号脉呢。

裴紫苏出了包厢，没有看到余晟，就给他打了电话。

她软软地靠在墙上，微仰的脸熏着轻薄的酒意，对通道里走回来的余晟笑。这笑，妩媚撩人。

“每次喝了酒，都很开心，嗯？”他的声音低沉，有醉意。

“你好像不太开心？”裴紫苏伸出两根食指去戳他的唇角，想戳起开心的弧度。

余晟牵强地笑了笑：“陪我出去走走。”

夜里的雪原黑得透明。一对身影相随，离酒店的灯光越来越远。

余晟烦闷，那通报道终究让他不痛快。琐碎俗世中不得舒展的日子太久，他厌倦了这种无意义的消耗，却找不到解脱之路。他的压抑在黑暗里蔓延开来，似一块冷硬的岩石。

裴紫苏知道他为什么不痛快，方明和余晟能聊什么，无非就是肝胆胰外科里那些乌烟瘴气的事情。

走了很久，到了一处亭子，两人拍掉木栏杆上的积雪，靠着休息。

裴紫苏说：“余晟，老裴曾经说过你未必会在这家医院待很久，宋老师也建议你进博士后流动站，其实你有很多选择。”

余晟说：“人们都在猜我什么时候会离开，没想到你也是其中一个。”

“你没想过？”

“没有。”

裴紫苏不相信。

余晟问：“你想我离开？那你呢？”

“你抢了我的台词，这句话应该是我问：‘如果你离开，那我呢？’”

“我不会走的。”

裴紫苏低头，踢着脚下的积雪：“肯定不是因为我。”

她很精明，是不形于外的精明心思。余晟领教到了。

裴紫苏的故乡对于余晟来说是彻底的异乡，他来工作不是因为裴紫苏；他轻易不会离开，当然也不是因为裴紫苏，是因为他对人有过承诺。

那是另一个女孩，生命停在他的记忆里。她是余晟亲手送走的第一个生命，她奄奄一息的时候眼里都是对生的渴望，还有对死的不甘心。

余晟一点点地扒开那段记忆："我是答应过一个人留下来。我欠你一个解释。昨晚在沙暴里，我以为自己要死掉了，想跟你说，那时候你不想听。现在呢，你想听吗？"

"你明天就回去了，今天我也不想听。"

既然如此殇，他们就都不要惊动那段过往了。

她的意思他明白，很明白。余晟缓缓地呼出口气，黑暗的记忆又关上，像是救赎。

心底坚硬的块垒伤痕被烫得温暖，有松动的裂口。裂口处很疼，让他暖痛交加。

余晟攥着她的手，良久一声叹："裴紫苏。"

"嗯？"

"裴紫苏。"

"余晟。"

冬夜小聚酒是点缀，缺席的是半路追来的编外人员余晟，还有被编外人员拐走的裴紫苏。尽欢散场，那两人都没回来。去敲了两人的房间，都是没人。打电话，双双不在服务区。

领队赵医生不放心裴紫苏，老裴可是千叮咛万嘱咐让她关照好宝贝女儿。方明则觉得多余："大姐，瞧你这婆婆妈妈的操心劲儿，两个成年人能出什么事儿？"

这句话捅了马蜂窝，赵医生更要把余晟找回来了——裴紫苏要是和他一夜不见，就方明这张贱嘴，回医院后不定说出什么段子来。

老裴还不得气死？

而且一定要让方明跟着她去找，要让方明亲眼看见那俩人进了两个房间。

方明痛苦死了，门外能冻死狗，他皮薄怕冷，索性又喝了几杯烈酒热身，才出了门。

酒店占地面积大，黑冷的夜里找两个人更是困难。转了一会儿，方明罢工，赵医生也累了，妥协，返程。

却在回去的大路上听见有人叫他们，看过去，月光里两个细高的影子在亭子下并排站着——可不正是余晟和裴紫苏。

赵医生有点儿生气："到处找你们！集体行动你们脱队！有没有组织纪律！"

余晟认错。

方明也生气："余晟你就不能开手机？电话打死不接！"

余晟也不解释。其实此地荒凉，到了室外手机就没信号。

方明在身上找手机，想给余晟证明："你看看我给你打了多少通电话，二十多通，你就是不接……"

赵医生责备余晟："这么晚了你还不带小裴回去，不像话啊。你们去哪儿了？"

"就在这儿站了一晚上。"余晟说。

裴紫苏一直在听，忽然觉得她和余晟真挺傻的。

赵医生当然也不信："不老实！"

裴紫苏只是笑，食指向上指了指天。赵医生顺着她的指尖仰头，被璀璨的星空震撼到了。

冬季的星空格外明亮，碎钻满天，星光照亮了高原。

裴紫苏给赵医生指天狼星，那是全天最亮的星；接下来是小犬座的南河三；最后隆重介绍猎户座，那是裴紫苏最钟情的星座。

赵医生真心觉得自己是瞎操心——俩夜观天象的书呆子能出什么事儿?

方明没参与星座讨论，他在身上摸索了N遍还是没有找到手机。这就想不清楚了，方明嗷的一嗓子："我的手机！啊呀！丢了！"

半路上方明还给余晟打过电话，赵医生回想觉得八成是那会儿丢的。没办法，四个人沿着原路返回，找方明的手机。

黑灯瞎火的，一圈转下来大半夜过去了，没找到。方明还要找，手机丢了不可惜，但得花大价钱再买一个就心痛了。

"别找了，我给你买一个新的吧。"余晟求饶，他还在低烧，熬不住了。

裴紫苏附和："我赞助一半的手机钱。"

方明被触动了小小的自尊心："不是钱的事，我手机里存着这一路义诊的所有病历和资料。余晟你陪女朋友能站一晚上，就不能帮兄弟找手机？”

理由完美，无法反驳，找！

低着头又找了一遍，四个人冻得直哆嗦，方明折腾累了站住了喘气，大家就都站住了。

右侧不远处是一层水雾蒸腾，与夜色混淆便不引人注意，应该是露天的不冻温泉。一串不起眼的昏暗的灯点亮了木板通道，延伸到温泉的水面之上。夜里的水面暗光细碎，与星光连成一片，不留心还真是容易忽略。

“原来真有温泉。”方明惊讶。

他在室内温泉里泡了一下午，一直判定是大锅炉烧的开水。要知道这里可是干燥的半荒漠，水怎么可能有机会在蒸发干之前聚成泉？

方明走向温泉，赵医生和余晟也跟了过去，裴紫苏没来由地抖了一下。

发现裴紫苏没跟上，余晟回头：“怎么了？”

“我怕水。”裴紫苏退了两步。

余晟走回来：“不会游泳？没关系，在岸边远远地看看。”

“我在这里等你们。”

水光很美，裴紫苏却看着眩晕，又后退了两步。

方明和赵医生已经在木桥的尽头，是悬在水泊之上的木板平台。人停在星辰和水光之间，热气氤氲，空阔眩晕。

方明兴奋地喊余晟和裴紫苏过去，赵医生把方明往后拽。平台周边只有稀稀拉拉的几根木桩用铁链连着，这种护栏其实就是个标识：危险，别靠近，我保护不了你哦。

方明安抚赵医生：“放心，我又不是小孩儿，我检验一下这水是不是温的。”

“不是温泉早就被冻住了。”赵医生摇头叹气，酒喝多了真的影响智商。

方明在平台边沿蹲下，手向下探想摸到泉水。水面很静，距离平台不足二十厘米，即便多喝了两杯酒，方明这个动作也不是高难度。

他左肩高、右肩低，侧歪着身，厚棉衣胸口的口袋里忽然滑出一个黑亮的东西，摔在平台的木板上，颠了几下。

夜里光线很不好，方明刚看清楚那是什么，黑亮的东西朝水里歪了过去。

“我的手机。”方明伸手去捡。

酒精不仅会发热取暖，也会延缓神经和肌肉的传导时间。

方明的肌肉动作果然慢了，手机没等到他，一歪，掉了下去。

方明的神经传导速度也慢了，没意识到收手，还在努力去捡掉落的手机，动作幅度就超预期地有些大。

咚的一小声，手机掉进了水里；扑通一大声，方明落水了。

赵医生一声惊叫，往水下看，只见水花，方明不见了。这水是有多深……

落水声、赵医生的呼救声，余晟和裴紫苏看过去，黑夜的水边只有赵医生在焦急地大喊着。

余晟跑过去，赵医生给他指清方明落水的位置，余晟已经扯掉棉衣跳了下去。

又是落水声。

裴紫苏惊恐地看着木板路的尽头，夜幕、广阔的水光，黑暗里无尽的光。余晟和方明都在那里。

她强压住恐惧走过去，水光越来越亮，水声越来越响，汹涌而来。

裴紫苏努力地呼吸：没事、不怕，余晟在那里，他有危险，她要去帮他……

能听到余晟的说话声越来越大了，他找到了方明，方明有难受的吐水声和呻吟声。这嘈杂声和噩梦里的一致，裴紫苏忽然有些耳鸣，震得她头疼。

当年的声音却清晰了，就在身边、眼前——水声、抢救声，还有吵嚷打骂声，她被人搬来搬去……有人急疯了，狂喊她的名字，是江晓城的父亲江遇：“苏子！你别吓江伯伯！苏子！”

这是回忆，是已经发生的事情，她还活着……

裴紫苏什么都清楚，但她就是困在这个情景里出不来。眼前是蓝色清澈的水、夏天清早明亮的江家泳池……

护栏形同虚设，是因为这处的温泉水并不深，一米四多。但方明是微醉状态，一掉进去就没顶，他惊恐地挣扎。

余晟也以为水深，跳下去险些砸到水底，哭笑不得地站起来，从水花里捞住了方明的衣服，摸到他的头发抓牢，用力把他拽出了水面。方明挣扎着不配合，加上两人的衣服都吸饱了水，余晟很吃力，几次摔倒。呛了水的方明一通猛咳。

零下二十摄氏度的北国，两个湿淋淋的男人站在水里，在滴水成冰的空气里被冻得全身如刀割。

赵医生想拉方明上岸，余晟决定先在水里取暖："我扶着他在水里泡一会儿，你去找酒店的人来帮忙，拿些棉被和衣服。"

赵医生转身，恰和裴紫苏撞在了一起。她招呼裴紫苏一起回酒店找人，但裴紫苏踉跄了一下还在向前走。赵医生想拉她，又想她是要去看余晟，就赶紧朝酒店方向走去。

余晟站在水里，努力地把方明往岸边拖。他的视线里是裴紫苏的腿，裴紫苏的脚步零碎、蹒跚。余晟抬头再看她的脸，发现了异样：裴紫苏的脸紧皱着，难受到了极点似的，双手扯着领口，像是呼吸不畅通。

余晟着急地大声喊她的名字，裴紫苏没听见似的，已经走到水边了。

余晟急了，但方明攀着他，他走不开。

黑暗里水光和夜空融在一起，逃不出去。裴紫苏胸口憋得要裂开，她窒息了，眼前天旋地转。

余晟眼睁睁地看着她直挺挺地栽进水里，黑暗的水面溅起了一阵水花，却没看到人挣扎。

方明还在喘、咳，也看到了这一幕，吓到了。

余晟放开方明，艰难地划开水面向裴紫苏的方向走去。方明腿发软，在水流里站不稳，又向前扑倒了。

余晟心焦，同时落水两个人，方明被酒精麻木无力自救，裴紫苏则是神志不清醒似的。

裴紫苏那里的水花越来越小，可方明就在他身后……

余晟转回身再次揪起方明，把他拖向最近的木板桥的木桩。这里水浅，方明抱住木桩蹲在温泉里，咳嗽得鼻涕、眼泪狂泻。

而裴紫苏已经没了顶，水面上没有她挣扎的水花，只有涌起来的涟漪。

余晟只恨毛衣和棉裤太厚重，在齐腰深的水里行进太慢。他探身一扎，拼命向裴紫苏的方向游了过去。

好在裴紫苏的羽绒服的帽子漂在水面上，余晟抓住帽子把她连拽带抱地扯出水面。但余晟已经几近虚脱，支撑不住了。

裴紫苏的脸从水里浮出来，惨白，眼睛、口鼻都是紧闭。她没有意识，软倒在他怀里。

余晟真切地知道了什么是害怕，怕到魂飞魄散。不知是裴紫苏太重还是他腿软，他脚下一旋摔倒了。裴紫苏失去依托又沉进水里，余晟憋住气，用尽全身的力气把她拖出水面。

余晟喘息着，叫她的名字，拍她冰冷的脸。

裴紫苏头向后耷拉着，头发浸在水里。

余晟的手往裴紫苏的衣领里探，水里的棉衣缠裹着他的手，他很费劲才触到她的颈动脉，肌肤下有隐隐的脉动，余晟的心落下大半。

余晟本就感冒低烧，又被方明、裴紫苏折腾得差不多体力耗尽。为了保持体温，余晟控制姿势让两人的肩以下沉在水里，这个高度很难维持，要半蹲在水里。

他用臂弯、胸膛、脖颈、下颌，尽量地把裴紫苏困在怀里不沉，让她的侧脸枕在他的肩上。

腾出双手，余晟一只手捏住她的鼻子，另一只手捏开她的嘴，深吸了口气，用自己的双唇包住裴紫苏微启的嘴，用力地猛吹几下。

裴紫苏猛地一阵咳嗽，呼吸道算是被打开了，有了浅浅的气息。余晟回头找方明，方明已经清醒了，老老实实地抱紧木桩只留头在水面上。

就算是温泉，也是很凉的，余晟抱紧怀里的裴紫苏，脸贴着她的脸帮她取暖。

水面雾气缭绕，他这算是和裴紫苏在夜里泡温泉？还是露天的。

余晟无奈地苦笑，这一晚上他快被整死了，此时安静地漂着，夜空晴朗，裴紫苏在他怀里仿若睡着，算是消停了。

他想起裴紫苏落水后没有挣扎，这不正常，还是她在落水前就已经不太清醒了？

她掉进水里前的步伐和表情也确实很奇怪，余晟想起她不愿意靠近温泉，说“怕水”；来酒店时他劝裴紫苏去泡温泉，她也没兴趣。

她怕水至于怕成这样？

赵医生很快带着人赶回来，方明被拉上岸。拉昏迷的裴紫苏时就费劲了，她还不是娇小型体格。余晟托着她，上面几个人拽，小心翼翼地把她抬到岸上，帮她脱掉外面的羽绒服，把人用棉被裹了。

这一番折腾下来，裴紫苏悠悠地醒了，感觉到自己被人摆弄着。有人在帮她擦脸、擦头发，是赵医生的声音：“醒了！醒了就好，你这孩子可吓死人了……”

裴紫苏被抬上车，车里已经被暖风熏热，她蜷缩着躺在后排。

余晟和方明也脱下湿外衣，穿着军大衣上车。

方明蔫蔫的，向余晟及其女朋友道歉，并感谢余晟的救命之恩。他到现在都没想明白，“丢”了的手机怎么在他的上衣口袋里？那个口袋他八辈子都不用来装东西的。

余晟目不转睛地盯着裴紫苏，偏过脸来给了方明一眼，又转回去继续看女朋友。余晟脸色发青，这一眼就显得挺凶，方明的哆嗦剧烈了一阵儿。

赵医生也生气：“……都是你闹腾的，找手机！压根就没丢！”

方明在心里祭奠他的手机：“这下真丢了，被温泉煮了。”

三位客人落水，其中一位昏迷，而且这是一大队人马，总共十五六个中年人。看其言谈举止，还是那种凭讲理就能把对方“讲”得恨不得撞墙的。酒店的工作人员识相地高度紧张，展开应急预案。

可是这些人不吵不闹只是自己忙乎。酒店人员反倒着急了，去提醒：“要不要往市区的医院送？车都准备好了。”

得到的回答是："不用。"

"叫辆救护车吧。"万一出了人命，可不是闹着玩的。

"有需要会叫你们的，让开让开。"

酒店的人忙让开路。

这些人拎着大大小小的箱子，箱子上都贴着医院的标识。再听他们说的话：箱子里装的是心电监护仪、血压计、听诊器、药品、输液器……车上还有便携式的X光机、B超机，因为落水的几个人病势不重，才没被搬下来。

敢情是一队医生！

酒店的人放心地睡大觉去了——如果有必要，这队人马能立刻把酒店变成医院，直接就开诊了。

大概溺水昏迷在他们眼里也就是个小病。

所有医生都在忙乎着裴紫苏，余晟和方明各自回房间洗了热水澡，换了干净的衣服。待裴紫苏房间里的人都走了，余晟才过去看。

赵医生今晚留下来照看裴紫苏，她小声对余晟说："没事儿了，刚睡，睡得不稳。"

"我看看她。"余晟说，进了房间。

他在裴紫苏的床边坐下，探手试了试她额头的温度，没有发烧。看来她身体素质不错，平时爱吃大鱼大肉果然是有好处的。

裴紫苏在被子下蜷缩成团，头埋在臂弯里，手指偶尔抽动，眉间纠结着，也许是在做一个和水有关的噩梦。

余晟待了一会儿，就告辞了。赵医生叫住余晟，用体温计测了他的额头，吓了一跳："三十九摄氏度了！余晟！"

"吃药了。"

如果你的病人是一个医生博士，接下来的话就完全可以省略了，赵医生也就此打住。

送走余晟，赵医生看着裴紫苏，她睡在静暖的灯光里。赵医生也起了疑惑，当时周遭没人，余晟和方明都在水里，她怎么落水的?

疑惑归疑惑，赵医生还是给老裴发了通报平安的微信，避过了裴紫苏落水的事情，免得老头担心。

老裴的微信头像是他的“女神”——裴紫苏。一个快六十岁的老头，顶着青春正盛的女孩子的照片，不是亲爹还真干不出这种事。

赵医生看着那头像真替裴紫苏冤枉，也深觉老裴有福气。一时没忍住，她把手机里的一张照片发了过去。

照片从微信里蹿过半个中国的距离，老裴的手机嗡地振动了一下。

老裴两天没有裴紫苏的消息了，不过他在医疗队里安插了眼线，所以知道女儿平安，更知道余晟在一天之前就和裴紫苏“会师”了。那之后裴紫苏这死丫头一个字儿都没给他这个爹发，老裴这两天脾气暴涨。

子夜时分，老裴照例睡在ICU办公室的单人床上。

手机振动一下，赵医生发来的报平安信息，老裴看了一下翻个身就睡了：今天的信息怎么来得这么晚？

手机又振动一下，老裴眯眼又看，噌地坐起来了：照片！

照片上，极暗的酒店房间里，裴紫苏躺在床上睡颜安静，余晟坐在床边看着她，一往情深。

电话的速度比微信还快，老裴直Call赵医生：“怎么搞的？”

赵医生躲进卫生间里小声接：“你姑娘病了，你姑爷来照顾。”

“他是谁‘姑爷’？别瞎说！”

“行了，老家伙，多好的一对孩子，你晚年有福了。”

老裴更关心的是：“他们就这么公开了？”

“这都看不出来，你当我们是傻子？”

老裴哑了。赵医生好笑：“你调整心态，别当霸占女儿的变态老丈人。”

挂了电话，赵医生欣赏着手机里的照片：温馨、安宁，赏心悦目的一对。

多深情的画面！赵医生加了滤镜，给裴紫苏也发了一张，没有余晟的微信号，就没发给他。

其实发了也白搭，这两人的手机也都泡水了。

老裴那边开启了翻来覆去模式，索性亮了灯，坐起来翻出烟一根根地抽。

想删那张照片，就是摁不下删除键，老裴气得把手机扔在一边。

余晟这小子，狡诈！跟他对着干，玩了趟千里探班，骗取了裴紫苏的感情，还在众人面前秀恩爱！他更可以想到医疗队义诊结束后，每个医生回自己科室聊一聊在路上的事儿，余晟和老裴家女儿的事情就天下皆知了。

这是什么行为？这是“造势”！心机很重的造势！

老裴把裴紫苏一扔三千里，丢到荒山野岭去，用了一招“釜底抽薪”；余晟一追三千里，在老裴伸手不及的地方“反客为主”，连他的眼线赵医生都说那小子是他“姑爷”了。

老裴更气的是，裴紫苏这墙头草，听老爸的，也听余晟的，她就没有点儿立场？

其实这草，是想出墙啊。墙外面的余晟要抢他的心头肉，他这堵老墙下大力气拦，收效甚微。

老裴又拿起手机看那照片，担心自己这堵墙很快就被里应外合推倒，又是老怀凄凉：小苏子长大了，当年那个在他肚皮上爬的小婴儿怎么就长大了？要嫁人了……

但是嫁给余晟绝对不可以，就冲他那劣迹！

“墙头草”裴紫苏这一夜平稳地度过，没有发烧，也没有被噩梦扰。她起得很晚，醒来后还是虚弱，头重脚轻的。

同事们陆续来看裴紫苏，内科、外科、妇科、儿科，医生、护士、B超医师……围着一个病人看，更像参观。

赵医生数了数：“余晟怎么没来，你们谁见余晟了？”

“余晟啊，重感冒，高烧，房间里躺着呢。”一个医生说。

他看见裴紫苏眸子黑深，笑了：“放心，不严重。”

裴紫苏讪讪的，房间里的人也都讪讪的。当然，意味不同。

大家七嘴八舌地安排着行程，马上要启程去B城，因为B城的病人现在已经在排队了，等着他们去义诊。B城市区的条件要好些，裴紫苏、余晟也可以好好养病，义诊就不用参加了。

大家都没有提到同样落水的方明，裴紫苏问：“方明呢？”

赵医生嘴角抽搐着：“他好得很。”

方明确实好得很，正在较劲，是在昨晚落水的温泉边。他在和酒店经理理论：“你自己看看，这么大片的水边，周围连个护栏都没有？多危险！你们酒店掉下去几个人了？统计过没？还有，没有明显的标识，晚上更是连个灯也没有，更别说值班的人了……你们的安全管理是有非常大的漏洞的……”

上车集合，余晟戴了口罩坐在车的最后排。他高烧难受，闭了眼睛休息。裴紫苏过去坐在他旁边，他没察觉，裴紫苏也跟他一样闭目休息。

车开得慢，路面滑，有薄冰。余晟半路醒转看见身边是裴紫苏，她窝在座位里睡得难受，余晟伸手把她揽进怀里。裴紫苏眼睛都没睁，头倚在余晟肩上，双手搂住他的手臂。

一对病秧子。

“我晚上的飞机，就要回去了。”

“高烧上不了飞机的。”

“不想我走？”

“嗯。”

“裴紫苏，和你在一起两天，沙暴、车祸、冬泳、高烧，你还是让我走吧。”

裴紫苏不说话，探头过去吻他的唇，隔着一次性口罩，久久地停留。

“这么饥渴？”余晟笑了，瓮声瓮气的。他的手环了她的腰，越收越紧，渐渐地把她整个人拥入了怀里。

到达B城在酒店落脚后，领队带着大家去了当地的医院。

余晟不在医生名单里，此时又大病，留在酒店保养他的呼吸道。裴紫苏不够资格当专家，一路上都是“忙起来才用”的丫鬟，今天因病被提升为“闺秀”，允许她休息。

总要给一个病人一些时间，让她送另一个病人去机场吧。

余晟跟着裴紫苏进了她的房间，把箱子丢在门口，边走边脱掉外套、鞋子。双人标间，他一头栽倒在床上。

裴紫苏很虚弱，余晟的虚弱程度显然是她的立方，何况她还是余晟这场大病的病因。裴紫苏把被子扯开了给余晟盖好，去烧水、整理行李。

“箱子里有给你的礼物。”余晟嗓音沙哑。

女人心性，裴紫苏立刻去翻余晟的行李箱：巧克力、面膜、润唇膏……压箱底的是一盒茶叶，裴紫苏最喜欢的太平猴魁。

这茶叶礼正送到了裴紫苏的心尖上。她立刻拆封，沏茶，空灵的茶香四溢。可惜没有玻璃茶具，否则看魁壮的茶叶舒展翻卷，是最清宁的片刻。

她把余晟叫起来，一杯杯地添给他喝。

“你当我牛饮？”余晟鼻音厚重，喝得很饱。

“多喝热水，病才好得快。”裴紫苏又递来一杯。

余晟摇摇头，掀被子下床去了洗手间——水喝得太多了。

余晟出来，裴紫苏感觉他看了自己一眼，她抬头，看见余晟垂着眼。她弯腰帮他整理枕头，腰际忽被揽住，身体悬空坠倒，一声惊呼，她倒在了床上。她被余晟从身后抱紧，随即被子盖在了身上。

裴紫苏没防备，着了道，挣扎着想起身。

余晟的下巴压在她的后颈上：“乖，和我躺一会儿，一会儿我该走了。”

裴紫苏安静了。两人静静地躺着，过了一会儿，裴紫苏握住了小腹上他的大手。身后的余晟应该是笑了一下，裴紫苏抿嘴笑了，眼前是窗，窗外冬阳温煦。

电话闹醒了昏睡中的两人，黑暗里，裴紫苏去拿话筒，是方明，提醒余晟晚上九点的航班。

“让余晟接一下电话。”方明最后说。

裴紫苏把听筒往身后递，忽地一个激灵，又放回耳边：“我和他不在一起。”

方明不信，说找余晟有重要的事。裴紫苏咬定余晟不在。

这厢在扯皮，睡意昏沉的余晟听见方明要找自己，去裴紫苏手里拿听筒。

裴紫苏着急，没有多余的手去制服余晟，索性一翻身压住他。余晟莫名其妙的，刚要说话，裴紫苏另一只手捂住了他的嘴。她在电话里和方明最后扯了几句，挂掉了。

“你脑子生锈了？”裴紫苏数落余晟。酒店房间的电话、她被梦里惊醒的声音、找余晟？

方明就没安好心！

余晟黑湛湛的眼睛看着她。这个角度和光线看他，乱发、胡楂儿，眉目间是慵懒入骨的性感。他躺在床上、她俯视……

裴紫苏噌地跳起来，余晟又将她拽倒伏在他胸口：“继续啊。”

“继续什么？”

“这样啊。”余晟把她的后脑压向自己，清浅细致地吻了她的唇。

裴紫苏笑，轻吻他，她喜欢他，真的喜欢。余晟的唇又变回了清凉，裴紫苏双手去捧他的脸——高烧退了。

余晟的吻在升温。裴紫苏回应，甚至是引诱式地缭绕着他，这样应该会有一种后果，她就是要验证自己可不可以影响到他。直到余晟蹬掉两人间厚重的被子，翻转身，把她狠狠地摁在床上。

催魂电话再次响起。

余晟火起，居然说了句粗话。裴紫苏笑了，推开他去接电话。还是方明，方医生实在是找不到余晟，他甚至让服务生去房间看，说是没有敲出来人；余晟和裴紫苏的手机昨晚都被温泉泡了，打不通。

余晟抢过裴紫苏手里的电话：“找我什么事？”

裴紫苏险些叫出来，那边方明更是被惊到了，接着就是一串奸笑。

余晟臭着一张脸：“我刚才在健身房跑步，现在准备去机场了。”

裴紫苏黯然，余晟摸着她的脸。

方明说：“我在B城的医院遇到了你的同学。来来，你跟他说。”

听筒中传来另一个人的声音：“余晟，我是吕冀程。”

余晟没反应过来。

吕冀程等不到回应，又问：“余晟，还记得我吗？”

余晟吐出口气，笑了笑：“没想到你在这里。”

“我知道你在那家医院，跟方医生打听你，没想到你也过来了！好多年没见了，我去找你。”

“我两小时后的航班。”

“我送你去机场，已经在去酒店的路上了。”

吕冀程，余晟读研时的师兄。余晟与吕冀程见的最后一面是在学校的实验室，那天是周末，警察带走余晟的时候整层楼里只有吕冀程。

一双眼睛，一辈子要看多少风景，但能被砸进记忆里的画面屈指可数，那天吕冀程目送的眼神对于余晟就是这样的瞬间。那是怜悯的目光，只有怜悯。

怜悯是来自高处岸边的俯视，遗憾地看着水底的人——没救了。怜悯，即便对于病入膏肓的人也太残忍。

在吕冀程怜悯的目光里，余晟意识到自己走向了自己的悲剧。那一刻余晟甚至想跑、想向吕冀程求救，但他身边是两个孔武的警察。

之后，余晟险些辍学，两人失去了联系。“吕冀程”这个名字对于余晟，就是他被警察带走的那个时刻的书签。

明亮的怜悯目光，余晟在注视下冷汗涔涔。

黑暗里的余晟，似一尊坚硬黑暗的石雕。裴紫苏走过去打开灯，余晟都没有发觉。

“该走了。”裴紫苏叫他。

余晟回神：“你就别去机场了，早点休息，我同学过来送我。”

裴紫苏用行动证明她才不会听他的，穿好羽绒服拉着余晟的行李箱先出门了。

大堂里已经有人在等着他们，吕冀程比余晟还激动，双臂张开想热烈拥抱。余晟伸出手，吕冀程的热情落空，简单地握手了之。

介绍裴紫苏时，余晟用了“女朋友”的称呼。吕冀程对裴紫苏的关注挺微妙，评头论足肯定有，也是在评价她和余晟的搭配程度，大概是为余晟捏着把汗。

裴紫苏不喜欢这种研判、担忧的目光。

裴紫苏大大方方地挽了余晟的臂弯，这个动作吸引了吕冀程的关注。余晟顺势攥住她的手，唇畔是不易察觉的笑意。

到了机场，裴紫苏找到了一家手机店，刷信用卡买了两部手机，一模一样的，一部给了余晟，一部自己用。

手机的包装盒、手提袋、说明书……精美崭新的东西，被裴紫苏一股脑地塞进垃圾桶。

吕冀程看得惊讶，虽然手机的包装最后难免一扔，但废品在全新的时候也是很让人舍不得的，何况刚买到手还没有半分钟呢。

余晟的这位女朋友，还真不是一般地干脆利索。

余晟走后，回程的路上裴紫苏一直在整理新手机。依照她的风格，吕冀程判断："旧手机是不是立刻就扔了？"

"不，会留作纪念。"裴紫苏说。

这倒是怪了，吕冀程以为裴紫苏是收集旧手机。裴紫苏却摇头："以前的都丢了，只留这一部，以后也会留这一部。"

她可没有收藏旧物的癖好，没用的扔，可能没用的也扔。这部手机什么时候丢？如果和余晟没有结果，她就第一时间丢掉。

吕冀程想起裴紫苏把新手机递给余晟时的样子，她很随意，像在递一瓶水；余晟那一接，还真是动了情似的。

这女孩有一股子生冷劲儿，或许是最适合余晟的。

吕冀程回忆："小裴，我和余晟一起读研，余晟是少年天才，是学联的主席，导师也让他直升博士。我们都不猜余晟的前程，都能看到的：读博、留校、出国深造，他的名字注定会被刻在校友录上。我们猜的是他会在多大岁数成为院士。"

吕冀程停顿了——之后的事情就失去了轨道。

"然后他出了意外。"裴紫苏说。

"是，可惜了。"

裴紫苏在下载通信录，心不在焉地道："他自己不觉得可惜，我看他每天挺开心的。就算余晟的好运气都在那件事之前用完了，好在他没有心理抑郁变态，现在身体健康，还是很有才华，还在做一个好医生，他活在他的目标里，这不就得了？”

吕冀程顿时觉得和余晟的女朋友有代沟了：无论是感情还是事业，余晟的过去她不在乎，余晟的未来她也不在乎。这小裴医生和余晟谈的什么恋爱？准备过日子吗？能长久吗？

话题不配合，交流不合拍，吕冀程无话可说。

裴紫苏把新手机整理顺手后，先给老裴甩了个自己的地理坐标，报平安，再翻这几天的未读信息，看到了赵医生发给她的一张照片：暖灯下，余晟守着沉睡的她，唇角浅笑、目光深沉。

裴紫苏笑了，就这样一辈子就好。

她给赵医生回信息：“别给我老爸看，他会疯的。”

很快，她收到回信：“不好意思，他已经疯了。”

余晟没有裴紫苏的精气神，夜航的飞机上他连快餐都没领，就恹恹地睡去。飞机降落时他被惊醒，出了机场是温暖的城市，湿润、灯火阑珊，没有积雪、没有风沙酷寒。

余晟反倒有些不适应了，他觉得自己一辈子都忘不掉裴紫苏了。沙暴里的翻车、积雪夜的落水，这种离奇的经历有资格被记一辈子。只要想起，里面都有裴紫苏。

他给裴紫苏报平安。新手机是高配、新款，裴紫苏出手还真阔绰，财大气粗的范儿。

余晟迫切地希望能被她更大财力地包养，他就不用这么卖命地追女人了。

第二天一早上班，余晟满意地看到樊易也早早地来了。

樊易对他的男神是有样学样：学余晟翻病历的手势、走路的步态、说话的语气。这几天余晟不在，山中无老虎，樊易也早早地来查房，学着余晟问病人话的姿态：“你好，昨晚睡得怎么样？”

余晟今天一直戴着口罩，也不说话，莫测高深的，搞得樊易战战兢兢。直到查房时听他和病人说话，樊易才知道余晟的嗓子哑得很彻底。

最后一个病人是余晟出门之前就让樊易办理出院手续的，居然还住着。

“病人说要主刀医生看过才能放心地出院。”樊易解释。

深层的原因是，谁让主刀医生是帅哥呢，病人想见他嘛。更深层的原因是，谁让这病人是大美女呢，樊易也喜欢美女啊。

樊易被他的男神看得心虚，余晟是真想发火，把手里的病历夹往樊易身上一拍，樊易赶紧抱住病历夹。

“她要住，你就给她写病历；出院结算时这几天多花的钱，你负责给病人解释；还有，医院检查病历的时候你负责解释为什么符合出院标准却不办理出院手续，如果要考核扣分，你去给岳主任解释……”

余晟嗓子剧痛，否则还能多说两句。他没去看那位病人，径直回了医生办公室。

樊易抱着病历夹蒙了，转头跑去找美女病人：“出院吧美女，主刀医生去美国了，你再不出院我也去美国了。”

余晟摘了口罩疯狂喝水，护士长看见了，凑近：“嚯，脸色这么差劲，病了吧？你不是去旅游了吗，难道去的是流感疫区？”

余晟指指嗓子，疼得已经说不出话了。

“要输液就趁早，再晕倒了我们可搬不动你。”护士长说。

这位帅哥外强中干，是个样子货，肌肉漂亮、挺拔超群，但每一轮感冒都落不下他。最夸张的一次是前年夏天余晟中暑，真真就在大家眼前晕倒了。

这一点上，余晟认尿。他感谢地对护士长笑笑。

眼睛太黑，白衣素净，男人虚弱的时候会有些罕见的绵软，像是被什么融化了。

护士长被余晟电到，绷着脸转身走开，拍了拍自己的老心脏。

中午时，余晟的嗓子肿得连水都咽不下去了，乖乖地在医生办公室吊起了输液瓶。很快他就歪在座椅上睡着了，极其别扭的睡姿，谁看了都替他难受，但余晟睡得沉。

樊易终于发现了自己和偶像之间的共同点，都是独身在外地，没有女朋友，病了都没人关心，想着就挺凄惨的。

他正同病相怜着，余晟放在桌上的手机振动了一下，屏幕一亮，樊易眼尖，一条微信被他看了个清楚。

苏子："好些了吗？"

女人的口吻、亲密关系的口吻……

樊易正发呆，余晟醒了。他拿过手机看了眼，一只手去拿电话的同时快速地打字回微信。之后嘛，手机频频振动已经换成在线聊天模式了。

樊易讪讪地离开，余晟老师是有女朋友的！和他这个单身的人不一样。

医生办公室里只有余晟一个人在输液，病恹恹地聊着天，唇角始终翘着。

裴紫苏真是没白吃那么多饭，身体恢复得很快，又跟着医疗队下乡了。这次义诊的地区条件好些，是在城郊。

方明看见裴紫苏的新手机：现在的孩子花钱是真不看数。

他拿出了自己的手机，放在阳光下晒，不一会儿手机下面又渗出水渍来。那晚方明掉到水里，被余晟第二次捞起时就清醒了，他就抱着木桩在水里到处摸——摸到了自己落水的手机。

裴紫苏一个小小住院医师挣不了几分钱，但是老裴是名医，老裴有钱。方明没有有钱的爹，他只能修，准备找家修手机便宜的店。

方明问裴紫苏："弟妹，在跟余晟聊天啊？"

裴紫苏转身，不让方明看她的手机。一路上相处得熟悉了也就互相没大没小了，加上方明和余晟关系很好，裴紫苏在方明面前就渐渐装不住了。

方明倒是越发觉得余晟是"艺高人胆大"了，不但敢找老裴那样的未来岳丈，还敢对裴紫苏这种有个性的女人下手。

"小裴医生，余晟和裴主任喝过酒没？"方明刺探着余晟的"攻城"进度。

"他俩都不喝酒。"

方明以为裴紫苏真听不懂，劝道：“你不理解两个男人一起喝醉，那是什么样的情意！”

“外科医生还是不喝酒好，会手抖的——这是老裴说的。”裴紫苏给了方明一个只能意会的笑容，遁了。

方明意会了一下，随即嘿的一声，扭头看裴紫苏，这高个子的小中医，耍花腔、秀恩爱的本事也是高啊。

老裴怎么可能有心和余晟喝酒呢，他最近努力构思“干掉”余晟的办法。这小子太嚣张，根本没把他放在眼里，跑去和裴紫苏合了一张影。

可是余晟都回来了，老裴构思的若干种“收拾”余晟的办法，又都被自己一一否掉了。

论整人的功夫老裴比岳主任差远了。岳主任还管着余晟呢，余晟貌似举步维艰，但余晟想办的事也都办成了；老岳徒然当了坏人。岳主任有城府、有脾气，都收拾不了余晟。老裴是个大炮仗，除了那一炸也就没什么本事了。

老裴不禁泄气。这两天ICU又住进来几个重症病人，他忙起来渐渐就忘了“收拾”余晟的事了。

深夜，老裴回办公室准备凑合一晚，看见桌上摆着个盒子。他给助手打电话问，说是裴紫苏托人给他捎回来的礼物。

“托人”，能托谁？

老裴一生气，给裴紫苏打电话：“有心给老爹送礼物，就亲自送来，别让乱七八糟的什么人带！”

裴紫苏没搭腔……

老裴立刻就明白了，更恼怒：“你就顾你自己！别回来了！”

老裴挂了电话，裴紫苏灰溜溜地火速打了回来，老裴不接。

一盏昏灯、一位半老的医生，孤独对望。还有一个礼盒，是有人假借裴紫苏之名送来讨好他的。

不管是什么居心吧，起码这人是有礼貌的，比裴紫苏有良心些。

忍不住好奇，老裴打开礼盒，眼前一亮，立刻小心翼翼地把东西拿出来。

是一块戈壁石，主产地就在裴紫苏义诊的地区。形状肆意的玛瑙璞石，坦荡天成。

老裴相当识货，这石头的价格不高也不低，正是“不妨收下”的水准。

千里送鹅毛，背了块死沉的石头送来；投其所好，老裴唯一的嗜好就是收藏石头。余晟对他是做足了功课。

老裴感慨，余晟这心思啊，精密、工整又灵巧。

那边裴紫苏约莫着老裴气头过了，又打来电话。连续被挂断，第四个老裴才接起。裴紫苏好一通解释，她病了、她行程不自由、她还是给老裴买了礼物的，就在身边放着，可以传照片给老裴做证……

把老裴哄开心了，裴紫苏给余晟打电话算账：“你给我爸送礼了？你把我扔坑里了，你知道不？”

余晟睡得昏沉，全身酸痛，嗓子嘶哑：“我为了讨好他，也顾不得你了。”

“老裴肯定骂你狡猾，你这是烂招！”

“他知道我尊敬他就行了。”

也有道理，余晟在老裴面前只有闭门羹可吃，打着她的名头去送礼，余晟也是费心思了，何况老裴那人吃软不吃硬。裴紫苏又问：“你给他送了什么？”

“戈壁石。”

“够奸诈！”裴紫苏佩服死了。

这就是传说中的“投石问路”了，十环！命中老裴的死穴！

“你在我身上花了那么多钱，我总得对你表表忠心……”余晟是说那部手机。

裴紫苏气笑了，一时安静。她再叫他，没有回答，应该是睡着了。

裴紫苏猜余晟今晚上床前应该祈祷过：谢天谢地，上帝保佑睡个好觉。

来看她的第一晚他连夜赶穿沙公路，第二晚高烧睡在牧民家，第三晚在水里泡了半晚上重感冒，第四晚赶夜航的飞机疲惫回家。

真是不容易。

裴紫苏很不厚道地笑了，想起了余晟的睡颜——安静无害的脸庞，唇会微微扬起，带着笑的乖模样。

戈壁荒原边的边陲小镇，裴紫苏缩在冰窖似的被子里，手边就是窗，窗外是塞外美丽的星空，闪亮的猎户座。

第二天凌晨三点，余晟被催命电话闹醒，重车碾轧行人的车祸，很惨，伤者休克、垂危。余晟火速赶到医院，直接进了手术室。

一场很大、很棘手的多科室协同手术：余晟负责处理腹部脏器、肠道，泌尿外科处理膀胱，骨科进行半骨盆截肢术，介入科、神经外科……

麻醉师给病人输血，升高血压。余晟一打开病人的腹腔血就喷了出来，病人失血很快，血压立刻向下掉。仪器响得像催命，麻醉师手忙脚乱的。

余晟在血泊的腹腔里找到出血的地方，是脾脏。他飞快地捏住脾门，出血随即减少，应该是脾的大血管被撞断了。余晟动手切除脾部，手法极妙、极快，然后开始缝胃……

这一站就是几个小时，余晟从手术室出来的时候，全身汗湿。

病人术后被送去了ICU，情况很不乐观，能保住命都算是有天罩着。余晟去ICU看病人的情况。临走时，ICU的医生叫住余晟，留他到餐厅吃饭。余晟饥肠辘辘，只求速饱，也不客气。

医院的科室中自己设立餐厅的可不多，手术室有，ICU也有。这两个地方的饭余晟都常吃，连换厨子都能吃得出来。

老裴进餐厅的时候，就看见余晟低着头在狼吞虎咽。他昨晚对余晟刚有些好感，此时陡然变成了反感——昨晚送了礼，今早就找上门来，此人太功利，也太急功近利，让人厌弃。

老裴饭也不吃了，转身就走。

那块戈壁石老裴很喜欢，正完好地封在盒子里，还在他的办公桌上，他原打算下午下班把余晟叫来，礼物退还，同时教他好好做人不要歪门邪道地送礼。

现在，老裴立刻给余晟打电话，让他马上过来一趟，把东西拿走。

余晟饭正好吃完，最后一口汤是没心思喝了。听老裴的口气不会有好事，他向老裴的办公室走去。能想到会碰一鼻子灰，但终于能和裴紫苏的父亲面对面地谈一谈，这个机会余晟找了很久。

见了面，老裴没客气："东西你拿回去，不用费心思讨好我，没用。"

老裴等着余晟开口请他留下礼物、同意他和裴紫苏的事情，觉得他应该会以这次去看裴紫苏的事情套近乎。毕竟每个父亲都会想知道女儿的近况，这个话题适合攀关系、套交情。

老裴已经想好了对策。

但余晟拿起了礼盒，一直静默。直到老裴想逐客了，余晟下了决心："裴主任，六年前，我见过您。"

六年前，那时候余晟还没来医院工作、还在上学，老裴倒是好奇了。

"您还记不记得六年前有个患了白血病的病人？女孩，最后的日子是在ICU里。"余晟说。他垂着眼，脸苍白。

老裴回忆，但是想不起来。

"C城医科大的学生，免疫学研究生一年级……清清。"余晟提示。最后两个字是一个名字，他的发音不稳。

清清，那是个学医的女孩子。所有的检查结果化验单她都能看懂，还能和主治医生讨论病情，争论自己还能活几天。可惜那女孩福薄，两次骨髓移植花了近百万元，倾家荡产，最后还是没留住。

老裴看着余晟，眉头渐渐皱起，忽地一个激灵："你是、你是那个……"

"我是。"余晟承认。这话像是从死寂的冷灰里说出来的。

六年过去，余晟磨砺、蜕变、成熟。但如果见过清清的男朋友，还是能从他身上找到当年那个少年的痕迹——执拗、不驯、锐气、桀骜，一往情深。

老裴看着余晟，说不出话来。眼前的这个人冷静、隐忍，光芒收敛。余晟在老裴的脑海里正缓缓地贴合在六年前病床旁的那个少年身上。那一幕情境让人动容唏嘘，即便是老裴这种经历过丧妻之痛的男人，也是记忆犹新。

没想到那个男孩子兜兜转转和他做了两年同事，现在更是来到他的面前，想得到他的女儿。

若余晟是当年清清的男朋友，品行应该是值得信任的。但C城医科大自杀的女研究生的事情，余晟又是怎么被裹进去的？

老裴直截了当地问：“自杀的那个女孩，是怎么回事？”

怎么回事？

余晟在事后想了很多年，要怎么形容他在那件事里的角色才恰当。一个冷夜里，他想起调查案件的警官说的一句话，真是再恰当不过了：你没有亲手杀薛冉，但薛冉是个只会用恨宣泄的人，是你的态度杀了她。

这算道德洁癖吗？还是他真的有错？

“那件事情里，全部都是怨恨。用怨恨去爱人、去恨人，都疯了。”余晟说，胸廓深沉地起伏了一下。

老裴盯着余晟，要看到他骨子里去，毕竟他身后是要保护的裴紫苏。

余晟坦白，老裴只会给他一次机会讲述过去，肯听他说，老裴已经是妥协了。

余晟努力地回忆那个黑暗的夏天，有很多片段和因果关系，他自己都凌乱了，事情讲得颠三倒四：“薛冉，她和清清一样，也是我的同学。清清去世后我回了学校，境况很糟糕，在看心理医生、吃抗抑郁药。有一天薛冉忽然对我表白，我对她的态度很恶劣。直到有一次，我确实做得很过分……”

第七章
梦里沼泽

余晟和清清，是C城医科大里很出名的一对。清清并不是才艺惊人、相貌出众的女孩，她内秀灵巧，单凭自己五年医科读下来知名度不会出了本年级，可是谁让她有个闻名全校的男朋友呢。以余晟的影响力，他今晚交了女朋友明天必定就传遍全校。

他们是本科的同班同学，毕业一同考了本校的研究生，未来会一起做研究、一起讨论病例、一起上下班。不出意外的话，两人会是一对医生夫妇。

就在这个新的开始，他们遇到了薛冉。更准确地说，是薛冉遇到了他们。

薛冉和清清住在同一间宿舍，见面的第一天就闹得不愉快。余晟来找清清时，薛冉优雅地站在宿舍中央，用看小市民的眼神瞧着清清；清清是软包子个性，脸通红地收拾着床铺，尽管她的床已经超水平整洁了。

余晟笑得不厚道，他的女朋友并不是勤快的女生，能做到不邋遢就不错了，看情形，是被新的舍友收拾了。

清清委屈地挽了余晟出了门，抱怨："舍友有洁癖，还瞧不起人。"

余晟笑她遇到了克星："你那乱七八糟的劲儿，早该改一改了。"

门开着，薛冉都听到了。没想到清清的男友是个能把白衬衫穿出青草香味的男生，薛冉第一眼还以为他是年轻的老师，有介于男人和男孩之间的成熟和阳光。

可惜薛冉再也没见到余晟，因为总是清清去找余晟。薛冉也渐渐领教了余晟为什么是最耀眼的明星学生，她听了竞聘学联主席时他的演讲、看到了他的成绩单、篮球赛时为他进过啦啦队，看他大汗淋漓地摔倒。

终于有一天家里人发现了薛冉的反常，母亲好不容易回国一次，薛冉都没去见她。母亲只好来学校找到薛冉："给你租了公寓，你却一次都没去过。"

薛冉站在宿舍的窗前，过一会儿余晟会从楼下经过。他的作息很规律，今天的这个时间他会从宿舍楼出来，骑自行车去游泳馆。

清清在旁边的床上戴着耳机看书，她不爱运动，就像她乱丢东西的床铺，还自己标榜为舒适随性。薛冉认为清清配不上余晟，他们之间的感情是纯粹的日久生情加惯性。

薛冉回答母亲："我很忙，在学游泳，已经会漂了。要不要一起去看看？"

薛冉的妈妈临走前去看了大学的游泳馆，水道、水质都还比较满意，就是人太多了。

"校外游泳馆的条件会好些，我让司机把你的车送来，你开车去外面学。"

薛冉拒绝了，她现在要藏起自己的优越，不能和某个人产生距离感。

深水区里，熟悉的身影刚上岸，薛冉有一眼找到他的本事。余晟紧实的身上水光细密，身材很棒，是他穿衣服好看的根本原因。薛冉迷恋他的泳姿，强健、有拼劲，一千米他能以一个速度游下来，旁若无人，专心致志。

薛冉进了学联、考了深水证，不着痕迹地接近着余晟。熟识之后，薛冉对他的评价是两个字——才俊。

元旦筹备联欢会，布置场地一直到深夜。余晟高举手臂挂一条条幅，薛冉上下左右地指挥，肆无忌惮地看他的背影。

余晟要佩服死这种较真的女人了："薛冉，你不是这么吹毛求疵的人吧，条幅挂得再正也没人看一眼的。"

薛冉笑了，走过去摁住条幅："就这么定了。"

余晟拿起锤子、钉子，两下敲定条幅。两人关灯、下楼，余晟送薛冉回女生宿舍楼，在门口碰见了下楼买午夜零食的清清。

清清惊异地看着这一幕：为人傲慢的薛冉和她的男友有说有笑，她的男友深夜送她的舍友到宿舍楼门口。这两人什么时候这么熟了？

余晟看见清清，眼睛一亮。这种目光只属于恋人，清清放了心，盯住了薛冉。薛冉和余晟告别后，先进了宿舍楼。

清清缠着余晟，想和他多说会儿话，问："你说今晚忙学联的事，怎么和薛冉在一起？"

"她就是学联的。你认识薛冉？"

"是我舍友，你忘啦？开学的时候气我的那个人。"

"你舍友？哈，她怎么没提过？开学的时候，我见过她？"余晟后知后觉，努力回忆。

清清气结："不说了不说了，赶紧回去学习，书呆子。"

回了宿舍，清清打量着薛冉。薛冉很美，是家教良好的白天鹅，换鞋时的手势都很柔软细致。

清清的眼睛里不揉沙子，笑问："薛美人，什么时候参加学联啦？"

薛冉看了看清清，没说话，按她的风格可以判断为不屑回答。

清清都明白了，薛冉为什么去学游泳，为什么不跟余晟说是她的舍友，狼子野心而已。

清清郑重警告："离余晟远点儿。"

"我的事，你就别干涉了。"

"我是在警告你！"

薛冉对清清笑了笑，这一笑可以有很多种体会：不要像没见过男士似的以为谁都喜欢你男朋友，或者我不稀罕你男朋友，又或者我迟早会拿下你男朋友。

就是这样吵起来的，清清先动的手，摔了桌上薛冉的手表——卡地亚的Ballon Blue系列。

情形不对，另外两个舍友过来拉。但是薛冉干脆的一巴掌已经打在了清清脸上。

清清把薛冉推倒，桌上的水杯掉了下来，洒了薛冉一身水……

混乱中不知道是谁喊了一声："血！"

清清被薛冉的一巴掌扇出了鼻血。

几人这才罢休。没想到的是清清的血一直在流，止不住，四个人都慌了。清清更害怕，哭着给余晟打电话。

余晟过来背起清清就往医院跑，他看了薛冉一眼，那是要记住"凶手"的目光，凶狠、冰冷，薛冉被看得骨头都冷了。

当晚清清没回来，第二天、第三天，然后她请了长假。一个星期后，薛冉见到了余晟，他很憔悴。

"那天晚上的事，对不起。"薛冉到底是对他低头道歉了。

余晟已经不关心那件事了："你不会再见到她了。"

薛冉惊讶。余晟没多解释，问："你的表很贵吧？我们会赔的。"

"不用，不值钱。"

"多少钱？"

"余晟你不要这样……"薛冉揪心、难过。

余晟也很难受："薛冉，你是学免疫的，你能帮我吗？"

薛冉不明所以，痴痴地看着他。

余晟灵魂出窍，自言自语："你帮不了，已经在泥潭里了。"

清清再没回过学校，余晟总是请假，辞去了学联主席的职位，游泳馆、篮球场里也再没出现过。

两个女生夜晚大吵大打一架，其中一个住院了，再没出现，听说是住院了；另一个？另一个还好好的，没事人似的，谁都知道薛冉连登门道歉的事都没做。

但她跟这件事有了撇不清的瓜葛。

在学校，身后总有人指指点点，戳脊梁骨大体也就是如此；在宿舍，清清那张空床铺就是控诉。

依旧独来独往的薛冉更加孤立，索性搬出了宿舍，一个人住到了校外的公寓。

讽刺的是，薛冉很快见到了清清，比其他同学都早，是发生冲突后的两个人都极不愿意的方式。

医科大附属医院的血液内科，薛冉跟随着导师查房，病床上的人是清清，她在进行化疗，陪床的是余晟。

薛冉站在导师身边翻着病历，病案首页：ALL，急性淋巴细胞白血病——清清的运气真不好。

这就是余晟说的“泥潭”了，导师在讲清清的病情给学生们听。薛冉的目光从病历挪到清清脸上，清清怨恨地看着她——从她一进门就看着。

清清忽然趴到床畔一阵痛苦的干呕，余晟扶她，薛冉也去帮忙，但清清用力地推开了他们。

余晟蹲在清清身边，拿了温热的毛巾帮她擦，极温柔。清清没再发脾气，看着他默默地流泪。

薛冉跟导师离开了病房。清清眼泪成串：“我要转院。”

余晟劝她，这里的医生都是他们的老师、校友，对他们给足了关照；他也方便照顾她。

清清固执：“我要转院，我不要他们的可怜。”

余晟费尽口舌地哄，清清眼泪斑斑地睡了。

余晟走出病房看见了薛冉，她一直在门外等他。

“是那晚出血时发现的？”薛冉问。

余晟点头，那晚到医院做了血常规检查，清清血小板的几项检查结果全部是零，接下来是做骨穿，接下来……

“她父母怎么不来照顾她？”

“在家筹钱。清清自尊心很强，在同学面前很敏感，这几天被化疗折磨得快绝望了，你不要介意。”余晟为清清方才的不礼貌道歉。

“知道，你别说了。”

“你是一只秃鹫。”忽然有细小的声音飘来。

余晟和薛冉回头，病房的门开了一线，门缝里是单薄的清清。清清的目光从余晟身上挪到薛冉脸上，憎恶地道：“你是一只秃鹫，守在动物身边盼它死去，好吃它的肉。”

薛冉转身就走。

余晟皱眉，过去：“清清，乖，回去睡。”

“我找到骨髓移植的配型了，我的运气很好，我会好好地活着。”清清殷殷地看着余晟，可怜得似乎被遗弃了。

“会，所以你要开心。”余晟摸了摸清清的头发。

清清惊恐地压住发顶，余晟的手上缠了一绺落发。

各种原因，清清最终转院了，回到家乡治疗。

余晟挤出一切可能的时间请假去照顾她；在校的时间就疯狂学习、熬夜通宵，成绩依旧是最优秀的。导师是宋老师，对余晟很好，给了很多方便。

清清在骨髓移植后备受排异的折磨，但心态好了很多，她研发了新爱好——自己写病历。

她最开心的日子是余晟来看她。在天堂时、在地狱里，她漂亮时、她肿成猪头掉头发时，余晟都在她身边。

“我的运气很好。”清清说。

窗外是清新的夏天，阳光正好。清清在窗边等余晟，他的火车半个小时前到达，坐公交车此时该到站了。

在七楼的血液内科病房，清清看见林荫遮蔽的甬道上，余晟背着书包走来。

清清高兴地站起来，眼前一黑摔倒了。

人生的陷阱总是猝不及防。免疫力低下，肺部感染，清清的病情急转直下进了ICU。

她的父母不懂医，和医生的沟通多是余晟。ICU的主任姓裴，有一天把清清的家人都叫去，让他们做好准备。

看着清清的各项指标数，余晟手在抖：她的日子很快了。

裴主任那晚照例住在医院，没回家。忙到深夜，他领着科里的医生出去吃点东西。楼门口的台阶上坐着一个人，靠着书包在睡觉。

ICU门口每天都会聚着很多人，焦灼地等病人的消息。但这个小伙子看样子是打算在这里过夜的。

一位医生怕吵醒余晟，轻声说："清清的男朋友，也是个学医的研究生。"

清清的大限就在这一两天，这男孩是在等着送那女孩最后一程。

众人不禁又回头看，半明半暗里的影子孤零零的。

吃完夜宵回来，老裴过去拍拍余晟的肩："小伙子，进楼里睡吧。"

余晟道了谢，迷迷糊糊地跟着老裴进了大厅，在排椅上蜷缩了一晚。

第二天的探视时间，余晟去看清清。她的父亲在分秒必争地赚钱，母亲已经病倒。

"我不要见到你。"清清说。她这天状态挺好，但是已经是弥留之际的糊涂了。

探视时间快结束时，清清哭了："火化会烧得我很疼，我害怕，余晟你别离开我……我死了你会忘了我的……"

"我不忘。"余晟也在哭。

"我要你毕业以后来这里，我的骨灰在这里，你陪着我，求你了。"

"好。"

"你发誓。"

"我发誓。"

第三天，探视的是清清的父亲。

第四天，不需要探视了。

余晟临走前，去向给清清看过病的每一位医生道谢、告别。老裴看出他是个心事很重的人，叮嘱："回学校好好学习。"

余晟的回应很冷淡。

陪着清清这大半年，日日看着她煎熬，余晟对医生这个职业已经心灰意冷——生命依旧无法挽留，痛苦依旧无法消除，很无能的一门学科，却举着悲天悯人的标语，毫无意义。余晟断断续续地上学，若不是不知道还能干什么，他几次都想辍学。

裴主任也是老师，也带着医学研究生，看穿了他的想法，就多说了两句："太多的病症医生都无能为力，医学不可逆天，医生所能给的只是帮助。当然这种话都是大套话，你如果情感上过不去，就提醒自己：病人求生在承受痛苦，相比起来活着的人没有资格多愁善感。你们这个年纪，太小资，太可笑。"

话没一句顺耳的，悲伤里的余晟有些恼怒，没有搭话就离开了。

他认定这位裴主任是个冷血心硬的老油子医生，当了主任就冷了血，可曾体会痛失亲人的痛彻心扉？

这个盛夏就这样落幕了，在一个人逝去的噩梦中过渡到秋天。余晟回学校后浑浑噩噩了几天，再醒来时整理好自己，去上课。

但阳光、活跃的余晟永远是属于清清的，也随着她一起被带走了。余晟返校后彻底沉寂，很少说话，只有学习了。

余晟的专业方向是急危重症，专挑硬骨头、高风险的手术学。他变成了一把专心致志的手术刀，刀锋冷凝，人也冷寂，独来独往。

不出所有人预料，直升博士的机会当仁不让地给了余晟，没有人不服。

惊醒余晟的是一个即将被送进ICU的病人，临走前他问余晟："小大夫，你怎么从来没笑过？"

余晟还在叮嘱他进了ICU要注意些什么。

病人不想听，挺嫌恶余晟的："你这表情真难看，我看见你就觉得自己要死了。死不死的，谁说了算呢，你就别操心了。我想换个医生是真的，起码送我进鬼门关的是张笑脸。"

余晟的脸更僵硬了。送病人的护士憋着笑，挺同情余晟的，也挺同意那个病人的。

"余医生，开心点儿呗，再帅的脸，面瘫也不让人爱。"小护士建议。

余晟连叹气的力气都没有，他活得确实越来越累，还不如一个要进入ICU的病人。

余晟挑了个休息日，去附属医院挂了心理医学科的门诊。候诊时，有个女孩叫他，女孩很漂亮，余晟第一眼看到的是她的长发，烫得很妩媚。但余晟不明白，为什么这女孩偏红色的长发里会挑染几绺白发。

女孩见他迷茫，提醒："我是薛冉，不记得了？"

余晟尴尬。

"我是你同学。"薛冉笑了。她知道余晟回来了，去找过他几次都没遇到，没想到看心理医生时遇到了。

没有过多的交流，仅凭着"病友"这层关系，全校能偶尔和余晟说上几句话的也只有薛冉了。

薛冉住校外，和余晟一样也是独行侠。这位心理医生也是她父亲的心理医生，父母让她过来看的，刚开了些药。

薛冉是不会吃的，处方上的药根本没取，她清楚自己不过是太孤独以及心理负担重而已。

何况这将近一年多来，就因为和她发生冲突的是清清、是个病人，她就成了"恶人"，成了全世界的敌人。而薛冉我行我素，从不与任何人交流、辩解，情绪淤积得像沼泽。

唯一能让薛冉不委屈的，就是清清骂她的那句话——"秃鹫"！

薛冉觉得，清清还真了解她。

薛冉和余晟的关系也就仅此而已，她努力地寻找和他相处的机会，但余晟根本不在意。

聚会那晚，余晟喝醉了，在洗手间里一直不出来，薛冉担心，一直在走廊等着。

余晟摇摇晃晃地出来，薛冉担心地走过去："你还好吧？"

这一幕异常熟悉。

"什么地方，"余晟努力地想，四处望着，"也是走廊，你等过我？"

"你醉了，我送你回去。"薛冉扶他。

一醉浮生，熟悉的场景次第浮起。清清，清清……

有模模糊糊的眼看着他，爱慕的、喜悦的、担心的，是他可怜的清清。

余晟恍惚，握住柔软的手、抱住她，紧紧的。

他认错人了。

傲气的薛冉委屈、生气，但她不在乎。她缓缓地回拥住他，久久地感受余晟的温度。不管是谁的替身，她认了。

走廊里有人过来，是找余晟的同学，他们扶走了余晟。薛冉被人有意无意地隔开，和原来的舍友落在了队尾。

进包厢时，前面的舍友没进门，反而把门一关转过身凛冽地看着薛冉。

薛冉冷笑，知道她要说什么。

“你要脸吗？他是清清的男朋友！”

“他现在不是。”

“你对得起清清吗？”舍友愤怒。

“你们要给余晟立贞节牌坊吗？”

“薛冉，谁都可以和余晟在一起，就是你不可以！我们都看着呢，清清也看着呢！”

“哈！”薛冉笑了。不可笑吗？

舍友骂她：“无耻，余晟也不在乎你，你自作自受去吧，不会有好下场的。”

薛冉气得脸发白，她是越生气越不说话、越心里发狠的人。她有良好的教养，很少吵架，每逢争吵必落下风。薛冉不多说，推开舍友，要进包厢。

但舍友清脆的一巴掌扇在了薛冉脸上，狠戾地道：“这是替清清还给你的，不要脸！”

薛冉恼怒，但是舍友已经进了包厢，门被狠狠地摔上，险些撞在她身上。

是气，也是疼，薛冉眼里有泪花。她定了定神，变回女王，推门进了房间。

余晟歪在沙发角落里睡了。其他同学跟薛冉都不对盘，不搭理她，脸上的鄙夷相同，话锋更是刻薄奚落。

薛冉冷冰冰地坐足了后半场，就算全世界都骂她，她认了。

那晚飘雪，薛冉开着她的卡宴回家，到小区门口时压根就没停，跟谁斗气似的直开了过去。

风吹雪花，视线越来越不好，薛冉也不管，碰到所有的路口都不拐弯只管往前往前。直到荒郊野外没了路，深黑里她枯坐了半晌。

薛冉没有朋友、闺密，很少有人受得了她的完美要求；父母都在海外，一年都团圆不了一次。薛冉真找不到一个人能说会儿话。

薛冉忽然想起了清清，她直到现在还霸占着余晟。她在天堂吗？是不是在俯视她、嘲笑她？

风雪压抑，四周空旷。

薛冉忽地放声尖叫，一声接一声，直到喊累了，趴在方向盘上死死地瞪着暗夜——她不服输，她唯一输给清清的，就是晚认识了余晟。

但有一句话是对的，余晟没有留意到她，完全没有。

几天不见，数指头算日子的是薛冉，余晟"偶遇"她时最多打个招呼。有一天在图书馆，余晟忽然问起："薛冉，你从前是不是和清清一个宿舍？"

"没有，我不认识清清。"薛冉否认。

余晟哦了一声。

"她是清清的舍友，"是旁边座位的同学，为余晟补充介绍，"清清流鼻血那天就是和她吵的架。"

余晟的瞳孔陡然一缩，锐成针，盯着薛冉努力回忆。

当面被拆穿，薛冉脸色惨白。

"为什么骗我？"余晟问。

薛冉紧抿着唇。

余晟站起来就走了。

薛冉憎恨地看着那位同学，对方对她笑笑：你活该。

图书馆里的人都毫不掩饰地嗤笑她，薛冉一个个地看回去，很凶悍的目光，还有泪光。

心机费尽，一地不堪。

薛冉这辈子从未如此地厌弃自己。

薛冉又看见了清清，她得意地笑着："薛冉，知道什么叫自取其辱了吧，什么滋味儿？"

薛冉没有再去"偶遇"余晟，就算她迫切地想接近余晟，也是有自己的骄傲的。何况"清清"这个名字出现了，毁掉了她精心、努力营造的气氛。薛冉原是想让余晟渐渐淡忘清清的，起码和她在一起时不会想起清清。

但清清的一句话像是把薛冉钉在了十字架上。大半年前，清清站在门缝里看着薛冉，说：你是秃鹫，在等着吃我的肉。

余晟原本是忘了这一幕的，否则他会记住薛冉这个人。

但薛冉经常会做噩梦，梦境里有一只伸长脖子窥伺的秃鹫，弥漫着死亡的气息。

被戳穿了，薛冉一时不知道如何再和余晟融洽相处。余晟的答案先出来了：在医院走廊里和薛冉擦肩而过，余晟当不认识她。

薛冉不甘心地转身看余晟，但她惊愕地看见了——清清！就在余晟旁边，仰着脸，笑得好漂亮。余晟低头看了清清一眼，露出久违的笑容，让人倾心。

薛冉要疯了：这是幻觉，幻觉！

而清清恰恰回头，看着她，可爱的唇形像在说："秃鹫。"

薛冉猛地尖叫，尖叫！不停地叫！

此时走廊里光线正暖，很安静，薛冉的站姿很优雅。相随的同学发现她的异样，她在痉挛，开始喘，喘得越来越厉害。同学们扶住她："薛冉，薛冉！"

薛冉痛苦地喘着，什么都听不见，发不出声音。她只知道自己在疯狂地尖叫，叫得撕心裂肺。

忽地眼前一黑，痛苦倏地消失了，薛冉重重地摔倒在走廊上。

第二天醒来，薛冉是在特护病房，几天里进行了各种检查，没有查到那天突发晕厥的原因。没有人陪护，学校联系了薛冉的父亲在国内的助理。

第三天，薛冉接到了父母的电话，要接她出国看病。

“我没病。”薛冉很排斥这个建议。

“心理医生说你的情绪波动很大，换了几种治疗方案都不理想，女儿，出国来散散心吧。”母亲提建议。

“我现在很好。”

“那暑假过来看看我们？”

“再说吧。”

薛冉憎恨出国是因为时差，她有睡眠障碍，运动、精油、吃药……都试过，没用。

不过出院后她睡得很好——偶然看到路边醉酒的人睡得让人羡慕，薛冉尝试着找到了新的催眠神品——酒精。

那天晕倒前世界消失的感觉真好、真轻松啊，就像解脱，真不想醒来。第一次醉酒，解脱的感觉又来了；第二次醉酒的效果就差了一些，但是起码按时睡着了；之后每一次的效果都差一些。要命的是酒醒后第二天的头痛，让她越发焦躁。

直到有一天，父亲的助理发现薛冉快被失眠和酒后后遗症逼疯了，她强迫薛冉找心理医生。

就是那天薛冉又遇到了余晟，他从诊室出来，看见薛冉愣了一下，和她擦肩而过。

薛冉叫住他：“余晟，能帮帮我吗？”

“帮忙”，就是帮忙取药，余晟看她的状态确实很不好，也没推辞。他不知道薛冉这辈子是第一次说这样请求帮助的话。

薛冉痴痴地看着余晟帮她排队、交钱、取药，她忽然很羡慕清清，余晟为清清做的事情就是这些吧。

余晟把一大包药递给她：“这么多药，快够你的饭量了，也可以当减肥药吃。”

“之前的药都被我扔了。”薛冉漫不经心地说。

余晟诧异。

薛冉笑笑："看什么医生，心病没有心药，吃仙丹也好不了。"

余晟没说话，薛冉知道他是和自己无话可说。都要回学校，余晟就搭了薛冉的车。薛冉家境优越余晟是知道的，但没想到薛冉开着卡宴。

余晟心中一动："学校组织给清清捐款的时候，最高的一笔是无名捐款。"

"五万元，我捐的。"薛冉说。

良久，余晟说："谢谢。"

"我是求心安。"

"因为和清清吵架的事？不要多想，她的病和你无关。"

"道理谁都会说，但是讨厌我的人更有理由讨厌我了，讨厌到连我都觉得我是个'罪人'了。所以我和你是不是也有仇？嗯？清清的前男友。"

"你应该是很潇洒的女生，会这么看重别人的议论？"

"谁让这事和你有关呢。"薛冉冷笑，嘲笑自己。

余晟的目光又冷了："我不想……"

"别说了，残忍的话我不听，我怎么可能斗得过一个在记忆中永生的人。可是因为你，她也在我的记忆里永生了，哈，真讽刺！"薛冉盯着前方的路，眼神癫狂。

余晟想劝，甚至有一肚子的话，但他忍住了——无情就不要招惹。对薛冉他更是不能有任何好意，今天就是个错误。

余晟说："与你有什么关系呢，清清是我一个人的。"

薛冉胸口气血翻涌，方向盘都握不稳了，急刹车停在路边。

余晟下车，离开。

两个冷硬的人。

不欢而散，薛冉对自己失望透顶，为什么自己说的每一句话都是在把事情搞砸？明明是好不容易见到，想委婉表白的。没有比这更让她沮丧的了。

更让她沮丧的事情，很快就来了。

几天后，血液内科的一个病人皮肤出现溃烂，薛冉为其处理伤口。清除坏死组织的时候，薛冉心思一动，请了普外科的会诊，而且是打着她导师的名义要求的："让余晟来一趟。"

十分钟后，余晟来了，跑出了一额头的汗。

见是薛冉的病人，又发现是个极小的伤口，余晟明白了。他无比反感薛冉这种摆布人的伎俩，强忍着火气给病人处理完伤口。

出了病房，余晟很不客气："薛冉，这种小问题你都需要提会诊？"

薛冉错愕，余晟给病人清创、换药时温和耐心，她正为这次见面暗自欢欣，没想到余晟会瞬间翻脸。

薛冉准备了冠冕堂皇的理由："请会诊是为了让病人的伤口恢复得更好、更快，你们外科的医生很擅长这些，依你看，过两天给病人缝合的时候用不用移植皮瓣？"

"不用。以后这种小问题你去问本科生，不需要请会诊。"

薛冉急了："余晟！科室间需要配合协助，你这么多的牢骚是什么态度？"

余晟直掀薛冉的隐秘用心："是对你的态度。你知不知道我手里有多少病人在等着换药、拆线、查房？谁有时间陪你玩这些小把戏！"

薛冉气急败坏："我要投诉你！"

"随便你。"余晟倒要看看薛冉会用什么借口投诉他。

"余晟！"薛冉眼眶赤红，看仇人般看定了余晟。

就是这种目光最好，余晟但愿她恨他，这种情感大家都好处理得多。他回自己的病区，来会诊之前有个术后的病人出现了躁狂，他惦记着病人。

薛冉怨恨地看着余晟消失在走廊，她从没对一个人如此掏心掏肺过，而这个人把所有的绝情都给了她。薛冉哇的一声哭了，诧异地第一次听到了自己的哭声，薛冉才明白之前她的哭都是以为自己在哭。

痛哭出声原来如此痛快，惊动了整个病区。

而收到投诉的是薛冉，处分也跟着来了。她请余晟会诊的病人听到了他们的争吵，投诉了她。

优等生薛冉，连光环都毫无瑕疵，所有的嘘声都是来自嫉妒和羡慕。她不出国是因为不喜欢白种人身体的气味，在国内都是VIP，眼里何曾有过谁？

被批评、处分，薛冉第一次被摁到了泥泞里，灰头土脸得她自己都厌弃。她不想见人，索性在家。冷寂的公寓里，她若是不动，就一点儿声音都没有。酒精能让人麻木，但醒后提醒人什么是堕落。

雪夜，薛冉坐在窗前。城市的灯火瑟缩，世界空得只剩下她一个人，空得可怕，她无比渴望余晟，他的笑容那么温暖。

今晚喝了很多酒，还是睡不着，薛冉给余晟打电话，响了很久，余晟终究是接了。

“余晟，你那么讨厌我吗？”

余晟正在夜间交接班，无奈地道：“这样的事情就不要再给我打电话了。”

“那什么事情可以？”

“薛冉，按时吃药吧。”余晟挂了电话。

按时吃药？薛冉想起来自己还是个“病人”，她翻遍房间找到了门边的一袋子药。醉眼迷离地研究用法、用量，按量吃，这一次她沉沉地睡去了。

薛冉两天都没来学校，更联系不上，只好联系她的父母，他们在国内的生活助理去了薛冉的公寓。

第二天，警方来学校附属医院了解薛冉的情况。

第三天，传出了薛冉的死讯。病亡、自杀、他杀？又是为了什么？事件的轰动程度远超不久前一个白血病女学生的死讯。

之后，警方展开了调查，和老师、同学很多人都谈过话。世界上最管不住的就是人的舌头，议论纷纷、谣言四起。无序的风渐渐聚拢，统一风向——自杀、情伤、余晟。

余晟在女友过世后，和薛冉走得很近；他陪薛冉去看心理医生；薛冉和他在医院里争吵；薛冉的最后一通电话也是打给余晟的。

唯有余晟蒙在鼓里，他泡在医院里忙病人的事，也在忙考博的事情。

全世界都是舌头，唯独少了那条敢对他当面说的。

永远不要以为噩梦已经结束，永远不要低估自己的承受力，永远不要以为自己足够坚强。

那天中午很安静，余晟在教研室专心地帮老师判卷子。本科生专业外语的试卷，他还带过几节课。余晟的英语很棒，尤其是口语能力。

余晟改着卷子叹气，这道题学生们全军覆没：大名鼎鼎的staphylococcus aureus——金黄色葡萄球菌。等到了临床当了医生，这帮医学生就会知道这种细菌的可怕。

门被敲了几下，余晟抬头，逆光里是两位警官。

之后的事情清晰无比，可是余晟可以忘得一干二净；也模糊无比，但偶尔某个瞬间，余晟能记起当时的每一个场景、周围人的每一句话，能按时间顺序滴水不漏地默演一遍。

被警方传唤后盘问，余晟才知道薛冉死了。警员们审视着他的表情，也是感慨，在老干警面前余晟基本上还是个没出校门的单纯孩子，心地竟可以冷漠至此，就算没有情感的纠葛，身边的同学死亡了好几天，怎么可以不知道！

“和薛冉最后一次通话，你说了些什么？”

“……具体的内容……想不起来了……”

“提醒你，通话时长二十一秒，之后她给你打了三十二通电话，你都没有接，为什么？”

三十二通电话？余晟依稀想起了当晚的情形：“我在病房里，一个肝硬化的病人需要插管，薛冉的电话让我无法专心，我就把手机调了静音。”

“薛冉的死亡时间是给你打完电话之后，也有可能是在给你拨号的同时。”

余晟看着两位警员，像是没听懂，他努力地想，不知哪里传来了痛感，蜇着他的心，越来越痛，他的眉揪紧。

“你跟薛冉说了什么？”

“我想不起来了。”

“这是薛冉的微博，你自己看吧。”

一个警员把电脑屏幕转给余晟，微博里记录着薛冉的恋爱，一个叫“余晟”的人同她情意缠绵地相爱。

余晟摇头：“这个人不是我，我没去过她的住处，没有和她约会过，没有说过那些话……”

余晟突然顿住了：“余晟”陪薛冉去看医生、帮她取药、路上弃她而去，甚至在会诊中和她吵架了……

余晟迷茫地抬头，警员鹰一般注视着他，余晟明白自己为什么会坐在这里了。

询问结束，余晟走出警局，穿过灰蒙蒙的城市走回学校，已经是夜晚。余晟坐在操场上，垂下头。

宋老师的电话又打来了，问他在哪里。宋老师这一天中给他打了无数通电话，像个啰唆的老爷爷，余晟都乖乖地接、回答，他现在不敢再错过任何一通电话。

宋老师一身风雪地找到他，余晟才发现下了大雪。

“傻孩子，也不怕冻坏了。”宋老师数落着余晟，把他领回了自己家。

第二天，宋老师给余晟放了假，担心他万一想不开会出意外，索性让他留在自己家住。

余晟也知道外面风波正盛，薛冉的父母回国了，薛冉一直隐瞒的家庭背景震惊了全校，伤心的薛家父母不接受对女儿死亡的调查结果，坚持必须找到元凶。

舆论的压力更大，学校的管理及对学生的教育都备受质疑，薛冉本人孤僻、好强的个性，也被议论纷纷。

薛冉的死因也查清了，是服用精神药品的同时大量饮酒，药物受酒精的影响吸收增大，酒精和药物又同时对中枢系统产生了抑制作用，导致了悲剧。薛冉是医学生，不可能不知道这个结果，她当时是故意还是疏忽，已经无从得知了。

但薛冉那晚的反常和一个人脱不了干系，也是最被关注的人物——

“人渣男友”。这个医学生的异常冷漠，最终导致了痴情女孩子的死亡，他怎么还可以活得好好的？

校方都在舆论的旋涡里挨着千夫指，余晟一个学生更是无力招架，还要配合警方的询问，他被“薛冉”这个名字缠得快要窒息了。

一个清晨醒来，天蓝得像梦，余晟想念起了清清，她带着那些快乐简单的日子入了土，留他一个人孤零零的，真是狠心。

师母在准备中午的饭菜，今天家里要来客人，余晟去帮忙。

客人是宋老师的老同学，带了女儿一同来。女孩子明显对余晟感兴趣，师母看出余晟避之唯恐不及，几乎是在强忍着不耐烦。师母找了个借口把余晟支出客厅。

女孩的父亲看出了蹊跷，瞥了眼失落的女儿，笑了。临走他和余晟聊了聊，宋老师把话题岔开，却又被老同学绕回来。

待问清楚余晟是宋老师的弟子，老同学的脸色随即一变，别有深意地瞧了瞧余晟，再没多说一句。

宋老师夫妇担忧地看向余晟。他终于清净了，兀自又出了神。

关于余晟的问题，学校讨论过几次，轻到不予干涉，重到开除学籍，各种建议都有。但当宋教授把余晟直升博士的资格、学籍、考试成绩……一一放在桌面上的时候，谁都不说话了。

这些事情余晟本人都不知道，但他用自己的方式替学校解决了难题，他提出了休学申请。

宋教授不让他走，担心他会一去不回。

“我受不了周围人的眼神，躲起来像只阴沟里的耗子，见不得人似的。我想离开这里，或许能活得舒畅。”余晟用这句话说服了宋老师。

宋老师很快为他安排好了未来：“你去S城，我有同学在那里，你去考他的博士。我已经给你联系好了住处，离学校很近。”

“我不想学医了，”余晟想好了，“说是‘看病救人’，其实谁都救不了，连自己都救不了，百无一用是书生。”

宋老师火了：“混账话！你对清清的帮助没意义吗？医生没有意义，

那就该看着清清死吗？还有你的每个病人，都不要去帮？不要去拉他们走出泥潭？还有薛冉！”

再提到薛冉，余晟眼眶红了：“薛冉，我对不起她……我想起来了，那天的电话里，是我、是我让她、吃、吃药……”

终于崩溃了，余晟哭了：“都是我，我害了她，我还说、她的死、和……我无关……我、我……”

泣不成声，余晟头埋在臂弯里抽泣。已经是男人宽厚的肩膀了，却抽噎得像个孩子。

宋老师眼里也有泪花，但安慰的话说不出来。

余晟休学了，和宋老师达成的君子之约是必须回来完成学业。余晟没有回家，这两年为了清清奔波、因为薛冉休学，他都没有告诉父母，现在更不敢回去让父母担心，只推说学校里忙。

余晟上了火车，近一年来他常坐这趟列车通向他最美好的记忆——清清，他迫切地想重温。

他和她一起上夜自习、一起挨带教老师的批评、第一次上解剖课回来一起吐；清清很懒很宅也很笨，总让他帮忙复习；余晟练习手术打结时用的线是她的头绳，清清炫耀似的把手术结扎在头上……

列车上都是陌生人，余晟放任自己的软弱和回忆。但软弱也能溺死人，余晟用力地摁住眼睛，摁住眼角的泪光。

但到达之后，余晟找不到任何清清的印记。清清的父母换了联系方式，找不到了。余晟凭着记忆找到了清清家原来的房子，这房子为了给清清看病已经卖了，但他向清清家的旧邻居们打听到清清的父母受不了睹物思人的折磨，搬离了这座城市。

余晟千里奔波来到这座北方城市的冬天里，但这座城市却变得和他毫无瓜葛，清清连骨灰都没留下，这像是撇清他和清清的关系。余晟原以为这座城是他的圣地——爱人的家乡。

余晟走走停停，直到看见医院中心ICU的楼。

几个月前在这里经历了噩梦，余晟当时觉得世界塌了；今天他又站在这里，内心宁静。任何事回头看，痛值都降低了。

那位ICU的裴主任当时训斥余晟年纪轻、太小资，余晟现在才明白他的意思，是啊，自己还没有经历过更多的苦，怎么配喊痛?

现在，他这位公认的外科天才被万人唾骂，休学、心灰意冷。

他可以对半年前的自己笑了：再过几个月，你才知道什么是地狱。

余晟无处可去，也就无处不去了，他漫无目的地转悠，多数时间都是在火车上。在路途的陌生人之中他反而会有种安全感，无须防备和伪装。日子长了，余晟逐渐变得不那么整洁，甚至会很懒散。

有几次对面的车座上是幼小的孩子，孩子们都怕他木然的脸，躲避着不和他对视。

旅途中他见过的最小的孩子是个婴儿，刚满月，一张橘黄色的脸。是在候车厅里，孩子的母亲一边打电话一边擦眼泪，听起来是和丈夫闹了别扭，赌气一个人带了孩子回娘家。

余晟还是多事了，说：“这个孩子，应该去医院看看。”

孩子的母亲警惕地抱紧孩子，瞪着余晟，像瞪着一只不祥的乌鸦。

余晟知道自己不像个正经的好人，他需要回忆一下才能找到对病患讲述病情时的语气和态度：“我是医生。”

那位母亲松了口气，依旧谨慎，但眼里有了求助的意味。

“孩子可能是得了黄疸，不用紧张，小病，尽快去医院治疗会没事的。”

“谢谢。”年轻的母亲感激地道。

“另外，”余晟迟疑了一下，还是要说那位母亲不爱听的话，“产后抑郁症，你最好去看看心理医生。”

果然，一个白眼丢给他。余晟笑了，莫名其妙地很轻松。

候车厅里的大屏幕在播新闻，屏幕里是一位气场强大的成功商人，与外商握手、拍照，儒雅坚定，是强者之姿。

余晟怔住，这个人他认识——薛冉的父亲。

余晟紧紧地盯着大屏幕，半个多小时后这条新闻滚动播出了一次，余晟再次看到了什么是企业领导人的风范。

余晟垂头看自己的车票，终点是名不见经传的小城，他都不知道为什么会把车票买到那里。

身边有呢喃声，更像祈祷，是那位年轻的妈妈："宝宝不生病，妈妈带你去看医生，医生看一眼你的病就好了……"

余晟挺直脊梁，缓缓走过去重新买了一张去往S城的车票。

第八章

还能扛得住么?

“我读了博，毕业来这里工作，以后的事情您都知道的。”

那是被莫名诅咒的一年，逝去了两个出色的女孩子，独活的余晟被烫了烙印，封死在孤寂里。重历过往，余晟再次感受到清清的绝望、薛冉的绝望、他自己的绝望，对生命、对爱情、对未来。

一段被打了死结的时光，恰是风华正茂时。

都过去了，也都回不去了。只有他一个人在今日的阳光下，渴望着救赎般的重生。

老裴不是裴紫苏，他是淬炼了几十年的医生，人心、人情看得通透：“所以你来这座城市工作，就是要兑现对那个女孩子临死前的承诺？要来这里守着她的魂？”

余晟沉默。

老裴勃然大怒：“你怎么可以这样对待裴紫苏！怀着这样的目的来，还敢接近我的女儿？还敢来让我同意？你出去，走！”

“我不能否认清清对我的影响，也不能对您不诚实。裴紫苏对于我同样重要……”

“都重要！你都要？哈！”老裴近乎咆哮，“你有没有考虑过裴紫苏的感受？你能给她什么？”

余晟抬眼：“我的生命。”

“花言巧语！”

余晟的目光在和老裴僵持，说：“我可以，像您对她那样爱护她，用尽我所能，对于我来说这不难，因为这已经是我的本能了。”

老裴根本不可能被说服，他见过多少危重的病人被爱人遗弃。承诺？哈！

“爱人”，这是个动宾结构的名词，省略的主语是“我”，这种感情根本就是自私的，强调的是个人感受。

余晟没再反驳，听着老裴的训斥，完全是冥顽不灵的模样。

老裴说累了，也知道余晟根本就没听进去。这小子这股子拗劲儿，老裴心底不安——他斗不过余晟。

甚至在潜意识里，老裴相信余晟能说到做到，就看六年前那个学生对病逝的女孩子的深情，甚至是不惜用前途去兑现女孩子弥留之际的一句糊涂话。

老裴不怀疑余晟对裴紫苏会有多用力。

室内无声，良久，余晟说：“裴紫苏去过我的母校。”

老裴意外。

余晟说：“多么聪明能干的姑娘，自己的事情自己拿主意，也把自己保护得好好的。”

那个傍晚他约她，裴紫苏正要去机场。为了隐瞒目的地怕他疑心，裴紫苏摆了迷魂阵，让余晟送她去机场，晚上十点的航班，她一下班就往机场赶，提前了三四个小时；返程回来的第一件事就是给他打电话。这些都是为了让他安心。

但是裴紫苏疏忽了一点，或者说她低估了余晟的细心——那个时间段没有去她的母校所在的城市的航班。

从裴紫苏坐上他的车的时候，余晟就知道了她所有的念头。

余晟说：“裴紫苏那趟出行应该是没什么成果，可能是没有找到知情的人，可能是没有查到头绪，也可能是到了以后什么都没问。我这次去看她，她也不问；我想说给她听，她说不想听了，听了会烦。”

那个瘦高的女孩在他的故事上盘桓，寻找他的过去，或许还在他乘过凉的树下短坐，余晟心里是说不出的滋味。

老裴烦躁地挥挥手，示意余晟赶紧走。他摸出烟，一根接一根地用力抽着。

孽缘!

裴紫苏，这小冤家要是在这里，老裴想立刻给她打一针溶栓药让她的脑壳开开窍——千挑万选，看看她给自己选了一个多么麻烦的人!

最典型的反面教材活生生地摆着呢：他，老裴。裴紫苏的妈死得早，老裴惦着亡妻的好，愣是把自己蹉跎成了贞节牌坊。

清清之于余晟，只怕也是一样的。

他的女儿从小就知道这是多么糟糕的感情，她怎么还敢走她爹的老路？为什么就不选江晓城呢？

江晓城每一项都可以PK掉余晟：情感历史单纯、经济收入高、身份地位高，就算是看脸江晓城也比余晟双眼皮大。

老裴摁灭烟，给C城医科大的同学打电话，打听那件轰动一时的事情。

他听到的版本和余晟所说的基本相同。

"……薛家是要和学校、余晟彻底清算。当时薛冉的父母不出面，学校想对话都没有机会。薛冉的追悼会那天她的父母第一次露面，谁都没想到余晟居然去了。

"他就是去让薛家人解气的，任打任骂，幸亏人多把双方拉开了。余晟那么傲气的孩子，唉，就给薛冉的父母跪下了，说什么'这是薛冉最爱的学校'，你都不知道惹哭了多少人，薛冉的父亲当场晕厥，也挺可怜的。那之后，薛家的态度渐渐软化……

"余晟在你们医院，听说干得不错？"

老裴应一声："还凑合。"

"帮忙多关照……"

这通电话算是白打了，老裴挂断后跟自己发飙："让我关照他？我还怎么关照他？啊？"

余晟从老裴的办公室出来，回忆被挖出来，他像是被掏空了。回了医生办公室，他一直魂不守舍的，大家都不敢招惹他。

干枯地出了半天神，余晟出去了。

樊易看了看手表，他家男神老师发呆的时间正好是一台肝切除手术的时间。

余晟爬上楼顶，给裴紫苏打电话。他寻找氧气似的，急切地想见到她。

电话接通，余晟不说话，只想听裴紫苏叫他的名字。可惜老裴的女儿很没耐心，不耐烦地只叫了两声就挂断了。

余晟就又打过去。

聊了两句，裴紫苏察觉了他的不对劲，问："你、你是不是、去见老裴了？"

冰雪聪明！余晟笑了笑："没有。"

"别去见老裴，别惹老裴生气，他不会给你好果子吃的。等我回去再说，明白？"

说得太晚了。

余晟问："我和老裴，你帮哪一个？"

"老裴彪悍，以一当十，我还是帮你吧。"

余晟笑了，心甘情愿地被骗。

算算日子，平安夜、圣诞、元旦……节日集中轰炸的年底过去后，老裴家的女儿就回来了。作为一例非典型异地恋，这些节日的礼物裴紫苏一个都拿不到。

"你真体贴，给我省了多少钱。"余晟说。

"那我命令你再来看我，"裴紫苏迅速后悔，"还是别了，你是我的灾星，我一路上的霉都在你来的那两天集中倒了。"

"我一辈子的历险也都在那两天。咱们俩，到底谁是谁的灾星？"

"肯定是你，因为我一直都在路上嘛。"

……

两人细细碎碎地聊着，比面对面约会说的话还多。通话结束，余晟把裴紫苏送他的手机放在上衣的口袋里，护身符似的。

余晟值夜班，樊易也跟着他值班，快天亮时突然来了急诊手术，这下樊易终于捞着了，跟着余晟进了手术间。

巡台护士还是小雨，她眼睛一亮："余医生，心情不错啊。"

余晟对小雨笑笑。

小雨瞧向樊易，她的记性一流，想起来了——晕血的菜鸟实习生嘛。

樊易也认出了她，努力摆出些未来医生的清高范儿。小雨绕着他打量了一圈，笑眯眯地说："穿内裤了吗？"

樊易不明白，脸已经憋得通红："你管得着吗？"

"别逗他了。"余晟笑了。

"我听余医生的。"小雨说，转身间，笑盈盈地瞅了一眼樊易的屁股。

樊易气极，这还是女人吗?

手术的全程樊易用力地拉着钩，过足了眼瘾。缝到最后一针，余晟问："打结，会吗？"

樊易看看周围，没人，倏地瞪圆眼睛——这是问他呢!

余晟已经在说："你来。"

樊易嗷地轻叫了一声——有生以来第一次在人的肚皮上打结!

明明平时练得很好，可这个结却打得结结巴巴，还是没过关。肚皮的伤口有张力，和平时练习的不一样。余晟剪掉重打，放慢给樊易示范："……两手的力气要匀，这样结打得漂亮，不会松。回去以后戴着无菌手套多练习……"

下了手术是后半夜，余晟到处找吃的。樊易跑去拿了些点心回来，孝敬余晟。余晟整块丢进嘴里，是外科医生最没品的吃相。

这才是外科医生才有的范儿，樊易立刻也丢了一整块进嘴里，险些噎死。

小雨进来时看见樊易这"奴才"相，不待见了："喂，实习生，别烦余医生，没看见他很累吗？"

樊易忍小雨很久了，对她做个凶脸，小雨照样给他还回去。

两人很快就斗起了嘴，道高一尺魔高一丈的，倒比樊易一个人时更让余晟头疼了。

小雨最后使出撒手锏，一锤定音："瞧不出你虽然晕血，内裤倒还是穿红的。”

樊易意识到什么，手飞快地摸后腰，果然，洗手衣的裤腰松了，后腰处滑下去好大一截……

小雨哈哈大笑，樊易猪肝红的脸快爆掉了，这才醒悟这个妖女刚才为什么问他穿没穿内裤了，还好穿了……

小雨非常嚣张：“实习生，内裤为什么是红色的？辟邪？”

“避你！”

“要避我，得用防火墙……”

两人斗嘴，樊易忙碌地提裤子，提高、再高，系好、再系好。

余晟笑着看两个人闹，不停地吃着。

吃饱喝足，余晟翻手机相册，有几张照片这些天处于“单曲循环”模式，大头照、背影、安静的时候、发呆的模样……都是裴紫苏。拇指划过她的照片，好像触到了她一般。

黑幕布般的玻璃墙上是英俊的投影，发际上手术帽的压痕很清晰，笑容浅淡，沉浸在满足和憧憬里。

樊易原本是个随时准备逃课的学生，誓将无限的时间投入到场地有限的篮球场上。

但实习开始不久，樊易陡然转性，不玩了，恨不得住在医院里，挤出一切时间蹲在图书馆学习；甚至自费备了手术器械，进行自我“丐帮化”改造，用薄薄的组织剪到处剪口子，床单、枕巾、袜子……“缝合”时戴着无菌手套，握着持针器，夹着手术圆针，缝完后线都不是拽断的，而是用钝厚的线剪轻轻地剪断。

自习课，女同学的长裙摆被凳子挂开了个小口子，樊易像看见了重伤员：“别动，别动，等着我啊。”

很快，他一头大汗地抱了“装备”来，用手术针帮女同学缝裙子。

这还是那个糙爷们儿吗？同学们只觉得看到了东方不败。

学渣转性，成绩蹿升如闪电，惊起一众学霸。

更可怕的是一次考试缝合一块闪电形切口的猪皮，第一名：樊易。

野鸡为什么突然崛起？因为身后有点石成金手——那只落地的凤

凰——余晟博士。余晟是不带实习生的，但是目前他没助手，方明医生走之前把樊易派给他用；余晟做的是高难度、复杂的大手术，助手得是方明那样的老外科医生，但余晟现在被搁置只能轮上些小手术，非常适合实习生。天时、地利，居然还有人和——余晟医生竟然肯耐心教一个学渣，甚至都没把樊易当跑腿杂役用，而是一对一单独调教。

同学们还在学习怎么刷手、戴无菌手套，樊易已经在人的肚皮上缝针了。

这得天独厚的狗屎运直接导致樊易在毕业前夕忽然开窍，从篮球小子基因突变成外科狂热分子。

叫人如何不嫉妒！

学霸们恨不得把樊易胖揍一顿，樊易也觉得自己的命好极了，可以被揍一顿。

“慢性胰腺炎患者术后EPI的发生率。”余晟提问。

樊易当没听见。

余晟知道他的答案了：“不知道什么是EPI？嗯？”

樊易笑得傻白甜。

“现在去查。”

“遵旨。”樊易告退。

门边站着方明医生，黑脸白牙地看着樊易笑，樊易一哆嗦：“方老师。”

余晟听到声音抬头，也是惊讶：“方明？不是明天才回来？”

方明笑嘻嘻地走进来：“看来我不怎么受欢迎嘛。”

“欢迎，非常欢迎。”余晟拍了下方明的肩，一闪身就出了医生办公室。

樊易纳闷：“余老师干什么去了？没听见有人叫他呀。”

方明问樊易：“小朋友，还没有交女朋友？”

“女朋友？那种烦人的生物？不要！”

“这就是你和你男神之间的差距了。”

余晟出了医生办公室的门就给裴紫苏打电话，长久没人接，电梯也迟迟不来，他不由自主地摁了好几次电梯按钮。周边的人见这位医生焦急，都以为是有抢救，进电梯都让他先进。

余晟赶去车队，义诊派出的大巴车就停在门口，风尘仆仆的，满车都是泥，却是空车一辆，义诊的医生们都散了，被各自的家人接回家了。

余晟又给裴紫苏打电话，这回她接了，说是在医教科帮忙清点义诊用的药品和仪器，还要算出门花销的账。

“中午一起吃饭？”余晟约她。

“中午不行，义诊的医生们要吃一顿散伙饭。”

“吃完饭我去接你？”

“不行，我得先回去给老裴请安。”

老裴的事情必须让路，余晟继续妥协：“请了安，给我打电话。”

“不行，我得回家洗澡，一路上脏死了。”

这是避而不见的意思。余晟无奈：“裴紫苏……”

“忙，不啰唆了。”裴紫苏挂断了电话。

余晟回了肝胆胰病区，病区现在是方明的天下，他正在夸夸其谈，被热烈欢迎着。

余晟冷冷地坐在一角，看病历。樊易巴巴儿地抱了一堆土特产过来，是方明带回来的，樊易特意给余晟抢了些上好的。但樊易没有看清他男神此时的脸色。

余晟眼皮都没抬，一句祈使句：“说，慢性胰腺炎患者术后EPI的发生率。”

樊易结巴了：“没、没来得及、查、查呢。”

“去查。”

樊易灰溜溜地跑了。

方明和大家热闹够了，近午间，要走：“我们这一队人马再去吃个散伙饭，好好补一补大城市的奢侈淫靡。余晟，一起去？”

余晟推掉：“中午有事。”

所有人都纳闷，这事和余晟有什么关系，偏偏叫他？

方明是掌握了第一手资料的，但他不说透：“大家好奇？那就今天晚上跟踪一下余医生的行踪。”

看病历的余晟很赏脸地看了方明一眼，再没有第二眼。

傍晚下班，裴紫苏终于肯赏脸见他，约好二十分钟后在她家小区门口见。

不想樊易高吼着“余老师”跑来，余老师说好了要在下班前检查他的“作业”：“余老师，EPI是胰腺外分泌功能不全，慢性胰腺炎术后EPI发生率很高……”

余晟看了眼腕表，被樊易这一耽搁，他就正好要赶上医院门口的大堵车了。

樊易很有眼色：“余老师，你是不是赶时间？”

“没有，你快说。”

樊易飞快地说，就说错了；重说，就乱了；再重说，就慢了。

“好，不错。”听完，余晟要走。

“余医生！”夜班医生一出门看见他，赶紧叫住，“没走正好，急诊叫了会诊，我正交班走不开……”

余晟还没答应，樊易振奋地道：“余老师，我跟你去！”

余晟一口老血险些呕出来，忍了忍胸口的血气，去了急诊科，这下彻底走不了了——需要上手术。

“余老师，我跟你上台！”樊易已经在做手术前准备了。

手机恰好响了，是裴紫苏，她已经在小区门外等了近半个小时，冻成冰棍了。余晟叹气：“苏子，对不起，有个急诊手术，我下台再联系你。”

有气无力的无奈，由余晟说出来却异常温存柔软。樊易险些栽个跟头，想起方明医生的暗示，他探头，揣摩着余晟的表情。

余晟忽然喊樊易，很大的一声：“去准备手术！”

裴紫苏怏怏地站在街边，她这一下午的时间是在会所里美容美体、做头发、化妆，还抓紧时间买了新衣服。冬夜的街头，她绝对是个出挑的女孩。

出家门时，老裴瞧出她这股子郑重劲儿：“去见余晟？不许去！家里待着！”

“不是，找同学去。”

老裴才不信，裴紫苏也就不骗了：“老爸，你是管不住我的，就不要瞎操心了。我会乖乖地在晚上九点钟回来陪你的，别生气，回来给你买好吃的。”

老裴伸手要抓她，裴紫苏溜得快，跑出家关上门，飞快地用钥匙从外面锁上防盗门。

里面老裴气得跳脚，隔着一扇门，他的话听得清清楚楚：“就余晟那乱七八糟的过去，你得遭一辈子罪。不听老人言，有你后悔的！”

门外没有声音，茶几上的手机倒是响了，是裴紫苏打来的。

老裴接起：“死丫头！我不能眼睁睁地看着你走我的老路！”

“爸，余晟好不容易把过去的事情放下了，你为什么揪着不放呢？”

不待老裴说话，裴紫苏第二句跟了过来：“你是想让余晟像你一样，一辈子只爱一个人？”

一记掏心拳，亲生女儿给的，老裴哑口无言，什么叫克星！

裴紫苏谨遵“中病则止”的原则，果断地挂掉电话——猛药伤身，起效就停，老裴的玻璃心需要小心伺候。

不惜惹怒老裴跑了出来，却被余晟放了鸽子，街头的裴紫苏怏怏地道：“外科佬，穷忙。”

她在街边的木条长椅上坐下来，熬时间。

余晟还在医院，手术做完不算完，还要回病房看病人的情况。忙完是夜里九点多，余晟死了去见裴紫苏的心，因为晚上九点以后是老裴对她的管制时间。他给裴紫苏打电话，两人都意兴阑珊，没话可说。

樊易又跑了过来，打断了余晟的电话，他不知道病历该怎么写了。

余晟慢慢地挂断电话，有感而发：“樊易，你今天特别勤学好问。”

是表扬！樊易顺杆爬：“余老师，我一直特别努力。您看方老师虽然义诊回来了，不过我还是跟着您吧，您比他更需要我，我多积极呀！”

余晟都不知道该说什么了：“既然你这么有学习的动力，就去把所有的手术器械的英文名称都背会，下次上手术我们就用英语交流。”

樊易被雷劈了似的："所有的……英文……各种器械能装满一辆手推车……弯针就有几十种……余老师，商量一下……"

没商量。余晟说："这很简单。"

放樊易独自去"疯"，余晟终于下班了，这被搅黄的一天。余晟走到停车场，缓缓地停住脚步，他的车边倚靠着个高挑的女孩。听见脚步声，她看了过来。

这一幕很不真实，也很不合理。

料到余晟会是这副表情，裴紫苏眉一挑，似笑非笑的。

余晟也笑了，走过去，虎视眈眈的。裴紫苏不自在起来，有微微的不安。

余晟站在她面前，月光暗淡，但还是能看清她做了头发、化了淡妆，身上带着似有若无的香，需要靠得极近才能闻到，诱人深入。

难怪这一整天她都不见他。

"等了多久？"

"在这里五分钟，今天晚上等几个小时了。"

余晟道歉，裴紫苏接受。

余晟问："现在，我们去哪儿？"

"送我回家。"

余晟服从，为她拉开车门，后排右侧的老座位。

裴紫苏坐进去。关上车门，余晟走到车的另一侧，拉开后排车门坐了进去。

裴紫苏奇怪："你怎么……"

余晟已经吻住了她的唇，撬开她的齿，是激烈得近乎粗鲁的吻。裴紫苏被他压靠在角落里，黑暗、狭小的车后排，冰冷的车厢……像是回到了沙暴的那个夜晚，如此相似。

裴紫苏双臂圈住男人的腰背，纵情地回应着。

"以后就这样，主动点儿。"

"得寸进尺。"

"还真想得寸进尺……"

裴紫苏慌得轻叫了一声。余晟声音喑哑："去我那儿？"

"以为你是君子。"

"你高估我了。"余晟笑了。他看出了裴紫苏的拒绝，下车，坐回前排驾驶位送她回家。

夜路迷离、空阔，余晟绕了远路，甚至是加速开过裴家的小区门口，又远远地兜了出去。裴紫苏也不抗议，就这样一直开下去，开到天亮她也会同意的。

右后排，看不全司机的侧颜，更看不全司机的背影。裴紫苏在西北的寒流里干燥得流鼻血、冻成人干的时候，心里就是这个角度的余晟，他开着车送她回家。

"裴紫苏，既然离不开我，以后就不要到处乱跑。"余晟眼里有笑意。

裴紫苏手揣在怀里，一副老农民过冬的懒样子，偏偏媚得像只妖。余晟的话不足以让她害羞，她就看着他的后半侧影，余晟的耳朵烧得厉害。

夜色璀璨闪烁，幸福像一路细碎的光，浅浅地照亮前路，足以饱满心里的空，心甘情愿地信赖托付。

送她到家，余晟仰头看窗，亮了，灭了。

他却久久不想走——幸福，久违了。

第二天，余晟发现樊易鬼祟地在观察他，就想起这呆学生昨天连坏他的好事。

余晟把樊易叫过来，问了一道刁钻的题。

"余老师，昨天您让我背的是手术器械的英文名，我背了一晚上加一早上，您怎么不按顺序出牌，又考我这个？男神您不能总搞偷袭啊！"樊易快要被他男神玩死了。

"意思是这道题你不会？"余晟一副薄情寡义的表情。

"本来会的，但是昨天学了新东西，头一摇，就都混了。"

余晟把一本书丢给樊易："你脑容量还真是有限。这次不偷袭你，下午我问你这本书第十页的内容。"

这个算简单的，樊易立刻发誓下午能正确回答问题。

余晟挺满意，去开会。

樊易翻开书，惊得魂飞魄散——英文原版的……

医院里，谁是带教医生里最大的“恐怖分子”？公认的是ICU的裴主任。

“什么嘛，分明是没给余晟带教的机会。”樊易欲哭无泪。

而且余晟的“变态”是很低调、很儒雅的，是一股默默的清流。

老裴一早出门上班，揪下了房门上的便签贴，是裴紫苏留的：“余晟昨晚九点半才下手术，我是晚上十点半回来的。”

欺骗！明明是晚上十一点才进门的！

裴紫苏有两天的休整假期，乖乖地在家表现，讨老裴的欢心。余晟下班就会来接她，裴紫苏把时间安排得很巧妙，余晟和老裴是“王不见王”。

老裴也佩服裴紫苏的平衡技巧，一是在和她怄气，二是也管不了，索性睁一只眼闭一只眼装不知道。

情况暂时是相安无事。

最直接的受益者是樊易，老师谈恋爱、心情好，学生就有肉吃。

这天的手术，小雨在清点手术用的纱布、缝针，确认没有遗漏的纱布和器械。最后的关腹缝合，余晟居然让樊易上手了。

樊易沉住气一针针地缝，余晟在旁紧紧盯住。小雨瞄一眼那师徒俩，放低了说话声。

进行得很顺利，临结尾，樊易松了口气，才发觉身上冰凉，低头一看，衣襟上全是血。

他就这么一眨眼的走神。

“下去！”余晟低声呵斥。

樊易一哆嗦，余晟已经接手继续。樊易退开，失去了一次最好的动手机会。

手术结束，余晟要紧接着做下一台手术，去了另一个手术间。

小雨有强迫症地第N遍清点手术用的纱布，樊易还戳在墙角。小雨逗他：“被骂啦，想哭啊？”

樊易没好气："话真多！"

"别哭丧着脸，给我们看啊？我们只看余晟的脸。"

另一位护士珠珠添乱："小雨，余晟的脸你以后别看了。"

"咋？"

"他被人拿下了。"

"那我就抛弃他，再发展个新男神看。"

手术室就是年轻帅气男医生的天下，新资源不会枯竭，只会源源不绝。不过呢，当初余晟说不想再找一位从医的女朋友，小雨才放过他的啊。

小雨眼帘薄，不饶人的时候眼里又蹿着火，像麻雀的小圆黑眼，很俏。小雨看着樊易："拿下余晟的人是什么来路？"

"我不知道。"樊易还在懊恼方才的差错，只觉得小雨的眼帘太薄了，像动物。

"ICU老裴的女儿。"珠珠说。

"啥？"

异口同声的是樊易和小雨。

"真有胆色！"小雨惊到了。

樊易有更深一层的担忧："裴主任长得方脸、大嘴，眉毛像愤怒的小鸟……"

"我去看看这个小裴，凭什么搞定余晟！"小雨咬牙切齿。

珠珠给小雨指明方向："去中医科挂裴紫苏医生的号，你还能和情敌聊会儿天。"

"好！现在就去！"小雨撸袖子。

"等等我。"樊易跟上。

下班，余晟去中医科接裴紫苏。老郎中张夫子也在，感慨裴紫苏不在的这两个月，余晟和她的事情居然丝毫没耽误，反而高速进展了。小别胜那个啥，真是真理。

裴紫苏换下白衣，背了包，大大方方地挽了余晟的手臂。她也不怕这种小动作"伤"了张老夫子的眼，所以出大楼一路上，"伤"了所有同事的眼。

借助老裴和余晟在医院的影响力，籍籍无名的住院医师裴紫苏很快出名了。

“老裴知道了，会骂你厚脸皮。”余晟现在背地里也不叫“裴主任”了，随了裴紫苏叫“老裴”。

“我光明正大，是你怕他吧？”

余晟有切身体会：“不就是狮子吼？慢慢就习惯了。”

“脸皮真厚。”

余晟有账算：“他吼了我，我可以在他女儿身上找回来。”

裴紫苏哈了一声，不知是该气还是该笑。已经走到车边，余晟为她拉开车门，裴紫苏不坐。余晟笑了，揽了她的腰哄她坐进车里。

但车上路后就是另一回事：“去我家，怎么样。”

是陈述句，他还掌握着方向盘，上了他的车只有听他的了。

樊易和小雨趴在内科楼和外科楼之间的玻璃连廊里，停车场上的那一幕，让两人都以为自己眼花了——余晟，温雅坚毅的刀客，居然会对女人那么温柔。

“真般配！”樊易赞叹。

“般配什么！”小雨跺一脚樊易，“她凭什么做余晟的女朋友！”

樊易疼得直咧嘴，用言语暴力回击这刁蛮护士：“就凭她的身高有你两个高！”

这下完了，结仇。

余晟的住处离医院很远，很幽静。房子不大，很单身，不贵族。

裴紫苏在房间里探索，余晟跟在她身后，像个侍应生。东西很少，极简，整洁，这是个不愿意为琐事多担一分心思的人。没有植物、动物，他把这里当宿舍住，没感情。裴紫苏相信他随时可以走得了无牵挂。甚至这房子，也是医院给引进的博士周转用的。

倒是两架挤得满满当当的书柜相对显得很隆重了，一大半是英文原版书。

“这是用来镇宅的吗？吓退小偷？”

“吓到你了吗？”

“不可能，老裴也有这么一柜子英文原版书。”

“看来你没有。”

“我也有。”

余晟感兴趣了。

裴紫苏问他：“一柜子医古文，你们谁能看懂？”

这个真没法比。

“不过我可以帮你译成英文，促进中医事业早日国际化。”

“那试试，阴阳五行、五脏六腑、引火归元……”

余晟脸色越来越无奈，说了句拉丁语打断她：“Perilla frutescens。”

裴紫苏眨眨眼，反应过来，是“紫苏草”的植物学名。拉丁语特殊的发音像拨动金属弦，很性感，硬朗地颤动着。

裴紫苏装听不懂，去看书桌。余晟笑，跟过去。

书桌上是余晟家人的照片，看余晟的脸就知道是近期照的，他已经进化成不动声色了。余晟的父母看着很好相处，这点裴紫苏不在意，没有比老裴更难缠的人了。

晚饭是两人一起做的，都是多年独自生活的人，做饭是生存基本功。但第一次协作，谁也不听谁的，各有主见。

裴紫苏觉得余晟若是熬到了老裴现在的位置，除了脾气略好，只怕会更难对付，余晟要求得更细，而且会一直紧盯到最后，最吃不消的就是这种人。温水煮青蛙，余晟就是温水。

余晟则说裴紫苏已经被老裴打压锤炼成了“滑头”，阳奉阴违那一套玩得相当纯熟。也是，寻常学生在老裴手底下每一天都是煎熬，裴紫苏能在老裴手底下过招二十多年还活得这么精神，可见已经成精。

两个人做饭的路数南辕北辙，饭做出来却出奇地好吃，各自心里都觉得这结果很没道理。

饭后，两罐啤酒。

裴紫苏坐在飘窗上，长腿拳着。余晟找了条薄毯给她盖在腿上，在她脚边坐了。啤酒罐相碰，清爽的啤酒香。

余晟唇角微翘，裴紫苏的长腿踢了他一下：“笑什么？”

“在温泉酒店，喝了酒险些出了人命。你落水的方式还真特别。”

裴紫苏也笑了。环视余晟的房间，她批评：“你活得可真枯燥，这家里除了看书、睡觉，都不知道该干什么。”

余晟不同意，这两天他可没少往家里添置东西：“昨晚我去了超市，买了锅、碗、菜刀。今天清早起来忽然想起还差了很多，又到楼下的小铺买了酱油、盐、女式拖鞋……当时我还庆幸，裴紫苏来了做饭就不会缺盐了、裴紫苏就有鞋穿了。但是以后这些超级麻烦的事情，都要裴紫苏自己做才对。”

“哈！”裴紫苏不配合地笑，心说你想得真美。

余晟被呛，笑了：“但是现在我想，如果这个女人能在晚上陪在我身边，允许我安安静静地看着她，就像现在这样，我愿意为她买菜、买酱油、排队结账。如果再奢侈一些，她能一直爱我，我该有多幸福。”

窗框框出一对好看的身影，相视凝望，单手相执。冬夜里昏黄的光有着迷人的安详模样，饮食男女不经意间似被下蛊，虽然性苦，却如食甘饴。

裴紫苏的手臂慢慢收紧，余晟被她一点点地拽到近前。余晟眼里浮起奇异的光，无比高兴。

他的唇角有一抹啤酒泡沫的印记，裴紫苏探身轻轻地吻了上去。

钟敲九下，裴紫苏回家，二十多年的规矩。

余晟送她：“什么时候你能突破封建家长制，晚上十点回家？”

裴紫苏很有立场：“这辈子大概不会了。”

“以后嫁了我，也要晚上九点前回家。”

“想得美。”

余晟帮她把围巾系好：“我的美梦真的挺多的，慢慢来吧。”

裴紫苏不小巧，连余晟这样的身高都不觉得她小巧。俯视，这种梦幻的视角如果不是刻意摆造型，余晟还真体会不到。但她就是有一种温柔，无形地弥漫着。

“为什么给你起名叫‘紫苏’？那种小草我还特意研究过，很不起眼，配不上你的大个子。”

“那你为什么叫‘余晟’？”

“贱名好养，你参考‘狗剩’。”

裴紫苏笑得前仰后合，余晟眼里有莹莹的细光：“以后嫁了我，也要晚上九点前回家。”

真是再没有比余晟更难缠的人了。

余晟第二天收到了一个投诉，在全科的会议上他被当作反面典型，让岳主任好一顿臭骂。

余晟强忍，拳头上的青筋几次暴起。实在忍不住了，余晟坐直了想说话。方明摁住他，摇摇头，那意思是：退一步海阔天空。

余晟又坐回去。

而岳主任骂得正高兴，已经由技术上的批评扩展到了工作态度、医德、教养……

“岳主任。”余晟忽然说。平静的三个字让全场寂静，包括岳主任——史无前例的下级顶撞上级。

余晟像是在心平气和地跟上级讨论问题：“是什么人？为什么投诉我？岳主任你是否调查过患者的投诉有没有道理？所以你现在的批评，我认为没有道理，对我人格和医德的诋毁，也请你收回。”

问题又踢给了岳主任，是彻底开撕，还是隐忍互相留个面子？就看两人每句话的承接了。

本来就是借题发挥，余晟的质问岳主任还真反驳不了。他站起来指着余晟：“你！背一下你的岗位职责！”

余晟很服从：“第一条，在科主任的领导下，指导全科医疗、教学——在你的领导下，并不意味着你可以不尊重我。”

余晟也站起来，在所有人的注视中离开。岳主任气得发抖，他已经是一个被公然顶撞的科室主任了，在某些方面已经输了。

余晟去问了这次投诉，投诉他的病人是个街痞，两条大花臂的文身，狂爆粗口，所有护士最愁和他接触。

谁敢去沟通？

护士长劝余晟："这种人以打架为生，你别惹他。投诉而已，你吃亏又不止这一次了。"

余晟沉默，往病房走去。护士长担忧地看着他的背影，着急地叫保安。

"大花臂"是真的很怒："说好的用最牛的技术，肚皮上只有两个窟窿，结果进了手术室变成开刀了，拉了这么长的疤！这么长！"他撩起衣服，腰侧又是一条盘龙的凶恶文身。

余晟理解了："你是想要个完完整整的肚皮，不让刀口影响画面？"

大花臂瞪眼睛，就是这个意思！

余晟先给他上人体解剖课，讲切口的位置不是随意的，是很有科学设计的，再有："……你的阑尾粘连很严重，长得和一般人不太一样，在手术过程中必须由微创改为开腹。而且开腹后还发现你有胆囊穿孔，肚子疼的主要原因其实是胆囊……"

大花臂听不懂："总之，意思是我不是一般人儿，骨骼清奇异于常人？得的还是一场大病，必须开刀？"

"能用腹腔镜解决的问题我也不想开腹，切口已经尽量小了。"

大花臂摸着肚子上的疤："医生，谢谢你啊。这刀口要再长一厘米，我文的这条'缠腰火龙'就被切开了，龙气就泄了。"

余晟走出病房，只想笑。这个投诉完全是可以避免的，只需要耐心地解释几句而已，却被人用来整人、做文章。回了医生办公室，医生们都在，余晟脱白大褂、摘领带。

方明看着不对劲："你这是干吗？不干了？"

余晟收拾桌上的东西，方明急劝："他是领导，说你几句又掉不了肉。你今天这么一闹，岳主任再把你扔回门诊去，奖金又没了，干吗跟钱过不去？"

余晟听得烦，起身走。方明扯住他："喂喂！你这是要破罐子破摔？"

余晟冷清地道："我下班了。"

方明忙撒手，心里叫苦：这个性，唉……

裴紫苏今天是在集中精力对付一个小鬼——张夫子的孙子，四岁大。小家伙生病了，被带到医院来。恰巧张夫子要去开会，小家伙就由裴紫苏看着。

午间在医生值班室里睡觉，裴紫苏出去接了个电话，回来一进门，尖叫一声又跑了出去，闹了个大红脸——小家伙把衣服脱光了躺在床上等裴紫苏："爷爷说睡觉就要光溜溜。"

裴紫苏就叫他"阿波罗"——阿波罗的雕塑大多是光着的。

阿波罗下午退烧了，调回造反模式，一杆水枪横扫医生办公室。余晟下班来到中医科的时候，裴紫苏正拿着玩具水枪瞄准阿波罗，脚踩椅子，活脱脱一个女悍匪。枪口下的阿波罗眼泪汪汪地吃饭，看见余晟想求救。

裴紫苏枪口晃一下："吃饭！"

阿波罗接着吃。

余晟过去摸摸孩子的头，阿波罗忽然被疼爱，告状似的大哭，小肉胳膊指着裴紫苏："小裴坏、坏……"

裴紫苏狞笑。

阿波罗看出此次告状不会有结果，擦擦眼泪又低头吃饭。

余晟好笑，坐下来看着小裴医生耍威风。

阿波罗吃完饭，裴紫苏把水枪还给了他。小家伙的小笨手慢慢地拿正水枪，对准裴紫苏就是一梭子水柱，裴紫苏尖叫一声跑了出去。

余晟幸灾乐祸地笑裴紫苏，不防一梭子水柱命中了他的领口，第二枪、第三枪……余晟只能逃跑。

"四岁的孩子！四岁！就能欺负我！"裴紫苏气蒙了。

她的毛衣湿了，冰凉，用手把胸前的毛衣高高捏起，余晟忙把她的手拽下来。他的脸上都是水，裴紫苏带他去值班间洗脸。

两人重回医生办公室，在走廊里就听见阿波罗哭得非同寻常，跑过去看见地上赫然是血红的点子，一群实习生围着阿波罗在吵吵。阿波罗的手臂上流着血，手被毛巾裹成包子。敢情是他钻到桌子底下，手被桌腿的旧铁片划破，伤了动脉。

余晟把小家伙抱起往处置间走，裴紫苏忙给张夫子打电话，张夫子焦心地道："小裴，找你男朋友余晟处理一下，他手法好，给小孩缝不留疤……”

余晟倒是现成的，就在眼前。裴紫苏抱着阿波罗，余晟洗伤口、打麻药、缝针……

小家伙眼泪没干，但也没再闹，好奇地看着余晟的一举一动，甚至做皮试、打破伤风针都没叫出声。这倒是奇了，比寻常大人都能忍。

余晟捏着阿波罗的小手，很柔软。余晟说：“医学世家，是个学医的好苗子。”

“我会给苍蝇看病。”阿波罗说，认为自己就是个医生。

两个大人都笑了，余晟问裴紫苏：“你小时候是不是也这么棒？”

“阿波罗是最棒的。”裴紫苏亲亲阿波罗的小脸。

余晟笑，数着听来的她的事迹：“在ICU的值班室尿床；四岁时生病，从医疗垃圾里翻了病人用过的输液针扎手，以为那就是治病，险些被传染了肝炎；六岁大的时候嘲笑练气管插管的住院医师，给他们做示教；闯得最大的祸，是好几天见不到老裴，打110报警说爸爸丢了，警察在医院找到老裴的时候他吓得以为自己涉案了，那年你十一岁……”

“看来你是真喜欢我，居然挖我的历史。”

“想不听到都难，你很有名。”

这是真的，这几天毫不避讳地出双入对，他们已经是公认的一对，太多的人会跟余晟聊起裴紫苏。

裴紫苏颇有往事不堪回首的意思：“余晟，不要提过去，我们只说未来，好不好？”

余晟同意，只是他的未来并不似锦。

晚饭是和余晟一起去职工餐厅吃，裴紫苏听见有人叫她的名字，回头见老裴站在门口，身边是ICU的几个医生。

叫她的就是ICU的医生，遇到主任的女儿和准女婿，一家人自然要亲热啦，就招呼大家和余晟、裴紫苏坐了一桌。

但是老裴没进来，众人这才发现不对劲。余晟知道自己是症结，也没往那一大桌上凑。

裴紫苏机灵，巧笑着去迎老裴。

老裴看看余晟，转过来命令裴紫苏：“你跟我走！”

裴紫苏跟了出去。

餐厅里的人看看余晟，明白了。

出了餐厅走出挺远，老裴指着裴紫苏的脑门：“你长没长脑子！这里是医院，是你搞这些事情的地方？你要干什么，嗯？把自己的名声搞臭？也不看看余晟到底是个什么人！”

老裴连珠炮似的：“你知不知道他的过去！啊？大学时女朋友病死，另一个女孩因为他自杀。没有空穴来风，你还真以为他没有一点责任？”

裴紫苏愣怔，听不明白似的。

老裴说：“都说他无辜，他不无辜！他不杀伯仁，伯仁却因他而死。他有冷酷基因，可以极度自私，他脑子里还有病死的女朋友！你喜欢他，可以，谈谈恋爱开心一下也就算了，但要看清楚他到底是个什么样的人。但是你傻啊！闹这么大动静是想胁迫我，让我同意？

“你知道他今天干了件什么事儿吗？在全科会议上因为一件小事和岳主任当面顶了起来。建院多少年了，任何一级会议都没有这样的！有个性？有才华？想恃才傲物，他的翅膀还没那么硬！不懂规矩！

“裴紫苏，别的事情我都由着你，余晟这事没可能！在医院，不许你和他同时出现在一个场合！”

老裴拂袖而去，裴紫苏被骂呆了，半晌才“活”过来。

远处的灯光下，有颀长寂寥的影子看着她。

余晟慢慢走近，裴紫苏是一脸的不明白，老裴的话像一桶冷水让她有些蒙。第一次，她对余晟的过往有了怀疑。

“还扛得住吗？”余晟问，想轻松起来。

裴紫苏问：“你听见了？”

“没有，但我能猜到会是些什么话。”

一时无言。

“最后一根羽毛快要落下来了。”余晟仰头，觉得自己是只疲惫的骆驼。

无论是他的医生职业、他的自信，还是他的裴紫苏，都在钢丝上摇摇欲坠。他想前进去抓，可惜连站稳都成问题。

“你别这样。”裴紫苏不忍心看他这样的表情，缓缓地拥住他。

“想安慰我？”余晟轻吻她的眉间。

“现在总比在沙暴底翻车时轻松多了。”

余晟笑：“那就报答一下我的救命之恩，以身相许怎么样？”

“我的智商一定停摆了，居然想答应。”

“是够傻的。”余晟怀抱收紧，勒得裴紫苏生疼。

送裴紫苏回家时，余晟说起了下午开会时发生的事。

裴紫苏沉默，不知道余晟为了一时之气做得对不对。

“我没有反骨，医疗讲究的是团队协作，领队只因为是领队就必须要所有的人臣服，我一直很服从，”余晟强调他的乖顺，“真的很服从。”

“那怎么忽然就‘反了’呢？”

“被压塌了。”余晟说，如果忍耐有一个极限，日子一定是在今天。

余晟很疲惫：“我很多次问自己，如果不做医生还能做什么，我想依我的个性可能什么都做不好。我的同学里有人现在是高管，有人是处级干部，大学时的同学只要不是继续从医的都发财当了老板，而我还是个小医生。但是没有一个职业能像医生一样不需要逢迎谁就能成功，我可以靠我的技术、品行获得尊重，不需要看上级的脸色，不用考虑复杂的人际关系，用心看病就能被病人记住——不过近几年行情不太好，看不好病可能会挨打。”

抒情立志的时候真不适合幽默，裴紫苏很不配合地笑场了。余晟也笑了：“你看，我不争名夺利、不怕挨打，为什么我还要挨莫名其妙的骂？我只想专心地当个手艺人，还不能心情舒展些？”

余晟怅然，心灰意懒的。

他坐在车里，裴紫苏站在车窗边，从落下的车窗里去握余晟的手。常年不停的洗手、消毒让他的皮肤很干燥，握起来手感并不好——十足的样子货，中看不中摸。

余晟攥了她的手背压在唇上，轻吻。

俯视余晟的机会不多，裴紫苏意外地发现这个角度的余晟是最有棱角的，明净的额头延伸出英挺的鼻梁，目光因为由下向上就更有锋芒，唇的温和就被弱化了。

他在低处，更不妥协。

裴紫苏说："那些老医生吧，偶尔挑战一下真是挺痛快的。你的勇气够吗？"

"放心。"

意气声张的痛快是要付出代价的，这一次代价很重，余晟被岳主任退回了人力资源部——待岗培训。这下余晟是真的要收拾东西了。

樊易尾巴似的跟着余晟，模样比余晟还惨。方明唉声叹气的，气余晟的不明智。余晟自己倒是很轻松："我回国的时候你们还打赌我什么时候会辞职离开，不是都盼着这一天？"

随身物品少得可怜，不用收拾，余晟走得轻飘飘的，他真的是个无根的人。

下班后裴紫苏去了他家，余晟说了自己被扫地出门的经过，算是汇报工作。裴紫苏不在意："这工作对于你就是鸡肋，也许明天你就要感谢岳主任辞了你，正好让你找到更好的选择。飞黄腾达之前，我可以养你。"

在余晟鄙视的目光下，裴紫苏又补充："我是住院医师，试用期一个月两千多块，但是我爸有钱啊。"

余晟觉得老裴听到这话一定会气炸。

在家里吃完饭，余晟洗碗，真是个地道的居家男人模样。裴紫苏抱着胳膊站在一旁欣赏。

精壮的肩、臂，腰际线条收紧，后臀紧翘，腿修长有力，衣服被肌肉撑得恰到好处，饱满、贴身，却不紧绷，反而舒适养眼。余晟并不文弱，他精壮、不驯。

余晟被她盯得不自在，挺难受："看什么看？"

裴紫苏笑："日后我负责养家，你负责貌美如花，怎么样？"

"原来你敢于突破封建家庭的封锁，勇于追求自由恋爱，是因为我的脸比老裴的脸好看，色胆包天？嗯？"

裴紫苏过去，是拥抱的假动作，指尖借机从他的左上腹的胃部，缓缓游移到右下腹的阑尾麦氏点——如她所料，八块腹肌。

余晟腰腹一紧，摁住她的手：“干什么？”

裴紫苏食指勾着余晟的下巴，让他转过来对着自己：“先生，劫个色。”

“真是越来越不害臊了……”

劫色成功。

第二天，老裴让裴紫苏明晚和他一起参加一个交流会，会后有个小型的交流酒会，老裴一个人太难受。

裴紫苏穿了件略庄重的小礼服，跟着老裴去了。参会的都是名医大腕，也有药企的高管，会议内容是关于临床新技术的推广、临床新药的研发进展。医学在飞速发展，医生们要紧紧跟上。

父女同行，总会说些家学渊源、书香门第、世代医家之类的话。谈笑间裴紫苏说：“我是上了爸爸的当，他说不为良相，便为良医。”

众人笑。年轻可爱的女孩说些俏皮话，会把迷人和亲切贴合得极微妙。何况裴紫苏往那里一站，是仅用身高就能唬住人的女孩，青春正好，像扎手的嫩刺。

一位老总说：“说起学医的理由，你们医院有个医生说‘学医饿不死’。这个医生人品很好，叫余晟，裴医生你们认识吧？他给我家人做的肝脏手术非常漂亮，我几次想感谢他、交个朋友，可惜连人都约不到。”

裴紫苏大大方方地道：“他是我男朋友，谢谢您的看重。”

老裴一双虎目瞪向裴紫苏，裴紫苏对他笑，老裴忙也微笑——对着那位老总。对方正在大赞余晟，夸裴紫苏，恭维裴主任“满门良医”。

话题过后，老裴气蒙了，他警告过裴紫苏要低调，结果她变成了超级大喇叭。

“你要气死我？”

“没有，大家都羡慕你，消消气，生气对身体不好。”

“裴紫苏！小心我给你办辞职手续！动不了余晟，我还动不了你？”

“那更好，你当初逼着我学医，现在我谢谢你赶我走。在医院上班大半年，骗了个医生男友，老裴家‘世代医家’的愿望已经实现了。爸爸，原来你是这样设计的啊，深谋远虑，皆大欢喜。”裴紫苏装作求之不得。

老裴心里也有数："余晟自毁前程，今天下午副院长会找他谈话，这医院他是待不下去了。过两天他离职走人找工作，我看你们散不散！"

裴紫苏得意的笑变得僵硬——她不知道这件事。

老裴生气："你对余晟已经仁至义尽了，他不争气也没办法，你好好想想自己的未来吧。"

看到有人向这边走过来，老裴就撇下裴紫苏一个人走开了。

裴紫苏不用再强撑笑脸，厌倦地把红酒杯放在桌边，摘掉了手腕上的钻石手链。

"怎么，不高兴？"有人低声问。

裴紫苏一愣，听出了是谁，皱眉转身看向江晓城："很不高兴。"

她手里掂着那串手链，无处可放。江晓城摊手，裴紫苏把那串碎钻石交给他，江晓城放进了口袋里暂时帮她收着。

"你怎么来了？"裴紫苏问，立刻敲敲头，"应该问，我怎么来了？"

江晓城绅士地护了裴紫苏的后腰："这么认真就没意思了。走，陪你出去透透气。"

江晓城是名流绅士，骨子里、表面上都是。

何谓世家公子？

江晓城的父亲江遇，医科大毕业后当了两年医生觉得没意思，转战商场，是国内起步很早的医疗器械供应商。江遇果断、胆大，又跟对了大时代的资本节奏，财、势更是滚雪球。江家也是最先与国外高端医疗设备商展开合作的国内企业，引进高端大型医疗仪器、技术，负责设备的养护维修，培养国内医生使用。

老裴和江遇是同学，几十年下来，一个成了学术权威，另一个成就了一代儒商。

庭院与宴会厅间被一排中式木屏风隔断，廊檐下是晒台，没有厅内的酒气和燥热，有凉风疏散，月光清透。裴紫苏倚着栏杆，猜想余晟此刻应该也在吹风，在他客厅的窗前。他不会抽烟，也不喝酒，靠什么排遣郁闷呢？

江晓城知道她心不在焉，但还是很高兴。有好些年，学术权威的女儿和儒商的儿子没有这么平和地在一起聊聊天了。

江晓城说："别生气，老头很不容易，专家学者、医科大腕，忙都忙不过来还得操你的心，像个媒婆似的拉拢我和……你。"

裴紫苏觉得无趣："你从小就是老裴的粉丝，现在更懂事了。"

"你好像不懂事了。"

"知道我为什么这样吗？"

"知道，看上了一个外科小医生，听说比你大几岁，余晟，那人我见过，挺狂的。裴叔不同意，是吧？"

江晓城这态度倒是奇了，追她的时候恨不得吃了她，听说她和余晟在一起反而变得平和。裴紫苏越发觉得新奇，她应该是不认识现在的江晓城了。

看出了她的想法，江晓城笑："放心，我不是对你死心了，我是放你出去见见世面，迟早你会乖乖地回到我身边。"

裴紫苏看着他，良久，哈的一声，完全不理解江晓城的脑子。

江晓城没觉得自己有病，他看得穿人心："我比他有钱，比他对你的感情深，你的初吻都是我的。我和余晟都化成灰，你能挑出哪一个来？都挑不出来，是吧？所以他对你有什么意义呢？你有恋父情结，喜欢裴叔那样的医生，遇到了就想谈恋爱。但是说到结婚，你会回头的。青梅竹马，你生来就是江家的儿媳。"

"青梅竹马。"裴紫苏重复一遍。往事一幕幕，青春的心跳、懵懂、美好，涩涩的、生嫩的苦，欲说还休。

"晓城，青梅竹马那是十八岁之前的事情了。"

江晓城同意："之后，你变心了。"

他手里玩着那串亮晶晶的钻石手链，裴紫苏有几件这样的奢侈品，今晚场合需要，她戴了出来。

她这类的东西都姓"江"，这条钻石链子是江晓城送的，她最昂贵的一件珠宝是一粒极品粉钻，是她十八岁生日之时江父送的。裴家人不识货，接受的时候只以为是稍贵，毫无心理负担。直到有一次江母说出那粒粉钻七位数的价位，裴紫苏那土包子的表情险些儿把江家父子笑死。

那时候感情还好，裴紫苏不敢收了。江遇笑："你总要嫁到我们江家的，收着。”

那时，江晓城直勾勾地把裴紫苏的脸看得红透。

老裴和江遇呵呵笑，看着一对小儿女都是满意。

相送容易，但这种价位的东西也是负担，如果夫妇离婚都是要算成财产进行分割的。裴紫苏和江晓城闹分手的时候，裴紫苏把这些珠宝统统打包送回了江家。江父知道后亲自又送到了裴家，不知道他怎么劝的裴家父女，竟然留下了。

江晓城这些年来对裴紫苏放不下，想起来就会去找她，但撂一边的话还真能几个月不联系她。这种态度可以说是飘忽，也可以说是笃定，都和这些珠宝有些关系——她收着，他心里就有些底气。

倒不是江晓城看不起谁，商人家庭出身，自己又在商场上周旋，太知道这世界上如果有钱办不到的事，只是因为砸的钱还不够多，或者用钱的方式不高明、不够有情怀。

江晓城不信裴紫苏真抛得开江家，她跟了那个外科医生，数着他一个月上了多少台手术、算能赚多少钱的时候，不后悔错过江家才怪。

江晓城会让她提前领略这种财富的落差，何况旧情复燃的戏码很好演。

江晓城手里那一串灵巧的碎光，璀璨的华彩魅惑迷离，裴紫苏喜欢钻石就是从这条链子开始的。被用来象征爱情，其实这种石头最绝情，从一个人手里转手到另一个人手里，它可曾留恋过谁？见证最多的反而是从相爱如何变成两相厌。

“晓城，你会有更好的爱人，你会幸福的。”

“别扯那么远，明天有个酒会，你陪我？”

裴紫苏笑了：“酒会啊，算了吧。脱掉晚礼服，你还穿着阿玛尼去上班，我要穿几十块钱的白大褂去查房，道不同，饶了我吧。”

裴紫苏欲走。

“苏子，”江晓城轻轻地拽住她的手臂，很温柔，“我等着你呢。”

“你别等了，我在等余晟安定下来，我想和他结婚。”

江晓城的手加重了力道，裴紫苏吃痛地皱起眉。

江晓城问："我追问你六七年了，有一件事情至今不明白。那年夏天发生了什么事情让你鬼迷心窍似的和我闹？你说出来，我都能接受，有什么不能告诉我呢？记得不，你初潮的时候都是我告诉你该怎么办的。乖，苏子，告诉我。"

江晓城殷殷地看着她，裴紫苏别开脸。这是她爱的第一个男人，英俊愤怒的脸沉默在暗夜里，是恨铁不成钢吧。

"过去的事情，知道了也改变不了现实。"

"我们现在不是孩子了，没有处理不了的事情。苏子，哈？来，告诉我，告诉我那年暑假你过生日之后，谁让你离开我的……"

"没有。"裴紫苏说得干脆。

江晓城彻底失望了。

裴紫苏想走，但被他控制住走不了。江晓城忽然恶狠狠地吻她，裴紫苏就由着他，不敢触怒他，怕他更逾矩。这感觉像吻蜡像，江晓城忽然把她推出去，一拳挥向空中。他是个屈死鬼，窝囊！

江晓城阴鸷地道："我对你下不了手是吧，那个余晟，我整他轻而易举！"

相比江晓城的盛怒，裴紫苏是一簇冷灰："他啊，他被整得还少吗？他不会在意的。一念放下，万般自在。晓城，你这么自在随性的人，怎么忍心让自己不开心？算了吧。"

裴紫苏极懂江晓城，他坐拥富贵、无拘无束。

江晓城冷哼两声，连成一串极低的笑声，忽然就大笑了，很空洞。

他清楚地记得那年高三，两家家长都在准备他和裴紫苏一同出国读本科，一夜之间而已，她鬼附身了似的躲着他，连个像样的借口都说不出。

欺骗、耍花腔、拖延……裴紫苏的手法很不高明，笨拙得让江晓城挠心。

他竟然像个追根究底的怨妇，追着她念念不忘。

江晓城的笑在唇边淡去，逼近她。裴紫苏躲，后仰靠在了栏杆上，被困在江晓城的双臂之间。她握栏杆的手关节发白。

江晓城一字一顿地道："裴紫苏，我一直给你时间，等你毕业，相信你还是个有良心的人。你毕业回来了，我耐着性子追你、哄你。可惜你不识抬举，今后不会了，咱们换一种玩法，我有的是办法让你回来，就算你心不甘情不愿，我不在乎，人最终是我的就行了。但是你要切记，和那个外科医生别太当真，尤其是别让他‘动’你，否则就惨了。”

江晓城捧了裴紫苏的脸，想轻吻她的额头。裴紫苏躲，他亲到了她的发丝。

江晓城毫不在意，留她在回廊，自己进了宴会厅。透过中式雕花镂空的屏风，裴紫苏能看到他高瘦的身影走进明亮的光里。

裴紫苏在凉风里冻得瑟瑟发抖，她被江晓城的凶恶吓到了，她甚至相信他能说到做到。

她仅穿着一条无袖的白色小礼服裙，一只手臂被江晓城攥得火辣辣地疼。在烫和冷之间，她看见江晓城找到了老裴，两人捏着高脚杯的杯脚，碰杯。

裴紫苏双臂环抱，去找自己的大衣，离开了会场。出门时脚步绊在台阶上，细跟的鞋子让她险些崴到。有侍应生过来问她需不需要帮忙，裴紫苏裹紧大衣："请给我一杯热水。"

她抱着热水在大堂角落的沙发里，好半天才暖和过来。

裴紫苏给余晟打电话，他不接，连着打，还是不接。酒会恰好散场，陆续有人离开。裴紫苏往角落里挪，避开了寒暄的人的视线区。

老裴是和江晓城一起走出来的，江晓城恭谨地给老裴披上大衣。老裴皱着眉头打电话、张望着找人。裴紫苏的手机就在手袋里振动，她不接。

江晓城说通老裴先回家，说他会找到裴紫苏送她回去。论孝顺、关心，江晓城对老裴绝不是做出来给别人看的，是真好，甚至是崇拜。江晓城自小就把裴医生当救世主，生病难受、腿上碰了个包，都会找老裴。江晓城对老裴比对亲爹江遇好，也比裴紫苏对老裴好。

人都走空了，江晓城还站门口的台阶上给裴紫苏打电话，她就是不接。这女人今晚受了他的气，怎么可能接他的电话？

江晓城只有叹气了，给她发了信息，道歉、哄她、劝她早早回家，给她留了司机的电话。

他到底是惹不起她，要对女王陛下弯腰。

角落里的裴紫苏看了信息，眼泪眯了眼。泪光里看江晓城，空阔的暮色里他在叹气。曾经她也是在泪光里看着他，那时他在哭，颤抖地窝着身子一遍遍问她为什么。

那时都年少，如今江晓城已不再是任她摆布的少年了，她也不是少不更事的女孩子了。她可以保护自己，还有自己的爱情。只是当年她要对付的是江遇，现在是江晓城。

从酒店出来，裴紫苏拨通了一个人的电话。她没把握这个人会不会接她的电话，他应该先是会意外，之后会把她这通电话的目的盘算个差不多，毕竟裴紫苏找他也不太可能是为了别的事。

电话通了，那边声如其人，肃正、宽和的一声："小苏子？"

裴紫苏唤一声："是我，江叔。不好意思，这么晚还给您打电话。"

"不妨事。"

裴紫苏很直接："我也只能找您帮我了，是晓城，他……您能劝劝他吗，就像上次一样？"

江遇沉吟，没有立即回答，他在考虑。

裴紫苏也沉默，是坚持，她要江遇给一个肯定的答复。

而江遇并没有给她所期望的："苏子，我不想帮你。今天我看到晓城专程回来选衣服，他很用心，也一直在微笑，和我说话时都心不在焉，我希望他能每天都这样幸福地期待去见你。"

"可是我看到他时觉得今天的好运结束了，我们聊了两句，您知道我最后的感想吗？那就是，如果将来我的丈夫像江晓城今晚这样对我，我会立刻跟他离婚。"

这是裴紫苏真实的想法，她看着手臂上被江晓城攥出来的红印，心里补充：我还会报警，找妇联，找工会，找媒体……

江遇沉默。

电话里持续了很久的静默，裴紫苏直觉这种气氛对自己有利。她说："您给晓城找些事情做吧，我也好不容易找到了喜欢的人。"

江遇很意外，她交了男朋友？江遇还真没想过这种可能性，他和江晓城一样，觉得裴紫苏只是在闹脾气，总有想通的一天。

“他是位医生。”裴紫苏说。她觉得自己是个八婆，找一切机会宣扬她和余晟的“绯闻”，不分场合、地点，不管对面是谁。

“医生……你和你妈妈还真是一模一样，”江遇无话可说，“让我考虑考虑。”

江遇说话非常谨慎，他肯答应“考虑”就绝不会只是“考虑”了。上次达成默契的时候，江晓城没等到参加高考就出国了，裴紫苏安安稳稳地在国内读完本科读研，直到今年毕业回来上班。

江晓城的威胁还是很有分量的，但如果有江遇挡驾，裴紫苏就不怕了。

她放了心，又联系余晟。这回电话被接起，一个女孩子说余晟在手术室里正忙，不方便接电话。

被停职、被退回，赋闲在家多日的余晟，却去了医院做手术？

裴紫苏疑惑，让接电话的女孩帮忙转告余晟，她现在去医院找他。

“余医生可能要很晚，而且他很累。”对方竟有替余晟挡驾的意思。

裴紫苏不客气，直接把对方当了出气筒：“他有一口气都会等我的。”

这个受气包儿是手术室的护士小雨，小雨立刻胀成高压气球。高压气球暂不发作，因为她快要疯了，今晚绝对是吊诡的一天：

晚间有两台肝胆胰外科的腹腔镜手术，主刀的是位年轻医生。

第一台阑尾手术，那个阑尾烂得绝对是今年的一号烂阑尾。腹腔镜拽出来的时候，鬼知道那阑尾怎么就断了，小半截掉回了肚子里。医生登时吓傻，在病人腹腔里找掉了的半截阑尾，怎么都找不到。

求助！岳主任在外地开会，在家的二线、三线医生里面，年轻医生毫不犹豫地打给了不上班的余晟。

余晟飞奔来救场，很有经验地找到了。连麻醉师和护士都大松了口气。

第二台手术，余晟没走，留下来看年轻医生的操作。全程很顺利，手法也很纯熟。最后的最后，针持夹着线拉到戳卡后，线出来了、针出来了半截……

针断了，那半截断在肚子里……

所有人都看着年轻医生，他看看所有人，欲哭无泪："不怪我……"

小雨抓狂："跟着你真是见鬼了！"

"余哥……"年轻医生求助余晟。

余晟悠悠地叹口气："你找吧。"

"半截肠子找了两个多小时，现在是半截针……"

余晟追溯源头："你想想，为什么会丢、可能掉在哪儿、怎么找？"

别说年轻医生了，麻醉师和护士们都想求他了："余哥，哥啊！现在真的不是讲课时间，帮帮忙！"

余晟只能自问自答了："针可能被弹到肚子里的任何地方，现在还可能在表面，再过一会儿位置就深了，你要把整个腹腔都看看。"

他完全没有动手的意思，年轻医生没有退路，孤注一掷，耐着性子找。余晟眼睛都不眨地盯着，帮着看。

翻找了几遍，依旧没有结果，煎熬，无异于热锅上又盖了盖子。众人都焦躁了，今天这台怕是下不去了。

余晟说："再找一遍，还找不到就停止手术，到放射科做透视，透视一下总可以看到。"

这一回余晟动手了，他的眼睛像鹰眼，手术间里静得透不过气来。

"针！"小雨轻叫。

显示屏里，半截弯针紧贴在膈肌上，被稳稳地捏住了。

众人都松了一口气，可以结束工作了。

"针是在下腹部断的，怎么跑到上面去了？"年轻医生还是觉得不可思议。

余晟小心地把针取出来，剩下的步骤交给他。

"余哥，我拜你为师！今后都靠你罩着了！"年轻医生佩服得五体投地。

余晟说："好医生都是这样磨出来的，日子长着呢。"

余晟摘掉口罩，问小雨："有人给我打过电话吗？"

第九章

潜龙勿用

“有个‘小裴医生’给你打了N个电话，说正过来，要你等。”小雨微撇嘴。这位小裴医生也够不矜持的，倒贴的模式，说话的语气却像公主的后妈。

口罩遮脸，只有余晟知道自己在笑。

小雨受了小裴医生的气，絮叨：“余医生，你要是没有点硬汉气场我就不让你当我的男神了，女朋友什么的让她多等一会儿又怎么样？咱们外科系统的人都很牛的嘛！”

她清点完手术器械，回头看余晟，哪里还有人！

小雨直跺脚：“他不是我的男神了！”

手术室门外，夜里也围着等消息的家属，余晟一眼就找到了裴紫苏。她坐在最外边的排椅上，手托着腮发呆。今晚的她与平时很不同，细跟鞋、大衣下两条匀直的小腿，打了艳色的口红，应该是从某个很正式的场合直接过来的。

余晟站到裴紫苏面前，她都没发现。他摸摸她的发顶，裴紫苏仰头见是他，站起身。久坐压麻了腿，她扶着余晟，像只瘸腿的鹿。

手术室的门开了，小雨和另一个护士姐妹——珠珠熬过了两台离奇的手术，终于下了白班。两人瞧余晟，余晟正垂着头，微笑着看着一个高挑身材、妆化得很精致的女孩。余晟说了句什么，女孩笑了笑。

小雨狂吃醋，非常郁闷。珠珠倒是看得兴致勃勃。

余晟和裴紫苏去乘电梯，他介绍裴紫苏给小雨认识。只打个招呼，裴紫苏就听出了小雨的声音，说："刚才是你接的电话吧，麻烦你了。"

那通暗示小裴医生最好不要来找余晟医生的电话。

小雨把珠珠往前一推："不是我，是珠珠。"

"啊？"珠珠不明所以，问余晟，"你们说什么呢？"

余晟看着珠珠面生，问："你也是手术室的？"

珠珠和小雨的下巴同时掉下来了，看着余晟。

珠珠信心被毁："余医生，不会吧！我几乎每天见你，刚才的手术我是巡台护士，我绕着你转了一晚上，你真的不认识我？我的脸这么容易忘？"

裴紫苏幸灾乐祸，但努力憋着笑。余晟尴尬："抱歉，平时都戴着口罩、帽子，摘掉了还真认不出来。"

电梯到了，伤了心的小雨和珠珠都拒绝和那对鹤立鸡群的大高个儿同搭一梯，要等下一部，余晟和裴紫苏就先下楼。

珠珠和小雨聊："喂，你说余晟在医院混得这么不好，他和老裴的女儿谈恋爱，裴主任总会帮他的吧？医院看在裴主任的面子上对余晟总会好一些吧？"

小雨嗤笑："余晟是稀罕那种照顾的吗？裴主任又能帮他什么？余晟如果想借这种方式成功，轮得上她裴紫苏吗？"

"所以他们是真爱喽！女中医对外科男呀！"珠珠说。

小雨用力敲了下自己的头，她怎么帮余晟和情敌印证了"真爱"？

余晟和裴紫苏下了楼，夜里十点多，他把自己的冬装裹在裴紫苏的身上，要送她回家。

裴紫苏觉得他一定是做手术做得智商都用完了："书呆子，早知道就不来找你了。"

回家、来找他，哪个更简单、更容易、更直接，他真的不知道?

余晟的指尖点在她的眉心："说这话可是很危险的，晚上九点之后就是'吸血鬼'时间了。"

他的唇压在她殷红的唇上，辗转深入。裴紫苏异常主动地回应他，甚至是要主导局面的意思。

男人的身体里与生俱来藏着侵略性，所有的挑衅都是在引火烧身。余晟想更紧地贴合，掌心辗转。应该是冻的，裴紫苏在他的掌心里瑟瑟发抖。

"你怎么了？"余晟问。

"没事，抱紧我，余晟，抱紧我……"

裴紫苏是个闷葫芦，钻个眼儿都看不见里面的闷葫芦。

余晟知道她这脾性，他或直接或诱导地问，裴紫苏只是粉饰太平地说喝了些酒。

但今晚是地区级的ICU学术交流会闭幕，赞助方是器械商——余晟知道是谁。他也知道裴紫苏对付老裴是绰绰有余，她此时的心神不宁应该是遇到了麻烦。

而裴紫苏转移了话题，问起了余晟的事情，问他下午是不是见了副院长。

余晟说："叫我过去，但他临时有事没有细谈成，只说医院在考虑对我的安排，要我安心工作。"

"所以你晚上就来医院做手术了？"

"也不是，一线的医生遇到麻烦，我过来帮忙处理。以后也帮不了他了，毕竟已经离开这个科了。"

裴紫苏握住他的手，余晟笑话她忽然变得体贴了。裴紫苏说："我怕你灰心。"

余晟笑了笑："怎么会？有人忌惮我、惧怕我才会对付我，这是小人、loser的路子。我怎么会为了那些loser而灰心？潜龙勿用，我的未来才要开始。"

这应该是余晟最让人倾心的时候了，在他最低谷的时候，也是最闪亮的时刻。

余晟笑："裴紫苏，要不要一起去堕落一下？"

夜店，这是余晟想"堕落"的地方，裴紫苏怨念着"没创意、真俗气"。

余晟牵了她的手向里走，轻车熟路、东拐西拐……穿过豪华迷醉、震耳欲聋，偶尔有冶艳的女孩虎视眈眈地盯着他。

裴紫苏看着余晟的背影，没想到平时有洁癖的人居然像此地的常客。即便是江晓城那样的商人公子也没有带她来过这样的地方，而是把她当女神一样捧得高高的。

余晟带她到狂舞的人群里疯、喝酒，他还真是常客的样子。余晟放得开，裴紫苏很快也如鱼得水。她放纵、肆无忌惮地尖叫，享受余晟的追随、爱慕目光。

子夜的最高潮有焰火，迷离的光彩里余晟低头深吻她，裴紫苏开心地笑，双臂搂着他的脖颈。

他的声音她居然听到了："嫁给我。"

"嫁给你。"

清晨醒来，是在客房，裴紫苏趴在大床上，余晟窝在沙发里，都穿着昨夜的衣服。

裴紫苏蹑手蹑脚地下床，去洗手间把自己修饰整洁。水声惊动了余晟，他挤进了洗手间，两人对着镜子刷牙、洗脸，互相打量。裴紫苏没有余晟脸皮厚，最后把他踢了出去，洗澡。

出来时她看到窗边站着余晟，他在看晨曦的微光。忽然有人敲门，大力、急促。裴紫苏吓了一跳，余晟过去开门，她紧张地拽住他："会不会是我爸？"

夜不归宿，谁会找他们？

余晟巴不得那样："那就捉奸在床喽。"

他要去开门，裴紫苏想装作房间里没人，两人拉拉扯扯地低声争执着。

余晟到底是不听她的，开锁、开门，裴紫苏刺溜一下闪进洗手间，心说今天怕是要被扒了皮。

门外却是欢声笑语，进来的是男人，说着流利的乡村英文。裴紫苏偷窥，是个棕熊身材的老外，栗子色的浓发和瞳孔。

余晟看着裴紫苏笑，把她拉了出来。老外看见她不客气，展开双臂就是一个棕熊抱，毛茸茸的络腮胡子贴着裴紫苏的脸。

余晟忙把他拽开，着急地道：“Diego！No！No！”

裴紫苏惊叫一声，拳打脚踢。老外忙松开她，反倒像是受惊吓的那个，看着余晟：“东方女人，不是这样的。”

余晟连连摆手：“Diego，她还不知道那件事。”

他们用英语交流。

“知道什么？”问话的是裴紫苏，英语，美式发音，比黄毛老外还标准。

Diego眼睛一亮，用蹩脚的中文道：“嘿！美人！余的爱人，我可以抱你。”

裴紫苏的表情和Diego的中文一样，乱七八糟的。她恼火地瞪着余晟，那家伙幸灾乐祸的。

余晟解释：“我答应过Diego，他可以吻我的新娘，不过他有点儿着急了，放心，他不会过分的。”

裴紫苏气急败坏：“这和我有什么关系！”

余晟哄劝。

Diego不了解裴紫苏，自觉他给余晟惹了麻烦，也磕磕绊绊地解释。

三个人，都是中文夹着英文，居然都能听明白。掺和得最热烈的是Diego，他的英语、汉语都有奇怪的口音，真不是个合格的老外。

Diego说得磕磕绊绊，还手舞足蹈，裴紫苏没憋住，笑了。

Diego对余晟摇头：“东方女人，不是这样的。”

“她平时很好，是被你吓到了。”余晟说。

Diego摇着肩膀表示这不可能。

裴紫苏夸Diego的中文好，Diego夸裴紫苏的口语好，一团和气！

裴紫苏后来知道Diego是余晟在美国匹兹堡大学时的同事，原本是神经外科医生，现在是这家夜店的股东老板。

Diego有很长一串名字，裴紫苏听得头大。

余晟说："他是巴西人，后来移民到美国的。"

这就难怪了，巴西人的名字是曾经的葡萄牙殖民地的起名风格，名字长有三四节，本名后面缀着父姓、母姓。

余晟回忆："我在匹兹堡的肝胆移植中心工作时，为Diego的妻子做了肝肾移植手术。半年前Diego辞职，陪妻子回故乡。对了，他妻子是中韩混血，父亲是上海人。我在这里，Diego就过来找我，他一个人无聊时泡夜店，居然就入股当了股东。"

"什么乱七八糟的。"裴紫苏好笑，真是个随遇而安的老外，"这算海外游资进入中国？"

余晟笑了："算是吧。你的英语好得过分了，出国生存没问题。"

"高中时曾准备出国读本科，上过语言班。"她是和江晓城一同联系英国的学校的，语言班也是两人一起上的。

余晟认真地看着裴紫苏："我是想说，世界很大。"

裴紫苏明白，他那是想带她私奔的眼神。也许余晟真的有了离开此地的念头，他和她是一对饿不死的医生，可以试着去流浪。

裴紫苏回了医院查房，刚忙完，老裴踩着时间来捉人，直接把她拎出了中医科病区。这死丫头不但夜不归宿，还学会关手机了？江晓城找了她一晚上，老裴在家等了一晚上消息。

"说！一晚上去哪儿了？"

"我反正没乱来。"裴紫苏略觉理亏，但还是有底气的。

老裴来得正好，裴紫苏正想找他呢。裴紫苏解开白大褂，脱了下来，里面穿的还是昨晚的无袖礼服裙，两条白皙纤细的手臂上带着赫然的瘀青，是握痕。

老裴呆了，暴怒："这是……余晟敢欺负你？"

裴紫苏哼了一声："你认定是余晟？余晟不会这么对我，是江晓城，他就是这样对我的。你把我送到他手里，这是一个父亲该做的事情？！"

老裴虎眼圆睁，惊愕。

裴紫苏穿好白衣："他长本事了，还放话威胁我，好像我是他的一件摆设，碎也得碎在他家似的。你确定江晓城这是爱我？会对我好一辈子？你确定我会幸福？江家，你和江遇关系好，想结亲，可是我妈是死在江遇车上的，你能想得通，我想不通！”

裴紫苏提起母亲，眼眶发红，这也是老裴的痛处。

妻子小席，和老裴非常恩爱。那年裴紫苏才四岁，老裴在外进修，中秋夜赶不回家。江遇看小席母女俩在家孤单，开车接她们到江家过节。江遇本是关照的好心，谁知道路上遭遇了车祸，小席当场死亡、江遇断了肋骨，若不是江遇的车上一直给江晓城装着儿童座椅，还是在车后排的右侧，裴紫苏只怕也保不住。

老裴不是不怨江遇，事后有几年都不见、不来往，但江遇全力地弥补。老裴在医院忙，有时候是真脱不开身，分身乏术，经常把裴紫苏落在幼儿园，或是锁在家里，只要江遇知道了，必定去关照孩子，甚至从谈判桌上离席去接裴紫苏放学，反而对他自己的儿子江晓城却管得少。裴紫苏从小学开始，初中、高中，很多寒暑假都是在江家过的。

老裴叹气：“苏子，人要讲道理，你和江晓城青梅竹马也是你们自己的感情，我为了成全你们也是放弃了很多怨气，我只是为了你能高兴。”

裴紫苏忽然觉得老爸可怜，他的所有智商、情商都用来做一个出色的医生，和江遇那样精明的商人比起来单纯得无药可救，甚至被江遇的儿子哄得团团转。

“老爸，你痴情，一辈子忘不了我妈，为了她、为了我，一个人过一辈子，我心疼你。我对妈妈就没感情，但我是有妈妈的，她是因为什么抛下你和我，这个原因我忘不了、放不下。从我知道的那天起，这辈子都不会再和江家来往。爸你也少接触他们，我恶心他们。”

裴紫苏走了，留老裴孤零零地站在楼顶的冷风里。他数落着狠心早逝的亡妻：“小席，你女儿对我发这么大的脾气，就要跟男人跑了，晚上也不回家，你就不能管管吗……”

还真没人能替他管管，但这事不管不行。

老裴给江晓城打电话，骂人、训人的情绪他上手就来：“臭小子！我把苏子放心地交给你，是相信你能善待她，可你是怎么对她的！啊？”

江晓城的解释是裴紫苏的个性裴叔你也知道，软硬不吃。他被逼急了说了两句硬话，也都是在赌气。他恨不得把裴紫苏当宝贝供起来，她给他个笑脸他就觉得天地发光，断不敢对她有丝毫的不好。

但是裂痕已经有了，老裴第一次松口："让你们两个孩子在一起是我和你爸爸的愿望，我们可能是太一厢情愿了，没有顾及孩子们的想法。晓城，你也不用把这事太当真，苏子跟我说了一些她的想法，我们都没法改变。"

事情变得有趣了，江晓城发现自己小看裴紫苏了。

江晓城从别墅出来去车库开车，院子里站着江遇。冬天最冷的日子已经过去，江遇在一棵海棠树下调教他领养的两条退役警犬，心情很不错。江晓城过去逗了逗那两条德国牧羊犬，和父亲聊些生意场上的事情。

这是一对配合默契的"父子兵"，江遇老谋深算、江晓城骁勇执行力强。

公司目前最大的一个项目是要拿到美国一项新医疗技术的代理，这项技术和相关设备在国内备受追捧，而且还没有启动，市场前景可观。大蛋糕、大骨头、大难题，江遇想让江晓城亲自去一趟美国，督战。

"我在国内的事情太多，走不开。"江晓城确实忙，昨晚他和裴紫苏又小有进展，不愿在这种关键时刻离开。

裴紫苏毕业回来工作后，江晓城几次和她的关系可能有契机的时候都在出差，或者跟进项目，错失了很多机会，最终拱手把她让给了他人。江晓城现在回想起来无比后悔，却也没办法。

但江遇替他考虑好了："你手头上的事可以找到接手的人，美国那边没有得力的人肯定不行。你去，我们都放心。"

论做事，江晓城不含糊。考虑到大局和发展，他沉吟良久还是同意了。

江遇给他配助手人选，建议江晓城带上骄阳，江晓城很不想要这个女人。骄阳是子公司的财务总监，这女人太精明，年纪轻轻脑子太好使。江晓城和她打过几次交道，非常难缠，骄阳揪住他的破绽不达目的不罢休。骄阳的父亲是精算师，母亲是翻译官，非常强悍的家庭，人如其名也骄狂，江晓城其实挺怵她的。

但考虑来商量去，骄阳是难得的好帮手，江晓城只好答应。

江遇最后说起了江晓城“女伴”的各种传言，江晓城无奈：“有多少人盼着我谈恋爱？”

江遇觉得这些都是无伤大雅的小事，男人嘛，何况又是单身年轻公子。他对儿子说：“我不关心，但是我的耳朵快要被你妈念出茧子了。”

“她有什么可念的，她最清楚是裴紫苏喽。”江晓城说，眼里有笑。

江遇笑了笑，但他今天的笑有些不同：“裴紫苏那孩子是不错，不过你的妻子最好是个能帮助到公司事业的，不然她凭什么成为江家未来的女主人，我凭什么分给她股份？裴紫苏今年回来，我发现她不像小时候温柔懂事了，个性太强。如果她还是这么跟你闹，我也劝你慎重，因为以你未来的身份地位是不可以离婚的。”

江晓城的脸色随着江遇的话一变再变。

江遇对江晓城寄予厚望：“我的儿子不能被一个女人摆布，裴紫苏就算不能为江家做出什么贡献，那也要贡献她对你的感情，她得让你高兴，这是我对她唯一的要求，已经对她很通融了。”

“明白，父亲。”江晓城说，清晨的愉快已经荡然无存。

他的母亲特别不喜欢裴紫苏，从前父亲是很支持他的，母亲的反对就一直发作不出来，如果父亲也改变了立场，江晓城的坚持就变得很可笑了。

江晓城开车去上班，江遇把他丢进新项目里，至少有大半年的时间不得闲，而且绝大部分的时间是在美国。

两只大狗在院子里追逐，江遇有些微烦闷——他超额完成了裴紫苏布置给他的任务。

在二十多年前裴紫苏的母亲的追悼会上，江遇亲手把四岁的裴紫苏的小手交到三岁的江晓城的手里。明明是更幼小的那一个，江遇却对儿子说：“你要一辈子保护小苏子，像男子汉那样。”

江晓城很乖，点头。

车祸的时候裴紫苏侥幸活了下来，受了惊吓，之后一直没有开口说过话。直到这天被江晓城握住手，又看见了那晚开车的“江叔叔”，裴紫苏忽然号啕哭了出来。众人看着心酸，却也都松了口气。

江晓城也被裴紫苏吓哭了，但他始终拽住裴紫苏的手不放。

现如今呼风唤雨的江遇也不愿意回想往事，他多年来用心地经营着和老裴父女俩的关系，除了亏欠之情还有些微妙的期盼，他希望裴紫苏能进江家，成为他的孩子。

可惜，裴家的女人和江家的男人缘分总是很薄。

余晟没了工作岗位，无聊到中午提前去医院对面的餐厅点好菜，等裴紫苏下班赶过来正好上菜——无缝对接。

“裴紫苏你少吃些，你这样的身高吃胖了就是灾难。”余晟刻薄裴紫苏，想象着她身高一米七八、体重二百斤的模样。

裴紫苏是“吃大户”的心理，才不听他的，又夹了一筷子回锅肉。余晟仿佛看见她变得奇胖无比，后悔这么喂她了。

“你筷子上那块肉和那天我切下来的阑尾很像。我切过很多肿瘤和脏器，漂亮的像神户牛肉，丑的比烧烤还恶心。”余晟说。

裴紫苏正低着头扒拉菜，目光是从低向高的角度瞪着余晟，看上去是充满恨意的。然后她一垂眼，低头继续大吃。

医科大出来的女生，唉……余晟摇头。

裴紫苏的手机响了，她皱眉，余晟高兴，医院的电话也有好处——降低食欲。

但裴紫苏接完电话就高兴地跳了起来，饭也不吃了，抓了包就走，跑出去又跑回来，喊余晟：“快走啊！”

“怎么了？”余晟坐得稳稳的。

“跟我去车站接人！你开车。”裴紫苏扯了他走。

“等等等等，结账……”

火车站，接的人是泰山的泰山、裴紫苏的姥爷——老席。站前广场找了几圈没找着，再打电话，老席人很随意，看见公交车突然想坐，没通知裴紫苏就坐了公交车到老裴家门下了。

再回裴家，车子进了小区裴紫苏忽然叫停，下了车径直奔去亭子里。亭子里有几个人，津津有味地听一位老人在算命："……这位的鼻子就是标准的悬胆鼻了，而且生得直，鼻为财星，你是富贵相……"

裴紫苏往里一凑："您也给我看看，我有没有财运？"

老人瞅她一眼，避开眼："你，我算不了。"

裴紫苏哼哼干笑，老人见势起身就走，周围的人劝他再多聊聊，他也不搭腔，一副高深的模样。裴紫苏跟着他穿过小径，像赶孩子回家的家长。

余晟见这阵势就知道前面这乐呵呵的老人是谁了。

"姥爷，这是余晟。"裴紫苏喊住老席。

余晟打了招呼，老席开开心心地握住他的手："哦！久仰久仰！面相不错，哎呀，手相也不错，贵人相！我是苏子的姥爷，叫我老席就好。"

何来的久仰？裴紫苏翻白眼，余晟瞅着她笑。裴紫苏埋怨老席乱给别人算卦，老席有理由："娱乐嘛，我说的都是好听的、励志的。"

余晟想起裴紫苏给方明算卦说不能喝酒，结果方明恰恰因为酒醉掉温泉里的事儿。余晟问老席："裴紫苏会算卦，就是您教的吧？"

老席悄悄地跟余晟说："我没全教她，她出去混会挨打的。"

余晟和他一样低声："她算得挺准，您从哪儿学的？"

裴紫苏听得一清二楚，故意大声说："我姥爷对《周易》是自学成才。"

老席纠正："不对，是无师自通。"

"骗人的。"

"哎呀呀，解闷逗乐别太认真……"

完成了任务，余晟不上楼，要走。老席眉毛高挑着，他的一双浓眉弯长，姿态随意又灵活，此时就是一副诱导的模样："是不是老裴不喜欢你？"

余晟笑笑："不是，我下午还要赶去开个会，改天再来拜访您。"

老席心说这借口是自己年轻时就用烂的，我老人家先给你打打气："没关系，我当年也不喜欢老裴，现在我不是还得来他家看外孙女？"

裴紫苏尴尬，看着她这宝贝姥爷就知道老裴的好日子要告一段落了。

不过她也认为余晟这是找借口。

余晟跟她低声说了句话，裴紫苏担忧地看着他。余晟对她笑笑，先开车走了。

老席偷瞄裴紫苏的脸色："真不放心？你这小男朋友是干哪一行的？"

"现在是个外科医生。"

"意思是以后就不是了？"

"以后不知道。"裴紫苏泄气。

余晟刚才跟她说的是，下午院领导找他继续昨天的谈话。裴紫苏知道他已经做好准备了，昨天在他家里看到书柜里的很多书都拿了出来，放进了纸箱里——他已经在准备托运东西了。

今天下午的谈话结束，他这个异乡人可以说走就走。

老席不喜欢外孙女现在的表情，裴紫苏小时候爬墙、骑猪、抓耗子，可不是个轻易心软的主。但他不明所以，只能无原则心疼外孙女："放心，姥爷支持你。"

裴紫苏头靠在老席的肩上："全托您的福了。"

"那个江晓城，你真的不喜欢啦？"

"嗯，真的。"

"唉，这也不一定，当初你妈和你爸都结婚了还说过要离婚呢……"

"姥爷！您到底有没有点儿立场！"

"当然！支持你！"

上楼后老裴陪着老席在书房下棋，裴紫苏坐立不安的，在家里绕着绕着就往客厅的门绕去。

老裴一直装看不见，老席一个劲儿地探头看她要干什么，裴紫苏转来转去的。

"余晟有消息，就告诉我一声。"老裴说，手中捏着一枚棋子举棋不定。

裴紫苏看一眼老裴，应了一声推门出去了。

"什么消息？"老席看不懂父女俩的哑谜。

“你外孙女的男朋友可能要调走，你看她那着急的样儿，没出息！”

“嫁出去的女儿泼出去的水，顺其自然、大道自然、道法自然……”老席念口诀。他手上可不放松，吃了女婿一大片子。

裴紫苏去了医院，张夫子把她立起来当标杆狂表扬：“就算是没有班的时候也来医院工作，真是好医生。没事做？那堆病历你检查一下。”

怎么好意思拒绝？裴紫苏坐下来翻病历。

临近春节，这一下午的班上得像活雷锋，都是办出院的。医生、护士们笑脸相送，祝春节快乐。出院的病人们则想着医生再见，希望以后再也不来看你们。

大过年的，医院里的病人能跑的都跑了，病房里渐空。除夕一早还会有一波出院潮，余下来的病人就是要和医生、护士吃年夜饭的了。

这算是一年到头医院里的“淡季”，大家都比较轻松，除了有急危重症的科室，比如急诊科、外科、心血管科之流。

中医科当然不在上述之列，但是偶尔也会有逆潮流突然绽放的奇葩——下午有个病人就住进来了，一个手腕上戴着一串老蜜蜡的生意人，他绝对是要在这里过年的。

“大蜜蜡”趴在裴紫苏的桌子上，恶霸无赖似的对她越凑越近：“小大夫，我的命可是金贵，你得保证把我的病治好了。”

裴紫苏站起来离他远远的，说：“我今天休息，不收病人。”

张夫子对大蜜蜡招招手：“来来，还是让老大夫我给你看嘛。”

大蜜蜡走向张夫子，倒像是和裴紫苏结了梁子似的回头盯着她。裴紫苏索性出了医生办公室，去了护士站，很多余地坐在那里看大家忙。

护士长宽慰她：“病人就是认可老大夫，你别在意，这证明你漂亮得不像个医生。”

护士长这是瞎操心了，裴紫苏才不会在意病人拿什么眼光看她，她是等余晟的电话等得焦心。她无所谓地道：“我应该去整形科做个鱼尾纹、抬头纹、法令纹，再染几撮白头发，就可以出专家门诊了。”

余晟的电话很晚才打来，裴紫苏问他谈话结果他也不说。在停车场见了面，裴紫苏刺激他："卖什么关子，是不是被开除了？"

余晟一身的懈怠，不说话。

裴紫苏心里的一丝侥幸随即破灭。她问："你有什么打算？"

"没想过。"余晟反问，"你说我该怎么办？"

"被开除"后他该怎么办，裴紫苏还真考虑过这事："你可以去其他医院，宋老师也邀你进博士后流动站。这么说来你是被'松绑'了，一定是老天看不过你在这里被埋没，就亲自动手送你离开。"

"你呢？"余晟问。

裴紫苏迷茫地看着他。

余晟说："跟我走，谈入职条件的时候你是附带条件，引进一位博士，附赠一个中医学硕士。"

"我？不行，我得在这里给我爹养老。"

"把你爹也带上，可以再附带一位高年资ICU教授。"

裴紫苏笑了："你信不信他们会只要老裴，然后你和我变成了赠品？"

"相信，绑了值钱的老教授，和我一起走？"

"不太可能。"

僵局，无解。

裴紫苏觉得难过，余晟伸手扶住她的后颈，用力地把她摁在怀里。

他说："别为难。"

她说："余晟，为什么会这么累啊？"

"裴紫苏，你不要为难，安心地陪着老裴。"

这话应该怎么理解？裴紫苏抬头看他。

余晟看着她："如果你是外科医生，应该是那种只知道开快刀的医生，快刀斩乱麻的绝对是个坏医生。我应该赶在你动了拿掉我的心思前先说——移植中心。"

裴紫苏不是传统标准上的美人，胜在面容柔和，眼睛略显细窄微翘，所以看上去很舒服。但是她笑眯眯和生气的模样连余晟都会分不清。

裴紫苏此时眯着眼看余晟，努力地想明白他说的是什么意思。

"移植中心。"余晟又说了一遍。

裴紫苏眼里缓缓地浮起光。

余晟说："下午同医院谈话的结果是我离开普外科，到移植中心工作，加入肝移植的团队。我不走，你也不用纠结。裴紫苏，我熬出头了。"

裴紫苏看着他，忽然尖叫一声，蹦起来就往余晟身上跳。

余晟被她撞得靠在车身上，疼得直咧嘴："庄重点儿，拜托。"

裴紫苏听不见，捧着他的脸狠狠地亲了一下："天哪！移植中心！太棒了！余晟！移植中心！"

余晟笑，看着她疯，被她摇撞着。

裴紫苏很快回过味儿来，抓住他的领口："喂，你刚才是在骗我？"

"是啊，你给我的答案太让我寒心了。现在你再说，要是我真的走了，你怎么办？"

"跟你走喽，带上老教授。"

"满嘴谎话。"余晟叹，把她紧紧地压进怀里，他人却是松懈的，像是打了一场大仗，"是我不好，总让你为难。"

"忽然有点儿煽情哦。"裴紫苏皱眉。

"偶尔。"余晟怀抱收得不能再紧。这是裴紫苏最喜欢的亲密方式，被勒得近乎痛才觉得幸福，是紧紧抓住的安全感。

"去庆祝？"余晟说。

"好。"

她抬头笑。

他低头吻。

他想试探她，结果失败。其实是他多余，每个人身上都有太多负累，包括裴紫苏。所以也不要用任何名义去要求另一个人做出承诺，包括"因为爱情"这种名头。

两个人的庆祝最后变成了朋友圈的大聚会——余晟去移植中心的消息瞬间就在医院引爆了。

方明第一个打电话给余晟，又拉了普外科的很多医生、护士"欢送"余晟，再加上进修医生和实习生。樊易拿了余晟的消息去"钓鱼"，成功约上了手术室的护士小雨，结果又拽了手术室的麻醉师、护士们。

余晟特别想领裴紫苏一起去，但她非常不喜欢这种场合，在余晟的咬牙切齿中躲回中医科去了。

普外科和手术室的大聚会中，方明也怪余晟没领女朋友："义诊结束后我就再没见过小裴，这小大夫好像从来不和人打交道似的，藏得够深！你看看樊易，一个小实习生混得几乎认识全院所有的医生、护士——认识的人多好办事，带人看病做个检查多方便！"

余晟说："她没必要那么做，不是认识我吗？"

"嘿！"方明认栽。

方明其实无比羡慕余晟，余晟从来不经营人脉关系，他的根基却越来越深。都以为这次余晟死定了，可是听说移植中心的老主任亲自跟院里沟通，点余晟的名要人。

移植中心是什么地方？超级重点！中心主任的资历辉煌，手上有国家级的科研基金课题，余晟进入这个团队，犹如困龙腾空。

方明问余晟："你老实说，去移植中心的事你是不是活动关系了？"

余晟意味不明地笑。方明拍大腿："就是说嘛！是不是裴主任帮你了？"

老裴？余晟摇头，老裴怎么可能帮他？

"我有事，都是直接找院长的。"余晟说，很有背景似的。

方明哈哈大笑："你能直接找院长？你有那影响力的话岳主任还至于掐死你？得把你捧成观音菩萨！"

护士长在唱歌，点名送给余晟。余晟举杯致谢，眼里有盈盈的光，淡淡地微笑着。

英俊男人的柔和清宁有深沉致命的魅力，留意了余晟整晚的小雨摁着心脏："受不了，他一定是在想女朋友，这么帅！"

樊易酸涩地忠告："小雨，你不适合我男神，别费劲了啊。"

"花痴一下还不行啊！"小雨的麻雀眼大幅度地翻了樊易一眼。

余晟在音乐里沉底，回想着这段时间的煎熬，终于尘埃落定了。

今天之前，他和裴紫苏都避免谈及最坏的结局——如果他得离开。

裴紫苏是守家的鸟，她被老裴那只孤雁养大，无比恋窝。而余晟在薛冉那件事情之后就一直被放逐，总是在离开。

余晟总会想起在沙暴里翻覆的车里，裴紫苏不愿意听他的旧事，说只要他陪着她挨冻、挨饿、等死就挺好的。

多余的东西一件都不要，想要的东西紧紧抓住不放。裴紫苏这种性格，余晟没有把握能诱拐她逃家，但他相信裴紫苏离开他也会活得好好的。

那他就死心塌地地留下来，不要让她为难，她为他为难很久了。

刚回国时，余晟曾去找院长要求在肝胆胰外科开展工作，这次他也是径直就去了。所以余晟真的没有骗方明。

在院长办公室门口他等过好多次，最长的一次是从中午上班一直等到夜里八点。做几个小时的手术不觉得煎熬，等人的每一分钟余晟都忍不住想离开，又担心离开的瞬间错失要等的人。

同楼层的办公室里都是医院行政科室的同事，余晟知道他们会怎么议论自己，大多会是嘲笑，偶尔会“敬佩”他为了见领导如此能耗得起。

余晟也在嘲笑自己，那天如果不和岳主任争一时之气，怎么可能如此？到底是吃的亏少，不能忍。

整个楼层都下了班，余晟疲惫地坐在走廊的地上靠着墙，划着手机看裴紫苏的照片，想着自己要等到几点才能离开。

夜里，院领导才从市里开完会回医院，同行的还有移植中心的主任，两人看到余晟都很意外。

大家都很疲惫，余晟极尽简单地说了自己的想法。他说完就离开，也不抱多少希望，但他一定要为自己争取些机会。

今天下午，移植中心的主任忽然征求余晟的意见：“你公派在美国是在匹兹堡大学的医学中心，而且是肝胆外科和肝移植中心，那你愿不愿意来我这里？”

余晟立刻想起那晚在院长办公室里，移植中心的主任一直都在观察他。

余晟稳稳地说：“来。”

他有种预感——否极泰来。

啤酒、游戏、唱歌，大家正玩得欢。余晟躲出了包厢，在走廊里给裴紫苏打电话："……能出来吗……我去接你……"

"能出来吗？我去接你！"有人学他说话，音调拐得像吹唢呐。

余晟回身见是小雨和樊易，这俩人跟踪他出来了。

余晟被气笑，说小雨："跟着樊易怎么也学得一副贼相。"

樊易抗议，小雨立刻倒戈赞同余晟。樊易忽然就生了小雨的气，两人又开始斗嘴吵架，吵得跟真动了气似的。

余晟要走，小雨缠着他，要跟去见小裴医生。

"你可真是够了！"樊易真火了。

小雨笑嘻嘻地道："一起去啊，樊易，不好奇你师娘吗？要不干脆一起去我家，我家大棚里的草莓这两天熟了，最好吃，新鲜得像牛奶。"

"你家不是卖鞭炮的？"余晟问。前两天小雨的朋友圈里发了张照片，是她在搬库房里的烟花爆竹，春节前要卖掉。

樊易都不知道小雨家到底是干什么的了，又是草莓又是爆竹的。但，去她家？没问题！可以！

三人提前走，小雨要去结账，余晟拦住，和一个极酷的老外说了声记账。

小雨滴溜溜的眼睛盯着老外超级膨胀的胸肌、肱二头肌。樊易气急败坏地扯了她走。

小雨甩开樊易，追上余晟："余医生你认识黑社会啊？夜店里也能记账？电影里演医生通吃黑白两道是真的啊！还有那个老外是练健身的还是练健美的？白种人的身材超级好啊！"

"他是这里的老板，我朋友，也是个医生！"

"哇！"小雨回头寻找金发碧眼的壮汉。

樊易推着她快走："走啊！色女！中国女人的脸都让你丢尽了！"

裴紫苏没回家，还在医院，跟大蜜蜡战斗。

她在医生办公室看书，门口有人一闪而过，是大蜜蜡跑得飞快，那么胖的人一点儿脚步声都没有。

裴紫苏跟出去看，走廊里连个影子都没有，夜班的两个护士正从一个病房出来要进另一间。

裴紫苏就去了大蜜蜡的病房，门轴吱扭，大蜜蜡一回头，油乎乎的嘴咧出个笑。

“别藏啊。”裴紫苏说。她绕过床，看见一双胖手里捧着半截热狗。

“要我给你上课不？”裴紫苏问。

大蜜蜡厌烦：“不用不用，我都懂，你也别念经了，给你给你。”

裴紫苏不接，瞅着垃圾桶，大蜜蜡恨恨地把热狗扔进垃圾桶里。裴紫苏走出门，对夜班护士说：“检查下他的病房，特别是柜子里。”

“抄家”的结果丰硕，大大小小的营养品罐子满登登地摆了一桌子。

大蜜蜡闹着要拿回去：“都是我老婆花钱给我买的，知道多少钱一瓶不？”

“叫你老婆来见我，我给她好好翻译一下这上面都写的什么。出院的时候还给你，放心，我不吃。”裴紫苏用笔敲着那些罐子，上面全是英文，一个中国字儿都没有。

大蜜蜡气咻咻地走了。

裴紫苏直摇头：“真不如买些化妆品，起码涂在脸上还好看呢。”

余晟来找她，被桌上按服用量从小到大排列的一排补品震到了：“裴紫苏，你这是要大补？”

“没收的，病人不听话啊。”裴紫苏发愁地拿着大蜜蜡的检查单，指标都高得吓人。

余晟替这家人考虑：“过年的时候把他送来住院，大概是家里人让他来节食减肥的？”

“家里人管不了，就让医生管，然后还往这送补品和热狗。”裴紫苏惆怅。

余晟笑了，背在身后的手转到前面，是个盒子，里面是个人体针灸模型。余晟把模型放在桌角，替换掉裴紫苏的Hello Kitty摆件。

“好丑。”裴紫苏都不想看。

男人身体的模型，惨白色上布满穴位点、经络线。

“专业一点，严谨一点，注意职业精神。”如果是上级医师批评下级医师，余晟的态度是满分。

裴紫苏瘪嘴，余晟在她耳边低声说了句什么，裴紫苏脸通红，脚踢了他一下。

余晟笑，揽了她的腰一起下班。

裴紫苏其实是不太想出去玩的：“这个时间出去玩，回家就太晚了，再说姥爷今天在家。”

“摘些草莓给姥爷带回去。”

“你总是很有道理，不怕我爸骂你了？”

“明天开始要和他展开抢人战，先得克服恐惧心理，也顺便让裴主任有个心理准备，今晚算是冲锋号吧。”

嘿了一声，裴紫苏惊讶地看余晟。余晟笑，心情很好。

“够自信啊！”

“谢谢，还行。”

两束车灯突然大亮笼罩着他们，两人都是一惊，看过去。灯光暗下来，车开过来，能看清楚车里是捣乱的小雨。

小雨遗憾的是，没看见这两人什么限制级的镜头。樊易是第一次见裴紫苏，对“小师娘”当然是拿出看家本领地套近乎。裴紫苏只是笑，待上了路车里灯光暗下来，她这笑容都没人能看到了。

小雨开着车，不想听樊易聒噪，说：“樊易，别叨叨了，没看出来人家小裴医生和余医生都是内秀闷骚型吗？樊易你是不是喜欢谁就会说个不停念死谁？”

“哎，你终于发现了呀，我每天跟你说的话最多。”

“可别，我是农村人，配不上你这城里少爷。”

樊易最近轮转到手术室了，一定是气场不合，几乎被小雨骂成泡发的海参——那叫一个绵软无力。他多次反抗都被小雨当场扑灭，唯一赢的一次是吐槽小雨的靴子太“城乡接合部”，小雨之后就总拿“城里人”挤对樊易，慢慢地反而成了两人的专属昵称了。

小雨家在郊区村里，路还真不是一般的远。车开过了飞机场又从岔道下去。

小雨问："城里的医生们，来过农村没？"

樊易还真没来过，连"草莓树"都没见过。

小雨纳罕："草莓树？"

樊易是有依据的："'摘'草莓，摘嘛，不是从树上摘？"

"没错，是从树上摘，小雨你家有梯子吧，够高吗？"忽然说话的是幽灵般存在的裴紫苏。

小雨又是一愣，从后视镜里看小裴医生又没看到人，却瞥见余晟嘴角的坏笑。

小雨忙答："有，梯子有好几架呢，够用。"

樊易有种掉进陷阱的不好感觉："难道草莓不是长在树上？"

是余晟救了他，余晟问樊易："你见过草莓上沾着土没？"

"没有。"

"那就是在树上了，草莓树比苹果树还高，叶子也大。"余晟说。

只有小雨能看到他一本正经说话的样子，她已经笑到不行，强憋着不出声。

凭人品，樊易选择相信余晟和裴紫苏："对，草莓没沾土。"

车在乡间黑黢黢的林荫道绕来绕去，停在了一排大棚前。进了大棚，樊易高举的目光扑了个空。

黄土地上绿叶间，草莓不沾泥。小雨蹲下来，在地里矮小的植株上摘下来一粒红艳艳的草莓，直接放嘴里吃了，汁液饱满："美味！"

小雨问樊易："土鳖，要梯子吗？"

樊易的脸那个难看呀，有脾气似的用力脱外套。小雨嘿嘿笑——这小实习生今天终于要憋火了？

还有秀恩爱的时候捎带着煽风点火的。

那边余晟在问裴紫苏："你说的草莓树呢？"

裴紫苏细长的长腿迈过田垄，去摘一眼就喜欢上的那粒大草莓，答道："梯子没来，树还不敢长高。"

小雨大笑，决定喜欢裴紫苏这个情敌。

樊易脸通红，好费劲终于把外套脱了下来，发脾气似的塞在小雨怀里。

“干吗？”小雨问。

“太热啦！”樊易没好气地道。

大棚里有恒定的温湿度要求，穿着冬装进来确实闷热。小雨咯咯笑，把樊易的衣服挂在了墙上。

四个人努力吃也吃不完今天成熟的草莓，一大棚呢，又摘了很多，打包带走。

大棚旁边是临时休息的平房，收拾得很整齐干净。裴紫苏喜欢乡下的夜空，在门口望了好久才进去。

小雨洗了些水果正放在餐桌上，樊易在约小雨，他明天还想过来玩，理由是可以帮着收菜、卖鞭炮、摘草莓。

余晟在专心地等一杯热水变温，修长的手放在水晶杯子的边上。他静止的时候像凝固的冰，清澈而有棱角。

此夜最好，有星光、有余晟、一切都在变好。

裴紫苏回头看着余晟，唇角的笑渐渐凝固，她努力地看个仔细，以为自己眼花了。小雨面对着裴紫苏，她奇怪地顺着裴紫苏的目光看向余晟。

静坐的余晟在抖，脖子和头部都在颤动，是细微的、频率很高的颤动。

小雨和裴紫苏对视一眼，都是不安。裴紫苏小心翼翼地走近余晟，小雨的眼光紧跟着她。

走到余晟身边，裴紫苏看清楚了，不是灯光的原因，不是她看错了——从后背俯视的角度，余晟的发顶和脖颈在颤动，高频率、幅度细微。

震颤……

裴紫苏的手缓缓地搭在他的后颈上，想摁住那种颤动。

余晟笑了一下，拽下她的手握在自己的手中，抬头看她，问：“是不是想回家了？”

他的笑容很暖，轮廓也清晰稳当。

裴紫苏长长地呼出口气——那股子邪乎的震颤不见了。

小雨也松了口气，樊易还在兴高采烈地跟她说话，她心不在焉地“嗯啊”着。

之后裴紫苏和小雨的目光总是逗留在余晟身上，但是再没有捕捉到颤动的情景。临走，裴紫苏落在后面，对小雨说：“他经常上手术，你帮我多留心一下。”

说的是什么，她们心里清楚。

小雨分析：“放心啦，他是最近心事太重，之前太疲劳，累着了。我饿坏了的时候也会抖，别在意。”

裴紫苏笑得很有限：但愿。

余晟在喊她，让她快点上车，裴紫苏跑了过去。

小雨念经般絮叨着：不会的不会的不会的，都好好的……

回程的路上，裴紫苏目不转睛地盯着前排的余晟，没有发现异常。

裴紫苏别开眼，不能再想了，坏念头带来坏结局，该死的墨菲定律！

樊易和余晟在聊移植中心的事情，余晟说：“……器官移植手术里肝移植的难度是最大的，本院的移植中心也是以肝移植为主……”

裴紫苏知道，余晟博士期间的研究就是肝移植的相关内容，博士论文拿到了医科大优秀论文奖。一年前他去匹兹堡大学医学中心访问学习，而匹兹堡大学领先国际的就是器官移植。

余晟给樊易讲了他参与的很多移植手术，紫苏听得心浮气躁。

回到家已经是夜里十一点多，老裴不在家，客厅里老席看着电视等外孙女，守候是有回报的——鲜草莓。

老席刺探：“这是和那个余晟一起摘的？”

“嗯。”

“你爸挺不放心那小子的。”

裴紫苏反刺探：“老裴一定跟你说了很多余晟之前的事情。”

“嗯，全都说了。你爸现在比我还能说，咋就那么多话呢？”

裴紫苏赞同：“当教授的时间长了，话痨是职业病。姥爷，你觉得余晟怎么样？”

“嘿，金木水火土相生相克……”

“拜托！”

“好，简单来说，就是麻黄的地上部分是发汗的，麻黄的根却是止汗的，那麻黄这种植物到底是发汗还是止汗？那就说不清了嘛。那个余……什么……”

“余晟。”

“对啊，余什么……”

裴紫苏扑哧笑了：“晟，‘日成晟’，是光明的意思。”

“不管他是什么，将来吃苦的是你，享福的也是你。我当年就不同意你妈嫁给你爸，你看，你爸对我多好，还要给我养老送终……”

……

裴紫苏把老席当靠垫一靠：“明白了！”

老席的态度能说明一半老裴的态度，两个老头的关系“相生相克”，微妙着呢。

爷孙俩聊得正开心，老裴回来了，他对裴紫苏当然是黑着脸，问：“余晟下午和院里谈得怎么样？”

“被开除了。”裴紫苏说。

她老爹、她姥爷，都看着她，突眼咋舌的。

裴紫苏回自己卧室，趴在门缝上听。

她姥爷跟她老爹低声说：“小苏子心情不好，你就别难为她了嘛。我看那个余什么也挺好的，工作丢了再找嘛，主要还是看人品。”

老裴也是泄气：“我哪敢训你外孙女？我明天去院里问问，这个余晟，唉，一对儿不省心。”

裴紫苏憋着笑，肚子快抽搐了。余晟下午骗她时心里也是这么爽的吧。

老裴还真不想打听余晟的事，难道要他给人力资源部的部长打电话？

那家伙接起电话肯定问：“你怎么也不帮帮余晟，能让他被开除？”

挂断电话那家伙八成又得说：“老裴这是关心未来女婿啊。”

没一句话是老裴想听的。

好在老裴忽然想起了他的初衷：拆散余晟和裴紫苏。为此甚至不惜把裴紫苏发配到塞外去巡诊。

不忘初衷，方得始终。老裴释然了，这回是余晟自己搞砸了事情自己离开的。

So，let it be（顺其自然）。

余晟今天是没有安排工作的，但是上午突然接到电话，要他立刻去医院准备手术。

一位上海的司机车祸去世，捐献了肝脏、胰腺和角膜。本院一位肝硬化的病人幸运地等到了肝源，移植中心派出两名医生去当地取了肝源，争分夺秒地运回来，立刻安排手术。

整个手术过程六个小时，病人的腹部曾经有手术史，腹部内的情况非常复杂，增加了手术的难度和时间。

一颗健康鲜活的肝脏，与换掉的黑紫色病肝，擦肩而过。生命的交接中，余晟眉目不动，冷静地进行着下一步。

他的思路非常敏捷，大脑里像是装了标准答案，遇到突发的难题能立刻从十几种解决方法中找到最适合的那一种，同时想好以后的每一步应对。余晟手术节奏控制得非常好，与其他医生、护士的配合更是流畅默契，几乎不需要磨合。

手术快结束的时候，余晟额头的汗流得凶，巡台护士不停地给他擦。

移植中心的主任在另一个手术间里做手术，比余晟下手术台早，特意过来看了看这边的手术。麻醉师对他使了个眼色，暗暗地竖大拇指。移植中心的主任满意地笑笑，有些小得意，他没看错人，来之能战，余晟可堪大用。

手术结束，病人被推去了ICU。

余晟又是饿得近乎虚脱，小雨递给他一袋子葡萄糖注射液，余晟接过来就喝，努力地追上出虚汗的速度。

小雨一边盯着他的手，一边说：“我给你叫外卖吧，你吃饱了再走。”

余晟点头。

小雨走出去，又回身，犹豫着道："余医生，你的手在抖。"

"饿的，老毛病，吃点儿东西就好了。"余晟何止是手抖，他坐在那里，知道自己全身都在抖。

小雨离开，到了更衣间给中医科拨了通电话："小裴，余医生没事儿，低血糖的老毛病，多调养调养身体就好了，我觉得没什么大事儿。"

从手术室出来，余晟去ICU看病人术后的情况，在ICU门口遇见了下班的老裴，余晟打了个招呼就匆匆进了病房。

老裴纳闷地回头看，余晟穿着白大褂，头发被压倒在额头上——应该是被无菌帽压的。

这可不是被"开除"的打扮。

余晟在ICU待到夜里，出来时想起今天裴紫苏是夜班，就去了中医科。

裴紫苏看见余晟，大呼救星，拽了他往值班室去："我给你找了个睡觉的地方。"

余晟佩服女人突然而来的兴致："你想对我做什么？"

"想什么呢？"裴紫苏脸红，打开门把余晟推进去，"阿波罗就交给你了。"

值班室里，张夫子四岁的孙子阿波罗一个人玩得正高兴，把一件白大褂穿成袍子，把值班床当成蹦蹦床，跳、叫。

"你回家是睡，在这里也是睡，哄孩子！"裴紫苏把门一关，走了。

余晟双手叉腰，看着阿波罗发愁。阿波罗也看着他，暂时安静下来。

余晟猫了腰，凑近看阿波罗的眼睛——毫无睡意。

"你怕不怕小裴？"余晟问。

阿波罗点点头。

"小裴让你睡觉。"

阿波罗点点头，脚下一弹，又跳得老高，咯咯笑，床吱呀呀响。

余晟看出来了，脱掉外套："那就来硬的吧！"

病人不多，裴紫苏夜班忙了一会儿还能歇一歇，去值班室看那两个“男人”闹成什么样了。

值班室里只开着台灯，床上余晟搂着阿波罗一动不动的。能搞定阿波罗的人都是超人，余晟是超人。

裴紫苏走到床头俯身看阿波罗，熊孩子是个长睫毛的天使。她挪过来俯视余晟，他的五官在光影下明暗的边界很清晰，安静深沉，衬衫领口应该不舒服，扣子被解开了两颗，一只手搭在阿波罗的身上。

裴紫苏是“好色”一族，目光描摹着落到余晟的下颌、脖颈。他的脖颈不算细，裴紫苏想到了他的八块腹肌。

脖颈的神经血管极其丰富，是呼吸系统和循环系统的要道。食肉动物捕食都会咬猎物的脖子，齿间温热的血液翻涌的感觉就像是在和猎物温存恋爱，那感觉必定会上瘾、迷恋。

交颈又是最亲密的接触，大概发明这种亲密方式的祖先是敢把最弱点交给对方的。

裴紫苏天马行空地乱想，余晟突然睁开眼睛，精准地捕捉到她痴迷的目光。

裴紫苏猛提一口气：“你吓死我了！”

余晟指了指对面的床，示意她趁现在不忙抓紧时间休息一会儿。裴紫苏蹑手蹑脚地上了床，躺下来，两人面对面看着，中间隔着一条走道。

余晟回头看阿波罗睡得稳，缓缓地起身。床吱呀一声，在暗夜里格外惊悚。

裴紫苏抿着嘴笑，看着余晟贼似的坐起来，下床，走到她这边。她身子向墙的方向挪了挪，余晟在她身边躺了下来。

床太窄也太简陋，吱呀呀响。

面对面，贴着，呼吸交缠，空气里都是心惊肉跳和企图。

为了掩饰，裴紫苏问他今天做手术时的事情，还有低血糖的毛病。余晟微笑，只是看着她，只是“嗯”。

夜色清宁，裴紫苏眼里一层水一样的秀色，有些无辜的可怜。

余晟笑，说话时仿佛在吻她：“你这样看着我，好像我欺负你了。”

裴紫苏抿嘴轻笑，垂眼低头。余晟拥住了她。

夜色撩人，他没忍住，衣服窸窸窣窣响。

裴紫苏挺难受的：“别……有孩子……”

“他睡了……”

像背着孩子偷情的夫妇。

两人都笑了。

余晟今晚也不会得手，手覆在她的胸前不再游移，但手指并不老实。裴紫苏的脸越来越烧，翻了个身给他后背：“你去和孩子睡。”

“别动，”余晟说，手追过去找到目的地，“苏子，你乳腺里应该是长了东西，两个。”

裴紫苏一动不动，乖乖的，身体紧绷。余晟手很轻，指尖探触着，蹙眉：“像是增生，平时疼吗？”

裴紫苏含混地嗯了一声。

“做过检查没，B超？”

“没。”

“为什么？”

“……都是男医生……”

余晟闷声笑出来：“好，不给他们看。明天去找我，我给你仔细看看。”

“不要！我自己知道是什么毛病。”

“摸都摸了，还害羞……”

裴紫苏忽然把他的手扔出去：“你给多少人看过？”

“没多少人。”

“呵！”

“嘿，你还吃这醋？不会吧裴紫苏，我看着她们都是肉，是肉，你明白不？”

“那我也是肉！”

“你不是，你是裴紫苏。”

暗夜里的私语像熹微的光，暧昧迷蒙。

飞醋没晒干，裴紫苏要把他推到另一张床上。余晟不走，纠纠缠缠的无意中余晟触到了裴紫苏的痒处，她猛地躲，余晟立刻挠她的痒。

裴紫苏狂躲，在余晟和墙之间狭小的空间里像徒劳挣扎的网里的鱼。又怕吵到阿波罗，她低声叫着："你别闹，喂喂……我警告你，哈……"

余晟不放过她，黑暗里两人闷声纠缠着。

余晟忽然停顿，被压在他身下的裴紫苏得救，喘息间顺着余晟的视线扭头看：另一张床上，阿波罗端端正正地坐着，研究着他们。

尴尬得要死，余晟轻咳一声，很正经地起身。

阿波罗费力地爬下床，走到两人面前，对裴紫苏说："你起来。"

裴紫苏遵命，坐起来。

阿波罗努力地爬上床，舒展地躺在裴紫苏刚才的地方，成一个"大"字，对余晟说："你弄我。"

余晟不明白。

裴紫苏咯咯笑了："好，弄你。"

她的手指头捉向了阿波罗的胳肢窝。阿波罗嘎嘎笑，喘不上气地扭动着，享受着被挠痒痒。

余晟拉开嬉闹的两人，要让阿波罗睡觉。

手机突响，是叫裴紫苏去看病人，她放过阿波罗："你俩睡觉。"

阿波罗正高兴，哪里肯乖乖睡觉，去追裴紫苏，被余晟强行抱上床。

余晟痛恨裴紫苏的捣乱，把孩子闹得兴奋了，结果她溜了，哄阿波罗这种壮实小孩子睡觉是很简单的事吗?

这次阿波罗没装睡，童真的小脸睡得酣甜。余晟拨弄着他的头发，医生家庭孩子的第一个幼儿园大概都是医院。

余晟去了医生办公室，裴紫苏正和一个难缠的病人说话。她戴着滑稽老气的眼镜，快后半夜了还精神抖擞的。

"……上午叫了神经内科的会诊，下午叫了消化科的会诊，现在半夜十二点你要肝胆胰外科会诊……"裴紫苏也是无语，"大蜜蜡，你真的没有必要叫会诊，拜托，会诊还浪费你的钱。"

大蜜蜡坚持："我隔壁床的病人肚子疼就会诊了，我也要，你要是不给我叫我就睡不着。"

"这个不要眼馋，隔壁床和你不是一个病……"

余晟站在门边看热闹，争执的两人瞥他一眼，回过头继续争。

大蜜蜡又回头，认出余晟，奔了过来：“余医生！”

看见裴紫苏松了口气似的，余晟有种引火烧身的不好预感，他对大蜜蜡陌生地笑笑。

大蜜蜡：“余医生你不记得我了？你给我做过手术，我老婆叫秀秀。”

余晟想起来了，问大蜜蜡最近身体的情况。这下不用请会诊了，余晟回答了他所有的、多余的困惑。

大蜜蜡知道余晟现在在移植中心，更高兴了：“余医生，我跟你讲，我在器官捐献志愿者网上注册过的，真的！”

裴紫苏挺意外的，看着大蜜蜡的杀马特造型，他要捐赠器官？

余晟非常郑重地感谢大蜜蜡。大蜜蜡脸上发光：“我打算死了把心和肝都捐了，裴医生你要特别关注我的心、肝，这可不是我一个人的，留着给别人用呢。”

裴紫苏翻着他的病历：“重度脂肪肝，这些指标……可以做肝脏移植的供肝吗？”

“能吧……”大蜜蜡无措，难道他想捐，还没人要他的心、肝？还被嫌弃？

余晟拍拍大蜜蜡的背：“好好听小裴医生的话，我们更希望每个有爱心的人都健健康康的。”

大蜜蜡走了，最近肯定会非常配合治疗的。

裴紫苏问余晟：“你真的记得他啊？”

“我记住了‘秀秀’。”

大蜜蜡的老婆！裴紫苏脸一黑。

余晟回忆，那天手术，病人的肚皮上有“秀秀”两个字的文身，正好是在手术的切口位置，避不开。余晟起了玩心，亲自缝合，认认真真地把那两个字对合得特别好，横竖撇捺都不错位，比文身难多了。

他对裴紫苏说：“我见过秀秀，是个有小儿麻痹的残疾人，人很温柔，眼睛很漂亮。”

裴紫苏一时静了，想着大蜜蜡这个人。

余晟目光沉下去：“明天我带你去做个B超，查一下乳腺。”

裴紫苏脸涨得通红，余晟动了情，耳语般低声问：“刚才你的脸是不是也这么红？灯暗，没看清。”

裴紫苏羞恼地推他，推不动。余晟攥了她的手，在自己下颌的胡须楂儿上蹭着，酥麻的微痛扎着她，她心里一阵潮热。

第十章

最好的时光

晚上余晟没准备回家，裴紫苏让他在值班室和阿波罗睡。余晟要去ICU："去你爸那里睡一觉，正好守着病人。"

第二天就是除夕，昨天做手术的肝移植的病人彩超结果有些异样，余晟怀疑是肝动脉血栓，这是可能导致移植彻底失败的严重并发症。所有医生都高度紧张起来，密切关注着，着实焦心。

老裴也被叫来，讨论治疗方案。

中午，医院送来了除夕的慰问饺子，几个医生凑一桌算是提前跨年了。外面响起了稀稀拉拉的鞭炮声，节日的气氛渐渐浓了。

大家约着晚上抢红包、吐槽春晚，明天就是明年见，自家兄弟早点来交接班……

老裴主任威严不说话。余晟低着头狂吃，最先吃完又去了病房。

老裴又去病房，再转一遍就可以回家过年了。他留心余晟，却没看见。经过办公室，老裴见余晟坐在电脑前犯难，屏幕上是病人的各项指标，老裴进去看了看，摇头："肝动脉血流阻力又恢复正常了？"

这种情形也许潜伏着一个非常严重的手术并发症。余晟说："术后第一天，先升高又恢复正常，也许是个坏兆头。彩超、磁共振的结果还算正常。”

老裴提醒余晟：“不要掉以轻心。”

余晟点头。

没话可说了，老裴不走，余晟也不吭声。性子急且直一些的，终究是老裴，他也是喜欢聊天的人：“过年不回家了？”

余晟站了起来：“机票都订好了，没想到忽然来了移植中心，又突然上了手术。”

老裴心说，你这峰回路转的事儿我也没想到。

说了些无关的事，末了老裴说：“要是没地方去就去我家吃年夜饭——我的两个外地学生也没回家，一起过去吧。”

老裴那样儿，好像邀请余晟纯粹是顺便捎带的，其实他也挺为难的。余晟则是很真诚地以为自己听错了，没回应。

没得到预料中的反应，老裴转身走，说：“你看吧，要去就提前说一声。”

余晟恍然醒悟，追了过去：“裴主任，我开车送您。”

下夜班的裴紫苏毫无创意地回家狂睡，被隐隐约约的说话声惊醒时，天已经黑了。她迷迷糊糊地爬起来，顺着声音去餐厅。老裴和姥爷在包饺子，她趴在餐桌上打瞌睡。

二位老泰山今年文雅了些，没有因为捏的饺子的形状互相刻薄个没完，果然老了一岁会更端庄些。裴紫苏摆弄着桌上很不端庄的酒，挑拨是非：“老爸，变大方了哦，怎么舍得把压箱底的酒拿出来喝的？姥爷，多少年了咱们过年都是二锅头，长城内外祖国各地的二锅头。”

老席脸色陡变，老裴费劲地辩解，裴紫苏嘿嘿笑。

老席对她挤挤眼，裴紫苏也回他挤挤眼。

身后忽然有个人影，裴紫苏惊得险些跳起来，回头恰好看见男人黑色的衬衫，再抬头是张年轻端正的脸——余晟。

裴紫苏杯子端在唇边正喝水，眼睁睁地看着余晟就把水咽到气管里了，下一秒她咳得像老年肺气肿病人。

老、中、青三个男人看着她，没一个人哪怕是伸手帮她拍一下后背。有的不方便秀恩爱，有的不方便秀父女情，也有的不太适合唯我独尊显摆祖孙情。

多人同时争宠物的情况也可能出现另一种结局——大家都不好意思争了。

裴紫苏捂嘴、捶胸、咳嗽地跑进卫生间，待平复了看见镜子里邋遢惺忪的脸吓了一跳，整理得有个人样儿了才又出来。

三个男人斟了酒，留给她的空位上连酒杯都没有。裴紫苏怏怏地坐下来，过了一会儿，她坐姿标准但微微斜了腰，蚊子似的问余晟："你怎么来了？"

老裴耳听八方："有话大声说。"

裴紫苏讪讪地缩了脖子。余晟是到师长家做客的含蓄模样，不认识ICU主任家的千金似的。

姥爷呵呵笑，张罗着斟酒庆祝新年。

饭后，余晟要帮裴紫苏洗碗，姥爷把他叫到客厅聊天："你是客人，第一次来，怎么能洗碗呢？"

裴紫苏泄气，之前去余晟家吃饭都是他洗碗的。

这世道，还有没有个准儿了？

客厅里老裴的手机响，他接起来往书房走："……过年好……怎么去美国了……她啊，忙着呀……"

房门关上，老裴继续说："苏子还没下班。晓城，你有胰腺炎，在外面要注意身体……"

客厅里，现在全家能耐心听着唠叨的只有余晟这个"新人"了。余晟知道了姥爷曾是知青，之后做了赤脚医生。医疗资源最匮乏的年代，加之生活贫困，赤脚医生们去老乡家里送药、看病，一根银针医百病。

余晟悟出裴紫苏命中注定是个郎中："我以为裴紫苏是'医二代'，没想到她是'医三代'。"

"我跟你们都比不了，不过那年代的人老抬举我了。"姥爷老自豪了。

“您是‘全科医生’嘛，我们都不是。”

余晟这话多让人爱听！

姥爷笑逐颜开，端起酒杯跟余晟碰：“你呀，常来，那个人呀，”他冲着书房方向努努嘴，“心里器重你，就是嘴紧脾气硬。对付他，你得学学我家小苏子，游击战……”

老裴在书房，裴紫苏推门进去，见老裴身边的桌上放着个木箱。木箱是二十世纪八十年代的木匠手工做的，工艺拙朴，料却是顶好的黄花梨。

如今黄花梨身价暴涨，这箱子拿出去就是天价。来路却巧，是几十年前裴紫苏的姥爷花了几毛钱买的从制作盘香的降香木料里拣出来的几块好料，用这些料做了个医药箱，背着翻山越岭地给山里人看病。后来裴紫苏的妈妈把箱子当了梳妆盒，她去世后这箱子就装着她的遗物和照片。

裴紫苏从没打开过，这是属于老裴的箱子。逢年过节和忌日，老裴会把这箱子拿出来摩挲一会儿，然后又高高地放在书柜的最顶层。

家里更是从没有摆放过母亲的照片，所以裴紫苏甚至不知道母亲长什么样，老裴更是很少说，她只听说母亲很文艺，也清秀。

空气里有陈年降香的味道，极淡极淡的香。正是鞭炮声密集的时间，热闹喧腾。

老裴身形魁梧，厚实的手掌抚在箱子上，关节泛白，手上是加了些力道的。

裴紫苏恭恭敬敬地在旁边站着，老裴目光涣散，他没少喝酒。

良久，老裴说：“小席，今天家里来了个客人，你没见到，会遗憾的。”

父女俩回客厅，姥爷在给余晟讲家族史，正讲到裴紫苏这一章节：“……那年八月我在新疆伊犁的昭苏，去中哈边境，骑着马上到山坡顶，就看到坡下面的紫苏花海，紫色的小碎花一直铺到天边，真是美啊。从新疆回来，我就给她起了‘紫苏’这个名字，不错吧。”

裴紫苏点头：“不错！被人取笑说‘苏子’是‘紫苏’的种子，我合二为一自体繁殖了，这是进化还是返祖？”

裴紫苏斜瞥着这话的版权方——余晟。而余晟坐在她家沙发上像半个主人，挺自在的。

姥爷大怒：“谁这么说的？我去给他开点药吃。”

老裴同仇敌忾：“肯定是个只有‘二两文化’的人，胃疼的时候吃治脚气的药的蠢材……”

裴紫苏早就笑翻了，余晟赶忙给两个长辈斟满酒，说些良辰美景的应景话打断了两个老医生骂人。

酒正酣，夜渐深，余晟告辞。他酒意微醺，老裴就让裴紫苏开车送余晟回家。老裴和姥爷都有了醉意，说起了往事，推心置腹地唏嘘。

“你怎么把他俩都喝醉了？”裴紫苏埋怨余晟。

余晟微热，寒夜里大衣敞怀，很是惬意。

裴紫苏开了老裴的车送余晟，余晟在副驾驶的位置上醉眼迷离地看了她一路。除夕的夜路空旷冷清，余晟的家里也冷清。

裴紫苏把他扶进家，她去开灯，被余晟从身后拽住，她的脸被掰得转向他，绵密的吻覆了上来。有酒的味道，清清凉凉的。裴紫苏笑，回吻他。

她很快感觉到了不同，余晟没有浅尝辄止的意思，隐隐中有另一种坚决。

砰的一声炮响忽然响在窗附近，沉溺中的两人都是一颤，裴紫苏想推开他，低头避过他的吻：“我得走了。”

余晟反而把她压在了墙上。后背的墙壁冰冷，身前是蓄势待发的男人，裴紫苏毛孔里都在沁汗。

余晟低头，瞧她遮遮掩掩的睫毛。他的酒正在醒，这个岁末年终余晟从未有过地高兴，他可以当着这个女孩的父亲的面把她带回自己家，好过一个人的除夕夜。

这感觉真是久违了，有温暖的人愿意和他互相趋近，他被接受、被宽容、被厚待。

心头一点点热蔓延开来，流淌在残存的酒精上，星星点点地燎起了火星。冷寂里的暖是致命的渴望，一旦有机会抓住就不会放手。

余晟的手臂紧紧地环住了她的腰，引领着她后退，两人脚步磕磕绊绊的。身体致命地相贴，什么隐秘和图谋都瞒不住。他的企图太清晰了，裴紫苏慌了。

没有去卧室，余晟旋身倾倒之际把她压在了沙发上。裴紫苏被挤压得闷哼一声，余晟就要化在这声叹息里了，原始的动力在加速驱动。他撑起手臂俯视她，清冷幽暗的夜里，她素净得像一朵暗处皎洁的花，颤动的眸子露着怯。

余晟笑，问："你怕什么？"

她不说话，身体出卖了她，她越发柔软。

"就在，今天吧……"余晟说。

这话是宿命里的种子落了地，替她决定了什么。

裴紫苏想过，如果他要求，她怎么办？在塞外沙暴的冰冷草原、在温泉水底的窒息里，她就知道答案——她给，她也要他。

余晟解她的衣服，黑暗里看不清着实费了些事。冰凉的手臂从腰际探进了她的衣服里，两条蛇似的攀缠游移着。裴紫苏的身条柔软苗条得让他战栗，他难耐地站了起来，把她拉得坐起来。他拽了她打底衫的下摆从头上脱，裴紫苏手臂举过头，和头被困在衣服里动弹不得，腰、胸一阵凉。余晟却忽然停了，伸手握了她的身子。

裴紫苏困难地自己挣脱，扯掉衣服终于透出口气来。她已经被剥成光洁的洋葱，羞涩地蜷缩着，也冷得发抖。但她一双大胆的眼看着余晟，他的身体筋骨清晰，结实有力，人体的美和精妙真是天赐。

"你真美……"他说着绵密的情话，拉开她的双臂，铺展她，温热的身体覆上了她的。

余晟摩挲着她腰腹处的伤痕，细碎的白月牙般的斑痕："怎么伤的？"

"小时候的车祸。"

"可怜的孩子。"他叹息，摩挲着。

她捂他的眼睛，不想让他看。余晟的吻印了上去，辗转、炙热，他握住她的手固定在她的身下。

她是修长精巧的手术剪，他比她大一号，严丝合缝地覆盖。肌肤的依恋、唇舌的爱恋，交融缱绻，他把她铺展、揉皱，铺展、揉皱……

蜂鸟发现了一处微绽的花，高频率地振动着翅膀，长直的嘴小心翼翼地探进花瓣丛里，浅尝到了蜜，便一点点地向更深处刺去。

花被撑开，蜂鸟贪恋地撕扯着，忘乎所以地往里钻，它甚至变得凶狠，扯撞着、扑腾着。花无力地由着它摆弄，甚至整株植物都在瑟瑟发抖，熬不过去似的连根系都岌岌可危。

终于，它酣畅痛快地吞噬掉最后一滴蜜，植株颓然缓缓倾倒，痉挛着萎靡，像水里漂荡舒展的水母。

他们依偎缱绻，餍足地等待苏醒。饱满的亲密，在知足与不知足间纠缠。

诱惑如果是一味药，必定是罂粟，性味酸涩，微微的苦会翻起欣快如潮。那滋味儿不可轻易尝试，会成瘾，会让人销魂蚀骨欲罢不能。

年初一，裴紫苏睡到中午被姥爷叫起床。若不是怕她饿死了，老裴觉得她能睡二十四个小时。

裴紫苏去浴室洗澡，磨磨蹭蹭近一个小时不出来。老席问老裴："你姑娘昨天晚上几点回来的？"

"不知道，你没记住？"

"我昨天被你小子灌多了，怎么可能记住？"

老裴努力回忆："就记得是在零点敲钟之后了。"

"你就这么当爹的？"

裴紫苏擦着湿漉漉的头发出来了，睡足、泡好，光彩照人。老爹和姥爷怪异地看着她。

裴紫苏看见的是桌上的超级豪华水果篮，还有两瓶洋酒。她过去挑挑拣拣地找了个最想吃的，问："谁这么早来拜年？还挺会买东西的。"

"是余晟，一大早过来拜年，比你可勤快多了。"姥爷数落着她。

裴紫苏微偏着头，挑眉咬唇，表情像是被一个隐秘的心思轻轻牵起。这表情实在也没什么态度，她耸耸肩，手里掂着个杨桃就走了。

姥爷笑话老裴："女大不中留，你可要记住了，余晟是你领回家的，不是你女儿带回来的。"

老裴对这种结局很纠结："不能总让他们在外面偷鸡摸狗的，还是在眼皮子底下更放心些。"

一早余晟登门的时候老席和老裴不比裴紫苏好多少，梦里听见门铃响跳起来穿上衣服，把头发扒拉出个模样，开门、收礼。

余晟清朗英挺，教养很好，是最招人喜欢的那种年轻人。送走他，两个老男人互相看看，再看看自己，一个去浴室挑剔发型，另一个去卧室挑衣服。

余晟去了医院，岁首第一天，封刀一天。护士送来苹果，图个吉利——新的一年医生和病人都平平安安。

病房里病人的情况都很好，整个医院都不是很忙。余晟早早地离开了医院，车开到裴家楼下他上楼敲门。

"姥爷和老裴去看瓷器展了。"

"你怎么没跟着去？"余晟跟在裴紫苏身后。

裴紫苏在给他冲茶，不说话。

进门后，她就在躲闪他的注视，耳后细腻如瓷的肌肤有异常的红，出卖了她的心思。余晟吻在了那里，她有轻微的紧张。他双臂环住她，手握住她的手，放下茶叶和茶杯。她很顺从。

余晟的齿沿着她的下颌细咬，却并不吻她的唇，向下咬过她的喉、颈，到锁骨……

裴紫苏仰起头，有轻微的颤。余晟把她转得面对自己，她的腰被紧扣在他的腹前，他逼迫她看着自己。

裴紫苏眼色水亮，感觉到了昨晚让她冲向极乐的紧绷。

余晟不放过她，问："是在等我吗？"

"不是。"她嘴硬。

余晟动了她一下，裴紫苏脸烧得红艳。

"说真话。"

"是……腿疼，走不快，不敢跟他们去……"

余晟笑，俯首深吻他的女孩。

门忽然有钥匙转动声，两人分开，裴紫苏转身。身后门开，是姥爷的声音："小余来啦，正好，快下楼去帮忙，我们买了个陶瓷的大鱼缸，搬不动……"

余晟下楼，裴紫苏闲闲地站了会儿，懒洋洋地煮水沏茶："看个瓷器展就被推销买了鱼缸。女人败家是精打细算，男人败家都是不走脑子。"

余晟登裴家的门，如果画一条曲线表示就是从零直接跳转到最高的峰值，没有任何过渡。看在过年要团聚的分儿上，余晟挺仗义地没单独拐走裴紫苏，而是领了老裴和姥爷一起组了个四人团，逛花市、吃火锅、去游乐场、去电影城、扫货……

晚上送姥爷和老裴到家后，余晟要继续带裴紫苏走，怎么会有反对？余晟你明天有空再来，咱们再去玩。

车上，裴紫苏问："可是我要跟你干什么去？"

"去医院查个乳腺B超，我和B超大夫约好晚上带你过去。"

B超做完，医生把报告单给了等在外面的余晟："没事儿，乳腺增生，有个小结节，这个你比我懂。"

她回头又对裴紫苏说："定期检查，有异常就把那个结节做掉，就让余晟给你做手术就行了，这是有高级专家护驾呢。"

从医院出来裴紫苏后悔，不应该让余晟去联系的，这可让B超医生怎么想，余晟是怎么知道她那里长了东西的？

裴紫苏啊地叫一声，脸埋在座椅里。

余晟不觉，开着车，叮嘱她："……得这病的人都脾气不太好、心事重，或者是经常生闷气，你改改脾气……"

"喂，我家，我家！"裴紫苏连连拍着前面的座椅。

余晟不减速，车子掠过裴家小区门口："去我家，你爸同意的。"

事情发展到这一步，裴紫苏觉得老裴要负主要责任。

每个人赤身裸体地来到世上，迎世间风雨，衣冠蔽体藏匿了伤痕，也让它隔绝、孤独。抚触和欢合的美好像融融的暖潮，当吟哦间能痛快地叫出心里的名字，便心甘情愿到愿意为此碎裂。

裴紫苏的羞涩渐渐蜕化，她愿意展现自己的魅力给他看。当余晟的指尖等待着她颈后汇聚的汗滴时，她才感受到什么是男人的柔情。

太幸福，好像是在顶峰了。裴紫苏莫名地担心："一辈子都能这么好吗？好像不太可能。"

余晟笑话她瞎操心，裴紫苏也傻笑。

春节假期就是个炮仗，藏一年，放一下，响两声，没了，再等一年。正常上班后这年假就像没来过，一切又都是常态。

正式上班的第一天，余晟排了三台手术。移植中心的效率很高，已经给他配了几名一线的住院医师，余晟专心做高难度大手术，已然是挑起了半壁江山。下班后中心主任把余晟叫了过去，半年后有一场全国范围的肝胆胰外科手术大赛，本院只有一个名额。中心主任从肝胆胰外科的岳主任手里把名额抢下来，为余晟争取到了。

主任安排："准备好参赛的手术视频。参赛的虽然都是中、青年医生，但个个都是高手。评委里有两名院士，名次靠前都很不容易。"

余晟沉默。

主任问："还有事吗？"

"中心有很多医生，我刚来没几天。"

余晟的反应淡漠，主任皱眉："不想参加？还挺谦虚？"

"想，有些顾虑。"

"迂腐，资格只给最优秀的人。"

"我参加！"余晟说，"我可以。"

下班后余晟去了裴紫苏家，姥爷明天一早就走，送行宴。

老裴从书房翻了酒出来，这两天的酒都是他的心血收藏，再加上今天知道了余晟被推荐参赛，鸿运当头，一高兴，老裴翻出了压箱底的，把准备在裴紫苏出嫁那天喝的酒都拿出来了。

裴紫苏站在厨房的门边，就在余晟身后。老裴看见她神色不太对，还对他悄悄地勾手。

老裴走过餐桌，去了厨房。裴紫苏示意他看余晟的头和颈，这一次很清楚，他在震颤，就在她眼皮子底下。

诡异的震颤，高频率、小幅度，如蜂鸟的翅。而余晟自己完全没有感觉到。

裴紫苏看老裴，求助。老裴不动声色地坐下，把红酒瓶递给余晟。余晟接过来开酒，动作流畅稳定，把红酒倒进醒酒器里，手也很稳。

老裴站起身，去了书房。裴紫苏过了一会儿也去了书房，老裴在书柜里翻书。

裴紫苏走过去："第三次了，第一次是姥爷来的那天晚上，光线暗，我以为自己看花眼了。第二次是他下了手术，手术室的护士告诉我说他低血糖。"

老裴看看她绞紧的双手，继续翻书："现在他没有空腹，不是低血糖。明天上班让他去找神经外科的医生看一下，要做些检查。如果是震颤类的病，对常人来说不影响生活，这类病下面又分好几种类型，确诊是哪一种吧。你去问问他有没有家族史，这很重要。"

震颤类的病里，最著名的就是帕金森了。

得病的诱因有很多，家族遗传、环境因素，甚至是本人的精神状态，比如抑郁……

震颤类的病不会痊愈，只会进行下去，拽都拽不住。帕金森是其中的一种，病人心理负担重，病程后期运动出现障碍、肌肉萎缩、思维迟钝。

有很多名人不幸中标，比如亚特兰大奥运会上点燃火炬的阿里。还记得他吗，哆哆嗦嗦手持火炬站在全世界聚光灯下的拳王阿里。

裴紫苏的眼眶忽地湿润，此时比余晟颤动得更厉害："爸爸，他是外科医生……"

"医生也会得病，不过医生得病应该比寻常病人更配合治疗。"老裴说。

裴紫苏诧异地看父亲，老裴何以能不为所动得像个医生，如磐石般坚硬?

"还没确诊，要排除很多干扰因素。出去吃饭，明天你姥爷就走了，别声张。"老裴出了房间。

裴紫苏仿佛被冰水浇头，去桌边翻厚厚的资料，老裴在那一页夹了书签：震颤。

房门敲响，余晟进来叫她："都在等你，怎么开始学习了？"

"没，找点儿东西。"裴紫苏放下大部头，跟在余晟身后去了餐厅。他的黑发和领口之间一截肤色，在她眼前很扎眼。

老裴看了眼裴紫苏和余晟，对姥爷说："年轻人都没良心，你惦记着他们，他们顾不来你。现成的例子就是裴紫苏，我下胃镜的时候，她能说出为了省钱不要麻醉的话来；换成余晟病了她立刻就能掉眼泪。裴紫苏，给你姥爷和我敬杯酒，也算没白把你养大。"

裴紫苏去端酒，余晟跟着，两人给姥爷端了酒。转过来余晟给老裴敬酒，裴紫苏要陪，余晟拦住她："是我自己的心意，裴主任，谢谢您。"

谢什么，话没说清楚，但几个人都清楚。

老裴看看裴紫苏，她的手在抖，余晟倒是挺拔沉稳。

老裴暗叹，接过余晟的酒喝了。

裴紫苏这一晚上心事重重，不说话、总走神。姥爷摸着她的头："不舍得？你跟姥爷去当村医吧，像小时候那样姥爷背你。"

"我长得比你都高了，可以背你了。"裴紫苏说。

老裴一直在暗中观察余晟，余晟不自知，他被姥爷抓了当听众。这些天，余晟知道了裴家的很多事情——

老裴这种医生，无论从职业要求，还是个人兴趣上，都是恨不得住在医院不回家。妻子去世后，四岁的裴紫苏就成了最大的问题：要接送幼儿园、要去学特长、要参加活动……老裴忽然发现这个孩子是需要有人管的。

他连自己都照顾不好，手忙脚乱的，哪里管得了裴紫苏？甭提当时孩子多遭罪了。

姥爷是村医，常过来帮老裴带孩子，寒暑假干脆带了外孙女到乡下。裴紫苏在村子卫生所的院子里跟牛、羊、鸡、鸭玩，姥爷去乡亲家出诊时就攥着她的小手一起走。有次下雨 水过河，姥爷背着小姑娘，走到河中央时忽然涨水，他脚下不稳摔倒，小姑娘掉进水里被冲出去老远。小姑娘命大，没被水冲跑，被卷到河边。姥爷吓了个半死，乖乖地把孩子送回城里老裴这里来。

老裴依旧是抓瞎的爹。江遇知道裴紫苏被送回来了，主动过来关照孩子。

老裴因为妻子是死在江遇的车上，那几年都不和江遇来往。江遇已经开了自己的公司，有专门负责家事的助理，就让助理带着儿子江晓城去找裴紫苏玩，两个小孩子年龄相仿，是最好的玩伴。

江遇对裴紫苏的事情越管越多，把孩子从村妞照顾成公主，裴紫苏和江遇的感情也越来越好。

老裴对江遇的态度渐渐软化了很多，最主要的原因是他担心裴紫苏是单亲家庭的孩子，经常被他锁在家里不同人说话、来往，性格会出现问题。

再加上时间长了两个孩子有了感情，老裴和江遇那笔陈年旧账也就不算了，后来反而是忙着准备当儿女亲家。

吃完饭裴紫苏送余晟回去，她没有跟着下车。看着余晟上了楼，她烦躁地熄了车的引擎，在黑漆漆的夜里坐着。忽然想起个人，她就给余晟打电话，要了Diego的电话。

余晟问她要干什么，裴紫苏只说以后要带朋友过去玩。

余晟不相信，就给Diego打电话。Diego像是醉着，语音颠簸："嘿，你的姑娘来看我了。"

余晟简直要败给裴紫苏，这么晚了还有心力去玩。也许总要有些不省心，才能叫女人？

他认命地打出租车去了Diego那里。子夜的夜店，醉酒、欲望，迎面的每个人都五颜六色。余晟从他们脸上很难判断出谁面色不佳、谁可能患有肝病，现在的医生真的很难当，所有的人都不诚实。

裴紫苏和Diego在酒吧沉默对坐，两人同时看向余晟，目光的内容是一致的。余晟心下诧异，裴紫苏和Diego之间没交情，这是在聊什么，居然很有默契？

余晟坐下来，要了杯水。圆桌，三人。

Diego抱着肩，观察着余晟，问："余，你喝了酒？"

余晟点头。Diego对裴紫苏说了句什么，然后拍了拍余晟的肩："玩得开心。"

余晟没什么可玩的，他就是来盯人的，他歪倒在沙发里看着裴紫苏。她也在打量他，整个晚上都在不着痕迹地打量他。

"裴紫苏，你在想什么？"

她过来，坐在他怀里，手捧着他的脸庞："余晟，我们回去吧。"

"告诉我你为什么来找Diego。"

"我可不可以不说？"

"可以。"余晟点头。

裴紫苏就是这样，有很多秘密瞒着他，也别指望这个闷葫芦会说什么。

第二天，余晟有两台手术都是排在下午，不料前面的一台手术出了意外，时间拖了近两个小时。轮到余晟时，病房里的一个病人突发休克，他被叫去抢救。

等他再回来，已经没有手术间了。两个等待手术的病人灌了肠、不吃不喝一整天就要坚持不住了，再推到明天病人还得再灌肠、不吃不喝……

余晟和手术室协商了很久，快下班时，才开始做手术。麻醉师和护士们都没了脾气。

小雨的夜班，她笑话余晟"得罪了人"。现在有小雨的地方就有樊易，樊易看见是余晟主刀，也不下班了，以"帮忙打杂"为名围观手术。

晚上八点结束手术，余晟说带樊易出去吃饭，樊易拒绝："这么晚了，跟着您只有医院后门那家的牛肉面可以吃。我想跟小雨去吃好的，余老师您不知道，女孩子找好吃又便宜的店就像猎狗似的，一找一个准。"

余晟坐着换鞋，歇一歇，准备走。

"余老师，您怎么在抖啊？"

"饿的。"

"不是，抖得挺高频的，您别动，您一动就看不清楚了。"

余晟不在意，要站起来，被樊易摁住："别动别动，这绝对不是饿的，我拿手机给您拍下来。”

樊易录了段视频，余晟不想看，樊易坚持把视频递到他眼前。余晟应付差事地扫了一眼，回过头来，拿过了樊易的手机。

视频结束，余晟再播，他看到自己的头、颈部在颤，幅度很小、频率很高地颤，似一个虚晃的轮廓，不停地点着头。手机里的他抬头看了下镜头，挺不耐烦的。

樊易说：“余老师，您现在又在抖了。”

余晟抬起头：“我感觉不到。”

“您别动……对，就这个姿势，又抖了……只有头和脖子在抖。”

“我感觉不到……”

樊易送走余晟后回去找小雨，路过一个手术间，门哗啦一声开了。樊易看过去，里面居然是空的，没有医生、护士，床上没有病人。

樊易惊出一身汗，他在走廊中央，夜间手术室的走廊静悄悄的。这地方连扇窗都没有，密不透风得像个铁罐头。

哗啦一声，手术间的门又自动关上了。樊易吓得全身肉跳，攥着拳头越走越快地逃回去。

小雨在摆手术用过的纱布，摆成漂亮的阅兵阵形，五个一组血红的纱布。樊易不能碰她，就哆哆嗦嗦地讲那扇门的古怪，还绘声绘色地加了声音效果。

小雨夸张地学着他的哆嗦颤音：“医院里可是不干净，邪祟多。那些被抢救回来的病人都说，他们飘在天花板上看着医生抢救自己，所以你看天花板啊，是不是有影子在飘……”

啊的一声短叫，樊易像只凶狠的大狼狗：“你想吓我啊？”

小雨灵俏的眼睛滴溜溜的：“天花板上人太多，叫下来三个凑一桌麻将和你打啊。”

樊易恼了：“怕你害怕我才来陪你的，我纯属瞎操心！我走了！”

“是吓走的吧。”小雨说，被樊易捣乱数错了纱布数，就从头再数。

忙完了，小雨给设备科打电话：“手术间的门坏了好几天了，你们也不来修，大半夜的开开关关吓着人你们得负责报销救心丸啊……”

余晟从手术室出来就去了中医科，裴紫苏还是夜班，很忙。余晟也没什么可说的，就走了。

裴紫苏拽住他："你怎么了？"

"没事。"

裴紫苏挺不放心的，护士在催她。余晟笑："真没事，下班了路过来看看你。"

余晟走了，不然她没法安心工作。他去了医院后门的牛肉面店，要了两碗面，加鸡蛋、加菜、加肉，又要了炒菜……

满满一桌子，他真能吃得完。手机摆在桌上，余晟不停地重播着那段视频，诡异的颤动很像抽搐，幅度小、频率高。

余晟把手臂伸直抬起，坚持了很久整条手臂都很稳。手术台上一站几个小时体力消耗很大，他平时很注重体能的训练，尤其是手部的。

余晟把手机放一边，不再搭理。

如果是病的话，可能是什么病呢？颤动，神经外科的病？

Diego？

Diego！

Diego……

余晟想起了昨晚裴紫苏的怪异——她已经发现了。她没告诉他，而是去问了Diego。

还有Diego和裴紫苏之间奇异的沉默。

余晟一身的热汗倏地全蒸发掉，由外而里每个毛孔都凉到骨头。

店老板要打烊了，过来婉转地赶人："余医生，再来点儿什么？"

余晟惊醒："哦，不用了。"

他拎了外套出了店，小巷僻静，招牌的灯光冷冷清清的。余晟走出很远才发现手机落在面馆了，又折回去。店老板帮他收着，还给他："余医生，今天脸色不太好。"

余晟谢过店老板，接过手机点开屏幕，他在屏幕里隐隐地颤着。

闭上眼，就看不见？

冷夜里，余晟消瘦的身影在小巷里往深处走，偶尔会停下来看手机，脚步越来越凝滞。

最后，他拨通了Diego的号码。拨出去就又挂断，他索性开车过去。

Diego是在办公室见了余晟，看了看余晟的视频就放在一边。人就在对面，现在应该是个病人，Diego说："余，你需要做一些检查。"

"可能是什么病？"余晟问，喉咙发紧。

Diego重复："你需要做很多检查，排除一些可能误诊的因素。"

余晟知道Diego心里已经有谱了，但就是不说，在严格遵守医生的那些破规矩——最起码Diego在中国是没有行医资格的。

余晟看着Diego，Diego无辜地道："你是不是想揍我？"

余晟站起来，要走。

Diego对他的背影大声说："治疗方案有很多，可以吃药，可以做手术，我美国的老板手术技术很好。余，你有漂亮的姑娘，你是最好的时候。"

"最好的时候……"余晟停住。

Diego："我们是医生，是最清楚疾病、最会和疾病打交道的人。"

"我从来没这么后悔自己是个医生。"余晟说，走了。

Diego的门外是醉生梦死。

裴紫苏傍晚时打电话给余晟，他罕见地已经下班到家了。电话里他声音含糊，还不如刚睡醒的裴紫苏。

没有约见面，这很反常，裴紫苏开车去他家。走得着急随手拽了件风衣，出了门才发现天气忽然春寒降温，车里更冷，裴紫苏冻得直哆嗦。敲开余晟家的门，他是居家的懒散模样，给她去倒热水暖身子。

裴紫苏缩成一团，双手捧着热水杯啜着。

余晟靠在窗边，端详着裴紫苏："你在抖。"

裴紫苏一滞，抬头。余晟挺没意思地看向窗外："我也在抖。"

玻璃窗上是他的影子，裴紫苏在右下边的一角，担忧地看着他。

"你知道了？"她说。

余晟说："真希望是你告诉我的。"

裴紫苏想说什么，余晟打断她："我没事，我们是医生，最知道这世上谁也逃不掉的就是生老病死，虽然我们跟它打交道最多，但也没什么特殊待遇。"

窗户右下角的高挑身影向他走来。余晟转身看，他的女孩柔软清丽，真是漂亮，他确实是在自己最好的时候。

裴紫苏环住他的腰，猫咪似的柔顺，余晟觉得自己已经开始享受病人的福利和安慰了。

"裴紫苏，我是个不祥的人，好运气在遇到你之前早早就耗完了，你和我在一起怕是享不了什么福。"

"开始胡说八道了？按套路接下来该算命了。"

余晟的胸膛像是笑了一下，没有声音。

这一晚的沉郁是裴紫苏认识余晟以来最暗淡的一次，像是在没有光和热的匣子里，窒息、安静。她努力调动自己的幽默细胞来调节气氛，余晟很配合地说、笑，但他们都太像表演了。

裴紫苏黔驴技穷，余晟表扬她："为什么没去说单口相声？完全可以成为台柱子。"

"让我一个住院医师如何给一个主任医师做心理建设？一张开嘴，你就能猜到这路数的最后一句话。"裴紫苏气馁。

"是你多事。我是做器官移植的，把一条命接在另一条命上，还常常会失败，知道病人最想听什么样的消息，却要把最不好的消息告诉他们的父母亲。这点儿小病，我想得开，我经过比这更糟糕的事。"

余晟背靠沙发坐在地上，两条长腿拳着。他鬓角里的白发比夏天时多，这半年他过得并不轻松。

沙发上两部一模一样的手机，裴紫苏拿起一部看时间，时间不早了，她该走了。

余晟第二天凌晨四点起床，收拾行李箱赶去机场，他昨晚和同事商量调了班，挪出了几天假期。

黎明前最黑的时分，候机厅里人都困顿，余晟独自站在巨幅的玻璃墙边望着停机坪，一片迷茫。晨曦不露，气温很低，巨大的飞机慢慢地滑行过来。准备登机的人渐渐嘈杂。

余晟趴在栏杆上不动，漫不经心地滑着手机，又看看停机坪，没什么可期待的。

是去B城的医院看病，到那边落地后正好赶去医院挂号——神经外科。医生去看病，无论去哪家医院都是轻车熟路。

身后有人经过，退回来，站在了他身边。余光里看到身边多了一双平底的跑步鞋，上面是一条黑色的运动长裤，看腿的长度是个大个子，余晟扭头看，吓了一跳，这么高的个子居然是个女人——黑色的运动风衣，双肩包，两只手抄在肥大的裤子口袋里，黑色鸭舌帽压低遮着脸，帽子上一个骷髅头图案，模样有些酷。

鸭舌帽被白皙笔直的食指顶起来，露出脸——裴紫苏。

她对着满脸问号的余晟笑，像是抓住狐狸的老猎人。

余晟愣怔，看了看旁边排队准备登机的人群，摇摇头笑了："平时我怎么没发现你个子高得吓人？"

裴紫苏不屑地嗤笑，把自己的包丢给了他。

余晟问："你怎么知道的？"

裴紫苏从他手里拿过手机，输密码点开屏幕，点了订票APP，跳出机票信息，举起屏幕给余晟看。

"你怎么知道我的密码？"

"生日、身份证后六位、手机号……挨个试喽，这种密码方式真是……怎么说呢，"裴紫苏把手机抛给余晟，"白瞎了我的智能手机。"

余晟亮灼灼的眼看着她，裴紫苏是要跟他算账的："为什么不告诉我？"

"你追来是要陪我去的？"

"B城医院的神经外科是不错，你有没有预约？"

"你爸爸同意你跟我走？"

"我怎么可能对他说实话。"

"日后你说的话我怎么能信？"

“你要去哪里是不是也要上老虎凳才肯招供？”

……

提问，只是想问。答案？谁在乎呢。

登机后，余晟想把座位换到裴紫苏身边。他跟裴紫苏左边座位的人沟通，失败，再跟右边的人商量，再失败。余晟只好回座位，同他旁边座位的人商量。

裴紫苏看着他指着自己的方向比画，对方同意时余晟似乎大大地松了口气，非常真诚地感谢着。余晟过来帮她拿背包，裴紫苏绷着一张脸看他忙活，心里说：该！

航班在晨曦里起飞，从朦胧的光里穿越云层被阳光照亮，向东飞行迎接光芒。

“为什么不跟我说？”裴紫苏耿耿于怀。

“没必要。”

“原来我和你没关系啊。”她是真想喊停车啊。

“不是那个意思，只是没必要，是你太重视了。”余晟说。

“你不要辜负我，我从不原谅任何人。”裴紫苏挺凶狠地看着余晟。她有很不好的预感，想着和他认识以来的每一件事，再想想他私自的远行，觉得莫名地委屈，眼里一阵阵的潮。

谁愿意成为一个悲剧？所有的坏苗头都应该被掐死在萌芽状态。

余晟皱了皱眉，用力地把她摁进怀里，吻她的发：“不要自寻烦恼。”

“说‘对不起’。”

“对不起。”

裴紫苏窝在他胸口真就掉了眼泪。翻车的时候她没有哭，掉进水里她也没哭，病人和上级医师骂她都没哭过。

余晟叹气：“唉，真是没办法，一点儿委屈都不受……亲爱的，生病的是我好不好？别哭了……乖……别哭了……”

完全哄不好。

B城医院的神经外科是全国顶尖的，设备一流，医生是能一锤定音的大医生。

挂号、做检查，无尽的排队、等候，熬着时间等结果，一念天堂、一念地狱。这几天里余晟变成了实验室里的小白鼠，这感觉很奇异，一个医生去找另一个医生看病——高度配合的病人，最和谐的医患关系。

确诊了：特发性震颤。

此病有个无人不知的缩写，但完全不是因为这病本身——ET。

余晟看着有趣："ET？所以我是个外星人了？"

余晟现在的症状是当他以微微低头的姿势保持固定时，头、颈部就像被敲响的鼓膜似的快速颤动，完全不由自主，根本控制不了。ET的发展进程中必然会连累上肢和手部肌肉运动失调，或许有一天抖得系不了鞋带。

有药物可以控制ET的症状，但是拽不住的病情只会勇往直前，只有更严重。也可以做手术，部位在脑部。

余晟寻找发病的原因：ET和家族史有关，他父母健康，但祖父颤抖，年老时抖得像随时会散架；也和抑郁有关，余晟打个钩。

接下来的几项，他已经不想看了。

是报应吗？薛冉给他的报应？

余晟展望未来："八十岁时我会是一个哆哆嗦嗦的摇滚老头。"

他对ET已经做足了功课，文献和资料翻了个遍。余医生看自己的检查报告单时皱眉思索的模样，十足神经外科的专家派头。

但是夜里，他在裴紫苏身上像是要拼命证明什么，之后他会像个无助的孩子抱着她，偶尔又冷硬地拒绝她的拥抱。两个人的安慰、一个人的冷冽，余晟在这之间沉沉浮浮、无所适从。

裴紫苏只是默默相陪，对于一个手部需要精细动作的外科医生，她不敢想象余晟心理的负担。她追了他来也不是要起什么作用，只是无法想象余晟一个人去做检查、讲述病情、拿结果时的心情。

最后一天从医院出来，余晟问裴紫苏："你说我可不可以成为一个怪教授，平时抖得像棵摇钱树，但上了手术台就不抖了？"

裴紫苏能看到他的执念，是他头顶一片笼罩他的云，垂下一架救命的绳梯给他，但是蒸汽做的。

他想治病，已经动了做脑部手术的念头。

回到酒店收拾东西，返程机票是晚上的。

“我想回家看看父母，上次见还是在去美国前。”余晟说。

裴紫苏弯着腰在收拾东西，她的手不停，刚才为了打包方便，两人的东西没有分得太清楚，她就又把余晟的东西从自己的背包里拿出来放进他的包里。

余晟坐在床边，深呼吸一下看向窗外，B城的天阴沉沉的，他就没见过蓝色。

裴紫苏坐下来摆弄手机，余晟看见她在退票，只退了他一个人的。

“跟我去我家吗？”余晟问。

裴紫苏的手指停顿，垂着头，始终没有抬起来。

余晟捧住她的脸疯狂地吻，裴紫苏挣扎着推开他，起身背了自己的包要走。

余晟拽住她：“生气了？”

“没有。”

他不知道该如何让她高兴，说：“我不确定你愿不愿意和我回家。”

裴紫苏站在门口，回头看，一身黑色的运动服看起来酷酷的：“我确定你想自己一个人回去，不想我跟着。你不用为了照顾我的情绪那么问，你心情不好我理解。”

“裴紫苏，”余晟忽然想对全世界投降，“我不明白自己为什么总是要面对那些需要拼力才能挺过去的事情，这些事一环扣一环躲都躲不过，我撑不下去了，随这世界想对我怎么样吧。我知道女孩子为什么喜欢我，喜欢我穿着白大褂、洗手衣，还有我的手。如果我注定是个坏结局，对你也许是个好消息。毕竟，没有这双手的光环我其实什么也不是。我们之间，我听你的。”

裴紫苏看着他，这是个心灰意冷的男人，甚至在自卑，他其实在说：请你遗弃我吧。

裴紫苏：“你背着我订票的时候我就知道你动了这个心思。在你还没有开始治疗的时候……”

“我们都知道治疗不会有结果，没必要自欺欺人。”

“我的余晟不管经历什么，都不会放弃自己。你心情不好，需要时间调整，回家见见父母也挺好。我回去等你回来。”

裴紫苏回来上班，最高兴的就是张夫子了。为了成全这小姑娘“与大学闺密相聚”的小心愿，老教授上了二十四小时的班，累得伤了身体的本。张夫子这天的早餐都是夫人在家熬了药粥送来，严格按照张夫子开的方子，还多加了大枣，也不可多加，枣多了碍胃。

裴紫苏开始了全天候上班模式，连着上了两个夜班，已经累到坐得笔直端正却在闭着眼睡觉。

这天早间是科主任带领下的大查房，医生们按职称由高到低的顺序排队走，裴紫苏走在队伍后面，她后面就是实习生了。

前面的医生是即将临产的孕妇，超级大肚子，回头跟裴紫苏窃窃私语：“余晟还没回来？”

“嗯。”

“原来你们不是一起走的呀，我们都以为你跟他回他家见父母了。”

八卦的感知系统绝对是全宇宙无敌！核磁和CT要是有这么厉害就好了。

裴紫苏心虚，嘴硬：“这种事总是你们比我先知道。”

“小裴医生！”主任忽然叫她。

裴紫苏一个激灵，见主任微怒，知道是“私聊”惹的祸。

主任叫她：“裴医生，给病人回答一下他的问题。”

病人是大蜜蜡，今天出院。大蜜蜡拿着一张医院门口散发的小广告，又问了裴紫苏一遍：“这报纸上都说了，我的病无痛十天出院，为什么花了这么多钱你们都治不好？”

张夫子很不厚道地在偷笑。

裴紫苏正面、反面地翻看小广告，半天憋出一句：“要不你去他们那儿试试？”

大蜜蜡眼睛一鼓，被噎得死死的。

所有医生险些笑场，主任咳嗽一声，很严肃地道：“方法不对，对病人也要好好科普教育，你留下来给他讲一讲他这病的病因病理和治疗方法。”

主任的手指向裴紫苏，裴紫苏向旁撤出一小步躲在张夫子后边，她是想露出张夫子的大肚子的。但孕妇正笑得挺着肚子，向前挡住了张夫子的肚子。主任的一指禅就点在了孕妇医生身上。她笨拙，躲不过，气得瞪着裴紫苏。

裴紫苏于心不忍，低声说：“我帮你给病人换药。”

查完房，裴紫苏收到余晟的信息：“我回来了。”

裴紫苏这才踏实了，回来就好，就怕他一去无踪。

但是裴紫苏没回信息，她还是有些赌气，最私底下的心思是有些失落：把余晟暖过来的不是她，而是他的家，她还不是他的家。

中午饭是在职工餐厅吃，裴紫苏一进门就看见余晟，他在对她招手。孕妇医生笑话她：“余医生这是眼巴巴地瞅着门口等你呢吧，小别，哈？”

裴紫苏不想被说中，端了她和孕妇的餐盘去买饭。孕妇却忽然抓住她的手，直瞪瞪的，像是被定住了：“我好像……”

“啥？”

“该去产科报到了……”

“啊？”

“笨，要生了。”孕妇挺着大肚子转身出了餐厅直奔产科。

裴紫苏追出来，孕妇小步快走速度居然很快，回头说：“你给我打点儿饭送来，我饿。”

裴紫苏想把自己劈成两半，一半陪她，一半买饭。

孕妇继续吩咐：“你去我的更衣柜里拿个大包，我生孩子的东西都在里面，你给我送去产科。”

裴紫苏想把自己劈成三份。

“我陪她去，你去拿东西、买饭。”是余晟，来得正是时候。裴紫苏看他一眼，快步跑回餐厅去打饭。

孕妇那是相当不好意思：“余医生啊，这是你第一次送孕妇吧，真荣幸，谢谢啊。”

余晟笑笑。他还是小有遗憾的，不禁回头看裴紫苏，可她早就没影了。

裴紫苏拎着饭、扛着大包奔到产科的时候，孕妇医生的家人都赶来了。余晟不在，他不适合待在这里，早早就走了。

裴紫苏回家睡觉，晚上醒来看到信息里发来了孕妇和宝宝的大头像。

“这效率！”裴紫苏挺高兴的，跳下床就奔到医院看新生儿去了。

孕妇变产妇，挺郁闷的：“生得这么快，都说我是下蛋的鸡。”

裴紫苏不理会她的矫情，守着宝贝喜欢得不行，摸着婴儿稚嫩的小拳头：“我生君未生，君生我已老……”

产妇医生哈哈笑：“你保养好自己，多攒点儿嫁妆，我可以考虑你当儿媳妇。”

“我有余晟了。”裴紫苏亲宝宝的小指甲，眼里的光彩能溢出来。

恋爱中的女人，都是活在幻想里。

孕妇医生笑：“差不多就结婚呗，还等什么呢。”

余晟在信息里等裴紫苏召见，她从产科出来后丢给他一个答复，余晟就从移植中心出来到住院楼的医生休息间等她。

等候的男人的柔情，在暗灯下晕染了整个房间。听见脚步声，余晟抬头看过来，笑容真让人动心。

裴紫苏拿出生疏的范儿，研判着：“心情不错。”

余晟笑了笑：“还好，我爸妈骂我为什么没带你回去。”

裴紫苏挑眉，无可无不可的。

“还在生气？挺记仇的。”余晟戳她的下巴。

裴紫苏佯怒地推开他，也就笑了。

一笑泯恩仇，两人在B城时的不快也就散了。余晟和裴紫苏一起去了Diego那里。知道余晟确诊是ET，这老外也就知无不言了，而余晟最关心的是根治ET的办法——手术。

Diego联系了匹兹堡的老板和朋友，越洋电话打了好几通。做不做，余晟拿不定主意。

春暖了，最难耐的柳已经有了芽，两人离开Diego的店后是一路走回去的。余晟看似平静，但始终沉默。到裴家门口，他问：“裴主任对我的病怎么说？”

“没说什么，老裴应该是没把这当回事。”裴紫苏答。

“看来也只有我自己揪住这点儿事不放。”

“你可不可以也不在意？这么紧张，反而会刺激你发病的速度。”

“我尽力吧。”

余晟确实在尽力，他给自己制订了健身计划，努力延缓ET的进展，尤其注重手臂肌肉的锻炼，强大的肌肉群可以增加动作的稳定性。戒烟、戒酒、保暖，避免饥饿和疲惫。

最后一点做起来不太容易，移植手术不知道什么时候会有爱心捐献，一旦确定就要争分夺秒地立刻进行，移植外科医生都是随时待命。

裴紫苏在余晟的办公室和手术室里放了很多牛奶和零食，让小雨帮忙照顾余晟。

余晟的业余时间也安排得很好，工作上了轨道，生活也比较规律，前些天请假看病也算一次慢节奏的休假，他的震颤竟然意外地消失了。

Diego说他是在“最好的时候”，余晟现在能确定他就是在前所未有的“最好的时候”。没有顾虑、没有阴郁，有所爱、有爱人，所有拥有都是最希望的。

五月芍药花开的时候，裴紫苏和余晟商量着短假要出游，晋、冀、鲁、豫、藏、琼，大不列颠、阿拉伯联合酋长国……两人为了目的地争得起劲。

老裴知道后，对裴紫苏大喝一声：“不许去！你是女的！女的！你知不知道？”

这个，其实不是问题。要怎么跟老裴解释呢……裴紫苏皱着眉头扯着头发，站在那里挺为难的。

老裴一惊，似乎明白了，又没法问，气得想扑过去揍裴紫苏一顿。死丫头一跳，手长腿长地跑了。

老裴气得好几天血压都高了，降都降不下来。医院开会时遇见余晟，那小子气色很好。老裴忍、忍、忍不住，手里的签字笔隔着桌子就丢了过去，落地崩飞。余晟莫名其妙的，也只好先避避风头。

恋爱，最招人恨了！而看得最心酸的是实习生樊易，他追小雨追得好辛苦，至今没有结果。马上实习结束该滚蛋了，偏巧樊易轮转到了内科系统，和手术室八竿子打不着。樊易的办法是常去中医科找师娘小裴医生聊天——小裴医生和小雨关系很好。

这天运气好，樊易去看师娘，师娘正跟小雨打电话，听意思是约了下班后一起去逛街。樊易就死等着她们一起下班："我能拎包，我拎包的技术可高啦。"

裴紫苏直撇嘴，早看穿了他的花花肠子。

樊易无聊，就在护士站待着聊天。走廊里一对情侣情意绵绵的，樊易看不顺眼，和护士长抱怨："他们也不注意场合。姐姐你也不管？"

可惜，这一对在护士长眼里是医院的形象代言之一："那个男孩是九床的病人的孙子，女孩是十床的病人的女儿，两人陪床认识的，没两天就成了一对儿。这充分证明医院这种地方是最有爱的。"

"陪床认识就成了？这也可以？！"

樊易忽然被颠覆了世界观，不是要追很久才行？为什么别人的爱情都像电门开关，啪嗒一下就亮了？而他几个月都没成果，这时间搁在韩剧里都一百多集演完了……

"听说你在追手术室的小雨？"护士长看樊易的眼睛，像眼科医生给病人查眼底。

"我……"

"你要用心，小雨家可不是一般人家，她爸爸是大资本家，那是全医院最有钱的人家。"

樊易嘿的一声笑："她是个农村孩子……"

"那是人家嫌城里挤，你呀，追之前也不好好打听打听，加油吧。"护士长很不看好樊易，但是致力于促成。

樊易眨着眼睛，脑子里一串串的关键字：实习生、护士、大资本家……

“樊易，走啦。”裴紫苏过来叫樊易，旁边跟着小雨。小雨瞅着樊易笑，最知道这笨小子的心思，但她就是不说。

樊易讪讪地看看小雨，她背着LV老花图案的白色包，樊易看了好几眼，忽然反悔说不去了。

小雨绕着他打量了一圈，胳膊肘往樊易肩上一靠，像挺仗义的兄弟：“走啊，菜鸟，不是说好一起的吗？”

樊易敲敲她的LV包：“这包从哪个地摊买的？一看就是假的。”

“对啊，假的。等你有了钱给我买个带身份证的包呀。”

樊易不懂什么是包的身份证，小雨笑话他，樊易陡然就恼了：“我不去了，以后也不去了。”

小雨莫名其妙的，追上去拉住使性子的樊易：“怎么啦？”

“我实习马上就结束了，就当我一直冒傻气。”

“哦，是不舍得离开我呀？”

“不是！”

“就是，骗谁呢？”

裴紫苏已经沦为背景板，只好追着这对冤家走，看这拌嘴强度两人怕是要持续一个晚上。

经过急诊厅门口，恰遇上急救车送来了病人。转运床上的病人被快速地往抢救室推，病人一只下垂的手腕上戴着一串硕大的蜜蜡珠子，很是惹眼。裴紫苏看着，忽然想起个人，大步追进抢救室。

急诊的医生、护士都在忙着抢救，连记录医嘱的时间都没有，都是口头交代和确认的。

裴紫苏要被请出去，但她跑过去看到了病人的脸，说：“这病人在咱们医院住过院，身上装有心脏起搏器，高血压，腹部有手术史，脂肪肝……”

抢救时知道病人的病史是非常大的帮助，可以节约很多时间，避免错误的方案和用药。

急救的护士告诉裴紫苏："他在路边晕倒的，身份确认不了，也无法联系到家人。"

"我试试。"裴紫苏忙去医生办公室借了电脑，凭记忆查找到了大蜜蜡的病历，调出来给急救的医生参考。甚至还找了他家人的联系方式，裴紫苏通知了他的妻子秀秀。

过了大半个小时，一个腿有残疾的女人焦急地进了急诊厅，急诊的护士带着她去看大蜜蜡。

这就是秀秀，裴紫苏远远地看着。

此时大蜜蜡已经确诊是脑干大出血了，几无可救。

裴紫苏、樊易、小雨三人互视间都是叹气，一起离开。

气氛压抑，逛街就没什么兴致。

而小雨一路都在留心樊易，他今天不搭理她，这很反常。

小雨先和裴紫苏聊："余男神呢？"

"今天有一台在体劈离式肝移植手术，会很晚。"裴紫苏答。

这台手术全院都在关注。

劈离式是把一颗捐献的肝脏劈分成两部分，分别移植给两个病人。手术难度很大，要整理、分离出两套完整的肝脏动脉、静脉、胆道……国内能开展这种手术的移植中心的数目还是个位数。如果本院移植中心能做成功，将成为本省首例。

如果说机遇、运气，余晟几次都濒临改行的绝境，但他现在是同龄医生里站得最高的金字塔尖上的人。

小雨看裴紫苏的眼神无比羡慕，是仰望教授夫人的目光。

樊易在一旁就更觉得没意思了。但小雨的眼珠子一百八十度地甩过来，看定樊易："你什么时候结束实习？"

"月底。"

"毕业有什么打算呀？"

"当医生喽，当小医生喽，也不会是教授。"樊易泄气地道。

小雨麻雀般的圆眼眨啊眨的："我们医院招毕业生，你来考啊？"

"为什么啊？"

"因为我啊！"小雨忽然抡起包砸在樊易身上——这菜鸟一晚上的阴

阳怪气终于惹怒了她。

樊易揉着胳膊："我跟你什么关系啊？"

"你们聊，我去看看余晟。"裴紫苏说。她实在是受不了樊易如此之笨，识相地扯了自己的包火速消失。

小雨尽量让自己的目光力敌千钧，试图压倒樊易。樊易快扛不住了，想溜，被小雨揪住了："你一晚上什么意思？是想劈腿啊？劈谁？嗯？"

樊易反抗，但逃不掉，也急了："你们家那么有钱还怕我劈腿？"

是这个原因啊。

小雨很愁樊易的智商："你傻啊！那是婚前财产懂不懂？还真以为我会拿钱砸你啊！我又不打算养男人，你的脸有余男神好吗？"

樊易顺着她的思路想，顿时觉得很有道理。

他忽地一声惨叫——小雨在拧他的胳膊。

"告诉你，要追我就好好追，半路撤退还反了你了！"

"好好好，你厉害，我继续追——唉，我说，我这算追上了吧？"樊易后知后觉。

小雨俏生生地笑着，樊易猛地把小雨扛了起来，嗷嗷叫着跳。小雨吓得敲他的头："疯子，疯子！"

樊易转了个圈才放下她，高兴地道："公主殿下，是不是没人追，所以不舍得放我走啊？"

"是你没追过女孩子吧，真是笨得要死，我都恨不得教你。"

"那你教一下呗。"

"第一步……"

樊易忽地拽了她低头吻住，小雨吓了一跳，随即笑了：还行，不算太笨。

余晟很晚才给裴紫苏打来电话，很疲惫："成了。"

"你太棒了！"裴紫苏跳了起来。

那边余晟瘫坐在地上，今天几个手术组的医生全部开工，加上麻醉师、护士，一起站了十五个小时，为了两条命。

余晟觉得血热得冷不下来，说："我饿得都想吃自己了。"

“你等着，我现在就去带你吃饭。”

裴紫苏打了车去医院旁边的饭店订了位子等他，但余晟却像是被别的事儿缠住了，迟迟不来。给他打电话，接电话的是余晟的助手：“余医生上手术了，急诊科有个脑死亡的病人捐献了肝脏。”

本院急诊的捐献者？莫非是……大蜜蜡？

心里一阵异样的难过，她的病人又走了一个……

余晟又刷了手，换了新的手套又上台。这台手术比方才那一台要简单，但余晟不停地侧脸让巡台护士给他擦汗，体能在直线下降。

最后一步时，余晟就剩下一口气了，眼前一花。他闭上眼再睁开，还是看不清楚。

所有人都发现了他的异样，停下来等他。

余晟定定神，抬手，手在抖。

这一幕在哪里见过？颤抖地站在手术台上，被所有人盯着，茫然无所适从。

没想到，这么快就发生了。

“剩下的，你来吧。”余晟垂下手，离开了主刀的位置。

走出无影灯，费劲地摘掉手套，离开手术间，更衣后，余晟瘫坐在门边的排椅上。有下手术的医生经过，羡慕地拍他的肩：“余晟，今天可是大出风头啊！”

“还好。”余晟说。他费力地站起来，出了手术室，风一吹，被虚汗湿透的衬衣冰凉。

余晟给裴紫苏打电话：“苏子，结束了。”

第十一章
孤注一掷

冰川，蓝色、华丽，壮阔如山脉，造就一片雄浑的冰冻原野。

最底部的冰承受着如山的压力，直到压力把冰变成水。傲岸的冰川就是空洞了心的城，当失去平衡的最后一粒雪飘落，一座冰城就到了末日，坍塌不可挽，堕入深蓝的海洋。

裴紫苏惊叹着考究的男人饿狠了吃起来不是一般生猛，余晟活脱在往嘴里倒饭。

“喂，你慢点，要是噎着了怪丢人的。”裴紫苏恨不得拽下他的盘子，又让服务生加了一个汤。

差不多饱了，余晟才慢下来，伸手去夹菜，筷子在盘边一串细碎的磕碰。裴紫苏惊骇地看着那只颤抖的手，顺着他的手臂看向余晟的脸。

余晟端起盘子把菜倒进了碗里，继续刚才扒拉着吃饭的方法，这样能掩饰他手的颤抖。

此时的余晟像是被一个诅咒击中——有进无退的ET，如影随形的鬼魅。

裴紫苏丢了魂儿似的看着他。

余晟安静地吃完，放下碗筷，擦了擦嘴角：“刚才手术都没做完。”

他很平静，说完垂下头，这个静止姿势正是他震颤的姿势，头、颈部的震颤比之前幅度大了些，已经很明显了。

裴紫苏站起来，拉着他离开饭店，说："你太累了，睡一觉休息两天就好了。"

他们都这样希望。

第二天余晟狂睡到中午才醒来，前一天做手术太累，今天被允许迟到。打开手机，有夜班医生发来的昨天手术病人的消息，很不错。余晟笑笑，心情很好。

裴紫苏也有消息给他，余晟回了她一个笑脸。

裴紫苏平时是很没有情趣的女孩，加上性格冷清，问候、闲聊之类的信息对于她都是废话。自从余晟病了，她有事没事就会给他发条信息，废话挺多的。

这很能说明些问题，说明他"需要关心照顾"。

这个清晨，从这条信息开始，余晟有些厌弃自己。如果有一天他必须依靠一个人，他最不愿意这个人是裴紫苏。

他抬高双臂，看见手还在抖。他放下手，有些灰心。

余晟去了医院，但愿今天不会有手术安排，他做不了。

事遂人愿。

昨天的手术被医院重点宣传，电视台和报社都有专题采访。医院的病房、餐厅、休息间，所有的屏幕很快就有了滚动播出。

余晟的手机也热闹起来，是同学、校友，看到他的消息特意打电话来祝贺。

余晟都不知道大家是怎么找到他的联系方式的，毕业后他几乎不同大家联系来往，这两年越发沉寂，不是没有手术做，就是在国外。

但余晟就是余晟，只要出现在视野里就是最受瞩目的那个。

余晟去ICU时遇到了老裴，为了配合移植中心的大手术，老裴今天也是眼袋上熏着黑眼圈。

老裴劝余晟："不能再这么拼了，身体垮了就什么都没了。"

余晟笑了："看来裴紫苏一点儿秘密都没替我保留，第一时间就告诉您了。"

"我看她比你还着急。"老裴说。

余晟还真不着急："迟早要完蛋，不如趁着还能行拼一下看看自己能冲多高。"

这样的话都说出来了，老裴一时无话可说。余晟走出去挺远，老裴叫住他，走过去道："你虽然年轻，但也经历过很多事，应该知道没有过不去的坎儿。"

"应该。"余晟同意。

余晟控制着工作的节奏，不敢太累，把接下来的几台手术都交给了其他医生。

他去找Diego，拿起桌上的一张A4纸，纸在他手里瑟瑟发抖。余晟问Diego："有什么办法？我吃了药但是丝毫没有效果，根本控制不住。"

Diego给他倒了杯酒："酒精能暂时止住ET。"

余晟烦躁地扯开衬衫的领口："你让我喝了酒再去看病、做手术？"

"为什么一定要做医生？我不做医生更开心了。"

余晟忽然开始讨厌Diego，讨厌他是个完全不理解病人心理的医生，漫不经心的老外看来也帮不了他什么忙。

Diego努力安抚余晟："放松，余，你太着急，对你的病非常不好。深呼吸、深呼吸……"

这很容易，余晟随时可以彻底泄气。

和Diego再次聊了很久，余晟依旧是没有头绪。他瘫坐着，手指搭在眉目间，遮住心灰意冷的眼。

手机响，是裴紫苏，她最近恨不得在他身上来个GPS定位。

Diego羡慕："余，你真幸福，如果我是你，现在就和她结婚。"

余晟倒是挺有把握的："她现在肯定会同意我的求婚。"

所谓倚老卖老、倚病卖病，他现在的境况裴紫苏怕是不忍心抛弃他。

裴紫苏约了余晟见面，她身边还坐着一个人，年轻的黑脸膛汉子，戴着顶遮阳的牛仔帽，其实以他的肤色用不着这帽子。

“余医生，还认识我不？”对方笑，整洁的牙齿很漂亮。

“宝音！”余晟眼睛一亮。草原雪夜，独自爬出侧翻的车去找救援的宝音。

宝音见到余晟，从包里拿出个长条锦盒。裴紫苏伶俐，看形状就猜到是什么了，促狭地笑。

宝音献宝似的给了余晟：“春天刚收的，挑了最好的一根。外面很多都是假的，我这是真的。”

余晟接过来，纳闷地看看宝音。裴紫苏笑得挺不厚道，宝音则万分期待他的反应。

余晟打开锦盒，一根粗壮的肉苁蓉。棕褐色的扁圆长茎，壮实油润，末端有叶片脱落的月牙形瘢痕——优质的补肾良药。

“好吧？”宝音炫耀地问。

余晟呼出口气：“好。”

裴紫苏笑翻，说宝音：“这种品质的肉苁蓉，值很多钱的。”

宝音腼腆，好一阵子吞吞吐吐，说：“我是有事想求余医生。”

裴紫苏一愣，余晟看过去，宝音说：“阿爸病了，要做手术。”

他又从包里拿出厚厚的检查结果和影像片子，眼巴巴地递给余晟：“我们那边的医生让转院，说你能治。”

余晟翻看着一摞资料，主治医生是吕冀程，他的老同学。余晟喜欢医生这个圈子，同行、同学之间有种山不转水转的奇异缘分。

肝部巨大的血管瘤，瘤的体积比肝还大。余晟微微蹙着眉，宝音紧张地紧盯着他。

余晟说：“先住院吧，对病灶要做精准的三维重建，做评估，再确定方案。不好意思，宝音，我现在不能亲自给他做手术，但是我可以帮你联系很好的医生。”

裴紫苏看了眼他的手，宝音高兴地站起来用力地鞠躬，余晟和裴紫苏慌忙拦住。

余晟联系的医生是方明，方明的身后是岳主任。岳主任看病、做手术的水平绝对是超一流的，很让人放心。

那根肉苁蓉余晟收了，不然耿直的草原人会和他翻脸。礼尚往来，余晟给宝音的父亲买了住院需要的东西送过去。

那根肉苁蓉最后的命运是放在了裴紫苏手里。

“中医保管中药材，很适合你。”余晟笑得挺幸灾乐祸的。

裴紫苏对那根极佳的肉苁蓉很喜欢，好东西不舍得放着，更不舍得给别人用，她琢磨着能不能用在余晟身上。

余晟最近有意无意地在躲她，看她的眼神也刻意冷淡着。裴紫苏知道他在动什么心思——骄傲的男人最不愿意失去他的骄傲，下意识地远离曾经的粉丝，是想藏起一丝自卑。他开始自卑了？

裴紫苏给余晟发了条信息：“愿不愿意试试中医，针灸、汤剂？”

现在让他干什么都行，余晟回了信息：“好。”

裴紫苏把手机攥得紧紧的，他们都太需要信念和希望。

中医科有几位现成的老宝贝，但裴紫苏知道余晟的心思，领了他去别家医院找了另一个中医泰斗看。每次拿到处方，裴紫苏都会亲自去抓药、拣最优质的草药饮片，还买了砂锅，去余晟家亲手给他煎药。

熬草药时把中药饮片放在砂锅里，用冷水浸泡半个多小时，再用武火把水煮开，转文火慢煎二十多分钟。过滤出药汁后再添水煎第二遍。第二遍煎煮的时间长，要半个多小时。

裴紫苏每次都守在砂锅旁边，偶尔拎起盖子仔细地用筷子翻搅里面的药，是为了煎药均匀，也是怕煎煳了。

两遍过滤出来的药液兑在一起，分成两份，一份留着下一顿喝，另一份趁温时端给余晟。

“你把我当小孩。”余晟的大手捏着药碗，停在嘴边准备喝，瞅着裴紫苏拇指、食指间的那粒冰糖。

“先苦后甜喽。”裴紫苏瞄准他的嘴，准备好要丢进去。

余晟这些天不仅喝药，还很配合地去扎针，挺见效的。他恢复了些信心，又能和她说笑了。

余晟不怕苦似的慢慢地喝着黑色的药汁，星亮的眸子直勾勾地盯着她。裴紫苏看着都觉得苦，直瘪嘴。

余晟喝完，她忙把冰糖塞到他嘴里。余晟却忽然吻住了她，把苦和甜都渡给了她。

中医的疗效渐渐地也停滞不前了，各种治疗方法都进入一个瓶颈，卡住了两人希望的咽喉，余晟的焦躁强忍再强忍，都快忍不住了。

一次洗碗，明明是手滑摔了碗，余晟却骤然发作，把一摞盘子丢进了垃圾桶。

裴紫苏吓了一跳："不怪你，真不怪你，我也会打碎碗的，别着急、别着急。"

余晟胸膛起伏着，看着自己丢掉打碎的一摞盘子。

裴紫苏第一次见到他抽烟，他哆嗦得打火机递不到烟头上。余晟回过头来看了眼裴紫苏，低头努力点烟。

裴紫苏不敢拽他的烟，也不敢帮他点，或许他也讨厌她这么看着他。

终于点着，余晟狠吸了两下又用力地摁灭。

"我想出去度假。"他说，真是受够了这种半死不活的状态。

"去哪里？"

"三亚。"

三亚，海边。

裴紫苏想一下都要窒息，她认为余晟是故意的。

但余晟决定投降了，说什么自尊和傲气，他只要救命稻草："和我一起去，苏子，拜托。"

机票、酒店，余晟一手操办。裴紫苏跟老裴报备，老裴没态度。没态度就是态度——随你，唉，我是管不了了。

三亚，海岛的南端，热带的浓艳和海岛的明媚在海天之间肆意挥霍。飞机的后半程都是在海面上，绕过巨大白色的南海观音像，观音慈悲的脸就在窗外，低眉俯瞰众生。

落地正是午后，热浪扑面而来。出租车开在沿海公路上，槟榔树和椰树的屏障是蔚蓝的海。裴紫苏偏着头看海，余晟看着她。

“不难受。”裴紫苏欣喜地回头跟余晟说。

余晟也高兴：“晚上试着到海边走走，也许那次掉进温泉是以毒攻毒，你被治好了。”

酒店在亚龙湾的海滩边，出门就是海滩，有世界上最美丽细腻的沙滩。海滩是酒店私属，避免了游人扎堆，有着难得的清净。沙滩边上有两块孤立的礁石，是两块体形巨大、圆润温和的礁石，像紧贴着的被烤焦的大面包。

裴紫苏望着那两块礁石，远看着都足有三个人高，她很好奇它们是怎么脱离大海孤独地矗立在沙滩上的，是大海退缩时被遗忘在沙滩上了？

余晟要领着裴紫苏过去看，她连连摆手——能不去就不要去的好，海浪声都让她难受。

余晟办理入住，裴紫苏坐在沙发的扶手上，身边是两人硕大的行李箱。她看着门口的广告架：欢迎肝胆胰手术决赛的参赛医生和评委入住。

裴紫苏这才明白为什么来三亚，因为余晟进入决赛了，这里是决赛的会场。

他在医院时严密地保住了这个消息，估计除了医院高层和移植中心主任，再没人知道。

有两位会议的工作人员在和余晟说话，向裴紫苏这边看过来，对她点头示意，应该是在商量裴紫苏这个“意外”。

余晟来参会，食宿都是统一安排，住在酒店主楼的标准房里。裴紫苏的住宿是余晟付费订的，酒店别墅区的大床房，幽静得多。余晟的箱子由会议人员帮忙送去房间，他过去拖了裴紫苏的箱子送她去别墅区的房间。

裴紫苏的房间是花园里独立的一间，榕树林边的泰式建筑，高挑的陡屋顶，房间高出地面很多。余晟拎了裴紫苏的箱子爬上一人多高的楼梯才到房间门前。

开了门，余晟把行李箱往柜子里放，裴紫苏开了空调，把百叶窗落下。

房间里是南亚风格的布置，窗外是阔叶的高大树林，枝头绽放着硕大红紫的花，花序盛大。热带的植物全年生长，肆意地繁殖。

裴紫苏也是成熟的，身材的丰润和纤细被调配得妥妥当当，且新盛开、新鲜芬芳。她穿了抹胸、热裤，平时被白大褂包裹隐藏的浓艳悉数绽放，余晟觉得能闻到她的味道，像隐秘的熏香缭绕。

余晟的身体有些难受，他很久没碰她了。

余晟走到窗边，轻吻她的额头。

裴紫苏的手指轻巧地勾住了他的衬衫衣襟，余晟握住，牵在唇边摩挲："先休息，晚上去看海。"

他放开她，离开。

余晟这一走就开启了参会模式，与同道中的巅峰人物聚在一起，这样的机会不多。第二天是总决赛，余晟要对自己的手术视频进行讲解，回答评委提问，就更忙了。

裴紫苏不会无聊，她是最会自得其乐的人，健身房、SPA、BBQ……她还找到了酒店最高层楼顶的露天星空酒廊，一个人吹着海风，对着星星喝了半瓶红酒。

傍晚她在电梯里认识了一对刚从海里游泳回来的俄罗斯男孩，一个十岁，另一个八岁，只穿着泳裤，金发白肤身体茁壮，中文说得很漂亮。裴紫苏迅速和他们打得火热，小哥儿俩每天都在海里游泳，抓上来的小海星和细贝壳装在玻璃瓶里送给裴紫苏，被她放在房间的窗边。

这天傍晚花园里的BBQ，歌手唱着桑巴摇摆着卷曲的长发，裴紫苏给那俩帅小子烤了一晚上的肉。等回了房间，她赫然看见地上多了只箱子，是余晟的。她往房间里看，没人。

应该是他的会议结束，退了房搬进了这里。裴紫苏整理着余晟带来的东西。窗边海星的瓶子边多了个亮闪闪的东西，她好奇地过去拿起来。是个水晶的奖杯，底座上镌刻着赛事名称，还有：余晟第二名。

裴紫苏的手指停留在"余晟"两个字上，凸凹颗粒的触感。水晶杯折射出璀璨细碎的光，落在旁边的玻璃瓶上，里面粉蓝色的小海星动了一下。

她的手攥得发白，眼泪掉在了奖杯上，很大的一滴。

她擦掉眼泪，放下奖杯给余晟打电话，通了，但是没有应答。

裴紫苏出了房间在酒店里找他，花园里的BBQ还没散在热闹着，泳池边穿着比基尼的浓妆女人在自拍，地下的健身房里没人。

她又去了顶楼的露天酒廊，没有。裴紫苏站在酒廊半人高的围墙边，继续给余晟打电话。围墙外是海天一色，近些是酒店的海滩，两块大礁石。海浪里有两个鲜艳的游泳圈，是那对俄罗斯的男孩子又去夜泳了。

海滩边有个小小的影子站着不动。

余晟的电话还是不接，裴紫苏再拨。

海边的人影一动不动。

裴紫苏伏在酒廊的护墙上，看准那个人影的位置。她离开酒廊，搭电梯下楼，跑出酒店，跑向海滩边。

住在这里两天了，她还是第一次上海滩。海边的风咸腥潮湿，海潮声一波波拍来，每一波都像是穿透她而过。

那道身影还在，面对着海天，风吹鼓了他的衬衫和裤子，像海风里一面单薄笔挺的旗——是余晟。

裴紫苏甩掉凉拖，走过去。

海水清透浩瀚，像是能被轻轻掀起，然后吞噬掉整个世界。

裴紫苏一阵阵犯晕，但大海给她的冲击比游泳池反而要小得多。她努力地吸着气，对余晟大喊："余晟——"

逆风，不知是没听到还是太出神，余晟没回头。裴紫苏不敢走过去，坐下来等他转身。

海阔天也阔，晚霞的黑红色狰狞在一起，壮阔凶恶。

夜晚来临，硕大的圆月把黑暗照得清透。夜泳的人陆续上岸，那对漂亮的俄罗斯男孩子扛了游泳圈也回了酒店，经过裴紫苏时跟她笑着摆手。

风浪加了劲道，潮水很快就冲刷到了余晟脚边，但余晟像是生了根。裴紫苏急了，此时周边没人，她只能自己去叫他上岸。

她向大海走去，两条长腿像探水的长脚鹤。她不敢看水面，瞅准了月光里余晟的身影。

风携着浪，海面上升得很快，她离他只有不到两米时，水已经没过膝盖。可是水底的沙滩下沉得很快，一臂之遥的余晟已经被浪淹没了大腿。一波大浪卷过来，裴紫苏险些站不稳。

像是在黑色的深海里下坠，她喘不过气来，叫不出余晟的名字。

眩晕得就要栽倒，裴紫苏向余晟的方向抓过去。她堪堪抓住余晟的衬衫，下一秒就扑进了海水里，可怕的水堵住了她的口、鼻、眼，一张嘴海水灌进了嘴和鼻腔。

这一次她很快被拎了起来，是余晟拽起了她。裴紫苏咳嗽着，抓住他不放。

余晟拖着她上岸，湿淋淋的衣服裹着两人的身体，厚重的沙子又裹着湿衣服，举步维艰。裴紫苏眩晕、干呕，余晟在海水里被冻僵了，两人踉跄着走出不远就瘫倒在沙滩上，翻过身来望着夜空，沙滩留有余热，这才觉得安宁。

裴紫苏撑起身，见余晟背靠着礁石瘫坐在沙滩上，有气无力地看着她。他被海水冰得脸色惨白，湿头发一绺绺地遮住额头。

裴紫苏手脚并用地爬向他，伸手用力推他："你傻呀！你是想干什么呀！"

余晟被她推倒，裴紫苏又要把他扯起来。余晟冻僵的脑子不太清楚她到底想让他怎样。他听见她的声音尖厉、哽咽："不就是个病吗，谁不生病？你至于吗？没完没了地折腾自己是要人可怜啊……"

脸上是冰冷的水滴，分不清是海水还是泪水，裴紫苏扯着余晟数落着。

她齐胸的细肩带长裙彻底湿了，胸口处的衣襟兜了海水被拽得下垂，又服服帖帖地裹住身子。月光下露出女人胸前的沟壑，与颈项修长的弧度柔和地融合在一起，似一尊最细腻光洁的大理石雕塑。

余晟握住她扯着自己的手，温热、细腻，他像是在冰窟里握住了一线救援的温暖。

眼前是她的身子、愤怒的脸庞，完全是趋暖的本能，余晟的脸贴过去，有预期中的暖。他贪恋地把脸深埋，双臂抱住黑冷的夜里仅有的温存。

裴紫苏被他的冰冷吓到了，直身长跪在他身边。燥热的夜风渐小，她想把他暖过来。

但余晟是混沌的，他觅到了暖，就想全身都钻进这暖的壳里。双腿冰到麻木，他站起来，拉得裴紫苏也站起来，他整个身形贴上她的，严丝合缝。他们靠在巨大粗糙的岩石上，他把她的裙摆扯高，让他的腿能贴着她温热的腿。

虽然四野冷寂，毕竟是酒店的海滩，裴紫苏挣扎着推他："余晟，不能在这里，余晟你醒醒……"

他像是听懂了，拉着她钻进了两块巨石之间的缝隙。仅够容纳一人的宽度，却极深，连月光都照不进来。

他紧紧地贴着她，扯她两腿间的衣服。裴紫苏急了："不可以余晟，不可以，真的不可以……"

但他迫切地想从这具身体上找到活着的感觉，温热的、鲜活的，让他不觉得被遗弃。

身后坚硬的岩石硌得裴紫苏皮肉生疼，身前气息凌乱的男人不管不顾地往她身体里挤，困兽似的发泄着。不舒服，余晟抬起了她的一条腿圈在他的腰上，她的另一条腿瘸了似的站不住，她只好双臂紧紧地攀住他宽阔精壮的胸背，只盼着这一刻能快点熬过去。

很久没在一起了，又是在海天之间，星光应和着风浪声，他们都被这情境刺激得很快失控。

越过余晟黑亮的头发，裴紫苏看到两块巨石间一线狭窄的宝蓝色夜空，一粒极细小的星远远地望着他们。

余晟的右手始终扣着她的左手腕，怕她反抗似的高举着摁在岩石上，像是把她吊了起来，又像是防着那只手会反抗他。

潮汐声层层叠叠地掩盖了他们的声音，在星光与海之间的缝隙里，纠缠的身体不管不顾地癫狂着。

深夜，余晟牵着裴紫苏的手从海边的沙滩走回酒店。在台阶前的露天淋浴处，他帮她简单地冲掉脚上、腿上、裙子上的沙子。裴紫苏的鞋子丢了，她就赤着脚。怕花径里有刺扎到她的脚，余晟就背着她。

酒店的花园里绿荫黑密，宁谧寂静。

进了房间，余晟先去淋浴，裴紫苏翻找睡衣。换她洗澡，她站在莲蓬头下久久不出来，让温热的水流冲刷着她，不想离开。

卫生间的门响了一下，是余晟进来了。他关掉淋浴，用浴巾慢慢地把她包了，抱起。

裴紫苏黑圆的眸子始终看着他，是温柔的眼，藏着墨黑的星空。

余晟把她放在大床上，轻轻地覆了上去。

这一次是温柔的，虔诚的，像心存敬畏。他绵密地吻她的后背，她细腻的脊梁上有在岩石上压出的瘀青。

余晟低声道歉，为他刚才的粗鲁，还有这些天的偏执别扭。缠绵琐碎的情话、抵死的温柔，裴紫苏叹息着束手就擒，欢愉如清晨跃出海面的鱼。

剩下的几天，他们早晨、傍晚都会去海边散步，余晟帮着裴紫苏缓慢地接近大海，试着和水相处。她对水的惧怕在一点点好转，她喜欢坐在沙滩上看余晟在海水的波光里游泳、深潜。他给她捞贝壳、海星、珊瑚的碎片。

回到酒店就是缱绻依恋。生命的原罪和起点、爱的核动力，他们像是原始丛林里的动物，贪欢、放肆，相濡以沫。

清晨醒来，阳光洒在枕边人的脸上，那座水晶的奖杯也被照得通透清亮。余晟觉得这是他最幸福的时刻了，拥有他梦想中的一切。

真想就这么一辈子。

从海岛返程，余晟去了Diego的办公室。

打完越洋电话，余晟觉得自己去看病的起点还真不是一般的高："看病真是方便啊。"

"你决定了，余？"Diego问。

"过程应该是很享受的，神经外科，真是个有趣的专业。"

余晟双臂环胸，兴致盎然地看着电脑上的手术视频，美国梅奥医院的医生们在进行脑部手术，有趣的是病人很清醒，甚至还在拉着小提琴。

接受手术的是位小提琴家，和余晟是同一种病——魔幻般能自己高频率震动的特发性震颤。正在进行的手术是脑起搏器治疗术，说得听不懂一些叫“脑深部电刺激术”，简称DBS。

当然，手术时拉琴不是为了玩另类艺术夺人眼球，而是帮助医生更精准地找到大脑中导致震颤的部位，然后在大脑深处的这个位置植入电极，电极对抗大脑的异常，就能制止身体的震颤；同时，还可以尽量避免伤害到大脑的其他位置。

Diego说：“这个人很幸运，DBS对他有效。但是很多ET的病人接受手术后也没有任何效果。”

余晟笑：“你这样的话我最会对病人说了，我知道你们这些医生在担心什么。现在我只希望自己的脑子长得比脸漂亮，手术时不要太为难医生。”

Diego此时话很多，像会诊时唱反调的医生：“如果电极放进你脑子里的时候放偏了，如果时间长了电极在你脑子里移动了，如果……”

“如果有效，为什么不早些做？就算效果不理想，大不了就是我现在这个样子。”余晟已经孤注一掷。

不自由，毋宁死。

手术是张王牌，他决定打出自己的这张牌。

如果王牌惨被ET灭掉，DBS手术的效果不是很理想，余晟觉得有一句话也是很励志的——早死早超生。

从三亚拿奖回来，余晟的奖杯被放在了医院的荣誉室里。这是本院的肝胆胰专业拿到的最大的奖，能带动医院在这个专业领域内的知名度。除了岳主任之外，余晟无疑是新近竖起来的另一面大旗。而且扛旗的人如此年轻，未来不可限量。

但是几天的热度过去后，余晟又露出了他那种蛰伏的闷性子，最直接的表现就是，大赛之后会推荐获奖的医生们进行学术交流和宣讲，独独缺了第二名余晟。

所有人都替他着急，太不会给自己造势了！给你机会都不要！

甚至有人劝到了ICU的裴主任那里，老裴一双大眼袋从老花镜后面向上瞅：“他怎么高兴就怎么来嘛，下次再拿个金奖不就行了。”

裴紫苏跟余晟把这话当笑话说："那个人被我爸噎死了，都没法说话了。"

余晟听着笑。他从回来后心情一直很好，对裴紫苏更是恨不得时刻不离，像是迷恋上了她，怎么都不够似的。在海岛时旁若无人的依恋和欢愉一直延续着，愈烧愈烈，两个人也一直在发烫。

今天老裴在医院出专家门诊，裴紫苏休息，余晟是白班，余晟居然跑到她家来陪她。

"你不会是傲娇了吧，工作都不好好干了？"她枕在他的身上，抬脸努力地看他，像一只寻找主人的猫。

余晟的手指缠着她的头发比画着要打个手术结，说："我辞职了。"

"你这样不认真工作大家会对你有看法的，移植中心主任对你有恩，别让……"

"我辞职了。你的耳朵怎么长歪了？还是也得了神经外科的什么毛病？我给你看看，我现在是半个神经外科医生。"余晟去揪裴紫苏的耳朵。

裴紫苏噌地坐起来，看着他。

余晟摇头："运动细胞还挺发达，比脑子快。"

她的脑细胞确实挺慢的，好半天才明白："你辞职了？"

"嗯。"

"为什么？"

"做不了手术，总不能让医院白养活。"

"你怎么跟中心主任和院领导说的？"

"不用说，我就抖给他们看。"余晟像在院长办公室时一样伸出右手，手着了魔似的颤。

他笑："你看，就这样，谁能拒绝这样一个病人的要求。"

裴紫苏转过头，掩饰眼里的一层酸涩。这几天余晟很积极地配合治疗，吃药、扎针、运动、调整心态，她以为他在做心理建设，没想到他却辞职了，而且根本就没想过要同她商量。

余晟握住她的手，裴紫苏回头："那就彻底放个大假吧，无所谓。"

"我想手术。"

她没听明白。余晟又说一遍：“我想手术，去美国。”

“你都辞职不当医生了，还做什么手术？手术有风险啊。”裴紫苏着急。

“因为我还想回来。”

“那你为什么还、辞、职……”说话间裴紫苏已经明白了——破釜沉舟。

手术效果好，他回来；如果不好……

余晟一直注视着她，因为这种注视他就显得很坚决。裴紫苏转过身，下床，走出卧室去了卫生间，关上门。

房间里很静，卫生间里有水声。

良久，余晟过去敲门，她开门出来了，没事人似的。余晟最佩服这女孩的就是这一点，就算是装的，也足够硬气。而但凡能装出些不在意的模样，时间久了自然就真的不在意了。

“你联系那边了吗？是不是先得过去了解一下流程和手术的情况？”

“已经联系好了，Diego帮的忙，他极力推荐了他的老板。”

裴紫苏觉得自己今天一定是痴呆了，总是被余晟搞得一愣一愣的。

“哈，”她觉得奇怪，问余晟，“那你还来跟我说什么？要手术、医院联系好了、辞职了，你还来跟我说什么啊！你走吧，走吧走吧。”

裴紫苏往外推余晟。按理说以余晟的体格她是推不动的，但她就是把他推出去了，砰地把他关在门外。

裴紫苏忽然感觉自己中计了，他就是要被她赶走吧。

裴紫苏猛地拽开门，门前空空，电梯的指示停在一楼。她回家扑到窗前，楼下余晟的车正挪出车位，缓缓地离开。

裴紫苏给余晟拨电话的手都在抖：“余晟，你什么意思？！”

“苏子，我会回来找你。如果我没回来，你也别等了。”

“余晟！”裴紫苏大声喊，那边已经挂断。

没有这么办事的，他不可以这样做事情！裴紫苏拿了车钥匙追出去。他会去哪儿？辞职了就不可能去医院，应该是回他家了，或者是去了Diego那里？

车开到余晟家没见到他的车，裴紫苏就去了Diego那里，他也没在。裴紫苏就从Diego的店里往自己家开。果然，半路上她看见余晟的车在对面的车道边停着。

裴紫苏气得转过车头靠近，依稀看见车里有人，她利落地转着方向盘，一脚刹车把车停在余晟的车头前。下车摔上门的时候，她都觉得自己一身的煞气。

余晟头埋在方向盘里，被刹车声惊醒，抬头看见是裴紫苏，他叹气、下车。

裴紫苏是要算账的狠劲，目光亮得像刀子："好潇洒，哈？说走就走？你还来找我干吗？上一秒还碰我干什么！说话啊你！"

余晟不说话，似冷冷清清的一潭死水。裴紫苏是燃着的火把，但烤不热他。

裴紫苏急了，用各种刻薄的话逼他开口，甚至是冲他喊叫，但余晟无动于衷，倒是把她自己逼得动了气，头晕站不稳，恨不得狠狠地甩他个耳光。

余晟忽然抬手去擦她的脸，裴紫苏这才发现自己哭了，真是没出息。

"别碰我！"她狠狠地格开他的手，寒了心，"余晟，我后悔认识你，这是我这辈子最后悔的事。"

余晟的脸上终于有了些表情，笑得挺难看的："你要我怎么办呢，你知道我下决心有多难？我的头盖骨会被打个洞、脑子里装个电极、身上埋一个脑起搏器的电池，隔几年还得换电池或者充电。但我有多渴望自己能被这种手术治愈，祈祷手术过程毫无瑕疵。因为我不想看你为我煎药，你不知道每次你崇拜地看着我的时候我觉得自己在发光，我怕有一天和你做爱的时候会忽然控制不住地犯病……"

"可是你知道我要什么！"裴紫苏眼前迷蒙，"这个世界上谁会爱谁一万年？谁知道哪一天你变了心或是我死了？我为什么要为还没发生的事情让自己现在不痛快？你知道我对你最小的要求是什么吗？就是哪怕我和你结婚了，离婚，我又再婚，我能对我第二个男人说虽然我和我前夫没有爱情了，但是他在爱我的时候对我非常好。所以余晟，如果你现在因为这么点破事儿就跟我玩什么消失你就是个渣男！那种'为了你好所以我们要分开’的病态脑残的话如果你也能说出口，你放心，我会对我下一个男朋友说：‘对不起，我有眼无珠，在遇见你之前误入歧途认识了一个渣男，还对他掏心掏肺地蠢！’”

“裴紫苏……”余晟有很多话要说，但在裴紫苏这番话面前似乎都不必说了，他只知道自己此时颤得很厉害。

被他叫名字的人目光灼灼地看着他，像是在恨他。

“你要出国治病你就走吧，你也别替我安排什么‘等不等’的事儿。但是如果你走之前不因为今天对我做的这些事情道歉，哪怕你手术成功了日后回来当了院士……”裴紫苏看着余晟，“我不等你，你所有的事情都和我没关系。”

她说完就走，余晟拽了她一下，她恨恨地甩开。裴紫苏上了车擦干眼泪，牙关里咬着戾气回家，再不流一滴泪。

余晟像是累脱了，靠在车上一直看着她消失的方向。

第十二章

愿你被善待

裴紫苏晚上夜班，在更衣间里换衣服，白班的医生凑过来，说着第二套语言系统：“小裴啊，你‘中奖’了。”

裴紫苏不太起劲地说：“谁投诉我？”

“谁投诉你不重要，想不想知道投诉你什么？”

“真没心情和你猜，你揣着秘密自己乐吧。”裴紫苏关上更衣柜，去接班。

“嘿，难道你今天是被消毒水泡过，情绪这么糟糕呢？”白班医生追出去，“哎，是四十九床那个大帅哥投诉你‘骚扰’他，你晚上跟他打交道时注意点儿。”

裴紫苏不回头，边走边抬了下手，示意知道了。她细瘦的高挑个子都能挡住走廊的顶灯了，白衣被她穿得像风衣，走起来很有T台的模特范儿。

白班医生看得赏心悦目，难怪会被病人投诉“骚扰”。

自我感觉超级良好的男人，若是被漂亮女医生多询问关心几句病情，再查体摁摁肚子、摸摸脖子、看看大腿上的切口，这男人心里呀是挺麻烦的。

不过小裴医生今天不怎么痛快，四十九床的病人应该能释然了。

例行查房，因为被投诉，裴紫苏特意留意了下四十九床的病人：学历挺高，皮相不错，未婚，男的。

医院里的医生、护士说起其他职业的人习惯称为“外面的人”，就好像医院是个圈子。圈子里面的人玩的是生老病死，“外面的人”基本上不了解圈子里的世界，只知道拿医生、护士、病人的事儿编段子。

在“外面的人”眼里，四十九床的病人应该算是“精英”，能要求住单人豪华病房。裴紫苏关照了些“精英”夜间的注意事项，正要走，“精英”却叫住了她：“医生，给你提个意见。”

裴紫苏听。

四十九床的病人说：“医生看病就行了，不要想着和病人套交情、交朋友甚至最后钓个金龟婿。我这人比较耿直，看不惯你这样轻浮的女孩当医生，太不专业，损害医生的形象……”

四十九床的病人噼里啪啦地教训着，裴紫苏看着他翻飞的嘴，觉得如果自己还能忍着听他吹毛求疵、自以为是地说下去，实在是对不起下午和余晟吵的那一架。

她有气无力地看着四十九床的病人：“打断一下。”

四十九床的病人忍了她的无礼，很斯文地说：“可以，你讲。”

裴紫苏延续着和余晟吵架时的语速、语调：“如果你觉得我对你太好了我可以改，如果你觉得我‘骚扰’了你请你原谅，如果你觉得我对你‘有意思’那你就误会了。我今天被男朋友甩了气得都要心律失常了，恨不得把那个男人撕了，但是我现在必须笑着关注你这个彻底不认识的男人今天尿的尿量还是有些少、希望你明天的舌苔和大便的颜色能够正常。你已经投诉过我一次了我也知道了你的想法，还是请你继续忍一忍，因为明天我下夜班之后有两天的休息、一天的门诊班，总共三天你会见不到我，到时候你肯定已经痊愈出院了，我先在这里祝你健康。”

四十九床的病人脑神经彻底跟不上她的逻辑，已经听傻眼了。

裴紫苏说完就走，刚出门又折回来：“你刚才跟护士说你因为灌肠次数多肛门被刺激得犯了痔疮，我查完房会去给你开一支痔疮膏，今晚一定能用上。”

四十九床的病人看着这女医生终于走掉，躺在床上良久才憋出一句话来："我、我、我投诉错了，这是态度粗俗粗暴！不是骚扰男病人！"

病房门外，护士站里的几个护士已经笑抽搐了，显然是听见了她刚才的话。

裴紫苏恼火地正要说什么，几个护士忙各自找活儿忙，生怕被她念叨死，但还是止不住你一声我一下地忽然爆笑出声。

裴紫苏怏怏地继续查房，转了一圈回到医生办公室，看见张夫子在等她。

"你被投诉了，骚扰男病人。"张夫子说，摇着扇子啜着茶，奉了科主任的命来调教下级医师。

裴紫苏不服："我有男人而且脸很帅、身材很棒，我不需要骚扰男人。"

张夫子一口茶呛住了，咳嗽半天才活过来："大姑娘家的，说话不要这么露骨。"

"我没错。"裴紫苏说。

"知道你没错。你看我，看我，是不是一只眼睛大、一只眼睛小？"

裴紫苏瞄一眼，果然是。

张夫子忽然对她一笑，裴紫苏冷不丁一个激灵，张夫子的大小眼笑起来就显得脸歪，就显得很不正经，再加上他老了，有了皱纹的掺和就更多了两分猥琐——端端正正的白衣流氓样！

张夫子被裴紫苏的反应刺激得伤心了："我老汉就不能对女病人笑，否则保不齐还会挨板砖。咱们看病人的时候男男女女的都没什么感觉，可是那些男男女女对性别就特别敏感。你这么漂亮要注意技巧啊，就像我长这样也要注意技巧的。"

裴紫苏没忍住，笑了。

张夫子幽幽地道："你家那个余晟也是个祸水，帅到病人出院都想带他回家，真是一家人啊。唉，全医院只有你老爸老裴天生是横眉怒目、嘴角下垂，一副煞神模样，但是当年投诉他态度不好的也多啊。这脸真不知道该怎么长才能让病人满意。"

裴紫苏咬着嘴唇不说话，等余晟走了，她这个余晟的“女朋友”就是个笑话了。

到时候投诉她的应该也是“态度不好”，和老裴一联系起来，还真有点儿家族病的意思。

处理完重点病人已经是深夜了，裴紫苏才又回医生办公室，有一大堆的病历等着她写。今晚会是个通宵——“夜班之神”降临了。

医生办公室里却坐着一个人，等了她半个晚上。裴紫苏意兴阑珊：“工作时间，而且我很忙。”

是余晟，他说：“我来只说一句话：对不起。”

“对不起什么？”

“所有的。所有的决定都应该提前和你商量，不应该不考虑你。”

说得还真明白，可见他这么做的时候就是故意的。

裴紫苏的眸子里是这一整天的乌烟瘴气，她瞅着他，把手上的病历撂在桌上，脾气挺大。而且余晟的话并不能打动她，她戴上眼镜：“道完歉了？你可以走了。对了，家里是不是不太好睡，应该有很多东西装了箱子要托运了。不过你的东西也不多，基本上可以拎包就走。不带走一丝云彩？还是片叶不沾身？”

后面的话裴紫苏是咬着后槽牙说的，狠狠地瞪了余晟一眼：“你可以走了，我忙着呢。”

余晟没打扰她工作，无声地走了。

回到家看着空荡荡的房间，他想起裴紫苏方才那句“拎包就走”，她还真是了解他。

余晟拿了杯子倒水喝，杯里的水面在颤动。

他忽然生了恶趣味，用手机自拍了一张在家里的照片发给裴紫苏，又觉得不够写实，索性录了段视频，以自己为中心旋转三百六十度录了整个房间，然后发给了裴紫苏，外加位置坐标。附赠留言：如果你不嫌弃。

猜测着裴紫苏看到时的表情，余晟仿佛看见裴紫苏正坐在窗台上对他笑，正是那种“就要让你低头”的傲娇表情。她特别喜欢那个角落，说是“家和世界的分界线”。余晟就在那里给她铺了垫子和靠枕，她的模样瞬间就变得很知足。

裴紫苏是个异常有主见的姑娘，能独自应付自己所有的麻烦和不如意。余晟经常有种错觉，如果她能如她“紫苏”“苏子”的名字一样自体完成繁殖功能，裴紫苏可能都不需要男人。

但他最知道她的心有多软，她有多贪恋温暖和陪伴。所以就算老裴用尽办法阻止他们，最能扛得住的就是裴紫苏，她是能为了一丝暖意豁出性命的个性。

但下午争执后她离开的背影竟然可以那么决绝，余晟看着胆战心惊的，她也是那个在转身的同时就能把他划进“仇人”行列的人。

“余晟”这个名字对于裴紫苏，可以瞬间变得不稀罕。

余晟缓缓地叹：裴紫苏，我已经甩过你一次了，是你自己不愿意的。如果你不嫌弃，我也很不介意拖你进我的泥潭。

她不知道自从他被诅咒似的得了ET这种邪乎病开始，他在所有的同事面前都自卑，尤其是在她面前。

他不惜成本地要治好自己，万一手术的结果不尽如人意，他最不愿意面对的也是裴紫苏。

余晟希望在她面前保持完美，至少是在回忆里。

手机振动了一下，是正在上夜班的裴紫苏很官僚的回复：以后就这样打卡。

黑暗里，余晟悠长地呼出口气，心安了。

第二天上午余晟去接裴紫苏下班，她的气本就没消，加上通宵未睡，脾气很不好地不上余晟的车。余晟只好跟着她打出租车到了裴家，上了楼，老裴居然在家。

这种违反自然规律的事情一般只在周末发生，裴紫苏看看日历，果然，星期六。

但她本不想放进门的余晟却借着老裴在，登堂入室了。裴紫苏不好在老裴面前对余晟使性子，只好让他进了门。

老裴却是耳听八方的人，此刻更是威严：“余晟，你辞职了？怎么不跟我和苏子商量？”

裴紫苏幸灾乐祸地把余晟撂在客厅让老裴收拾，自己回房间睡了——她也是有人撑腰的人，不能平白被欺负了。

余晟在客厅和老裴谈了很多，关于他出国做手术，还有日后的安排，还有裴紫苏。

余晟把自己的想法一五一十地说了，老裴听、问，从始至终也没什么评价。余晟觉得就像不温不火的论文答辩，心里很没底。

老裴听完后没什么态度。

余晟说：“您一定会觉得我真是个很麻烦的人，总是有很多是非。”

“你还挺有自知之明的，”老裴哼笑，“我一直说裴紫苏选了一条最麻烦的路走，没想到你总能让她遇到新的难题。你这次又是辞职又是出国，你让裴紫苏怎么想？我也不管你看病的最终效果怎么样，你必须回来跟裴紫苏有个交代，否则我饶不了你。”

老裴挺冷淡的，这老教授对余晟的态度一直都挺冷淡的。见过太多被遗弃的病人，老裴对海誓山盟那一套信任不起来。

而余晟知道自己到了要学会低头的阶段，要承认自己不可能成为梦想中的“余晟”了。

“我会的，”余晟说，“无非是两种结局，或者自信地站在她面前，或者哆哆嗦嗦地拽着她，拖累她一辈子。两种结果对于我都是最好的结局。”说话还真是直言不讳。

老裴瞪他：“别学裴紫苏那套，跟我说话也没大没小的。”

老裴又关照了余晟出门在外要注意安全之类的话，现如今能听着他长时间的唠叨，却不打断、顶撞的人也只有余晟了。和余晟比起来，裴紫苏就是个超级不体谅“为父之心”的人。

余晟当然是强忍，他想等到裴紫苏从房间里出来，但那女人显然是睡着了。

到傍晚，老裴有事要出门，就索性把余晟送客了。

余晟接下来的日子就是准备出行，裴紫苏和余晟争执之后虽然和解了，但因为气还没消干净，两人间总是较着一股劲儿。余晟现在的很多事情都会和她商量、报备，裴紫苏反而听得心烦，每个消息都提醒着他即将要走。

余晟的机票订好，行程定好，裴紫苏却一头扎进医院里不出来，更不想见他了。

出发的航班是在凌晨，前一天余晟在家做最后的整理。裴紫苏这晚上夜班，她白天的时候来看他了，还挺迷信地在他行李里放了一枚山鬼八卦铜钱，说是辟邪。铜钱一面的八卦浮雕几乎磨平，另一面的字儿也已经辨认不清，这物件很有些年头，看样子至少是民国之前的老东西。

“你一直对我很舍得下血本。”余晟笑话她。

裴紫苏说：“记得把这铜钱还我，这是祖辈传下来的东西，你要敢偷拿了不还，我就去公安局告你。”

“你这么有嫁妆，我怎么会为了藏一枚钱而放弃一家老财主？”

裴紫苏不知道哪根筋儿不对了，手里拿起一本书忽然就丢到了余晟的后背上。余晟正弯腰收拾着箱子，洲际旅行的超级大行李箱还是之前出国访问学习时用的那只。

余晟被砸得一愣，直起身看她。裴紫苏怨恨地瞪着他，眼眶忽然就红了。

余晟过去拥住她，裴紫苏却拳打脚踢拼力挣脱，他就发了狠紧紧地抱住她。

裴紫苏呜呜咽咽地哭了，压抑了好久的情绪这次终于发泄了个痛快。余晟哄她，翻来覆去也就是那两句话：“都是我的错，对不起，都是我的错……”

晨曦里余晟赶往机场，他是独自远行，又要开始的奔波让他还没起飞就觉得疲惫。

候机厅里，玻璃墙外是凌晨模糊的光，余晟背着背包站在光里耗时间。身边缓缓靠近一个女孩子，站定，余晟笑了，转过头几乎就要叫出她的名字。

但是他的目光扑了个空——是个娇小身材的可爱女孩，她对余晟笑笑，请他帮忙系好后背包上的金属扣。

余晟不喜欢被搭讪，但还是帮了忙，极度疏远的态度。

裴紫苏是夜班，现在应该正穿着白衣在巡视病房。

一个女孩子偷偷地请假、调班来追他，这样的好运也许只有一次。余晟给裴紫苏发了一条将要登机的信息，没有等到她的回信，就关了手机。

停机坪上大型的飞机靠近了廊桥，广播通知登机，余晟去排队。

裴紫苏此时在听一个刚睡醒的病人吹牛讲他的梦，梦里他游了两千米摘了奥运会金牌，醒来时还在心跳加速出汗大喘气——梦里的运动真好，不累，还能出汗减肥。

裴紫苏夸奖他的泳姿一定很帅，然后让他做一个二十四小时的动态心电图。

一回身，她就看见隔壁床的大叔大张着嘴、四仰八叉躺得一动不动，这半天的说话声都没扰醒他。裴紫苏瞬间出了冷汗——这可是个心脏病人院的病人，莫不是半夜里忽然……没了？

她飞快地推了一下大叔，大叔一抽搐，惊醒，看清楚是个小大夫，气得擦嘴角的口水："推我干什么？刚看见一个美女。"

裴紫苏拍着自己的小心脏，放了心："您继续做梦，继续。"

出了病房看手机，收到余晟将要登机的信息，她拨过去他已经关机。

裴紫苏忽然后悔了，怎么能让他走得这么孤单冷清？

护士接了"危急值"的报告电话，对裴紫苏大声说："'危急值'！'危急值'！"

裴紫苏跑过去处理。

余晟一路很顺利，这让他觉得是个很好的开头。匹兹堡他也很熟悉，几处钢桥都是他曾经去过的地方。到了匹兹堡大学的医学中心他就更如鱼得水了。余晟因为口语非常好，之前来匹兹堡大学学习的时候并没有窝在华人圈的小范围里，他的活动圈子很广，很受欢迎，所以他的业务长进也罕见地快。

延续着路上的好运气，余晟看病、手术的安排都非常顺利。

如果说有困难，那就是"钱"了。余晟跟裴紫苏在电话里发牢骚：

“当医生赚的钱都看病用了，真讽刺。”

裴紫苏是准备榨干他的：“所以赶紧看好了病回来赚钱。”

“会很快。”余晟笑了，他喜欢被女人催着赚钱的感觉。

他没跟裴紫苏说的是他的手术就在明天，已经做了磁共振，制订了手术计划。他的脑子被画得像铅色的地图，又像糟糕的水墨画，没有留白和重点。

就要成为手术台上的一只小白鼠，余晟很紧张，这一晚竟然失眠了。那枚老裴家的山鬼八卦铜钱他贴身戴了好几天，这几天才放进行李箱里。

裴紫苏怎么说他的？举轻若重。

她不是他，不知道他把所有的未来和幸福都押在这台手术上了。

裴紫苏最近也很忙，换季时节很多季节病开始兴风作浪，病人渐渐多了。再加上又换了一拨儿新来的实习生，什么都不懂总是闯祸，也是让人费心。实习生写病历用一个小时，她修改、审核得两个小时。

裴紫苏气咻咻地数落这帮小屁孩：“写完病历不检查，‘甲状腺’打成‘精装修’，‘胆结石’打成‘大礁石’，来，你的胆上给我长个大礁石让我看看！谁写的？主动过来让我掐死！”

现在的孩子都鬼灵精，“主动过来”是不可能的了，溜的速度赛过兔子。

让裴紫苏闹心的还有另一个人——江晓城。

江晓城从美国回来了，江遇交给他的差事他办得很漂亮，少帅出马拿到了炙手可热的医疗新设备的国内一级代理，接下来就是财源广进了。而医院也正在酝酿着积极采购、开展新项目，所以江晓城忽然很有时间来医院转，每次来必来中医科。

余晟的突然辞职在医院里已经是投放了一枚深水炸弹，关于他和裴紫苏的事情是这枚炸弹的次生灾害，比他辞职的爆炸半径更大。两人还会不会走到一起，已经被翻来覆去地论证过各种可能。如今又出现了大器械商江晓城——光她裴紫苏的热闹就够医院里的人看上一阵子的。

女医生出名不是因为看好了疑难杂症，而是感情八卦。江晓城这样闹下去裴紫苏很担心自己嫁不出去了。

她被气得心、肝、肺一起疼，老裴也很恼火。老裴亲自出面跟江晓城谈过一次，江晓城一如既往地恭敬，但阳奉阴违。

江晓城这人有张扬的资本，好在他有礼貌、教养好，所以中医科的人也不是很烦他。甚至和裴紫苏私交挺好的一位医生大姐都被江晓城改变了立场："江晓城也是个情种了，看着确实是真喜欢你。"

裴紫苏已经把江晓城标为仇人："他喜欢的只是我看上去的样子，长相还行、职业不错，能拿得出手、摆在家里不掉价。喜欢我？他必须爱上我的灵魂，我的灵魂什么样他压根没看见。"

"你还相信灵魂呢？"

"我还相信轮回呢，吓死你。"

裴紫苏今天早早下班要去赴一个约，远嫁外地的闺密近日回来了，走之前要和裴紫苏见一面、吃顿晚饭。

衣不如新，人不如故。发小重聚总是欢愉，两个女人险些干掉一瓶红酒。

"苏子，你命好能嫁有钱人，不会知道贫贱夫妻百事哀的辛苦。"闺密这些年生存辛苦，有感而发。在她的印象里裴紫苏还是和江晓城一对，属于命定今生的青梅竹马，羡杀无数人。

裴紫苏醉眼迷离地偎在沙发里，眼波妩媚旖旎："我没嫁有钱人啊。"

"随时可以。"说话的是江晓城，他忽然就出现在旁边。

闺密尖叫一声，高兴地拉了江晓城坐下。江晓城和她聊，但是眼睛一直笑盈盈地看着裴紫苏。

裴紫苏反应慢半拍，软软地看着江晓城。他这些年变得沉稳，有商场中人的城府，甚至看上去很不好说话。裴紫苏看不出江晓城在想什么，她完全看不透他，只看出他绝对不是有简单的心思那一类，很快会变成他父亲江遇那种人。

被酒精麻痹的裴紫苏渐渐有种非常不好的感觉，她想趁着还能控制自己早些离开。

江晓城是在医院门口等着接裴紫苏下班的。医院门口堵车，她一出门就打车，江晓城只来得及一路跟到酒店，没想到赶上了和老同学的小聚。

三人是高中时的同学，江晓城的加入毫不别扭。说起学生时期的糗事，最多的当然是江晓城和裴紫苏之间的事。

就是现在回头看，十几岁时的江晓城绝对是个满分男友：江晓城不吃餐厅的大灶饭，都是江家趁热送来的，总会送来两份，菜式都是按照裴紫苏的口味；裴紫苏有阵子一根筋地爱吃炒茄子，江晓城就连续吃了一个月的炒茄子，一边生裴紫苏的气一边吃……

聊起旧事，江晓城难得地有些温馨的笑容，默默地看着裴紫苏。

裴紫苏越发不安，几次想先走都被江晓城岔开话题，江晓城却又开了一瓶酒。

直到深夜才散，闺密就住在酒店里，被扶到楼上的房间里就醉倒沉睡了。

裴紫苏撑着最后一线清醒，给老裴打电话想让他来接她。

但老裴不接电话，裴紫苏就想给张夫子打，她无论如何不能和江晓城一起走。

江晓城忽然拽过她的手机直接关机了，两人在酒店的下行电梯里，裴紫苏软得像是漂流在深水里，她不知道自己现在有多媚。

江晓城忽然动了情，吻她："苏子，你不知道你有多迷人……"

裴紫苏推他，却像攀缠。她站不稳，连咬他的力气都没有，但太清晰地感觉到了被侵犯。

电梯上上下下不知道几番，江晓城才放过她。裴紫苏哭了，屈辱，女人的屈辱。

但她这眼泪彻底惹怒了江晓城，他本就在情潮之巅，忽然下了狠心，搂了她的腰出了电梯，向门外走去。

裴紫苏没有办法挣脱，酒意让她难过得说不出话，仅有的念头就是不能跟他走。

她被拽得脚下趔趄了一下，被提醒，伸腿去绊江晓城的脚。两人随即踉跄着摔倒在大堂里，都摔得很惨，周围一阵惊呼。

酒店的大堂经理和保安火速赶了过来，有很多人搀着裴紫苏坐到旁边的沙发上，江晓城也被扶过去坐下。经过这么一闹，他清醒了些。

大堂经理问两人的伤情，江晓城说没什么，裴紫苏的胳膊磕在台阶上摔破了皮，青紫的皮肤上已经渗出了血，她疼得直吸凉气，要叫120。

江晓城看着她，缓缓地一阵冷笑，她也是个有心机的人了，想着把事情闹大脱离他？叫120，其实她最想叫的是110吧。

就在今天上午，江晓城又被父亲、母亲叫去，他再次被发配到海外处理事务。江晓城从父母的话音里能感觉到，这决定里有裴紫苏搞的鬼。

"不用叫120，"江晓城站起来，俯视着身体发软的裴紫苏，"拿些处理伤口的棉签和酒精，她自己就能处理。最重要的是安排个服务生陪着她就行了，对不对，裴医生？"

酒店安排了一间客房给裴紫苏休息，江晓城说得一点儿都没错，她自己完全搞得定。江晓城在房间里，裴紫苏不让服务生离开。

江晓城就当着裴紫苏的面给老裴打了电话，报了酒店的位置和房间号。老裴听着这事里有蹊跷，火烧火燎地要立刻赶过来。

裴紫苏这才吃了定心丸，江晓城让服务生离开，她也就没再拦着。

江晓城绷着脸望着她，戾气几次浮现又被他压了回去，他嗤笑，裴紫苏你是那个变心的人，但为什么遭报应的是我？

静夜，疲惫，刚才那一幕的恐惧，晚上又回忆了太多过往，加上这些年来的独自承受，裴紫苏对这件事情已经忍够了。

"知道我妈妈是怎么死的吗？"裴紫苏忽然问。

她的神情像是要揭穿一个秘密，江晓城竟有些紧张。

裴紫苏的声音带着微醉的依软，但思路是清晰的："你相信你爸爸的话吗？二十多年前的中秋夜，他一个人去接我妈妈和我去你家过中秋？当时我爸爸在外进修，我知道的是车祸现场不在当时我家和你家的路线上，而是在从郊区的温泉酒店回市区的交叉路口。我妈妈当时坐在副驾驶的位置，为什么四岁的我独自坐在车后排的右侧我妈妈的背后？她难道不应该是陪着我坐在后排？江晓城，你是个成年男人，你告诉我有什么样的正当理由能解释这些问题？"

江晓城看着裴紫苏，觉得她成妖了，但她敲开了潘多拉的盒子，放出了一连串的怀疑、揣测、隐秘。

江晓城说："不在两家的路线上，有可能是当时修路车绕了道，也可能是你和你母亲当时不在家，他是去别处接的你们。事情过去这么多年了，你的疑神疑鬼能比当时的大人们都正确？起码裴叔、我妈最清楚当时的情况，他们都没有说什么。"

"因为我爸爸是个可怜的痴人，而你妈妈……你妈妈可能对你爸爸说一个'不'吗？"

江晓城有些烦，不想听裴紫苏的胡扯："你不要瞎猜，如果是那样，两家人的关系怎么可能这么好？你就为了这些猜疑跟我掰了？你有没有脑子？"

"不是我没脑子，"裴紫苏说，眼前又是一池清澈的游泳池水，晃着蛛网般的水光，她说，"是那年夏天，高二那年夏天。"

正是那年夏天，裴紫苏莫名其妙地和江晓城闹分手。江晓城觉得他追问多年的答案就要浮出水面了，目不转睛地看着裴紫苏。

裴紫苏有些难受，掐着自己的胃部，皱着眉："那年夏天我过生日，等了老裴一晚上他都没回来，我特别生气。天亮了我就去你家找你，我以为你一定在家，就没提前打电话……"

裴紫苏需要鼓一下勇气，努力地深呼吸。江晓城觉得那一口气是替他吸进去的，他透不过气来，解开了西服的扣子。

"可是你不在家，江叔在家。他在一楼的客厅和几个朋友，他们都、都、都醉着，像是喝了整夜的酒……然后、然后……然后江叔把我看成了我妈妈，他跟我说了很多话……我、我、我逃不掉……"

裴紫苏瑟缩着，那是地狱，丑恶、醉酒的男人们伸手来撕扯她，她从不敢回忆，但总在噩梦里袭扰她。

江晓城眼睁睁地看着裴紫苏，也在抖，仿佛能看见凌乱的家、宿醉的男人们，无助哭喊的裴紫苏……他在这个圈子里混，太知道这些男人会干什么……

砰的一声，拳头砸碎了床边的玻璃桌。他也是在感觉到拳头疼时才发现是自己砸的。

裴紫苏继续说："是你妈妈听见我的尖叫跑来，她为了帮我甚至砸了家里的东西。我冲出去的时候摔倒掉进了泳池里，房子里的人都在吵没人发现我。后来是司机把我捞上来的，送到医院。之后的事情你都知道了，你妈妈说我是中暑住院，我胆小害怕，连爸爸都没告诉。”

静得可怕的房间，暗夜的光像在水底，闪烁着往日藏匿的隐秘。

江晓城赤红着眼，全身的肌肉、关节都紧绷着，他明白了，所有的事情。

为什么母亲不喜欢裴紫苏，却对她很好；为什么江遇对裴紫苏的疼爱超过对他这个亲儿子，甚至他两次被调出国背后都有裴紫苏摆布江遇的影子；为什么当年她中了邪似的要离开他……

这些破事！

“他有没有侵犯到你？”江晓城问，声音走样。

裴紫苏摇头。但是被撕扯的衣服、烟酒味的舌头、无法逃脱的绝望恐惧……想起来她就恨不得要让自己死掉。

江晓城走过去，慢慢地、紧紧地抱住裴紫苏。她没拒绝，眼泪不争气地往下落。绷了多年的情绪终于从悬崖上掉了下来，张力释放后终于露出了软弱的面目。

江晓城的眼睛也湿润了：“你当时应该告诉我，我就算是再没有办法也能带你离开这里，永远离开这些人。”

裴紫苏摇头：“不行的，不行的。”

“我现在带你走，离开所有人，你跟不跟我？”

“晓城你不要这样，我好不容易忘掉的，可是每次看见你我又会想起来。”

江晓城要疯了：“可是为什么要牺牲掉我们？！”

“没有牺牲，就是我们的运气差了一点。”她一直不说，不仅是难以启齿，更是因为结局无法避免，只会让江晓城更加难过。但是她没想到他的执念这么深。

江晓城看着她，那目光裴紫苏不忍看。

江晓城忽然起身大步出了房间。不可以就这么算了，必须有个说法、有个结果，必须有人为这件事情负责！

裴紫苏知道他会去找谁，这件事情在江家已经没有需要隐瞒的人了，随他们去吵吧。

老裴气喘吁吁地跑来，劈头骂她：“女孩子！深夜喝醉了待在酒店里醒酒你还知不知道……”

“爸爸，对不起。”裴紫苏说，挺难受的。

老裴骂不下去了，他吃软不吃硬，何况是对裴紫苏。老裴拉着裴紫苏的手把她领回家，像小时候。到家，老裴婆婆妈妈地数落裴紫苏的不省心，去给她放洗澡水。

裴紫苏去了书房，踮起脚尖费力地拿下书柜上层的黄花梨木箱子。箱子里放着母亲所有的遗物，老裴从没给她看过。

裴紫苏今晚对自己的母亲又充满了好奇。老裴还在卫生间里，她打开了箱子。

里面有些珠宝，都是江遇陆陆续续送给裴紫苏的。除此之外什么都没有，没有母亲的相片、信笺，甚至没有结婚戒指。

她母亲留下来的木箱子，里面装着江遇的值钱货，没有母亲在裴家一丝一毫的痕迹，老裴这是……

裴紫苏忽然意识到，她的爸爸不是个没有情商的医生，他什么都知道、什么都清楚，但是什么都不说，他只是装作不知道。

一个冷心冷意被妻子背叛的男人、一个心无旁骛的疯狂医生，老裴到底是先成为其中的哪一个？哪一个是因，哪一个是果？

“裴紫苏！你还要你老子我怎么样！过去抱你来洗澡？快点！臭酒鬼！”老裴在大吼。

裴紫苏忙把箱子合上，放回原位，喊着“来了来了”去了卫生间。

经过老裴时，她像小时候似的抱住老裴：“爸爸，你辛苦了。”

老裴一把推开她：“行了行了，去去去，我得管你到什么时候，我一个大教授每天就忙你这些鸡毛蒜皮的破事儿……”

江晓城回到江宅，父亲不在，母亲一个人在家看书。江母发现他情绪不对，问出了什么事。江晓城似一头强忍愤怒的狮子：“裴紫苏那件事，到底是怎么回事？”

江母挑起了纤细的蛾眉，好半天哦了一声，意味不明地笑笑。

“那就是喽？”江晓城陡然爆发，“然后你就出面替他遮掩这些丑事？裴紫苏受了那么多委屈你就不管了！甚至裴叔到现在都不知道！”

江母看着儿子，好笑：“那要怎么样？赔礼了、道歉了、赔钱了，你没看见当时你爸都给裴紫苏跪下了，他对谁低过头？”

江晓城怒不可遏地对空挥出一拳，近乎吼道：“那我呢？那是我的人，就这么算了？”

江母放下手中的书：“你想怎么样？现在翻陈年旧账可是没意思了。你和裴紫苏没缘分，就算没有你父亲的事，只要我活着，裴家的女人就休想进我江家的门，江家已经够对得起她了。”

她看着儿子，这是个被愤怒和冲动控制的年轻男人，找不到解脱的出路，眼睛赤红。江晓城还没有活到江遇现在的年纪，还会为一个女人耿耿于怀，就像二十多年前的江遇。

江晓城还在说，他没法报复谁，想带着裴紫苏远走，离开这里——他的童话梦一直没死。

江母笑了：“当年你父亲也想带着老裴的夫人远走高飞，但是结果呢？那个女人死了，死在了他的车上，如果不认识江遇她可能还活得好好的。”

江晓城被母亲唇边那抹残忍的笑惊住了。

江母拿起书继续看，她要用这种态度让江晓城知道，事情已经过去了，那就是过去了。

她翻着书页：“你有幸成为我们的孩子，从出生就享受着我们的努力成果，就算你会受些委屈那也是你应该付出的代价。就像我可以挥霍你父亲的钱财，他若是在外面有女人我也没办法。但他起码只有你一个孩子，还很栽培你，你还有什么可抱怨的？”

江晓城没想到母亲竟然是这样的想法，他被带歪了思路，在母亲的逻辑里竟然找不到错处。

江母说：“裴紫苏的母亲很漂亮，她大学毕业时仰慕有才华的医生，嫁给了老裴。可是她守不住清贫和孤单，偏巧你父亲上学时对她有心结，这些我早就知道。我不挑破，甚至帮他们隐瞒，为什么？因为我才是江遇在法律上的配偶，创业时我攥着他太多的把柄，他敢对我不仁，我就敢对他不义。能维持关系就行了，我挺满意的，人要找到最让自己得利的生活方式。不然能怎么样，跟他离婚把他送给别的女人？别逗了，他的钱我还没花够呢。至于裴紫苏，我讨厌她那张脸，和她妈越长越像。江晓城，别拿这点子小事跟你父亲较劲，有生之年你都必须对他恭敬，就冲着他留给你一个财富帝国，你就没资格甩什么脸子。不就是个女人！没出息！”

江晓城被母亲轻飘飘的话压得喘不过气来，他说什么在母亲眼里都是可笑的。江晓城冷笑两声，串成一串变成大笑，笑得累了坐在地上一脸颓败。他像个不服气的孩子。

江母过来安抚他，江晓城冷硬地推开她。他站起来，残存的酒意让他脚步踉跄，回到自己的房间他关了门靠在墙上，忽然大声嘶吼。

第二天，江晓城简单地收拾了些东西，没告诉任何人独自去了机场。

VIP候机厅里，他有些落魄：头发乱、胡子没有刮，衣服也是皱的。与外表相比，江晓城本人才是最颓废的那个。

他曾经以为自己无所不能，今天他才知道，那是能把他打得毫无还手之力的那只拳头还没有落下来。当这拳头落下来，他就知道敬畏、妥协、认命了。

一个人太卑微，不过是这天地中的一个小把戏而已——管你有没有钱。

放逐吧，江晓城冷寂地想。他厌恶这里，放满古董的江家，那里的人个个城府深沉。江家的周围，是趋名逐利的乌烟瘴气。

关于裴紫苏——他的青梅，小时候她大他一岁个子高些，他追在她身后叫“姐姐”；长大后他比她高出半头，她是他的影子。

时光不能倒流。

往日，也就是往日了。

DBS，脑深部电刺激术，在大脑中植入的电极也叫“脑起搏器”。

余晟正在“享受”这项手术。

他的头被几个螺钉固定得纹丝不动，被卡得挺疼。他能想象到此时主刀医生是怎么看仪器里的这颗光头的，但他觉得自己像一只要被开脑的猴子。

头部局部麻醉之后要在头骨上钻孔，医生很是费了些力气，看来开脑洞不是脑力活，而是体力活。余晟庆幸自己是个腹部外科医生，不用跟骨头打交道。

电极植入脑部要确定放置的位置，做很精细的调整。余晟按照医生的指挥，配合着做一些实验性的动作。他很紧张，几次调试都让他非常担忧手术的效果不理想，还出现了复视的情况。

但下一刻，他看见自己的手很稳、非常稳，像从前一样。

余晟比画了一个拿手术刀的手势，真是美妙极了。

头部手术之后的步骤就都是在全麻状态下，余晟陷入了沉睡。

余晟醒来时决定把这次的手术吹嘘一辈子——他现在是个“半机器人”了。

科技发展到金属机器的配件开始进入血肉之躯，修复人的功能，余晟觉得自己是第一代的未来机器战士，堪称鼻祖。

他还要在匹兹堡待大半个月，到时候医生会开启他脑中的电极，再调整很多的参数才能让脑起搏器发挥作用。

余晟给裴紫苏的解释是：“等‘开机’仪式结束后，我才能回去。”

裴紫苏嘘他。她缠着余晟要同他视频，余晟不同意，摸着自己的光头：“我是‘以色事人者’，虽然没有色衰，但现在还真不适合让你参观。”

裴紫苏威逼利诱、撒娇耍赖都没用，余晟很有原则。

她叹气：“可是我想你了。”

“为了让你更加想我，回国再见。”

“余晟，”裴紫苏叫他，“你还是你吗？”

余晟的性格有些变异，他以前都是比较正经的，现在的他则很放得开。

“应该还是吧。但是脑子里多了两个电极，所以脑细胞的电活动可能经常需要绕道。你还能受得了吗？”

“受不了。”

余晟表扬："实话实说是个好习惯，但是你最好改变一下兴趣取向，我感觉还是不错的。"

裴紫苏最近发现余晟无聊起来非常让她费脑筋，难道成为一个"天线宝宝"对性格会有这么大的扭转？

她心说余晟这家伙真是故意吊她的胃口。

不过现在也很好，他和她都被现实的棱角磨砺得刚刚好，都经历过很多的风波，一次次走过来，这一次正好他们相遇。

好在他们都还没有世故，都还相信爱情。

等待余晟回国的时间里，裴紫苏能把日子过得一成不变。

这天出门诊，下午病人不多，裴紫苏早早地收拾好东西准备掐着点儿冲出去下班。

不想临下班前的几分钟压哨挂出去两个号。第一位是复诊的老病号，他每次来看病都是从菜市场直接过来的，所以每次都提着一个菜篮子，今天的菜篮子上面还盖了张报纸。不承想看完病病人把菜篮子留在地上自己跑了，出了门说是送给医生的，裴紫苏追都来不及。

她蹲在墙角掀开盖着的报纸，倒吸一口气，里面是一只五花大绑的活公鸡，嘴也被胶带粘住了。大公鸡转着头，两只眼睛交替瞅她。

禽类的颈椎灵活度还真是让裴紫苏羡慕，不过这活物……吃吗？

诊室的门被敲响，是最后一位病人等不及进来了。

裴紫苏回头，一双干净的运动鞋，腿很长，腰腹劲瘦，牛仔裤的性感味道完全释放，胸、肩的比例很完美。看脸……

对方笑笑，蹲了下来，和她面对面。短短的头发刚能覆住头皮的青色，这发型第一能彻底暴露发际线，第二就是能将头发隐身然后将脸型和五官和盘托出。

这人的发际线边界清晰分明，没有了浓发的衬托，五官中的锋芒就毫无遮拦地显露出来，何况他脸的轮廓山岳般分明，一派明朗。

裴紫苏眼前一亮，怔了半天，抿嘴笑了。

"小住院医师，这么色眯眯地看着病人会被投诉的。"余晟说，眼光似星辰。

裴紫苏清秀的眉目间自有主意："我还有个病人没看，这位先生请你先出去，你这是干扰医务人员工作。"

余晟拿出门诊病历和就诊卡，满意地看到裴紫苏愣怔，晃了晃："给你增加一个工作量，你的号还不算贵。"

"等我成了专家号你就得排队挂了。"裴紫苏去揪他手里的卡，余晟捏得牢，她揪不动。

他站起来，捏着同一张卡，裴紫苏被牵了起来。

她仔细看着他的不同，瘦了些，一边的颈侧有些奇怪。她小心地伸手去探，皮肤下埋着一根导线。

"疼吗？"

"刚开挺难受，现在习惯了。"

裴紫苏的指尖循着皮肤下那根若隐若现的导线向下摩挲，手指探到他的领口。

余晟看着她的睫毛和唇色，配合她的探寻，解开三颗白衬衫的纽扣，露出了一线胸膛的肤色。

那根导线在他结实的胸膛处兜了个弧度，停在胸口。温热的皮肤上是一道切口的伤痕，下面埋着一个硬物。

"脉冲发生器，通过导线控制着这里。"余晟指指自己的头。

裴紫苏摩挲着那处硬块，想象着他一个人在海外治病、手术、恢复。

余晟把她的手掌心压贴在胸口："所以你现在握住了我的死穴，也控制了我的大脑，有什么感想？"

掌心温热，说不出的妥帖。

裴紫苏仰头去吻他的唇。余晟没有回应，他想看看裴紫苏的本事，但他的手紧紧地扣住她的腰摁在自己怀里。

裴紫苏只管吻他，用自己的方式，却有着惊人的热烈，她想他、担心他、心疼他、渴望他。

余晟的脑电波一定是被她控制了，越跳越快，被一个轻巧飞旋的旋涡卷着、吞噬着，忽然就被引爆了。他主导一切地吞没了那个旋涡，让她认输。

最幸福的深海，不是如幻想中的美轮美奂，而是会有残缺、有腐朽，但一切都在旺盛生长。纵有风暴，心里安详。

最契合的你我，不是走上巅峰的人带着炫目的华光，是有痛楚、有阙如，但依然心存向往。纵有分别，心有牵挂。

牵挂时，会时时念起他在哪里、过得好不好，是不是被人善待，是不是温暖如意，再见到时能不能一眼认出来，会不会擦肩而过。

“什么时候回来的？”

“昨天。”

“哈，还好意思说？为什么今天才来报到？”

“因为去年的今天，我认识的你。”余晟笑。

裴紫苏像是瞧出了他的狡猾：“挺会骗人的。”

余晟笃定：“没有错，去年遇到你也是我回国的第二天，可以查日历和去年的机票。”

虽然这个理由太有心了，但是裴紫苏不打算轻易放过他，总能找到盘问的理由：“昨天干什么去了？今天一整天干什么了？老实交代！”

“在一个地方，我现在带你去看。”余晟要带她走。

“等等，我的鸡。”裴紫苏回去提了菜篮子。这活物如果不被吃，今晚就得让它吃。

余晟皱着眉，想象着他带着裴紫苏，裴紫苏抱着一只鸡一起走进那扇门时的样子……

余晟：“那个地方鸡不能去。”

“我保证它不会捣乱的，你看，它被绑得像只铁公鸡，一动不动的。”裴紫苏打包票。

篮子里的那只鸡贼兮兮地动着脖子瞅着余晟。

余晟看着它：“好吧。”

余晟没忘记还要去拜见老裴，老裴这个时间在给学生上课，也快下课了。两人就去汇报厅接老裴，刚进了一楼的门厅就听见老裴高亢的讲课声，裴紫苏登时起了一身鸡皮疙瘩。

余晟示意裴紫苏去汇报厅门口看看，裴紫苏觉得此人十足不怀好意，但她耐不过自己的好奇，就走到门口向里张望。

老裴没有老实地待在讲台上，他在台下的走道里溜达，边走边讲，讲到纵情处伸手一拍，拍到谁的桌面，谁就要起来回答他的问题。靠近走道边的一圈桌椅都是空的，听课的学生们挤在了方阵里面，胆战心惊地祈祷被老师忘掉。

裴紫苏看得齿冷，她老爸是如此作风，挺——变态的……

家里的书柜上摆着一溜儿光灿灿的“优秀带教老师”奖杯，每次老裴拿回这种奖杯时都是老怀宽慰、此生无憾的模样。裴紫苏现在只觉得那些奖杯上血雨腥风的。

余晟深表同情：“这些学生被你爸吓蒙了，就算知道答案在脑子里也变成了乱码。裴紫苏，这么些年你在你老爸的手底下是怎么熬过来的？”

“他不敢这么惹我，要不我能跟他拼了。”裴紫苏瞧余晟，“倒是你，是不是怕啊？”

余晟挺认真：“我不怕，他对我比这狠多了。”

等老裴下了课，看见余晟回来也是高兴：“看来手术很成功。”

“很成功。”余晟也高兴。

“病历带回来了吗？给我看看。”老裴的话急转直下，余晟立刻还原成病号。

裴紫苏气得喊他，老裴不理她，执着地把余晟当成活病历开始讨论了——多么难得的活生生的病例！

好歹这是裴紫苏的爹在关心他的健康，余晟也只能知无不言了，而且一定要表现得很幸福。

裴紫苏坐在车的后座，旁边是放着大公鸡的菜篮子；余晟开车，车开出市区，绕了半城山水，到达了一处山脚下的别致庄园。

院子的栅栏墙被蔷薇花压得沉甸甸的，绿树林间露出几何形的几处楼角。

老裴和裴紫苏已经惊讶地看着余晟，这地方近两年来可是行内的焦点，是忽然崛起的一家医生工作室。

没想到周边环境这么好，说是度假胜地也有人信。

余晟领着老裴和裴紫苏进了院子，明净的玻璃门旁挂着圆木制的门牌——医生工作室。

“我签了这家工作室，”余晟说，“成了自由执业的医生，没有大医院的背景，只能靠自己了。日后还请两位大医院的医生多多帮助。”

老裴表面上不发表态度，却也佩服余晟的胆量。这家医生工作室可不是一般的草台班子，招揽的全是各专业的顶尖人士，庸才是绝对进不去的。余晟这种不守规矩还是奇才的年轻医生，脱离体制僵硬的大医院也算一种尝试。

但老裴看不惯裴紫苏不矜持的样子，对那小子俨然是顶礼膜拜的脑残粉，她爹明显比那小子要牛气很多好不好？

“为什么选这家医院？”老裴问。

“给钱多喽。”余晟看着裴紫苏笑，像是在为她攒聘礼。

老裴讨厌余晟此时的眼神，心想咱老裴家陪嫁也很多好不好？

余晟领着老裴和裴紫苏参观了自己的新工作地。工作室很成气候，是大医生集团下独立运行的专科医生集团工作室，给余晟的待遇也很高。医院里很嚣张地配备着最先进的手术机器人，连老裴的医院都还没购进呢，老裴着实眼红了一把。

从工作室出来，余晟把车开到了裴家楼下。老裴下车时，裴紫苏把那个放着鸡的菜篮子给了他，老裴就拎着走上台阶。可是那两人没跟上老裴，而是站在车边看着他笑，像是说好了要一起造反。

老裴皱眉：“你们要干吗？”

裴紫苏笑嘻嘻的，余晟大大方方地牵着老裴女儿的手，说：“我想和苏子去散步，晚上九点前把她送回来。”

女大不中留，老裴忽觉晚景孤独，抱着鸡：“要么就早点结婚，这么大的姑娘了我能管得住吗？”

裴紫苏听得跳脚，这是什么话！这是女孩子的父亲该说的话吗？像是她急着要嫁人似的！

老裴已经进了单元门，余晟笑着安抚裴紫苏，证明不是她和她爸着急，帮她找回些骄矜的姿态。

到最后，余晟也认真了："要不，就听你爸的话？"

裴紫苏红了脸："没那么便宜的！"

小裴医生没答应，老裴的助攻都没帮到余晟，这件事着实让余晟懊恼了很久，求婚的事情他也没再提。因为他的新工作刚刚开始，需要付出很多，并不比在医院时轻松多少，但是余晟干得很带劲，也在忙碌中找到了一个平衡的点，让工作张弛有度，而不是疲于奔命地看病、做手术。

工作室也要把余晟这张牌打好，做了强大的宣传，加上余晟连续开展复杂大手术和新技术，在国内几次获奖，名气很快打响，已然成了一块金字招牌。他的ET也再没犯过，大家都放了心。

疲于奔命的反而成了裴紫苏，她比余晟还忙，经常被余晟抱怨。

几个月后，余晟要去匹兹堡调试脑起搏器，想让裴紫苏陪他一起去。可惜中医科退休了两位医生，裴紫苏忙得请不了假，只好又让余晟一个人孤零零地去看病了。

余晟回来的前一天，裴紫苏被小雨缠着陪她去试婚纱。

"你和樊易进展这么快？"裴紫苏都要佩服了。

小雨直摆手："和樊易没关系啊，我就是想穿婚纱试试，买一件，跟结婚没有任何关系！"

裴紫苏对小雨的逻辑五体投地，愣是被拽去了婚纱店。

没有女孩不爱婚纱，小雨看一件爱一件，但是她最钟情的一件偏偏穿不了——太长了，只有裴紫苏这样的身高才能驾驭，小雨穿上绝对会是一床白被子。

"你去试试！"小雨说。

裴紫苏连连摇头，虽然她很喜欢那件婚纱，别致、灵巧，与众不同。

店员也来劝："小姐，这件婚纱是刚从美国带回来的，还没有女孩子能穿好，只有你这样的身高才能驾驭得了，不妨试一试吧。"

裴紫苏被说动了心。小雨趁热打铁："我结婚的时候你要当伴娘，今天先试一试嘛。"

众人都劝，那件白色的婚纱又像是在对她招手，裴紫苏终于动了心："好，拿来我试一下。"

从试衣间出来，裴紫苏很不习惯地调整着低胸的婚纱，生怕走光。

店里瞬间安静，都看着她。小雨惊艳："余晟看见你，一定会立刻跪下求婚的。"

裴紫苏照着镜子，也被自己惊艳到了，但嘴上很硬："那个木头啊，怕是不知道什么是求婚。"

镜子里忽然出现一个人，黑色的正装西服很挺拔，和她的白色对比强烈。裴紫苏呆掉了，是余晟，他正看着她笑。

她转身，店里的其他人都散了，只留下她和余晟。余晟目光灼灼地看着她，走过来："真漂亮，很合身。"

裴紫苏觉得自己中计了，不自在地低头看衣服，把胸口的布料往上拽了拽。

"现在有没有想结婚？"余晟亮亮的眼睛看着她。

"你收买了多少人？"裴紫苏红了脸，问。

"不多，但是都挺贵的。"余晟笑了。这件婚纱非常适合裴紫苏，他在匹兹堡的橱窗里看到，一眼就觉得是裴紫苏的衣服。

裴紫苏觉得丢脸极了。

余晟一条腿向后滑，膝盖点在地上，微微仰着脸看她。裴紫苏脸发烫，黑眼睛亮晶晶的，她知道他要干什么。

余晟牵着她的手："我一个人去做手术的时候就想，下一次我做手术或是被抢救，能为我在'知情同意书'的'家属'一栏里签字的人，最好是裴紫苏。可不可以？"

裴紫苏摇头。

余晟的心都要停跳了。

裴紫苏说："这求婚理由真是太逊了。"

余晟长呼出一口气，定定神，催她："这位家属请快点签字，耽误病人抢救了。"

裴紫苏扑哧笑出声：“我签。医生你要保证我的爱人永远健康。”

“My love，我发誓，你和你的爱人，永远健康。”

橱窗外的小雨和婚纱店的店员们，忽然都尖叫起来。

橱窗里面，黑色礼服的绅士站起来，亲吻了他的女孩。美人鱼般拖着长尾的婚纱闪着细碎华丽的光。